Eshkol Nevo

Die einsamen Liebenden

Roman

Aus dem Hebräischen von
Anne Birkenhauer

dtv

Ausführliche Informationen über unsere Autoren und Bücher
www.dtv.de

Deutsche Erstausgabe 2016

Published by arrangement of the Institute for the Translation of Hebrew Literature
Titel der hebräischen Originalausgabe:
›HaMikwe haAcharon be Sibir‹
Erschienen 2013 bei Kinneret, Zmora Bitan, Israel

Umschlaggestaltung: Wildes Blut, Atelier für Gestaltung, Stephanie Weischer unter Verwendung eines Fotos von Trevillion Images/Heather Evans Smith
Gesetzt aus der Berling 9,5/13,25˙
Satz: Greiner & Reichel, Köln
Druck und Bindung: GGP Media GmbH, Pößneck
Gedruckt auf säurefreiem, chlorfrei gebleichtem Papier
Printed in Germany · ISBN 978-3-423-26088-6

Für Anat

1

Man würde erwarten, dass eine Geschichte wie diese kolportiert wird, dass sie in Treppenhäusern und Schlafzimmern geflüstert, von Generation zu Generation mit allen Details weitergetragen wird – doch, o Wunder, sie hatte sich kaum ereignet, da sprach man schon nicht mehr von ihr. Obwohl es Zeugen, ja sogar Augenzeugen gab, sprach keiner mehr von ihr, weder auf Hebräisch noch auf Russisch oder Amerikanisch, als habe man beschlossen, den Skandal mit feinen Zeitflöckchen zu bedecken, mit Sekunden über Sekunden, die sich zu Minuten aufhäuften wie Schnee. Ohnehin hätte diese Geschichte niemand geglaubt.

Würde man aber – einmal angenommen – um Mitternacht eine Leiter an die Westwand des Gebäudes der Stadtverwaltung lehnen, diese flink Sprosse für Sprosse erklimmen und beherzt gegen das richtige Fenster drücken – man müsste es gar nicht einschlagen, Reuven vom Archiv lässt es gern angelehnt, damit etwas frische Luft hereinkommt –, so fände man nach dem Betätigen des Lichtschalters mühelos in der zweiten Reihe eines unteren Regalfaches den schon etwas abgegriffenen Ordner »Spenden 1993–94«, und darin nach kurzem Blättern einen ganz offiziellen Brief von Jeremiah Mandelsturm, Hilborn, New Jersey, an den Bürgermeister der Stadt.

Dieser Brief ist, der Leser sei gewarnt, zwar offiziell, aber keineswegs kurz. Es scheint, als sei es Jeremiah Mandelsturm ergangen wie manch anderem, der die Feder übers Papier führt: Die Feder begann, ihn zu führen. Vielleicht hat auch die Einsamkeit, die der Urgrund aller Dinge ist, das ihre dazu beigetragen. Jedenfalls ließ sich Herr Mandelsturm, obwohl er ursprünglich einen kurzen und pragmatischen Brief hatte verfassen wollen, auf den ersten beiden Seiten hinreißen, seine selige Frau Gemahlin zu beschreiben, und seine Zeilen waren nicht kurz und bündig, sondern lang und gewunden wie sein Verlangen nach ihr. Er begnügte sich nicht mit Phrasen – schrieb nicht, sie sei »eine Gerechte« gewesen, »eine tüchtige Frau, nur schwer zu finden«, sondern erzählte seinem Leser nach und nach kleine Begebenheiten aus ihrem gemeinsamen Leben: Ihre erste Begegnung auf der Beschneidungsfeier der Frischbergs, bei der sie beide so verlegen gewesen waren; sie hatte etwas abseits gestanden, unfähig, den entscheidenden Moment mit anzuschauen, und er hatte sich nach ihr umgewandt, unfähig, sie nicht anzuschauen. Oder: Ein Jahr später, ein Abendspaziergang vom Westvillage zum Hudson, während dessen sie ihm all ihre Träume erzählte und ihm dann erklärte: Du musst wissen: Ich bin nicht so eine, die mit ihrem Geliebten am Ufer des Hudson spazieren geht und ihm all ihre Träume erzählt, nur um zwei Monate später von ihm schwanger zu werden und auf alles, was sie vorhatte, zu verzichten, und er hatte gesagt, *God forbid*, wie kommst du darauf, aber tief in seinem Herzen war er stolz gewesen, denn das war im Grunde das erste Mal, dass sie ihm – freilich auf ihre ganz eigene Art – gesagt hatte, dass sie ihn liebe. In den folgenden vierzig Jahren hatte sie ihm nur selten Liebeserklärungen gemacht, doch wenn sie es tat, dann konzentriert und mit Andacht, wie im Gebet. In den Zeiten dazwischen konnte er sich nach dem nächsten Mal sehnen, aber jetzt, nachdem sie gegangen war, gab es nichts mehr, wonach er sich sehnte.

Ja, manchmal schaue sie ihn aus den Augenwinkeln seiner Kinder an, schrieb er, und seine Enkelin, die kleine Tochter seines Ältesten, lächele genau wie sie und ziehe auch die Augenbrauen genau wie sie nach oben, wenn sie staune, aber Amerika sei eben nicht Israel, you must understand, in Amerika leben die Familien zerstreut wie Tonscherben und nicht wie Puzzlesteine, und in dem halben Jahr zwischen dem Neujahrsessen und dem Sederabend des Pessachfestes suche er vergebens nach einem Sinn in seinem Leben, ein Tag klebe am anderen; nicht einmal der Mammon, an dessen Anhäufung er all die Jahre Tag und Nacht gearbeitet habe, sei ihm mehr Anreiz, und deshalb habe er sich nun etwas überlegt: Er wolle seiner geliebten Frau Gemahlin ein Denkmal setzen, und zwar durch den Bau eines rituellen Tauchbades in der Stadt der Gerechten.

Im letzten Sommer hatten seine Frau Gemahlin und er die Stadt der Gerechten besuchen wollen; sie hatten die Tickets schon gekauft und auch die englische Ausgabe des *Vollständigen Führers zu den Gräbern der heiligen Zaddikim*, doch dann, an einem Sonntag, als er gerade in der Wochenendausgabe der Zeitung blätterte, hörte er ein dumpfes Geräusch aus dem Schlafzimmer. Wie eine Faust, die in einen Sack schlägt.

Über diesen Moment wolle er sich nicht weiter auslassen. Er könne es nicht und werde es vermutlich niemals können. Stattdessen komme er nun zur Sache.

Wie gesagt, hege er die Absicht, der Stadt der Gerechten ein neues Tauchbad zu stiften, eine koschere Mikwe; er werde alle damit verbundenen Ausgaben übernehmen und habe nur eine Bedingung, die weniger eine Bedingung als vielmehr eine Hoffnung sei, die in ihm wie die Flamme eines Seelenlichts in seinem Glasbecher pulsiere: dass das Gebäude mit einer Tafel über dem Eingang, die den Namen seiner Frau trage, bis zum kommenden Sommer fertig sein werde, in dem er vorhabe, so Gott will, das Heilige Land zu besuchen.

*

Von dem Tag an, an dem er sich eine Kippa aufgesetzt hatte und hinauf in die Stadt der Gerechten gefahren war, gab sich Mosche Ben Zuk redlich Mühe, sich selbst als einen zu betrachten, der neu geboren war und nun aus sicherem Abstand auf seine früheren Begierden blickte. Doch trotz aller Anstrengungen hatten sich in ihm noch einige alte Neigungen gehalten, aus seiner Zeit als Kibbuznik mit gebrochenem Herzen und als Offizier des Nachrichtendienstes in dem Geheimen-Militärcamp-das-jeder-kennt. Noch immer sammelte er wie besessen Landkarten, summte leise die rockigen Songs von Shalom Hanoch, rauchte nach dem Mittagessen eine *Noblesse* und verscheuchte mit der Hand Ayelets Geruch, der ihm in die Nase stieg.

Es war nicht Zimt, auch nicht der Duft eines bestimmten Shampoos, sondern einfach ihr Geruch. Jedes Mal, wenn er ihn wahrnahm, obwohl er genau wusste, das konnte ja nicht sein, wie denn auch, ob im Supermarkt am Kühlregal mit den Milchprodukten, ob auf dem Spielplatz bei den Schaukeln oder – wie von der Hand des Versuchers – beim Beten in der Synagoge, verscheuchte er ihn mit einer energischen Handbewegung, doch seine Augen, die suchten weiter nach ihr: Vielleicht würde sie ja trotz allem …

An diesem Morgen trägt ein kalter Winterwind Ayelets Geruch in seinen Wagen. Er schließt sofort das Fenster, was seine Lage nur verschlimmert, jetzt ist er eingeschlossen mit ihrem Geruch, allein mit ihr in einem Raum. So öffnet er das Fenster wieder und schaut ängstlich in den Seitenspiegel, in den Rückspiegel und wieder in den Seitenspiegel, vergewissert sich, obwohl es wirklich nicht sein kann, wie denn auch –, dass sie, Gott behüte, zurückgekommen ist, schaut schließlich wieder auf die Straße und gibt mächtig Gas. Er kennt sich schon – das Beste für ihn ist jetzt, so schnell wie möglich zur Arbeit zu kommen. Da kann er seine Nase in die Probleme anderer Leute stecken.

Als persönlicher Assistent des Bürgermeisters in allen Angelegenheiten besitzt Ben Zuk ein geräumiges Büro, an dessen Wänden er unglaublich viele Karten aufgehängt hat: solche, die man dort erwartet hätte, wie die »Karte der Synagogen« oder die »Karte der Talmudschulen«, sehr interessante Karten wie die der »Jährlichen Zuwendungen« und auch völlig überflüssige, die seiner puren Lust am Kartenzeichnen entsprungen sind, wie die Karte »Konzentration von Pkws der Marke Subaru nach Baujahr in der Stadt der Gerechten« oder seine »Städtische Karte der Sonderlinge«.

Zu den wöchentlichen Ratssitzungen kommt er immer etwas früher, hängt im Besprechungssaal seine Karten an die Wand und darüber, sorgsam aufgerollt, die Folien, die er während der Diskussion herunterlassen wird – die habe ich zufällig schon vorbereitet –; so auch vor dieser Sitzung, die wegen der Anfrage des spendenfreudigen Witwers Jeremiah Mandelsturm anberaumt wurde.

Die gegenwärtige Situation ist folgende, erklärt Ben Zuk, indem er von seinem Stuhl aufspringt und mit einem langen schmalen Stock willkürlich auf verschiedene Punkte der »Karte der rituellen Tauchbäder« schlägt. Die Wucht der Schläge lässt die Anwesenden jedes Mal zusammenzucken. Ben Zuk ist ein Mann von gedrungener Figur, in dem sich widersprüchliche Triebe drängen. Seine Muskeln sprengen beinah die Ärmel seines Hemdes, so dass die Leute fälschlich annehmen, er trainiere mit Gewichten. Tief liegende Augen, ein durchdringender, glühender Blick. Die ewigen Bartstoppeln auf seinen Wangen rühren nicht etwa davon, dass er sich nicht anständig rasiert. Schon Sekunden, nachdem er fertig ist, beginnen sie wieder zu sprießen.

Tut mir sehr leid, sagt Ben Zuk, spaziert dabei mit seinem Stock über die Karte, ich würde dem Wunsch des ehrenwerten Herrn Mandelsturm gerne nachkommen, aber es gibt in der Stadt einfach keinen Platz für ein weiteres Tauchbad. Wir haben bereits die höchste Mikwendichte im gesamten Nahen Osten aufzuweisen, pro Quadratmeter und auch pro Kopf.

Was soll das heißen, »es gibt keinen Platz«, fragt der Bürgermeister in seinem Sitzungston, einem spöttischen, leicht tadelnden Ton mit unterschwelligem, aber deutlich spürbarem Gewaltpotenzial. (Avraham Danino beherrscht auch einen ganz anderen Ton, den er sich jedoch für persönliche Gespräche aufhebt, der ist weich, väterlich, geradezu vertrauensvoll. Obwohl Ben Zuk schon zwei Jahre für ihn arbeitet, hat er sich noch immer nicht an diese Wechsel im Tonfall gewöhnt.)

Wenn es keinen Platz gibt, Ben Zuk, sagt Danino und schlägt dabei mit der flachen Hand leicht auf den Tisch, dann schaffen wir eben einen. Wie schon Herzl sagte: Wenn ihr wollt, ist es kein Märchen.

Aber selbst wenn wir Platz schaffen würden, Herr Bürgermeister, ergibt sich ein weiteres Problem, sagt Ben Zuk und rollt eine Folie über die Karte. Wie Sie sehen können – wieder bohrt er den Stock in die Karte –, herrscht momentan, und die Betonung liegt auf momentan, in Bezug auf die Anzahl der rituellen Tauchbäder ein ungefähres Gleichgewicht zwischen den verschiedenen religiösen Strömungen in der Stadt. Würden wir irgendwo eine Mikwe hinzufügen, würde dieses Gleichgewicht aufs Empfindlichste gestört.

Die Mitglieder des Rates, dessen Zusammensetzung jene heilige Balance zwischen den verschiedenen Strömungen spiegelt, nicken eifrig. In der Tat ein echtes Problem.

Was schlagen Sie dann vor?, fragt Danino und richtet seine traurigen grünen Augen auf Ben Zuk. (Von einem Bürgermeister erwartet man keinen so traurigen Blick. Immer wieder hat Ben Zuk beobachtet, wie die Traurigkeit in Daninos Augen Leute aus der Fassung brachte, besonders, wenn sie ihm zum ersten Mal begegneten.)

Mir ist es ernst, sagt Danino, schon deutlicher im Ton, was ist Ihr Plan? Dass wir Mandelsturm sagen, wir wollen seine Mikwe nicht? Er soll sie wieder einpacken und einer anderen Stadt spenden?

Offen gesagt, beginnt Ben Zuk, während er eine weitere Folie über die Karte rollt, ...

Ach, lassen Sie mich doch mit Ihren Karten in Ruh!, schimpft der Bürgermeister und vergräbt seine Hand tief in der Hosentasche. (Während die meisten Männer nur die Daumen in die Taschen stecken, vergräbt Avraham Danino immer alle vier Finger darin, bis sie beinahe oder auch tatsächlich sein Geschlecht berühren, und lässt nur die Daumen draußen hängen.) Eine Lösung will ich von Ihnen!, schreit er seinen Assistenten nun an, trommelt dabei mit den Daumen auf seine Gürtelschnalle. Ei-ne Lö-sung!

Wenn man ihn anschreit, verstummt Ben Zuk, er schrumpft auf die Größe des externen Kibbuzkindes, das er war. Wird zu einem, den beim Basketball niemand in seine Mannschaft wählt, obwohl er gar nicht so schlecht spielt, zu einem, der schon bei den ersten vormilitärischen nächtlichen Übungen in eine Sickergrube fällt und sich geniert, um Hilfe zu rufen, weil er schon weiß, wie die andern dann feixen. Zu einem, der lieber die Klappe hält, weil keiner ihn ernst nimmt, egal, ob er prima Ideen hat.

Augenblick mal, wenn Sie erlauben … was ist denn mit diesem Areal hier?, fragt plötzlich der Vertreter des Innenministeriums, ein ernsthafter, bescheidener junger Mann. Man hat ihn vor zwei Jahren aus der Heiligen Stadt hierher entsandt, um den Karren aus dem Sumpf zu ziehen, nachdem bei der Stadtverwaltung finanzielle Unregelmäßigkeiten ruchbar geworden waren.

Wo?, fragt Ben Zuk und peitscht mit dem Stock auf die Karte, hier? da? dort?

Der Vertreter des Innenministeriums springt von seinem Platz auf, tritt an die Karte und legt seine Hand auf ein Stückchen Niemandsland zwischen der Stadt und dem Militärcamp. Und tatsächlich gibt es dort nichts. Ein völlig tauchbadfreies Gebiet.

Also wirklich, sagt Ben Zuk, lehnt den Zeigestock an die Wand, wollen Sie eine Mikwe in Sibirien bauen?

Alle Anwesenden kichern. Außer dem Bürgermeister, der seine Hand aus der Tasche zieht, flach auf den Tisch schlägt und sagt: Genau das werden wir mit Mandelsturms Spende tun. Wir errichten die erste Mikwe in der Geschichte Sibiriens, ich meine natürlich im Viertel Ehrenquell. Dann werden alle Quellen sprudeln, und unser Problem mit Jeremiah Mandelsturms Bitte ist gelöst.

Ben Zuk kann es nicht fassen. Was sollen die denn mit einer Mikwe? Bei denen weiß man ja nicht einmal, ob sie wirklich Juden sind.

Ben Zuk, Ben Zuk, sagt der Bürgermeister mit einem überheblichen Lächeln, es ist nie zu spät, sich zu bekehren; das müssten Sie eigentlich am besten wissen! Gehen Sie morgen dorthin und suchen Sie uns ein passendes Gelände.

Aber Avraham, ich meine, verehrter Herr Bürgermeister, die Frauen dort sind alle über sechzig, sie sind längst nicht mehr in dem Alter, in dem –

Dann bauen wir auch einen Flügel für die Männer. Ich erwarte, dass dieses Tauchbad bis zum Sommer steht, Ben Zuk. Genau, wie es unser großzügiger Spender erwartet.

*

Zwei Jahre zuvor, an jenem Tag, als die neuen Einwanderer in die Stadt kamen, war der Unterricht in den Schulen um elf Uhr beendet worden. In ordentlichen Reihen waren die Schulkinder zur Hauptstraße marschiert. Auf ihren mit Filzstift beschriebenen Schildern stand »Let my people go« oder einfach nur »Willkommen!«. Viele Arbeitslose hatten ihren Müßiggang unterbrochen und sich zu diesem historischen Empfang eingefunden; stolz trugen sie Fotografien von Refuseniks. Flinke Straßenverkäufer boten heiße Maiskolben und Saft mit zerstoßenem Eis feil, und unten in ihren Verkaufswagen lagerten schon kleine Flaschen billigen Wodkas, für den Fall, dass sich die Gerüchte über die Neuankömmlinge bestätigen sollten. Fünf Minuten vor der geplanten Ankunft drangen jubelnde *Hawa-nagila*-Klänge aus eigens auf den Balkonen aufgestellten riesigen Lautsprechern, und eine Gruppe ortsansässiger Pensionäre in Uniformen der Roten Armee, die die Stadtverwaltung aus einem Theaterfundus geliehen hatte, marschierte feierlich und gemessen die Hauptstraße hinunter. Die wartende Menge teilte sich und ließ sie staunend hindurchschreiten, und der Bürgermeister, der die ganze Veranstaltung dirigierte, blickte zufrieden vom Werk seiner Hände in Richtung Wegbiegung, ob die Busse schon in Sicht wären.

Monatelang war Avraham Danino hinauf in die Heilige Stadt gepilgert und hatte gefordert, auch ein paar »von denen« zu bekommen. Alle Städte im Umkreis hätten schon ein Kontingent erhalten, und überall hätte man die neuen

Einwanderer äußerst kühl empfangen, was jedoch schnell in ehrliche Anerkennung umgeschlagen sei, als klar wurde, dass sie nicht nur breite Bildung und glühenden Ehrgeiz, sondern auch blonde Frauen und Budgetzuteilungen mitbrachten. Immer wieder hatte Danino mit ansehen müssen, wie die Busse von den Auffangzentren in andere Städte dirigiert wurden und nicht zu ihm. Immer wieder hatte er gebettelt, hatte argumentiert, sie würden sich wegen des Klimas gerade in seiner Stadt wohlfühlen. Und gerade er … also, gerade seine Stadt … sei, mehr als andere Städte, auf frisches Blut angewiesen. Auf eine Energiespritze. Positiven Bevölkerungszuwachs.

Immer wieder war er leer ausgegangen. Bis plötzlich, mit derselben Willkür, mit der man seine Anträge bisher abschlägig beschieden hatte, ein positiver Bescheid aus den oberen Etagen kam: Busse voll Neueinwanderer würden in wenigen Monaten in seine Stadt kommen. Der genaue Termin werde noch mitgeteilt.

Der Bürgermeister war fest entschlossen gewesen, sich diese Gelegenheit nicht entgehen zu lassen. Vor seinem geistigen Auge sah er sie – Marina, Olga, Irina, er hatte noch nicht entschieden, wie sie heißen sollte – als Letzte aus dem Bus steigen. Ihre aufgerichteten Brüste künden vom vielversprechenden Rest, und zwischen all den verheirateten Paaren zieht sie ihren großen Koffer ganz alleine hinter sich her. Ihr Mann ist lieber in Russland geblieben, oder, besser noch, in den Jahren der kommunistischen Herrschaft im Gulag erfroren. Sie ist kein Mädchen mehr, Marina-Olga-Irina. Stabile Beine, starke Schultern, ein überheblicher und zugleich bedürftiger Blick.

Im Grunde wusste er, wie unwahrscheinlich das war. Und auch, dass es sich nicht gehörte. Er wusste, ein Bürgermeister sollte Hightechunternehmen vor seinem geistigen Auge sehen, neue Investitionen, einen Immobilienaufschwung, doch alles, was er sich vorzustellen vermochte, war, wie er auf Marina & Co. zugeht, als sie aus dem Bus steigt, ihr tief in die Augen schaut, ihre hübsche Hand drückt und zu ihr sagt: Schalom. Willkommen in der Stadt der Gerechten. Ich bin Avraham Danino, der Bürgermeister. Stets zu Ihren Diensten – und gleich schickt er sich an, ihr mit dem Koffer zu helfen, und sie lehnt das mit energischem Kopfschütteln ab, sagt aber auf Hebräisch mit schwerem Akzent: Ich wusste nicht, dass es in Israel solche Gentlemen gibt.

Und was, wenn sie seine Hilfe doch annehmen würde? Diese Möglichkeit raubte ihm den Schlaf. Mit seiner Vorliebe für Borekkas und Schokoladenhörnchen war er nicht sicher, wie weit er es mit so einem schweren Einwandererkoffer schaffen würde, deshalb hatte er unverzüglich begonnen zu trainieren. Jeden Abend marschierte er den Pappelweg vom Viertel Ehrenquell, dessen hübsche Häuser schon lange leer standen, bis zum Geheimen-Militärcamp-das-jederkennt und wieder zurück. Als er diesen Weg das erste Mal zurücklegte, hatte er seinen Fahrer rufen müssen, weil ihm mittendrin die Luft ausgegangen war. So kaufte er sich Laufschuhe, einen Trainingsanzug mit Streifen an den Seiten und wies das Bauamt an, den vernachlässigten Weg umgehend zu asphaltieren. Und Ben Zuk wies er an, ihn bei seinen Trainingsmärschen zu begleiten.

Er wusste, wenn jemand zuschaut, strengt man sich mehr an.

Beim Gehen hatte er seinem persönlichen Assistenten zum ersten Mal seine Lebensgeschichte erzählt. Als wir nach Israel geflohen sind, sagte er und zeigte gen Osten, sind wir nachts von diesen Bergen hier heruntergekommen. Nissim, mein Bruder, und ich. Wir zitterten vor Kälte, und auch vor Angst. Wenn sie uns erwischt hätten, sie hätten uns umgebracht. Oder uns in Damaskus ins Gefängnis geworfen. Das ist schlimmer als sterben, glaub mir. Es war Winter, so wie jetzt. Und es schneite. Alle paar Meter rutschte einer von uns auf den nassen Steinen aus, und der andere half ihm wieder auf. Erst im Morgengrauen überquerten wir die Grenze. Die Sonne kam raus, es hörte auf zu schneien. Wir sind auf unsere aufgeschürften Knie gesunken und haben die nasse Erde geküsst. Bis heute habe ich den Geschmack der Erde im Mund, wenn ich davon rede. Wie alt wir waren? Ich dreizehn und Nissim elf. Einen Vater hatten wir nicht. Der hatte sich abgesetzt; er ist zurück nach Marokko gegangen, als wir noch klein waren. Meine Mutter sagte immer zu mir: Du bist der Mann im Haus. Und auch in jener Nacht, bevor wir aufbrachen, hatte sie mir die Hand auf die Stirn gelegt und gesagt: Du bist der Erstgeborene, du bist dafür verantwortlich, dass deinem kleinen Bruder nichts passiert. Später, in Israel, hat man uns aber getrennt. Nissim haben sie in ein Durchgangslager für Einwanderer gesteckt. Mich haben sie, weil sie »Potenzial« erkannten, in einen Kibbuz geschickt. Dort war ich ein »Externer«, ohne Familie. Genau wie du, mein Sohn. Was meinst du, warum ich dich beim Bürgermeisteramt eingestellt hab? Glaub mir, es gab Bewerber mit mehr Erfahrung. Aber ich hab mir gesagt: Diesem Jungen werde ich helfen. Mir hat damals nämlich keiner geholfen. Ich habe alles alleine gemacht, Ben Zuk, mit meinen beiden Händen. Wenn ich dich also manchmal anpfeife, dann nur, um dich abzuhärten, kapiert? *Yalla*, mir geht die Luft aus. Wir kehren um.

Jeden Tag, so hatte Danino beschlossen, würden er und Ben Zuk eine Pappel weiter gehen, bis sie das Wäldchen erreichten, von dem aus man den Manchmal-weißer-Berg sehen konnte. Und tatsächlich arbeiteten seine Muskeln von Mal zu Mal besser zusammen, sein Brustkorb weitete sich, und die Fantasie über Marina & Co. trieb wilde Blüten. Er würde ihr helfen, ihren Platz in der Stadt zu finden. Sie würden ein paar Monate lang ein geheimes Verhältnis haben. Die Körper würden die kulturelle Kluft schon überbrücken. Nach und nach, mit Streicheln. Die Sache mit seinem kleinen *Januka* würde er ihr nicht erzählen müssen. Warum auch. Sie würde das alles von ganz alleine verstehen und ohne Worte das Eis zum Schmelzen bringen. Und dann würde er sein deprimierendes Haus verlassen und zu ihr ziehen. Schließlich war es noch nicht zu spät für einen Neuanfang. Es war noch nicht zu spät.

Der erste Eindruck entscheidet, sagte Ben Zuk immer. Wir müssen Mängel verbergen und die Vorteile hervorheben. Und vor allem müssen wir ihnen das Gefühl geben, hier sei ihr neues Zuhause. Was will ein Neueinwanderer nach den Beschwerlichkeiten der Reise? Einen Schemel, um seine Beine hochzulegen. Ein heißes Bad gegen die Kreuzschmerzen und ein Kissen für seinen müden Kopf.

Ohne größere Schwierigkeiten gelang es ihm, den verzweifelten Unternehmer, der das Viertel Ehrenquell gebaut hatte, dazu zu bringen, ihm die hübschen kleinen Häuser – laut Prospekt »nach höchsten Standards gebaut und eingerichtet« – zu verpachten. Aufgrund einer wundersamen Erscheinung, die ein Jeremiahu Jizchaki, Bewohner der Stadt der Gerechten, gehabt und auf großen Plakaten publik gemacht hatte, standen sie alle leer, und keiner interessierte sich für sie:

> Mir, Jeremiahu Jizchaki, wohnhaft in der Stadt der Gerechten im Block D, wurde vom Ewigen ein Wunder zuteil. Wie mir befohlen, gebe ich den Bewohnern der Stadt folgende Botschaft des verborgenen Zaddik Netanel weiter, der mir nachts im Traum erschienen ist. Er war ganz in Weiß gekleidet, und sein Antlitz strahlte wie das eines Engels. Es ist nicht gut, sprach

> er zu mir, das Treiben der Menschen an dem Ort, den man Ehrenquell nennt. Ich fragte ihn: Welches Treiben meint Ihr, und warum ist es nicht gut in Euren Augen? Da ergriff er meine Hand und führte mich auf einem Weg zwischen Hügeln hindurch, bis wir das neue Viertel und seine Baugerüste erreichten. Dort wies er mit der Hand auf die Erde, und siehe, sie ward durchsichtig wie Glas. und darunter lag ein Sarg, und unser heiliger Zaddik zeigte darauf und sagte: Dies ist das Hindernis! Ich, Netanel der Verborgene, ich bin hier begraben, und auf meiner Ruhestatt sollen keine Häuser errichtet werden, denn diese Sache ist schlecht in den Augen des Ewigen. Und ich fragte ihn: Was soll ich tun, mein Herr? Und er antwortete: Du sollst die Söhne der Stadt und ihre Obrigkeit warnen, denn an diesem Ort lagert die Sünde, und ein Fluch wird über sie kommen, wenn sie ihn betreten.

Umsonst die Beteuerungen des Bauunternehmers, umsonst die Bestätigungen von offizieller Seite, man habe das Gebiet vor dem Bau des neuen Viertels genauestens untersucht, um sicherzustellen, dass sich dort keine alten Gräber befänden, und während der Bauphase sei man auf keinen einzigen Sarg gestoßen. Umsonst auch die offizielle Erklärung des Ausschusses zur Rekonstruktion alter Gräber, ihnen sei kein Zaddik bekannt, der den Namen Netanel der Verborgene trage, obgleich (und diese Einschränkung war später ausschlaggebend für die Auslegung des ganzen Gutachtens gewesen) es denkbar sei, dass das Attribut »der Verborgene« auf die große Bescheidenheit des Zaddik hindeute, ähnlich wie bei Hannan dem Verborgenen, weshalb man nicht mit absoluter Sicherheit ausschließen könne, dass »Netanel der Verborgene« so bescheiden war, dass er alle Zeugnisse, die darauf hinwiesen, dass er ein Zaddik war, vernichtete. Umsonst war sogar eine investigative Reportage der Lokalzeitung, die aufdeckte, dass besagter Jeremiahu Jizchaki beim Kauf eines Hauses in diesem Viertel den Bauunternehmer von Ehrenquell um einen außergewöhnlichen Preisnachlass gebeten und erst nach dessen abschlägiger Antwort seine wunderhafte Vision öffentlich gemacht hatte.

Die Einwohner der Stadt der Gerechten hegten eine gewisse Ehrfurcht gegenüber derartigen Erscheinungen. Im Laufe der langen Stadtgeschichte hatten sie sich so häufig ereignet wie die Erdbeben, und sie bildeten einen festen Bestandteil in ihrer Überlieferung. Mehr noch: Selbst wer an den hehren Absichten des Jeremiahu Jizchaki zweifelte, scheute sich, ein Haus zu kaufen, das sich in Zukunft vielleicht nicht wieder verkaufen ließe, falls sich der Fluch von Netanel dem Verborgenen tatsächlich erfüllen sollte.

All das brachte Avraham Danino zur Weißglut. Vor Kurzem hatte er sich selbst noch an allerlei Ritualen im Zusammenhang mit den Gräbern der heiligen Zaddikim beteiligt. Er hatte Kerzen angezündet. Hatte bunte Bänder und Plastiktüten an die Äste der umstehenden Bäume geknotet. Hatte Bitten formuliert. Vor allem hatte er gehofft, dass die oberen Welten ihm und seiner Frau eine sehr persönliche Bitte erfüllen möchten, doch dann war das mit *Januka* passiert, und danach begann er, mit den vielen toten Zaddikim einzeln abzurechnen, und er wartete geduldig auf den Augenblick, in dem er ihnen seine Rechnung präsentieren könnte.

Als Erstes holte er den Segen der Rabbiner ein – die distanzierten sich insgeheim von dem Kult, der sich nach und nach um das Haus von Jeremiahu Jizchaki entwickelte: zugepfropfte Flaschen, die seinen Segen enthielten, Kissen mit dem Aufdruck seines Bildes. Danach besorgte er die Zustimmung des Bauunternehmers, und dann stellte er ein Sonderbudget bereit, um die Häuser auf ihre neuen Bewohner vorzubereiten. Bei mir, erklärte er stolz, müssen die Einwanderer nicht monatelang in Auffanglagern ausharren; bei mir steigen sie aus dem Bus und bekommen auf der Stelle den Schlüssel zu ihrem neuen Haus.

Doch die Busse ließen auf sich warten. Drei Stunden waren seit dem vorgesehenen Zeitpunkt ihrer Ankunft verstrichen – und noch immer war kein Bus in Sicht. Längst hatten die Schüler ihre Transparente abgestellt und tobten herum. Die als Soldaten der Roten Armee verkleideten Pensionäre hatten ihre Uniformen abgelegt und waren ins Altersheim zurückgekehrt, um Mittagsschlaf zu halten. Die Straßenhändler ließen die Preise purzeln, doch nicht einmal vier Maiskolben für zehn Schekel fanden Käufer, und wie immer in Momenten der Verwirrung und abgrundtiefen Langeweile kamen Gerüchte auf: Man sagte, die Frömmeren unter den Neuankömmlingen hätten verlangt, an jedem Grab eines Zaddikim, das an ihrem Weg lag, anzuhalten, und nun würden sie sich weiter verspäten, weil sich alle vor jeder Grabstätte niederwerfen wollten. Andere berichteten von einem Verkehrsunfall, bei dem der ganze Bus in ein ausgetrocknetes Flussbett gestürzt sei. Wieder andere nahmen an, die Neuankömmlinge hätten im letzten Moment, als sie die ärmlichen Häuser und das völlig veraltete Einkaufszentrum sahen, vom Fahrer verlangt, sie in eine richtige Stadt zu bringen, in der es wenigstens ein anständiges Einkaufszentrum gäbe.

Um zehn Uhr nachts, zehn Stunden nach der geplanten Ankunft, erschien ein einziger Bus auf dem Berg. Außer zwei verärgerten Männern in Anzügen, die schon am Mittag zerknittert gewesen waren, wartete auf der Hauptstraße keine Seele mehr; ein zu starker und zu kalter Wind spielte mit den am Straßenrand liegenden Willkommensschildern und mit den letzten Musikklängen, die gleichsam in der Luft erstarrt waren. Der Bürgermeister und Ben Zuk näherten sich zögernd der Parkbucht. Das Herz des Bürgermeisters pochte in seinen Schläfen, in seinen Schultern und an einem Punkt im Kreuz, von dem er nicht gewusst hatte, dass es auch dort schlagen konnte. Er zog die rechte Hand aus der Hosentasche und wartete ungeduldig und mit traurigem Blick auf das Zischen der Druckluft, mit dem sich das Öffnen der Türen ankündigte.

*

Beim Einsteigen hatte Katja Anton gebeten, am Fenster sitzen zu dürfen, und er hatte ihrer Bitte, wie immer, nachgegeben. Sie wollte unbedingt den Weg sehen, den sie entlangfuhren, sich jeden Busch einprägen, jedes Straßenschild, jeden möglichen Hinweis auf das, was sie erwartete, doch kurz nachdem der Bus losgefahren war, waren ihr die Augen mit den langen Wimpern – Anton bestaunte sie immer wieder – zugefallen. Bevor sie in ihrem Sitz einschlief, hatte sie einige Weinberge gesehen und ein Tier – es gelang ihr nicht auszumachen, ob es ein Hund war, oder ob die Füchse hier so aussahen – überfahren auf der Straße. Kein gutes Omen! Ein totes Tier auf dem Weg ist kein gutes Omen, pickte die Stimme ihrer verstorbenen Mutter in ihr, und sie brachte sie zum Schweigen, aber nicht ganz, denn die innere Stimme der Mutter bringt man nie wirklich zum Schweigen, und so begleitete die sie auch in einen kurzen Traum: Katja fährt mit ihrem ersten Ehemann in ihrer Geburtsstadt Straßenbahn, und plötzlich, ohne dass da eine Haltestelle wäre, gehen die Türen auf, und Daniel steigt in den Wagen, Danik, ihr Enkel, mit einer Mütze, die sie nicht kennt, und darauf einer Aufschrift in einer Sprache, die sie nicht versteht. Sie breitet die Arme aus, will ihn umarmen, doch er erkennt sie nicht;

ihr Enkel tut so, als kennte er sie nicht, und sie wendet sich an ihren Mann, um mit ihm über diese schmerzhafte Kränkung zu reden, doch der ist schon nicht mehr da, ist einfach verschwunden (typisch für ihn, einfach zu verschwinden, denkt sie im Traum), dann hört man den mechanischen Glockenton, der normalerweise die Durchsage der nächsten Station ankündigt, doch statt der schweren, offiziellen Stimme vom Band hört sie das Schelten ihrer Mutter: Kein gutes Omen. Kein gutes Omen. Kein gutes Omen.

Sie wachte auf, als ihr Kopf gegen die Lehne des Sitzes vor ihr schlug. Im Bus herrschte Chaos. Einige Fahrgäste hatten wohl ein allzu menschliches Bedürfnis verspürt – nichts zu machen, das Alter hinterließ seine Spuren – und sich zwecks einer größeren Unterredung um den Fahrer versammelt. Wären Sie bereit anzuhalten, siezten sie ihn höflich auf Russisch. Wir möchten gerne … aussteigen und Tee trinken, sagten sie. Es war ihnen unangenehm, den wahren Grund zu nennen. Doch der Fahrer drehte sich nicht einmal zu ihnen um. Entschuldigung, sagten sie nun etwas lauter und schon weniger höflich, können Sie anhalten? Tee, bitte! Doch der Fahrer schaute sie nur durch den Spiegel an, kratzte sich verlegen an der Nase und fuhr weiter. Stopp! Stopp! Stopp!, rief einer derer, die es sich verkneifen mussten, und erst schien es, als würde der Fahrer dieses Wort tatsächlich verstehen, denn jetzt warf er ihnen einen anderen, entschlosseneren Blick zu. (Dieser Fahrer hatte von Kollegen schon Geschichten über Gruppen von russischen Einwanderern gehört, die sich nachdrücklich weigerten, in die abgelegenen Orte zu fahren, in die man sie verfrachtete, und die den Fahrer zwangen, ins Zentrum des Landes zurückzufahren, und er dachte sich, nein, mir wird das nicht passieren, mir nicht, und gab Gas.)

Diese plötzliche Beschleunigung war in den Blasen der Notleidenden als stechender Schmerz zu spüren und bewog den Mann, der »Stopp« gerufen hatte, sich vor dem Fahrer aufzubauen und auf sein Geschlecht zu zeigen. Jetzt wurde der Fahrer wirklich sauer. Die kannten aber auch gar keine Scham! Er überschüttete den Fahrgast mit der prallen Blase mit einem energischen Wortschwall und wies ihn mit drohenden Gesten an, sich zu setzen. Doch der setzte sich nicht. Mit dem Mut der Verzweiflung zeigte er noch einmal auf sein Geschlecht und beschrieb mit der Hand einen Bogen in der Luft, der hinter der Windschutzscheibe endete.

Der Busfahrer bremste. Davon war Katja aufgewacht.

Etwa die Hälfte der Fahrgäste stieg eilig aus, um sich zu erleichtern. Die Männer fanden Sträucher in der Nähe, die Frauen entfernten sich etwas weiter. Einige Minuten, nachdem sie getan hatten, was zu tun war, bemerkte jemand, dass Anna Nowikowa fehlte. Jetzt verließen alle Fahrgäste den Bus und schwärmten aus, sie zu suchen. Anna, Anna!, riefen diejenigen, die ihr schon dort nähergestanden hatten. Anna Nowikowa, Anna Nowikowa!, riefen die ihr weniger nahestehenden Fahrgäste. Nikita, Nikita, wo bist du nur, wenn man dich braucht?, rief Wladek Gugolski, der vor Jahren als Assistent des Kameraassistenten bei einem Film von Nikita Michalkow gearbeitet hatte. Wäre Nikita hier, sagte er zu Katja, die neben ihm herging, würde er einen Film daraus machen: Eine Gruppe *struschkas* hält unterwegs zu ihrem neuen Zuhause in Israel an. Da verschwindet plötzlich eine der alten Frauen. Wär' das nicht ein guter Film, Katja?

Letztlich fanden sie Anna Nowikowa; sie war in eine nicht gekennzeichnete Grabhöhle gefallen.

Ein Jahr später sollte in ebendiese Grabhöhle ein verirrter Talmudstudent fallen und dem Ausschuss zur Rekonstruktion alter Gräber aufgeregt davon berichten. Dieser würde nach einer Reihe von Untersuchungen bekannt geben, dass es sich dabei um das Grab von Salomo, dem Tannaiten, handele, und schon bald würde das Grab zu einem Pilgerort für alle werden, die einen Segen für ihre Geschäfte suchten; eine ganze Industrie bedruckter T-Shirts, Schirmmützen, organisierter Reisen und ganzheitlicher Therapien würde rund um diese Höhle entstehen, bis der Bürgermeister Avraham Danino trotz seiner schlechten Erfahrungen mit all diesen falschen Zaddikim eine ordentliche Zufahrtsstraße dorthin würde teeren lassen, weil ihm keine andere Wahl bliebe.

Doch zum jetzigen Zeitpunkt war der Zugang zu Anna Nowikowa, die sich den Knöchel verstaucht hatte, äußerst beschwerlich, und ihre Bergung dauerte einige Stunden.

Katja betrachtete stolz ihren Anton, der die Bergungsarbeiten dirigierte. (Ihr erster Mann hätte längst einen Vorwand gefunden, sich aus dem Staub zu machen.) Doch sie spürte auch einen Hauch Bitterkeit. Warum hatte sie diesen Mann erst so spät gefunden? Zu einem Zeitpunkt, zu dem er schon nicht mehr konnte ... verdammt ... in jüngeren Jahren hatte er doch sicher noch gekonnt ... aber vielleicht würde ja jetzt, hier im neuen Land ... schon durch die ganzen Veränderungen ... vielleicht gab es ja noch eine Chance. Sie schlang die Arme um sich und stellte sich vor, es wären seine starken Arme, die sie in ihrem neuen Bett erdrückten.

Später, nachts, als der Bus endlich anhielt, einen Moment, bevor die Türen aufgingen, ergriff Anton ihre Hand, beugte sich zu ihrem Ohr und flüsterte: Wir fangen noch mal neu an, Kutik, in unserem Alter. Hättest du das gedacht?

*

Wen habt ihr mir denn hier gebracht? Was sind das nur für Leute!

Zwei Wochen nach der Ankunft des Busses fuhr Avraham Danino, der Bürgermeister, hinauf nach Jerusalem und beschwerte sich. Einen Moment mal, Sie waren es doch, der darum bat, ja darauf bestand! Wie nannten Sie das? Positiven Bevölkerungszuwachs, nicht wahr?, erwiderte der Beamte des Innenministeriums, und Avraham war felsenfest davon überzeugt, Spott aus seiner Stimme zu hören.

Ja, aber ich dachte ... ich meine, ich habe doch damit gerechnet ..., stammelte er, und gegen seinen Willen erschien vor seinem inneren Auge Marina-Olga-Irina, wie sie auf hohen, aber nicht zu hohen Absätzen in sein Büro kam, um die Erlaubnis für eine bauliche Veränderung zu erhalten, und während sie sich beide über die Skizzen des Bauunternehmers beugten, hob Marina plötzlich ihren Blick zu ihm und sagte, Verehrter Herr Bürgermeister, darf ich Sie etwas fragen? Und er sagte: Fragen Sie frei heraus, und nennen Sie mich Avraham, da streckte sie ihre Hand aus, berührte seine Wangen, streichelte sie langsam, ließ sich viel Zeit damit, und fragte: Avraham, sag mir, warum bist du nicht froh? –

Verdammt. Er musste damit aufhören. Es gab keine Marina. Es gab keine, und es würde auch keine geben. Wie töricht war es von ihm gewesen, in seinem Alter zu glauben, dass eine große Liebe all seine Traurigkeit hinwegspülen würde.

Herr Bürgermeister, so funktioniert das einfach nicht, sagte der Beamte. Sie können uns nicht zwei Jahre lang verrückt machen und es dann bereuen. So geht man nicht mit Menschenleben um.

Aber was mach ich denn mit diesen ganzen ...

Das sind allesamt sehr wertvolle Leute. Freiberufler. Es stimmt, die meisten sind schon Rentner –

Die meisten?, rief Danino. Von denen ist keiner unter sechzig!

Aber sie sind sehr selbstständige Leute. Bei ihnen ist es ja sonst üblich, dass die Großeltern bei der Familie ihrer Töchter oder Söhne wohnen.

Ja, und?

Die Einwanderer aus Ihrem Bus sind ältere Leute ohne Angehörige im Land. Oder ihre Familien wollen sie nicht aufnehmen. Solche Menschen müssen entsprechend begabt und voller Tatkraft sein, und ich bin mir sicher, dass sie eine Menge zum Gemeindeleben Ihrer Stadt beisteuern können.

Wo haben Sie die nur aufgelesen? Sagen Sie mir, wo!

Sie hatten sich bereits dort, in Russland, organisiert und einen Sammelantrag gestellt, gemeinsam als Gruppe einzuwandern. Das ist doch schön.

Aber die können ja noch nicht einmal …, sagte Danino und schob die Hände in die Hosentaschen, … noch nicht mal Hebräisch sprechen!

Dann lernen Sie eben Russisch, Danino. Wir bezuschussen Ihren Sprachkurs, wenn Sie wollen, lachte der Beamte und erhob sich von seinem Platz, als Zeichen, dass das Gespräch für ihn beendet war.

*

Im ersten Winter, nachdem die neuen Einwanderer ins Viertel Ehrenquell eingezogen waren, schneite es. In der Stadt der Gerechten fiel fast jedes Jahr Schnee, und ab und zu kamen sogar Bewohner aus der Stadt-der-Sünden mit Transportern, um etwas Schnee mit nach Hause zu nehmen und ihren Kindern zu zeigen. Doch in diesem Winter ereignete sich etwas Erstaunliches: Die weißen Flocken schwebten ausschließlich über dem neuen Viertel nieder. So geschah es, dass sich der Schnee in Ehrenquell einen halben Meter und höher auftürmte, während im Rest der Stadt nur ein paar müde Tropfen Regen fielen. Der Briefträger, der einzige aus der Stadt, der das Viertel arbeitsbedingt regelmäßig aufsuchte, kehrte von dort zurück, rieb sich in seinem Wohnzimmer die klammen Hände über den Heizspiralen des elektrischen Öfchens und sagte: Esther, du glaubst ja nicht, was da passiert: Sibirien. Das ist echt Sibirien.

Sibirien, das ist echt Sibirien, erzählte Esther am nächsten Tag ihrer Friseurin Simona, du glaubst ja nicht, was da los ist.

Und da Dinge, die in Simonas Friseursalon erzählt werden, sich gewöhnlich wie Tinte auf Leinen ausbreiten, haftete dem neuen Viertel schon bald der Schimpfname »Sibirien« an und vergrößerte die Distanz zwischen dem Viertel und der Stadt gleich um mehrere Kilometer.

*

Jeden Abend, kurz bevor die Sonne hinter den Antennen des Militärcamps untergeht, legt Anton die Hand auf Katjas Schulter und fragt: Kutik?

Sie weiß selbst, dass die Zeit für ihren täglichen Spaziergang gekommen ist, doch sie mag die Berührung seiner Hand und dass er sie Kutik nennt, und so lässt sie ihn führen – in allem anderen hat sowieso sie das Sagen –, und sie lässt sich von ihm auch in den Mantel helfen und die Tür aufhalten.

Unten, auf der Straße, treffen sie die komplette Besatzung des Busses, mit dem sie hergekommen sind. Seit der Busfahrt sind schon zwei Jahre vergangen, doch oh Wunder, noch ist kein Einziger aus ihrer Gruppe gestorben. Manchmal, wenn Katja und Anton ihren abendlichen Glühwein trinken, schließen sie heimlich Wetten ab, wer von den Autobus-Einwanderern als Erster das Zeitliche segnen wird. Immerhin sind sie alle nicht mehr die Jüngsten. Irgendwann muss es den Ersten treffen. Anton verfasst dann einen Nachruf auf den Verstorbenen, und sie lacht Tränen – wie schön er immer seine Worte setzt – und stößt mit einem weiteren Glas mit ihm an, und am nächsten Tag, wenn sie die Treppe hinunter auf die Straße gehen, spüren sie beide insgeheim so einen Spannungskitzel, ob der, dessen Nachruf sie am Vorabend vorgetragen haben, wohl zum Abendspaziergang erscheinen mag. (Einmal beschloss Anton, ihrem Protest zum Trotz, dass ausgerechnet er als Erster sterben würde, und verfasste die Eröffnungsworte für seinen eigenen Nekrolog, und sie wusste, dass er amüsant war, wirklich amüsant, aber zum Lachen war ihr nicht.)

Auf der Straße grüßen sie alle mit *dobry wetscher*, Guten Abend, und nur den, der hätte sterben sollen, den grüßen sie mit: Mögest du lange gesund bleiben, *dolgowo sdorowja wam*. Allein oder zu zweit gehen die Bewohner des Viertels zum Pappelweg, manche mit Hunden, keiner mit Kindern; die Kleidung ist noch von dort, die Sprache auch, und sogar der Wetterbericht ist es. Spielmans Transistorradio, das er dicht am Ohr hält, sendet noch immer Radio Moskwa. In ihrem ersten Brief aus Israel schrieb Tanja damals, es sei »so entsetzlich feucht, klebrig und drückend und stickig hier, als würde man in einem Topf Kompott schwimmen«. Doch in dieser Stadt ähnelt sogar das Wetter dem Wetter dort, im Winter beißt es gehörig in Ohren und Nase, und in den Sommernächten ist es angenehm, und das ist noch ein Grund dafür, dass sie unter keinen Umständen zugestimmt hätte, zu ihrer Tochter an die Küste zu ziehen, nicht einmal, wenn Tanja sie eingeladen hätte.

Trotzdem ist es schade, dass ihre Tochter sie nicht einlädt, einfach, damit sie ablehnen könnte, denkt Katja und hakt sich bei Anton ein. Sie gehen auf dem von Pappeln gesäumten Weg, der in ihrem Viertel beginnt und vor dem Eisentor des Militärcamps endet. Rechts von ihnen ein Tal mit Olivenbäumen, links ein Wäldchen mit Zwergzypressen, vermutlich zum Gedenken an jemanden – ach, wenn sie nur das Schild lesen könnte –, und dann steht da der schöne schokoladenbraune Hengst. Am Samstag kommen Besucher her und reiten auf ihm, aber den Rest der Woche ist er alleine, galoppiert bis zum Ende der provisorisch eingezäunten Pferdeweide und wieder zurück. Der Hengst ist dermaßen schön – seine gespannten Muskeln, sein genau im richtigen Maße praller Hintern –, dass Katja manchmal erregende Gedanken kommen, und obwohl sie Anton damit zum Lachen bringen könnte, erzählt sie ihm nicht davon, um nicht Salz in die …

Nach der Pferdeweide kommt das offene Gelände, über das manchmal Fuchsschwänze flitzen. Einmal, als ihr Enkel zu Besuch war, blieb ein Fuchs so nahe bei ihnen stehen, dass Daniel zu ihm hingehen und ihn streicheln wollte. Anton hielt ihn zurück und erklärte ihm, Füchse könnten beißen, man solle sie lieber nicht provozieren, und Daniel fragte: Aber wer streichelt sie dann? Weil alle vor ihnen Angst haben, streichelt sie keiner! Anton sagte, vielleicht mögen sie gar nicht, dass man sie streichelt, wer weiß, und Daniel sagte: Guck doch mal, sein Schwanz, so viel Fell, das ist bestimmt schön zu streicheln, und ging nur widerwillig weiter, schaute sich immer wieder nach dem Fuchs um, und erklärte schließlich wütend: Mensch, Oma, wenn es einmal was Interessantes bei euch im Viertel gibt, dann ist das auch noch verboten! Da hatte sie wieder diese bittere Ahnung, dass er eines Tages keine Lust mehr auf die Wochenenden bei seiner Großmutter haben und nicht mehr kommen würde. Was würde sie tun ohne diesen Funken in seinen Augen, ohne seinen Heißhunger auf Fleisch-*piroschki*, die sie extra für ihn zubereitete, und ohne seine klugen Fragen: Warum seid ihr nach Israel gekommen? Wegen mir? Das klingt mir aber nicht logisch. Und wie kommt es, dass ihr überhaupt kein Hebräisch könnt? Und wie warst du als kleines Mädchen, Oma? Ein Frechdachs. Und wie war Anton? Und warum wohnst du nicht bei uns? Wie die Babuschkas von Michal und die Babuschkas von Adi?

Nach dem Gelände mit den Füchsen führt eine Wegbiegung zum Miltärcamp. Sie gehen nicht bis zum Tor. Anton möchte das nicht. Uniformen tun ihm nicht gut. Dieser Geruch nach erfrorenen Kartoffeln, den Militäruniformen an sich haben, sagt er, ist überall auf der Welt der gleiche. Einmal waren sie zu nah ans Tor gegangen, da begann er gleich am ganzen Leib zu zittern, die Schultern, die Knie, die Hände. Aber er wollte ihr unter keinen Umständen erzählen, warum. Sie versuchte es mit: Aber Anton … ich möchte dir … wenn du mit mir redest, dann … kann ich dir vielleicht helfen. Doch er antwortete barsch, in einem Ton, der gar nicht zu ihm passte: Ich brauche keine Hilfe, und ich will auch nicht reden. Ich möchte, dass wir jetzt umdrehen. Ist das zu viel verlangt?

Auf dem Rückweg hatte er sich bei ihr eingehakt und wieder in seinem normalen Ton gesagt: Bin ich jetzt etwas mysteriös für dich? Aber das ist gut für die Romantik, nicht wahr?

Erste Vögel durchqueren den sich rötenden Sonnenball in der Dämmerung. Dort hatte sie die Namen aller Vögel gekannt, aber hier gibt es viele neue Arten, von denen sie noch nie gehört hat. So verfolgt sie nur mit ihrem Blick den unterschiedlichen Flügelschlag, den kleinen und den großen, den lauten und den leisen, während Anton neben ihr aufzählt, was er alles im Viertel verändern würde, wenn es nach ihm ginge. Auf dem Nachhauseweg läuft sein Kopf immer heiß, und er hat die tollsten Ideen: Ein Schachclub! Morgens soll er geöffnet sein, denn da arbeitet das Gehirn am besten! Und ein Eisengeländer, den ganzen Pappelweg entlang, für die, die Mühe beim Laufen haben! Eine russische Leihbibliothek! Hebräischstunden! Mit Lehrern, die ins Haus kommen! Warum Lehrer? Lehrerinnen! Privatlehrerinnen, und jung sollen sie sein und braungebrannt! In nabelfreien Hemdchen, um den Ehrgeiz zu reizen!

Letzteres sagt er nur, weil er meint, dass sie ihm längst nicht mehr zuhört, also kneift sie ihn in den Arm, um ihm zu zeigen, dass doch.

Später, zu Hause, hängen sie die Mäntel an den Haken, und er geht ins Arbeitszimmer, um seine Verbesserungsvorschläge in seine alte Schreibmaschine zu tippen. Auf dem Weg nach Israel wurde das *X* so beschädigt, dass es nicht mehr zu reparieren ist, und nun feilt er lange an seinen Formulierungen, um ohne *X* auszukommen.

Inzwischen gießt Tanja das Wasser aus dem *tschainik* und bereitet zwei Gläser Tee zu, jeweils mit einem Würfel Zucker. Sie lauscht seinem rhythmischen Tippen. Wenn er eine Pause macht, bringt sie ihm sein Glas ins Zimmer, dann gießt sie die kleinen Blumentöpfe auf der Fensterbank, düngt ein bisschen mit kleinen, in Wasser eingeweichten Brotkrumen, prüft, ob die Sauermilch, die in einem Tuch an der Schranktür hängt, schon zu Quark geworden ist, und geht hinaus auf den Balkon.

Erst nachdem er mit seinem Brief fertig geworden ist und die Blätter in den von Daniel beschrifteten Umschlag mit der Adresse der Stadtverwaltung gesteckt hat, holt er sich einen Stuhl und setzt sich leise zu ihr. Unterwegs schaltet er das einzige Licht aus, das auf dem Balkon brennt, damit nur noch die Sterne leuchten. Beide räuspern sich ein letztes Mal und lehnen sich entspannt und zugleich erwartungsvoll in ihren Stühlen zurück. Er rückt sich eine eingebildete Krawatte zurecht. Sie reckt das Kinn vor. In wenigen Augenblicken beginnt die einzige kulturelle Darbietung, die es an diesem Abend im ganzen Umkreis gibt: Das Konzert in d-Moll, gespielt vom Orchester der Schakale.

*

Ab und zu kommt es noch immer vor, dass Ben Zuk so einen Morgen erlebt. Meist, wenn seine Frau Menucha ihre Tage hat und er sie nicht anfassen darf. Diese Distanz zwischen ihnen, und schlimmer noch, das Gefühl, dass ihr diese Distanz ganz recht ist, dass sie sie geradezu genießt, lassen in ihm unreine Gedanken keimen, die dann wachsen, sich verzweigen und aufsteigen in weitere Gefilde seiner Seele. Heute zum Beispiel hat sie die Kinder für draußen fertig gemacht, und er lauschte aus dem Bett ihren Stimmen in der Wohnung. Die Kinder waren fröhlich mit ihr und miteinander, und keiner kam ihn in seinem Zimmer besuchen. Auch nicht der Kleine, »sein« Junge, der ihm so ähnlich ist – er hat ihn direkt nach der Geburt auf den Arm bekommen, weil seine Frau eine Blutung hatte – und der an ihm hängt wie eine Klette und seinen Tonfall und seinen Gang nachahmt, auch der kam nicht zu ihm herein. Er selbst hatte von den Kindern verlangt, unter keinen Umständen morgens ins Zimmer der Eltern zu kommen, und trotzdem fühlte er sich plötzlich verlassen in seinem Bett. Überzählig. Auch als Vater war er eine Art Externer. Dieses Gefühl der Fremdheit hat ihn immer begleitet – abgesehen von den Jahren, als er und Ayelet sich in den Armen lagen und ihre Seelen einander anhingen –, und es war ebendieses Gefühl der Fremdheit, was ihn letztlich zum Beten gebracht hat. Je mehr Stufen des Glaubens er erklomm, umso fester war er davon überzeugt, dass nicht die Tatsache, dass man ihn als kleines Kind in den Kibbuz geschickt hatte, nachdem seine Mutter an einer Krankheit und sein Vater ein halbes Jahr später an gebrochenem Herzen gestorben war, der Urgrund seiner Einsamkeit war, sondern die Tatsache, dass er danach strebte, zum tieferen Geheimnis des Lebens vorzudringen. Einem Geheimnis, das »die anderen« niemals kennen würden. Und siehe, nun ist er umgeben von Menschen, die dieses Geheimnis mit ihm teilen, und nicht nur das, er hat sogar sein eigenes Zelt in der Welt aufgeschlagen und eine Familie gegründet – und doch kam dieses Gefühl des Andersseins zurück. Was half sein ganzes Bemühen, sich zugehörig zu fühlen, wenn er zum Schluss doch wieder, und sogar in seiner eigenen Familie, spürt, dass es »ihn« und »die anderen« gibt? Welchen triftigen Grund gibt es dann noch, nicht nach Ayelet zu suchen? Nicht ihren Geruchsspuren zu folgen? Nicht eine Hand auf ihre Hüfte zu legen und mit der anderen ihre Augen zu bedecken und zu fragen: Rat mal, wer das ist?

Gott bewahre!, Gott bewahre! Mosche Ben Zuk springt aus dem Bett; seine Erektion bohrt sich in den Stoff seines Pyjamas. Wie konnte diese Lilith in seine Gedanken dringen? Genug! Genug! Genug! Schon sieben Jahre ist er ohne sie, sieben ruhige Jahre; er darf nicht zulassen, dass sie sich in seine Familie drängt, sonst wird er seinen Weg im Nebel verlieren. Er tritt hinaus auf den kleinen Balkon ihrer Wohnung. Auf der Brüstung stehen große Weckgläser mit all dem Gemüse, das seine Frau Menucha einlegt. Weißkohl, Oliven, Möhrenstreifen, Melonenschalen, geviertelte Radieschen, kleine, mittlere und große Gurken. Anfangs hatte sie am Wochenbeginn ein Gemüse eingelegt, sodass es am Freitagabend, zum Beginn des Schabbat, fertig war, doch im letzten Jahr hatte dieses Hobby die Macht über sie gewonnen, und das Fensterbrett in der Küche war bereits zu klein geworden für ihre ganze Produktion.

Er bemerkt, dass die Gürkchen ihre Farbe schon verloren haben, und weiß, es ist an der Zeit, sie in den Kühlschrank zu stellen. Aber er tut es nicht. Er schaut über die Mauer aus Weckgläsern hinweg auf den nahe gelegenen Friedhof. Im Kibbuz lag der Friedhof weitab von den Wohnhäusern zwischen Zypressen, aber hier ist er das Zentrum der Stadt. Alle wollen möglichst nah bei den heiligen Zaddikim wohnen, die dort begraben sind; nur dank der Beziehungen von Menuchas Vater sind sie an diese Wohnung gekommen.

Sein Blick sucht die Gräber der wichtigsten Zaddikim. Das ist nicht schwer. Sie sind blau, nicht weiß wie die anderen, und alle blauen Gräber drängen sich um das Grab des Heiligen Rabbi, so, wie sich die Zaddikim zu Lebzeiten um seine Person geschart haben. Ben Zuk konzentriert sich auf ihr Blau und hofft, dass »ihre Verdienste ihm zum Schutz gereichen«. Das hilft normalerweise, aber an diesem Morgen wirkt es nicht. Sein Blick wandert von den Gräbern zu einer Frau, die bei ihnen steht. Etwas an der Art, wie sie sich zum Schutz vor der Sonne die Hand über die Augen legt, erinnert ihn an Ayelet, aber das kann nicht sein. – Das geht ja gar nicht. – Er neigt sich etwas vor und schaut noch einmal genauer hin, da ist die Frau schon verschwunden, als sei sie nie da gewesen. Er muss sie sich eingebildet haben. Garantiert hat er sie sich eingebildet. Er geht wieder hinein, wäscht sich das Gesicht und trocknet es mit dem Handtuch ab, auf dem gestickt steht: »Ich bin in der Mikwe des Heiligen Rabbi untergetaucht«. Auch das hilft nichts. Er braucht dringend eine Karte, geht zu dem Ordner, den er zu Hause hat, und holt die aktualisierte Karte der Stadt der Gerechten heraus, im Maßstab 1:20000.

Merkwürdig. Er überfliegt sie noch einmal. Auf dieser Karte weist nichts auf die Existenz von Sibirien hin. Er prüft das Datum – sie wurde erst vor ein paar Monaten von der Kartografieabteilung angefertigt, und Sibirien gibt es schon seit über zwei Jahren. An der Stelle, wo der Stadtteil sein müsste, steht: »Unbebautes urbanes Gelände«. Bestimmt noch so ein kleiner Racheakt von Danino, denkt er. Sosehr der Bürgermeister die Neueinwanderer auch gewollt hatte, sosehr er beim Innenministerium um sie gebettelt hatte, im Moment ihrer Ankunft kehrte er ihnen den Rücken, mit einem harten, starrsinnigen Nacken, als hätten sie ihn persönlich enttäuscht. Worin genau haben sie ihn enttäuscht? Das weiß keiner. Doch der Wind, der aus seinem Büro blies, war unmissverständlich: *Seid auf der Hut um Eurer Seelen willen*, was so viel heißt wie: Der Kontakt mit dem neuen Viertel und seinen Bewohnern ist auf ein Minimum zu beschränken. Briefe von dort werden nicht beantwortet. Mittel werden nicht bewilligt. Zu öffentlichen Anlässen wird niemand von dort eingeladen.

Und wenn man die Realität nicht kennt, treiben die Gerüchte wilde Blüten. Es hieß, an Jom Kippur habe man aus den Häusern in Sibirien Musik gehört, und zwei Bewohner des Viertels hätten sogar draußen gegrillt. An Chanukka habe man keinen einzigen Chanukkaleuchter in den Fenstern gesehen, dagegen hinter einem Haus einen Weihnachtsbaum mit bunten Kerzen. Man behauptete, die Bewohner wären ehemalige Agenten des KGB, und das Geheime-Militärcamp-das-jeder-kennt habe sie ins Land geholt und bezahle ihnen Unsummen, um die russischen Wissenschaftler abzuhören, die den Syrern bei der Entwicklung ihres Atomprogramms helfen. Andererseits erzählte man sich auch, sie hätten den Antrag gestellt, zu Mütterchen Russland zurückzukehren. Noch ein paar Tage, dann würden sie einpacken und abziehen. Außerdem erzählte man sich, dass sie nie in den Park gingen. Dass sie den ganzen Tag nur im Park seien. Dass sie das verschollene Grab von Netanel dem Verborgenen gefunden hätten und dort ein altes sabbatianisches Ritual zelebrierten. Dass sie die *Mesusot* von den Pfosten ihrer Türen abgeschraubt hätten. Dass kein Einziger dort einen jüdischen Nachnamen habe. Und dass die Männer nicht beschnitten seien.

Und dann plötzlich diese Anweisung von Danino, ihnen eine Mikwe zu bauen. Ausgerechnet ihnen. Und ausgerechnet er. Was ist passiert? Womöglich wollte sich Danino auch an ihm ein bisschen rächen. So sehr hatte er sich eingesetzt, so sehr ihn angefleht und beschworen; die Stadt sei darauf erpicht, von seiner »reichen Erfahrung als Offizier« zu profitieren; doch in letzter Zeit beschämt ihn Danino in den Ratssitzungen vor allen Anwesenden. Jedes Mal, wenn Ben Zuk redet, verdreht er die Augen gen Himmel, als sei er persönlich von seinem Mitarbeiter enttäuscht, aus einem gewichtigen Grund, auf den Ben Zuk aber nicht kommt.

Nichts zu machen; wenn es keine Karte von dort gibt, muss ich eben selbst hingehen, sagt sich Ben Zuk unwillig.

Er zieht sich an, mehrere Schichten übereinander, setzt eine schwarze Wollmütze auf (man sagt, dort, in Sibirien, sei es kälter als hier) und macht sich auf.

Unterhalb eines jeden Hauses im Viertel Ehrenquell hatte der Bauunternehmer zwei private Parkplätze angelegt, denn er kannte den Hang israelischer Familien zum Zweitwagen. Von den Bewohnern des Viertels besitzt aber kein einziger einen eigenen Wagen, und als Ben Zuk mit seinem Mitsubishi in das Viertel fährt, stehen ihm Dutzende verwaiste Parkplätze zur Verfügung. Auf vielen wuchern bereits Kletterpflanzen, doch kraft der Gewohnheit, und um auf Nummer sicher zu gehen, parkt er an der Straße und steigt mit einem gewissen Zaudern aus, hinaus in den starken Wind, der ihm einen Schauer über den ungeschützten Nacken jagt und die Baumkronen erzittern lässt.

Ein Löwe brummt ihn aus einem Vorgarten an. Unmöglich, dass das ein Hund ist, diese Kreatur. Unmöglich. Dickes braunes Fell krönt seinen Kopf. Sein Gang ist träge und doch bedrohlich. Den haben sie garantiert von dort mitgebracht. Er begibt sich auf die andere Straßenseite, die ihm sicherer erscheint, und betrachtet die Pergolen vor den Häusern. Noch nie hat er solche Pergolen gesehen. Braun und massiv, wirken sie wie Schränke, aber die Drechselarbeiten an den Pfosten sehen aus wie Paläste aus Sandtropfen oder wie die Buchstaben der Schrift, in der diese Leute schreiben. Kyrillisch. Während sein Blick noch auf einer Pergola ruht, trifft er einen Mann mit Gehstock, auf dessen Knauf ein vergoldeter Adler sitzt. *Schalom Alejchem,* begrüßt er ihn, doch der Mann antwortet nicht. Und da ist noch einer – ganz in Weiß gekleidet, dessen Gesicht strahlt, ein bisschen wie Netanel der Verborgene in der Geschichte seiner Offenbarung. Doch auch der erwidert seinen Gruß nicht. Sonst hätte er ihn fragen können, mein Herr ... was meinen Sie ... wo sollte man hier eine Mikwe errichten ... das sieht nicht so einfach aus ... auf der einen Seite die Häuser ... in der Mitte die Straße ... und auf der anderen Seite ein viel zu steiler Hang ... fällt ab bis hinunter ins Wadi ... doch der ganz in Weiß gekleidete Mann geht weiter, als habe er ihn nicht gehört. Vielleicht hat er ihn wirklich nicht gehört? Etwas weiter sitzen zwei alte Frauen an einer Bushaltestelle; während Ben Zuk noch überlegt, ob er zu ihnen hingehen soll, taucht hinter der Biegung ein Linienbus auf und hält an der Haltestelle. Er schilt sich wegen seines dauernden Zauderns heute – seit er aufgewacht ist, schon den ganzen Tag –, doch als der Bus weiterfährt, sitzen die beiden Frauen noch immer auf der Bank. Natürlich sitzen sie da, jetzt erinnert er sich, denn es gibt in Sibirien keine öffentlichen Bänke. Noch so eine Anweisung von Danino. Und da es keine Bänke gibt, müssen sie die Bank der Bushaltestelle benutzen. Aber wieso sollte er zu ihnen hingehen? Man stelle sich vor, sie würden ihn mit all ihren Beschwerden überhäufen, und er müsste womöglich noch die Position der Stadtverwaltung vertreten. Nicht an diesem Tag, der mit Gedanken an Ayelet begonnen hat. Plötzlich rollt ein Ball auf ihn zu. Ach, da weiß sogar er, was tun. Er stoppt den Ball mit dem Fuß und wartet auf das Kind, das bestimmt gleich angerannt kommen wird – mit ihm wird er in der internationalen Sprache des Fußballs reden, es sogleich mit einem gezielten, kräftigen Tritt überraschen, der das Eis brechen lässt –, aber es kommt kein Kind. Bei diesem steilen Abhang hier ist es durchaus möglich, dass der Ball vom anderen Ende des Viertels angerollt kam. Vielleicht sogar vom anderen Ende der Welt. Da steht er nun mit dem Ball in der Hand, der eisige Wind fährt ihn hart an, und er wartet vergeblich auf jemanden, der ihn zurückfordert. Während das Warten an ihm nagt, bemerkt er hinter der Bushaltestelle einen kleinen Hügel. Kein richtiger Hügel, eher eine Art Anhöhe, eine natürliche Aussichtsplattform mit Blick über das Tal. Er krempelt die Hose hoch, wegen des Schlamms, klettert, immer wieder ausrutschend, auf die natürliche Plattform und schützt die Augen mit den Händen vor dem Wind. Ein Adler fliegt aus einem Baum auf, schwebt einen Moment, wird von einem Luftstrom weggetragen, höher, immer höher und höher, und verschwindet hinter dem Militärcamp. Ben Zuk holt eine gefaltete Karte aus seiner Hemdtasche, markiert das Gebiet, nimmt dann sein Handy aus der Hosentasche und zieht seine schwarze Mütze vom rechten Ohr.

Noam, sagt er, ich bin's, Ben Zuk, wie geht's dir?

Ahalan, ya Ben Zuk, flüstert Noam ihm ins Ohr und fügt sanft hinzu: Du warst plötzlich verschwunden, Boss. Ich hatte schon Sehnsucht nach dir.

Ben Zuk weiß, dass sein echter Name nicht Noam ist. Und dass sich hinter dieser Sanftheit Eigeninteresse versteckt. Dennoch hört er ihn gern.

Ich habe eine Arbeit für dich, *ya* Noam, sagt er.

Hör zu … ich bin gerade … ziemlich ausgebucht … in letzter Zeit …, beginnt Noam bereits zu verhandeln.

Spar dir das, unterbricht ihn Ben Zuk, schade um deine

Zeit. Ich habe ein Riesenbudget zur Verfügung. Und außerdem gibt es einen Bonus, den du dir nicht entgehen lassen kannst.

Einen Bonus?

Nicht mündlich. Komm einfach morgen … und vergiss dein Fernglas nicht.

Ben Zuk steckt das Handy in die Hosentasche, schiebt die Wollmütze wieder über das frierende Ohr und bleibt auf der Aussichtsplattform stehen, mit einem Ball, der nicht ihm gehört. Er wartet noch ein paar Minuten, vielleicht kommt ja doch noch jemand, der ihn haben will. Schließlich legt er den Ball in seinen Wagen und fährt nach Hause. Seine Kinder freuen sich bestimmt darüber. Vor allem der Kleine. Er könnte den Ball als Überraschung hinter dem Rücken hervorziehen, wenn er zur Tür reinkommt, und sagen, er habe ihm ein Geschenk gekauft. Vielleicht würden die leuchtenden Augen des Kleinen und die viel zu kurze Danke-Umarmung ihm, wenn auch nur für einen Moment, das Gefühl geben, doch kein externer Vater zu sein.

*

Mit sechs Jahren hatte Naim sich in eine Bachstelze verliebt; mit diesem so elegant abgesetzten schwarz-weißen Gefieder. Er war auf dem Feld gewesen, hatte eine entdeckt, und plötzlich erhob sich ein ganzer Schwarm von ihnen.

Mit sieben gelang es ihm zum ersten Mal, eine Bachstelze zu streicheln. Neben Munirs Lebensmittelladen. Er hatte mit seinen Freunden gewettet. Sie behaupteten, das würde er nie schaffen. Vögel würden sofort wegfliegen, wenn man ihnen zu nahe kam.

Als er neun war, setzte sich das erste Mal ein Wiedehopf auf seine Schulter. Nach ein paar Sekunden flog er wieder weg, doch Naim spürte den ganzen Tag das wunderbare Kratzen seiner Krallen auf der Haut.

Mit elf warf er den Käfig weg, den seine Mutter ihm geschenkt hatte. Wäre er älter gewesen, hätte er ihr vielleicht erklären können, dass die ganze Sache mit den Vögeln darauf beruhte, dass sie auch woandershin fliegen konnten.

Dir wara el azafir, nannte sein Vater ihn. Einen, der Vögeln nachjagt, einen Nichtsnutz, einen hoffnungslosen Fall. Auch die Kinder piesackten ihn, kitzelten ihn mit einer Feder im Nacken, warfen Steine nach ihm, gruben Fallen, bedeckten sie mit Reisig und lachten sich kaputt, wenn er hineinfiel.

Mit fünfzehn ging er zur Vogelbeobachtungsstation an dem See-in-dem-kein-Wasser-ist und bot seine Hilfe an, als Freiwilliger. Es gelang ihm, seinen arabischen Akzent zu verbergen, doch als sie seinen Namen hörten, schickten sie ihn, beim Putzen zu helfen. Für ihn war das in Ordnung, denn vom Dach der Damentoilette aus hatte er einen ausgezeichneten Blick, und im Herbst kletterte er nach Schichtende dort hinauf, beobachtete den großen Vogelzug und schlug im Vogelbestimmungsbuch alle Arten nach, die er sah.

Ein halbes Jahr später bewarfen Jungen im Dorf eine Schleiereule mit Steinen. Warum, schrie er, indem er sich über ihren zuckenden Körper beugte, warum habt ihr das getan? Weil sie Unglück bringt, antworteten die Jungen, guck doch, was für ein hässliches Gesicht sie hat! In ihm brannte die Wut des Ohnmächtigen: So ein Quatsch! Die Schleiereule ist ein wichtiger Vogel; sie frisst die Mäuse, die sonst die Ernte auffressen. Sogar im Koran steht, dass man Schleiereulen nichts antun darf!

Sie bringt Unglück, wiederholten die Jungen.

Als er sechzehn war, hatte sein Vater genug von diesem ganzen *asforija* – Was sind das für Spinnereien! –. Er schlug ihn nicht, er drehte auch keinem Vogel vor seinen Augen den Hals um. Er sagte nur: Jetzt bist du ein Mann. Und auch: Du musst für deine Brüder sorgen. Am nächsten Tag nahm er ihn mit auf die Baustelle und lehrte ihn die Geheimnisse seines Berufes. Wie man meißelt, wie man Beton mischt und Steine behaut. Aber auch, wie man mit Juden um Geld verhandelt und wie man mit ihnen zusammenarbeitet, mit einer Mischung von entschlossenem Stolz nach innen und Unterwürfigkeit nach außen, und wie man ihnen das Gefühl gibt, sie hätten hier das Sagen, auch wenn es nicht so ist.

Mit siebzehn verwandelte sich sein Name von Naim zu Noam. Der erste jüdische Bauunternehmer, für den er arbeitete, nannte ihn so, ohne sich etwas dabei zu denken, und der neue Name blieb an ihm haften. Die Bauunternehmer steckten die Arbeiter an, die Arbeiter ihre Frauen, bis ihn schließlich alle – außer seinen Eltern – Noam nannten.

Mit einundzwanzig war er selbst nicht mehr sicher, ob er Naim oder Noam hieß. Er wusste wohl, dass ihm der jüdische Name, der ihm anhaftete, und sein jüdisches Aussehen halfen, bestimmte Jobs zu bekommen, die nur an Juden vergeben wurden. Manchmal, wenn er etwa Synagogen oder rituelle Tauchbäder baute, wurde sogar pro forma ein jüdischer Bauunternehmer beauftragt, obwohl Naim die Arbeit verrichtete.

Mit dreiundzwanzig kaufte sich Noam-Naim von seinen Ersparnissen sein erstes Nikon-Fernglas. Er nahm es immer mit, egal wo er arbeitete, und in den Pausen, wenn die anderen Arbeiter tratschten oder aßen oder beides gleichzeitig, suchte er – sein Körper war schlank, fast mager, seine Gesichtszüge spitz wie die eines Vogels – den besten Aussichtspunkt, hob das Fernglas von seiner Brust und ließ seinen Augen freien Lauf.

*

Am Samstagmorgen machen Anton und Daniel einen Spaziergang durchs Viertel. Einem Außenstehenden mögen sie wie Großvater und Enkel erscheinen; wer sie sucht, vermag sogar gewisse Ähnlichkeiten auszumachen. Die Nase und dieser stolze, ein bisschen nach rechts geneigte Gang. Erst vor Kurzem hat Daniel Anton gefragt: Was genau bin ich denn nun für dich? Anton wusste, der Junge suchte eine solide Definition, wie »Stiefenkel« oder »Adoptivenkel«, doch er sagte nur: Du bist für mich *smeschinka,* das Lachen im Herzen, und alles andere ist Unsinn. Daniel protestierte und wollte zum hundertsten Mal die einzig richtige Erklärung hören, und Anton gab nach – er wusste, Kinder sehnen sich nach Ordnung, besonders Kinder, die schon mehrmals entwurzelt wurden –, und er erzählte ihm noch einmal, die Oma sei erst mit einem anderen Mann verheiratet gewesen, aber der sei verschwunden, einfach abgehauen, und danach habe sie viele Jahre alleine gelebt und sei traurig gewesen. Als er ihr im Altenheim begegnet sei, habe er gemerkt, dass er sie ziemlich leicht zum Lachen bringen konnte, obwohl sie so traurig aussah. Sofort habe er begriffen, dass er gefunden hatte, wonach er die ganze Zeit suchte, einen Grund, für den zu leben sich lohnte: um Katja Freude zu machen.

Und als Katja, deine Oma, mir erzählte, dass sie im Land der Juden einen Enkel habe, nach dem sie sich so sehr sehne, dass sie manchmal kaum atmen könne, fuhr Anton fort, habe ich ihre Hand geküsst und ihr gesagt, ich sei bereit, mit ihr ins Land der Juden zu ziehen, obwohl ich kein Jude bin und nicht dreimal am Tag zu Gott bete, einfach nur, damit sie leichter atmen könne. Nur zu einem war ich nicht bereit, sagte er: mich auf der Ofenbank einer jungen Familie einzunisten, so wie es mein Großvater und dessen Vater getan haben. Dieses Parasitentum hasse ich; ich wollte mit Oma in einer eigenen Wohnung leben. Das alles hab ich deiner Babuschka Katja gesagt, damit es hier keine bösen Überraschungen geben würde, erzählt er Daniel zum soundsovielten Mal, und am Ende kam die größte Überraschung, denn dieser Enkel, von dem ich die ganze Zeit Geschichten gehört hatte, entpuppte sich nicht einfach als irgendein Enkel, nein, das warst du, Danik!

Und was ist mit deinem Sohn? War der nicht sauer, als du ihn verlassen hast und nach Israel gegangen bist?, fragt Daniel. Schlagartig legt sich ein Schatten auf Antons Gesicht. Dieser Danik ... woher hat er das, dass er immer ausgerechnet solche Fragen stellt.

Nach ein paar Sekunden sagt er: Mein Sohn ist schon groß. Um den muss man sich nicht mehr kümmern. Der kommt sehr gut ohne mich zurecht.

Jeden zweiten Samstag, wenn Daniel zu Besuch ist, gehen Anton und Daniel spazieren, damit Katja ausschlafen kann, wie sie es mag. Im Viertel gibt es keinen Spielplatz und auch kein verborgenes Baumhaus. So gehen sie einfach spazieren und reden *muschik le-muschik*, von Mann zu Mann, wie Anton es nennt. Worüber Männer reden? Da gibt es zum Beispiel ein Mädchen in Daniks Klasse. Schuni heißt sie. Daniel ist in sie verliebt, traut sich aber nicht, mit ihr zu reden. Warum? Weil er ein Neueinwanderer ist. Und weil er einen halben Kopf kleiner ist als sie. Und weil sie – sie ist, und er eben – er.

Hör mir gut zu, sagt Anton, schimpft beinahe, diese Sonja –

Schuni, korrigiert ihn Danik.

Egal, wie sie heißt, die soll dankbar sein, dass *du* an *ihr* interessiert bist, sagt Anton, hebt die Stimme und gibt ihm allerlei Ratschläge aus seiner eigenen reichen Erfahrung im Werben um das andere Geschlecht. Das Alter spielt da keine Rolle, sagt Anton. Sei nett zu ihrer besten Freundin, denn Eifersucht vermag auch die nassesten Kohlen zu entzünden.

Schau sie konzentriert an und sieh genau dann weg, wenn sie deinen Blick erwidert, damit sie nicht sicher sein kann, ob du sie wirklich angeschaut hast. Sing dicht an ihrem Ohr ein Liebeslied, aber nur ein paar Zeilen, und brich plötzlich ab. Mach ihr die Tür zum Klassenzimmer auf und lass ihr den Vortritt –

Daniel hört ihm zu, tankt jedes Mal von neuem Selbstbewusstsein, doch das hält nur bis Samstagabend an, und am Sonntagfrüh, wenn er Schuni in der Klasse sieht, ist alles verflogen.

Finde etwas Hässliches an ihr, schlägt Anton ihm diesmal vor und fügt, als er Daniels Staunen sieht, schnell hinzu: Unmöglich, dass nichts Hässliches an ihr ist. Irgendwas findest du an jeder. Wenn nicht äußerlich, dann innerlich. Vor zehn Jahren in Moskau gab es eine *damskaja*, die mich gerufen hat, um für sie eine verklemmte Tür aufzubrechen, und ich –

Guck mal! Daniel zeigt Anton ein großes Loch, das hinter der Bushaltestelle in der Erde klafft. Stimmt etwas mit meinen Augen nicht?, fragt Anton sich. Wie kann es sein, dass ich das noch nie bemerkt habe? Ich bin doch schon Dutzende Male hier vorbeigekommen. Beide treten vorsichtig näher, stehen am Rand des Abgrunds und wundern sich: Was kann das sein? Hat dieses Loch ein Hund gegraben? Dafür ist es zu groß. Ist hier ein Meteorit eingeschlagen? Dafür ist es zu klein. Vielleicht die Öffnung eines geheimen Tunnels zu dem Geheimen-Militärcamp-das-jeder-kennt? Wenn der Tunnel aber wirklich geheim wäre, dann würden sie auch seinen Eingang verbergen. Ich weiß, ruft Anton aus und schlägt sich an die Stirn. Das ist das Clubhaus. Welches Clubhaus? Daniel versteht nicht. Na, vom Schachclub! Endlich reagiert die Stadtverwaltung auf meinen Brief, ruft Anton und beginnt mit großen Schritten, den Umfang des Lochs zu vermessen. Siehst du, Danik, es passt genau – er zeigt mit dem

Finger auf einen Punkt mitten in der Baugrube –, dort werden die Tische stehen. Pro Tisch ein Brett, eine Uhr; und natürlich zwei Stühle. Da wird es ein Fenster geben, mit Ausblick. Wenn man auf den nächsten Zug seines Gegners wartet, kann man so tun, als wäre man gar nicht aufgeregt. Im Gegenteil, wer es sich erlauben kann, draußen die Vögel zu beobachten, muss einfach entspannt sein. Da wird der Haupteingang sein, eine kleine Garderobe für die Mäntel, und hier, in diesem Bereich der Baugrube, wird die Getränkebar sein, eine Nische mit Kaffee, Tee und Oliven. Oliven sind das Wichtigste; Oliven fördern das Denken. Komm, Danik, wir gehn nach Hause. Jetzt müssen wir uns vorbereiten. So wie diese Baugrube aussieht, wird der Club schon in ein paar Monaten eröffnet, und du weißt noch nicht einmal, wie man die Schachfiguren aufstellt.

*

Es war nicht die erste Mikwe, die Noam baute. Er hatte schon Erfahrung und wusste genau, wie viel Wasser das Tauchbecken fassen muss, wie groß der Beckenboden sein muss und wie viele Stufen ins Wasser führen, wie breit der Rand ist, auf dem die Mikwe-Frau steht, und wie das Sammelbecken und die Wasser-Überleit-Verbindung genau beschaffen sein müssen. Auch, wie sich Tauchbäder für Männer von denen für Frauen unterscheiden und wie man garantiert, dass die Wasser der beiden Becken sich nicht mischen, was die ganze Mikwe rituell untauglich machen würde. Bei den ersten Tauchbädern, die er baute, arbeitete er nach Rabbiner Schönbergs Buch zum Mikwenbau und befolgte genau dessen Skizzen, doch je mehr Erfahrung er sammelte, umso weniger war er auf das Buch angewiesen und verließ sich mehr und mehr auf sich selbst. Als Ben Zuk sich an ihn wandte, war er genau am richtigen Punkt seiner beruflichen Karriere angekommen: erfahren genug, um jedes Problem, das aufkommen könnte, zu lösen, aber noch nicht so übersättigt, dass neue Herausforderungen ihn nicht mehr reizten.

Die erste Mikwe in Sibirien war wirklich eine Herausforderung. Das Budget, das Ben Zuk ihm zur Verfügung stellte, war dermaßen großzügig, dass Noam sich verpflichtet fühlte, es sinnvoll zu nutzen: Es musste ein Musterstück von Mikwe werden, angefangen bei den Warteräumen über die Duschen bis hin zum Belüftungssystem, alles musste *mija fil mija* – hundertprozentig – stimmen. Und so war Noam in den ersten Wochen dermaßen mit Details beschäftigt, dass er gar keine Zeit fand, sein Fernglas, das er immer um den Hals trug, zu benutzen. Erst als er sah, dass die Arbeiten vorangingen, zog er sich in der Pause zurück und hob das Fernglas an die Augen.

Ben Zuk hatte recht gehabt. Der Ort, an dem diese Mikwe errichtet wurde, war wirklich etwas ganz Besonderes. Da hatte sich die Natur gleichsam selbst eine Aussichtsplattform geschaffen, von der aus man sie betrachten konnte. Alle Vögel der Gegend kamen, um von hier aus ins Tal herabzuschweben. Falken, Kraniche, Wiedehopfe und Fischreiher. Erstaunlich war nicht nur die Menge an Vögeln. Hinzu kam ein Bonus, wie Ben Zuk es nannte. Noam brauchte ein paar Tage, um diesen Aspekt zu fassen, doch schließlich begriff er, was das Besondere an diesem Ort war: Etwas an der Präsenz des Militärcamps auf der anderen Seite des Tals machte die Vögel verrückt. Vermutlich führte die von den unterirdischen Anlagen abstrahlende Wärme zu einer besonderen Thermik. Die Vögel schienen ohne jede Anstrengung zu schweben. Und vermutlich beeinflussten auch die riesigen Antennen ihr Verhalten. Manche von ihnen zogen die Tiere förmlich an, andere wiederum stießen sie ab, wie ein umgekehrter

Magnet. Sie erschraken vor dem Dröhnen der Lautsprecherdurchsagen (»Roter Adler!«, »Roter Adler!«, »Einsatzbereiter Zug zum Appellplatz«), doch den Appellplatz selbst mochten sie gern, er war wie eine kleine Piazza San Marco, auf der nur selten Soldaten zu sehen waren. (Je länger Noam-Naim den Ort beobachtete, desto klarer sah er, dass die Soldaten in diesem Camp den Großteil ihrer Zeit unter der Erde verbrachten und alles, was über der Erde war, den Vögeln überließen.) Eines Tages, als er gerade ein Paar grauer Kraniche beobachtete, die von der höchsten Antenne ins Tal hinunterschwebten, bemerkte er plötzlich hinter einem Olivenbaum einen parkenden Peugeot. Als er ein wenig am Fokussierrad drehte, erkannte er durch die Frontscheibe des Peugeot einen nackten Körper, genauer gesagt einen Hintern. Zwei Gesäßbacken. Und obwohl er gar nicht genauer hinschauen wollte, wollte er genauer hinschauen: Der Hintern hob und senkte sich in dem festen, schnellen Rhythmus eines Spechts, und unter dem sichtbaren Körper lag noch ein weiterer Körper, ebenfalls nackt. Und obwohl er sich damit hätte begnügen und weiter den Flug seiner Kraniche hätte verfolgen können, rückte er ein bisschen nach links, um eine bessere Sicht zu haben und die Sonnenblende des Fahrers zu umgehen, die einen Teil des Geschehens verdeckte, und sah, dass die vier beteiligten Beine in Stiefeln endeten. In Militärstiefeln. Während er diese Informationen verarbeitete, erhob sich ohne jede Vorwarnung der unten liegende Mann, von dem er bislang nur die Glatze gesehen hatte, und wandte ihm sein Gesicht im Profil zu, und Noam schreckte vor diesem Anblick zurück wie ein Vogel von der falschen Antenne, steckte sofort den Deckel auf die Linse und schrie seine Arbeiter an, warum sie noch immer untätig herumsäßen, was denn diese langen Pausen sollten, die Mikwe müsse zum geplanten Zeitpunkt fertig werden, er könne ihnen nicht die ganze Zeit in den Arsch treten. Sie schauten ihn fassungslos an – noch nie zuvor hatte er sie angeschrien, und schon gar nicht mit solchen Worten. Deshalb arbeiteten sie so gerne für ihn. Was war plötzlich in ihn gefahren? Noam vertiefte sich wütend in das Zurechtschneiden von Keramikkacheln und redete den ganzen Tag über mit niemandem mehr, und am nächsten Tag stieg er in der Mittagspause wieder auf die Aussichtsplattform und richtete sein Fernglas auf ebendiese Stelle, doch da waren nur Sträucher und Steine und weidende oder verirrte Kühe, und er dachte, er werde wohl langsam verrückt. Er stellte sich schon ganz abwegige Dinge vor, und das nur, weil er noch immer keine Frau hatte. Vielleicht sollte er jetzt aufhören, auf die Richtige zu warten, die manchmal in seinen Träumen erschien, freitagsmorgens, kurz bevor die Sonne aufging – eine Frau mit langen Beinen und scharfem Blick, die Vögel mochte, so wie er. Vielleicht war es an der Zeit, Bodenkontakt zu suchen und eine Frau aus dem Dorf zu heiraten, wie es alle taten. So, wie seine Eltern es wollten. Zur Not könnte er ihr die Flugarten der Vögel ja später beibringen.

*

Anton bringt Daniel seit einigen Wochen Schach bei. Im Wohnzimmer, mit viel Geduld. Katja hört ihnen vom Bett aus zu. Das sind die *peschkas*, sagt er, die sind am wenigsten wert. So ist das mit Soldaten. In anderen Sprachen heißen sie Bauern, aber das ist letztlich dasselbe. Ihr Leben kann man verschwenden und dem Ruhm der großen Befehlshaber opfern. Deshalb ist es keine gute Position, Soldat zu sein. Der beste Tag im Leben eines Soldaten, Danik, ist der, an dem er mit dem Wehrdienst fertig ist und aus dem Militär entlassen wird. Wie wird der Soldat beim Schach »entlassen«? Pass auf: Wenn er es schafft, sich bis auf die andere Seite des Schachbretts durchzuschlagen, wird er auf einen Schlag zur Königin, und damit ändert sich sein ganzes Leben. Die Königin ist stark, sie ist gesund. Sie ist beim Schach sogar stärker als der König. Und sie ist auch schöner als er. Deshalb muss man gut auf sie aufpassen. Ohne Königin ist der König schwach. Er kann weiterleben, das schon, aber sein Leben hat nicht mehr viel Sinn, und im Grunde wartet er nur noch auf das Ende. Deshalb darf man die Königin nicht unnötig in Gefahr bringen. Denn so stark sie ist, so verletzbar ist sie auch. Ihr Herz ist aus Zucker. Deine Sonja ist auch so eine. Auch ihr Herz ist aus Zucker, das wirst du noch erkennen, keine Sorge. Das Gefährlichste für die Königin ist jedenfalls der Hengst, auch Springer genannt. Er hat einen besonderen Gang, ein bisschen merkwürdig, doch genau darin liegt das Geheimnis seiner Kraft. Wer den Mut hat, anders zu sein, hat einen Vorteil. Schau mal. Der Hengst springt zwei Felder geradeaus und eins zur Seite, nach rechts oder nach links. Zu kompliziert? Stell dir einen Reiter auf dem Hengst vor. Er galoppiert energisch nach vorn, zwei Felder, dann bleibt er stehen und steigt seitwärts aus dem Sattel. Hier, spring mal selbst. Gut so, ja, prima. Du hast es schon kapiert. Viel schneller als mein Sohn Nikolai. Vielleicht ist es ja meine Schuld. Vielleicht habe ich es zu sehr gewollt und wusste nicht, wie … und habe ihn zu sehr gedrängt. Und da hat er sich verkrampft. Ist ja egal. Komm, jetzt nehmen wir uns den Läufer vor. Früher, lang bevor dein Anton geboren wurde, gab es noch Läufer in der Armee. Wenn der König dem Befehlshaber des Militärs etwas Wichtiges mitteilen wollte, hat er einen Läufer mit einem Brief losgeschickt. Da gab es noch keine Post. Auch keine Telefone oder Computer. Der Computer ist sehr wichtig für deine Entwicklung, Danik. Du darfst nur nicht vergessen, dass er dich nicht glücklich machen kann, begreifst du das? Man braucht auch Freunde. Auch unser Läufer, der nur über die weißen Felder läuft, hat einen Freund, und der läuft nur über die schwarzen Felder. Und dein Gegner hat natürlich die gleichen Figuren. Wozu man zwei von jeder Sorte braucht? Na, was meinst du, Danik, wofür? Genau! Wenn einer im Kampf fällt, gibt es noch einen Ersatzmann. Wen haben wir noch? Den Turm. Der Turm ist im Grunde wie dein Vater. Der geht nur auf geraden Linien. Sag deinem Vater nicht, dass ich das über ihn gesagt habe, *da*? Ja, du hast recht, darum muss ich dich nicht bitten. Du weißt ganz genau, wem man was besser nicht erzählt. Du bist schon groß und verständig. Deshalb ist es jetzt höchste Zeit, dass du das Schachspiel lernst. Schön. Jetzt stelle ich die restlichen Figuren auf meiner Seite auf, und du stellst deine mir gegenüber auf.

Nachdem sie den Schachkurs beendet haben, gehen Anton und Daniel zusammen hinaus, um den Stand der Arbeiten am Clubhaus zu begutachten. Sie gehen schweigend. Daniel denkt: Nach dem Schachspiel ist das Hirn so müde wie die Beine nach dem Laufen. Anton erinnert sich an die Nachricht in der Zeitung, Kasparow habe gegen einen Computer gewonnen, der »Deep Blue« hieß, und denkt sich: Wenn Kasparow verloren hätte, wäre das schlimm gewesen.

Als sie an der Baustelle ankommen, sehen sie schon Eisenstangen aus der Grube herausragen und am Rand Paletten voll Mauersteinen und Kacheln. Und dazwischen, wie mit offenem Mund, aufgeklappte, arabisch beschriftete Zigarettenschachteln.

*

Es ist zehn Uhr morgens, als der Militärjeep ins Viertel brettert. Anton riecht ihn als Erster. Das sind sie, sagt er zu Katja, springt vom Tisch auf, rennt ins Schlafzimmer und schließt die Tür hinter sich ab.

Wer sind »sie«?, fragt Katja durch die geschlossene Tür, und Anton mahnt sie im Flüsterton: Leise!

Was ist denn passiert? Warum soll ich leise sein?, fragt Katja sanft, und Anton fragt: Riechst du sie nicht? Das ist der Geruch vom Militär. Sie kommen mich holen. Sag ihnen, ich bin nicht da. Nein, sag ihnen, ich bin tot.

Das Militär? Was soll plötzlich das Militär hier?, fragt Katja, will schon lächeln, doch sicherheitshalber zieht sie die Gardine etwas vom Fenster zurück, und tatsächlich fährt zu ihrem großen Erstaunen ein Wagen des Militärs schnaubend an ihrem Fenster vorbei.

Die wollen nicht zu uns, sagt sie zu der verschlossenen Tür, die sind schon weitergefahren.

Doch Anton will nicht aus dem Zimmer kommen.

Um fünf nach zehn hält der Jeep an der Baustelle. Vier Soldaten mit Helm und Gewehr und ein weiterer in Zivil springen aus dem Wagen und ertappen Naim auf frischer Tat. Genau wie es in ihrem geheimdienstlichen Hinweis heißt, observiert er gerade das geheime Militärcamp.

Sie nehmen ihn und seine Arbeiter an Ort und Stelle fest. Alle mit Handschellen. Schubsen die Männer in den Jeep und bringen sie fort. Das Ganze dauert nur ein paar Minuten.

Noch Stunden später weigert sich Anton, wieder aus dem Zimmer zu kommen.

Die Tür macht er abends nur für sein Glas Tee in dem metallenen Halter auf und schließt gleich wieder ab.

Katja setzt sich vor die verschlossene Tür. Sie hört ihn trinken, und erst als er das Glas auf dem Tisch abstellt, sagt sie: Bist du jetzt bereit, mir zu erzählen, warum du solche Angst vor Soldaten hast?

Das kann man nicht erzählen, sagt Anton.

Stell dir vor, wir wären in der Kirche. Im Beichtstuhl.

Ich glaube nicht an Gott und nicht an seine Kirchen. Das weißt du ganz genau. Du ärgerst mich absichtlich.

Weißt du was, Anton? Ich bin hier. Ich warte vor der Tür auf dich. Fang an zu reden, wann immer du willst.

Ich werd aber nicht wollen. Schade um deine Zeit.

In Ordnung.

Sie geht in die Küche und macht für ihn Kohl-*piroschki*. Vielleicht wird ihn der Geruch, der aus dem Ofen durch den schmalen Spalt unter der Tür zu ihm dringt, verführen, herauszukommen. Das funktioniert nicht. So geht sie zum Regal, nimmt ›Doktor Schiwago‹ heraus und setzt sich mit dem Rücken zur Tür.

Sie blättert geräuschvoll die Seiten um; er soll wissen, dass sie da auf dem Boden sitzt.

Sie kennt doch ihren Gentleman. Er wird es nicht lange aushalten, dass eine Frau seinetwegen auf dem Boden sitzt.

Und tatsächlich sagt er nach etwa einer Stunde, Katja, bitte, steh auf.

Nur wenn du mir erzählst, warum du solche Angst vor Soldaten hast, sagt sie und klappt das Buch laut zu.

Lass es, Kutik, wirklich.

Aber –

Ich bitte dich, Katja. Wenn du mich auch nur ein bisschen liebst, dann insistier jetzt nicht.

Antons Stimme klingt wacklig, als er das sagt. Wie bei einem Knaben in der Pubertät.

Sonst klingt er nicht so. Durch die Tür hört sie, dass er plötzlich schnell atmet. Zu schnell.

Okay, okay, erzähl es mir, wann immer du willst. Aber mach endlich die Tür auf. Ich sehn mich nach deiner Umarmung! Die Soldaten sind längst weg, und es riecht auch nicht mehr nach erfrorenen Kartoffeln. Ich würde ja den Schlüsseldienst des Quartiers rufen, aber das bist dummerweise du.

Gleich, Kutik, gleich komm ich zu dir, sagt er, und sie lauscht noch ein paar Minuten, bis sie das Klappern der Schreibmaschine hinter der Tür hört und sich beruhigt: Anton schreibt, das heißt, Anton lebt.

*

Nachdem er Noam drei Tage nicht erreicht hat, macht Ben Zuk sich Sorgen. Er fährt auf die Baustelle, doch er findet nur ein Riesenchaos vor. Zerbrochene Keramikkacheln, herumliegendes Werkzeug, Ameisennester.

Was ist passiert?, fragt er sich erschrocken. Es passt gar nicht zu Noam, dass er einfach so verschwindet.

Auf der Hauptstraße von Sibirien ist gerade niemand zu sehen, außer den beiden alten Frauen, die an der Haltestelle sitzen, ohne auf den Bus zu warten. Er geht zu ihnen und fragt, ob sie etwas gesehen haben, doch sie lächeln nur und schütteln verneinend die Köpfe. Oder vielleicht bejahend? Er ist sich nicht sicher. Danach sagen sie etwas in ihrer Sprache und zeigen auf das Baugerüst. *What?*, fragt er, versucht es auf Englisch, aber auch das hilft nichts. Verdammt.

Er fährt zu Noams Familie, in das Dorf am Fuße des Berges, und dort erfährt er vom Vater die schlechte Nachricht: Noam wird verdächtigt, für den Feind spioniert zu haben. Soldaten des geheimen Camps haben ihn abgeholt, und seitdem hat man nichts mehr von ihm gehört. Die andern, die zusammen mit ihm festgenommen wurden, sind am Tag zuvor freigekommen, aber ihn haben sie dabehalten. Was für Menschen seid ihr nur?, klagt plötzlich Noams Mutter, die bisher schweigend neben ihrem Mann gesessen ist. Habt ihr denn kein Herz? Mein Junge heißt Naim, nicht Noam. Keinem Vogel würde er etwas zu Leide tun. Was wollt ihr von ihm? Reicht euch nicht unser Boden? Nehmt ihr uns jetzt auch noch die Kinder weg? Sei still, Frau, zischt ihr Mann, eher flehend als wütend. Möchten Sie einen Kaffee trinken, Herr Ben Zuk? Vielleicht etwas Süßes?

Sicher ist all das ein Irrtum, sagt Ben Zuk in die Augen der Mutter und fügt hinzu: Ich kenne ein paar Leute in dem Camp, *alla ejni wa-alla raassi,* ich tu, was ich kann, Ehrenwort.

*

Noam liegt auf der Pritsche unter dem Fenster seiner Zelle. Aus einem bestimmten Winkel kann er ein kleines Stück Himmel sehen. Alle paar Stunden fliegt ein Vogel vorbei, dann hat er zwei, drei Sekunden Zeit, mehr nicht, dessen Merkmale auszumachen, um ihn danach in seinem inneren Vogelbestimmungsbuch zu suchen.

Doch in der Zwischenzeit ist er mit sich allein. Zu allein.

Er erinnert sich an diese junge Vogelkundlerin, Hili hieß sie. *Ya allah,* wie lang hat er nicht mehr an sie gedacht.

Sie war ein paar Monate nach ihm zum See-in-dem-kein-Wasser-ist gekommen. Ein Mädchen in seinem Alter, aus der Grenzstadt. Schön war sie, und sehr selbstbewusst. Aber sie brauchte auch die ganze Zeit Anerkennung. Eines Morgens rief sie ihn vom Dach der Frauentoilette herunter und sagte, Kfir sei nicht erschienen, er mache wohl blau, und sie brauche jemanden, der ihr bei der Beringung helfe.

Du weißt, wie man beringt?, fragte sie.

Nein, gab er zu.

Er wusste, dass man bei der Beobachtungsstation am Eingang des Naturschutzgebiets Vögel fing, ihnen winzige nummerierte Ringe anlegte, für Forschungszwecke, und sie dann wieder freiließ. Aber noch nie hatte man ihn dabei helfen lassen.

Dann fängst du die Vögel und hältst sie fest, und ich beringe sie, schlug sie vor, und er nickte. Sein Mund war zu trocken, um zu antworten.

Sie arbeiteten eine ganze Weile schweigend zusammen. Er fing den Vogel, der in seinen Händen flatterte, und sie legte ihm einen Ring an und notierte etwas im Tagebuch der Station.

Bis sie beschloss, dass es genug war, für sie beide, und aufstand, um ihnen einen Kaffee zu machen. Zu süß, zu dünn, vielleicht der schlechteste Kaffee, den ihm je einer angeboten hatte.

Als er den Becher in der Hand hielt, lachte sie: Du hältst den Becher so, wie du Vögel hältst.

Was soll das heißen?, fragte er eingeschnappt. Damals kränkte ihn alles.

Wieso ärgert dich das, sagte sie, wieder lachend, ich hab das nett gemeint.

Nett?

Dass du sehr sanfte Hände hast. Gib sie mir mal.

Er stellte den Becher ab und streckte ihr seine Hände hin.

Wow, was für eine merkwürdige Liebeslinie, sagte sie und ließ ihren Zeigefinger über seine Handfläche wandern.

Wieso merkwürdig?, fragte er, wieder eingeschnappt.

Schon gut, Naim, beruhig dich, sagte sie und wanderte immer wieder mit dem Finger die Linie entlang und ließ ihn am ganzen Körper erschauern. (Woher kennt sie meinen Namen?, fragte er sich.) Ich wollte nur sagen, dass die Linie bei dir erst in der Handmitte beginnt. Als ob du die Liebe deines Lebens erst relativ spät finden würdest. Willst du aus meiner Hand lesen?

Sie streckte ihm die Hände entgegen und beugte sich ein bisschen zu ihm vor – das Wadi zwischen ihren Brüsten lag jetzt direkt vor seinen Augen.

Ich kann nicht ..., sagte er, ich kann nicht aus der Hand lesen.

Wie kann man nur so blöd sein? Jahre später rekonstruierte er diese Szene in seiner Vorstellung und gab ihr ein besseres Ende: Er nimmt Hilis Hand, führt seinen Finger über ihre Handfläche, ihren Arm entlang, und erklimmt dann ihre nackte Schulter, von dort hinunter über das Schlüsselbein und weiter zu ihrer Brust, um sie von ihrem BH zu befreien und ihr Krönchen zu umkreisen, das rosige Krönchen eines jungen Mädchens, langsam, bis es sich aufrichtet –

Kuss emak, er könnte sich ohrfeigen, aber feste, so wie einer der Ermittler. Was helfen ihm solche Gedanken jetzt?

Sollen sie doch endlich kommen und ihn weiter verhören. Lieber sollen sie ihn wegen etwas vernehmen, was er nie getan hat, als dass er sich nach einer Frau sehnt, die ihm nie gehören wird.

*

Warum nennen deine Arbeiter dich Noam und nicht Naim?

Das ist ... alle nennen mich so. Der Name haftet mir einfach an.

Findest du es nicht merkwürdig, als Araber mit einem jüdischen Namen rumzulaufen?

Ich weiß nicht ... bei uns geben heute viele ihren Kindern Namen, die auch auf Hebräisch gut klingen: Rami oder Jaara ...

Spielst du jetzt den Oberschlauen?

Nein, überhaupt nicht. Ich antworte Ihnen nur auf ...

Und dein jüdischer Name hilft dir, Arbeit zu finden?

Vielleicht.

Nicht vielleicht. Bombensicher. Wir haben das überprüft. Einige deiner Kunden wussten gar nicht, dass du Araber bist.

Ich … ich verheimliche das aber nicht irgendwie.

Jetzt hör mir mal gut zu, Naim …

Der Ermittler steht von seinem Platz auf, läuft um den Tisch herum und geht dicht neben ihm in die Hocke. Zu dicht. Aus dem Mund riecht er nach Falafel. Er legt ihm die Hand auf die Schulter, beugt sich zu ihm, bis er auf Atementfernung von Naims Ohr ist, und sagt sehr ruhig und gerade deshalb Angst einflößend: Ich glaube, dir ist nicht klar, mit wem du es hier zu tun hast. Wir kennen deine Freunde. Wir wissen, was dein Vater gestern zu Abend gegessen hat. Wir wissen, warum deine Mutter vor zwei Monaten im Krankenhaus war. Wir haben unsere Quellen in eurem Dorf. In deiner Familie. Und auch in deinem Kopf. Du bist nie allein, Naim, auch nicht, wenn du es meinst. Wir sind immer da, bei dir. Deshalb schlage ich vor, du hörst auf, hier den Schlaumeier zu spielen. Es ist nur zu deinem Besten. Verstehst du mich?

Ja, ich verstehe.

Ausgezeichnet. Ich freue mich, dass wir uns in diesem Punkt einig sind – der Ermittler kehrt auf seinen Platz zurück –, und jetzt sag mir bitte, für wen du das tust? Für wen hast du das Camp ausspioniert?

Für niemanden. Das Camp … interessiert mich nicht … wirklich nicht.

Was hast du dann mit dem Fernglas gemacht?

Vögel beobachtet.

Der Ermittler schnippt den Kugelschreiber auf seinen Block und lehnt sich in seinem Stuhl zurück. Er lächelt. Willst du was trinken, Spatz?

Gerne.

Dann spiel hier nicht den Superschlauen – er beugt sich mit einem Ruck vor. Das Lächeln ist weg.

Ich spiele doch …

Seit wann interessiert ihr euch denn für Vögel?

Ich bin nur einer. Ein einzelner Mensch.

Okay. Dann erklär mir bitte, was du davon hast, Vögel zu beobachten. Wozu machst du das?

Ich weiß nicht. Das ist schwer zu erklären.

Wenn du hier rauskommen willst, wirst du es mir aber erklären müssen.

Vielleicht … vielleicht sind Vögel einfach dazu gut, dass man nicht die ganze Zeit mit den Augen am Boden klebt. Nicht die ganze Zeit nur auf sein eigenes kleines Leben starrt. Einfach, um ab und zu den Kopf zu heben.

Prima. Dann hast du also den Kopf gehoben und ein Militärcamp gesehen. Und was hast du dann gemacht?

*

Anton hebt den Kopf von der Schreibmaschine. Jemand klopft an die Tür seines Arbeitszimmers; es ist nicht das vertraute, sanfte Klopfen von Katja. Ja!, sagt er, steht aber nicht auf, um zu öffnen, und dann hört er Wladeks Stimme hinter der Tür. Schon wieder Nikita, seufzt er, und der bettelt bereits wortreich: Ich weiß schon, Anton, du bist beschäftigt, und keinem ist es unangenehmer als mir, dich beim Schreiben zu stören, aber wenn es möglich wäre, bräuchte ich deine professionelle Hilfe, na ja, um wieder in mein Haus zu kommen.

Der Bauunternehmer von Ehrenquell hat keine Klinken an den Außenseiten der Haustüren angebracht, deshalb sind sie in dem Moment, in dem sie zufallen, nicht mehr zu öffnen. Wer also aus dem Haus geht und, etwa aus Altersgründen, vergisst, den Schlüssel einzustecken, kommt nicht mehr hinein. Deshalb ist Anton, der Schlüsseldienst, das ganze Jahr über und zu jeder Tageszeit gefragt, sein Abrakadabra zu machen und die Türen zu öffnen.

Auf dem Weg zu seinem Haus erklärt Nikita Anton, er

habe den Schlüssel vergessen, weil er in Gedanken mit zwei neuen Drehbüchern beschäftigt sei, die er dem großen Michalkow vorschlagen wolle. Anton brummt nachsichtig. Er hat schon schlechtere Ausreden gehört. Doch als sie an die Tür kommen, sinkt Nikita plötzlich in sich zusammen, stützt sich auf Antons Schulter und fragt stöhnend: Vielleicht ist das ja symbolisch?

Was soll symbolisch sein?, fragt Anton unwillig.

Vielleicht wollen die Türen hier im Viertel, die sich die ganze Zeit vor uns verschließen, vielleicht wollen die uns sagen, dass dies hier nicht der richtige Ort für uns ist?

Glaub mir, sagt Anton und bückt sich, um den Draht ins Schloss zu schieben, ich arbeite schon vierzig Jahre mit Türen, und ich habe noch keine einzige getroffen, die mir etwas sagen wollte.

Warte, sagt Nikita, hör mir noch einen Moment zu.

Na gut, seufzt Anton und setzt sich neben ihn auf die Fußmatte. Dann sprich.

Wir sind schon zwei Jahre hier, sagt Nikita. Und keiner beachtet uns. Noch nicht mal eine Bank hat uns die *munizipalitet* hingestellt. Ganz zu schweigen davon, dass sie keine *kultura* hier herbringen. Und kein Mensch interessiert sich für mein Wissen. Ich habe alle Filmhochschulen im Umkreis angeschrieben; es gibt eine im Tal, eine auf dem Berg und eine am See; und habe ihnen mein *resumee* geschickt. Wie viele Leute hier im Land können von sich behaupten, dass sie mit dem großen Michalkow gearbeitet haben? Aber nicht eine Antwort hab ich bekommen, Anton, nicht eine! Und das Schlimmste sind die Frauen. Ich dachte, ich komme hierher und finde eine … eine Schwesternseele. Aber wenn ich in die Stadt gehe und nach ihr suche, tragen alle Frauen Kleider von *religjosniks*, und wenn ich sie anspreche, wechseln sie auf die andere Straßenseite. Als hätte ich *skarlatina*. Weißt du, die haben in der Stadt ein Viertel, das nennen sie »Künstlerkolonie«. Auch da bin ich schon gewesen. Mir eine Künstlerin zu suchen, eine, die das Leben leidenschaftlich lebt, es aber auch ein bisschen mit Abstand betrachtet. Und was hab ich dort sehen müssen? Alle Galerien sind geschlossen, und in den Häusern der Künstlerkolonie wohnen Katzen. Eine Katzenkolonie ist das. Verstehst du, Anton, ich wollte meine Einsamkeit in Russland lassen, aber sie ist, ohne dass ich es bemerkt habe, mit mir ins Flugzeug gestiegen, und das Schlimmste –

»Das Schlimmste« hatten wir schon, das waren die Frauen, unterbricht ihn Anton.

Na gut, fährt Nikita unbeirrt fort. Genauso schlimm ist es, dass hier in zwei Jahren noch keiner gestorben ist. Der Tod bringt wenigstens etwas Abwechslung. Tod, das heißt Beerdigung, starke Gefühle, Erinnerungen. Der Tod ist eine Quelle der Inspiration –

Solange er nicht dich trifft.

Ja … da hast du recht, sagt Nikita zögernd, und Anton nutzt sein Zögern, um ihn an beiden Schultern zu packen, ihn kräftig zu schütteln und ihm zu sagen: Nikita, du hast eine Aufgabe. Du bist nicht einfach so hierhergekommen. Du musst der Gesellschaft etwas geben, das ihr fehlt. Etwas, das nur du, als einer, der so eng mit einem großen Filmregisseur zusammengearbeitet hat, ihr geben kannst. Dann braucht es eben noch etwas Zeit, na und? Ein echter Künstler zerbricht nicht an solchen Schwierigkeiten, oder?

Gewiss.

Und du bist ein echter Künstler, nicht wahr?

Ja … natürlich, sagt Nikita; seine Wangen röten sich zufrieden.

Dann lässt du mich jetzt deine Tür aufmachen, gehst in dein Haus und fängst an zu arbeiten, abgemacht?

Abgemacht.

Nikita steht auf, und nachdem Anton die Tür aufbekommen hat, fällt er ihm um den Hals, umarmt ihn viel zu fest und sagt, danke, Anton, danke, du hast mir sehr geholfen.

Das gehört zum Service, brummt Anton und lässt Nikita mit ausgebreiteten Armen stehen.

Auf dem Heimweg spürt er, dass etwas von Nikitas Verzweiflung an ihm haftet. Auf der Schwelle seines Hauses klopft er sich die Verzweiflung von den Kleidern, schüttelt sich immer wieder, und dennoch bleibt etwas hängen.

Er betritt die Wohnung. Katja hat nicht auf ihn gewartet und ist schlafen gegangen. Dein einziges Manko als Frau, sagt er oft mit einem Lächeln zu ihr, ist, dass du zu früh schlafen gehst und zu spät aufstehst. Doch jetzt lächelt er nicht. Im Gegenteil. Etwas in ihm wird mit jedem Moment fester, verhärtet sich, und er hat Angst, dass das Eis unter seinen Füßen wieder dünn wird. Schon seit einigen Tagen gehen die Arbeiten am Clubhaus nicht mehr voran, und das Werkzeug liegt unbenutzt herum. Die Soldaten waren einmal hier, sie können auch ein zweites Mal kommen. Und dann werden sie vor seinem Haus halten und ihn mitnehmen. Und die Medikamente, die er wegen seines Problems nimmt, für sein Liebesleben, helfen auch nicht. Sie helfen einfach nicht. Bei jedem Abendspaziergang betrachtet er die anderen Männer und sagt sich: Sie machen es, und ich mach es nicht. Spielman macht es, Gruschkow macht es, und Schkolnik macht es. Man sieht es an ihrem Gang, und auch, wenn sie so leicht breitbeinig dastehen und sich unterhalten; man sieht, dass sie es mit ihren Frauen gemacht haben, bevor sie losgegangen sind. Da hat er keinen Zweifel.

Von seinem Körper betrogen zu werden ist schlimmer, als von einer Frau betrogen zu werden, denkt er sich und ruft den einzigen Sohn an, den er hat. Es ist sehr teuer, in Nowosibirsk anzurufen, und sie haben kein Budget dafür, aber er muss, er muss jetzt einfach eine Stimme von dort hören.

Sein einziger Sohn ist Vater. Vater Nikolai. Oberhaupt der größten Kirche in Nowosibirsk. Er hatte früher eine kleine, bescheidene Kirche, aber als der Kommunismus starb, entdeckten viele seiner Waisen Jesus neu, und Nikolai musste in eine größere Kirche umziehen, um die gestiegene Nachfrage zu bedienen. »Es ist unglaublich, Papa«, schreibt er in seinen Briefen, »eine solche Ausbreitung des christlichen Glaubens hat es seit dem Römischen Reich nicht mehr gegeben. Kirchen, die zu Offizierskasinos umfunktioniert waren, werden wieder zu Kirchen rückgebaut. In jedem Haus, das du betrittst, stehen Ikonen von Jesus und Maria. Die Leute können endlich offen zugeben, dass sie geleitet werden wollen, dass es sie nach einem Sinn verlangt und nicht nur nach Disziplin. Dass sie einsam sind und die Umarmung suchen, die die Religion ihnen bietet.«

Die Briefe seines Sohnes lesen sich wie Predigten. Das bringt ihn zur Weißglut. Ich versteh nicht, wie so ein Sohn aus mir hervorgegangen ist, ohne jeden Humor, klagt er Katja, wenn er fertig gelesen hat, und dann liest er den Brief noch einmal, um Worte der Nähe darin zu finden.

Im Haus seines Sohnes springt jetzt der Anrufbeantworter an. Seit Nikolai berühmt ist, erreicht man ihn nicht mehr. Seit er sich um die Armen und Elenden kümmert, hat er das Interesse an denen, die ihm nahestehen, verloren.

Vielleicht ist es besser so, tröstet sich Anton. Wenn er zu Hause wäre, würde er mir bestimmt eine Predigt halten. Er würde mich der sieben Todsünden beschuldigen und ihnen noch ein paar hinzufügen. Etwa, dass ich meine Heimat verlassen habe oder dass ich unverheiratet mit einer Frau zusammenlebe. Und überhaupt hätte ich mich schon immer durch Frauen vom richtigen Weg abbringen lassen. (Nur dass es eine Sünde ist, als Vater das Haus zu verlassen, wenn dein Sohn im empfindlichsten Alter ist, davon würde er nichts sagen. Diese echte Sünde hat er noch nie erwähnt.)

Er geht zu seiner Schreibmaschine, zieht das Blatt mit dem Nachruf auf sich selbst heraus, legt es zur Seite und schreibt einen neuen Nachruf, der ihm leichter fällt, auf Nikita. Als er fertig ist, marschiert er diagonal durchs Zimmer, bleibt schließlich am Telefon stehen und versucht, trotz allem, noch einmal, in Nowosibirsk anzurufen.

*

Mirit?, sagt Ben Zuk zur Sekretärin des Basischefs, dessen Durchwahl nur er kennt.

Sagit, korrigiert sie ihn.

Kann ich bitte mit Schuschu sprechen?

Mit Oberst Chamiel? Die Sekretärin wundert sich. Der ist vor einem Jahr gegangen. Zum Hauptquartier.

Und Tschumbi, der Nachrichtenoffizier?

Der ist schon lang nicht mehr hier.

Kipi? Vielleicht … Chuschchasch?

Die kenn ich nicht. Wer, sagtest du, bist du?

Major Mosche Ben Zuk, erwidert er, versucht selbstsicher zu klingen; vor einiger Zeit hoher Offizier im Camp; ich muss etwas Dringendes mit euch besprechen.

Sag mir, worum es geht, dann kann ich dich verbinden, schlägt sie vor, und er hört einen Anflug von Ungeduld aus ihrer Stimme.

Also erzählt er ihr die Sache in groben Zügen, und sie verbindet ihn mit dem Nachrichtendienst-Offizier.

Wartemusik. Immer noch dieselbe. Dieselbe mechanische Fröhlichkeit. Er stellt sich vor, wie das Gespräch durch die unterirdischen Gänge geleitet wird, vorbei an den Boxen im

Großraumbüro, durch die Flure und die Türen mit den Sicherheitscodes, um dann ein letztes Mal abzutauchen, an den Ort, wo der Nachrichtendienst-Offizier sitzt. Je tiefer du in diesem Camp sitzt, umso höher ist dein Rang.

Guten Tag. (Wie wichtig der sich nimmt, geht es Ben Zuk durch den Kopf. Ob ich früher auch so war?)

Schalom, sagt er, hier spricht Major der Reserve Mosche Ben Zuk.

Langes Schweigen. In seinen Ohren klingt es, als versuche der Mann sich zu erinnern. Wer?, brummt der Nachrichtendienst-Offizier schließlich, und Ben Zuk hört im Hintergrund das Klicken einer Computermaus.

Major Mosche Ben Zuk, sagt er, und als wieder Stille herrscht, erzählt er zögernd die Geschichte mit Naim.

Schon gut, unterbricht ihn der Nachrichtendienst-Offizier mittendrin, ich bin informiert. Aber, bei allem Respekt, ich kann darüber nicht auf einer ungenügend gesicherten Leitung sprechen. Ich kann nur sagen, in diesem Fall haben wir schwerwiegende Verdachtsmomente für Spionage und Gefährdung der Staatssicherheit.

Aber er hat doch nur …

Und außerdem – unterbricht ihn der Nachrichtendienst-Offizier erneut – wer ist der Oberschlaue, der beschlossen hat, diese Mikwe ausgerechnet da hinzusetzen? Das ist ein Sicherheitsrisiko erster Güte!

Bürgermeister Avraham Danino hat mir den dringenden Auftrag …

Dann sag Danino, er soll seine verfickte Mikwe fünfzig Meter nach links verschieben.

Verschieben?! Ben Zuk ist außer sich. Zu diesem Zeitpunkt? Weißt du, wie viel wir schon investiert haben? Die Fundamente, das Baugerüst. Weißt du, was es kosten würde, das alles zu verlegen? Und wie lange das dauern würde?

Und weißt du, wie viel man in die Entwicklung des »Lavi« investiert hat, bevor man diesem Flugzeug die Starterlaubnis verweigerte?, sagt der Nachrichtendienst-Offizier spöttisch. Nichts zu machen, Ben Zuk, für Fehler muss man zahlen.

Du verstehst nicht ... Jetzt klingt er schon flehend. Von dieser Mikwe hängt eine Menge ab. Ich bitte dich, lass uns eine andere Lösung finden.

Ich werde ein bisschen recherchieren, der Nachrichtendienst-Offizier klickt wieder mit seiner Computermaus. Ich ruf dich zurück.

Wann?

Morgen, spätestens übermorgen.

Er meldet sich erst nach zwei Wochen. Entschuldigt sich nicht für die Verspätung. Im Gegenteil. Er beschwert sich, er habe Wichtigeres zu tun, als sich um »eure Mikwe« zu kümmern. Wenn du aber darauf bestehst, dass das Gebäude ausgerechnet dort gebaut wird, sagt er, dann besorge mir Arbeiter, die meinen Sicherheitsstandards entsprechen, und ich lasse sie durchleuchten. Wenn sie clean sind, könnt ihr weiterbauen. Und ihr müsst euch verpflichten, eine SSM in euer Budget mit aufzunehmen.

SSM?

Eine Sichtschutzmauer.

Aber –

Ich versuche, dir entgegenzukommen, Ben Zuk, und du willst noch mit mir feilschen?

*

Nikita ist nicht gestorben. Obwohl Anton einen wunderbaren Nachruf auf ihn geschrieben hat, blieb er am Leben. So segnen sie ihn zur Begrüßung mit langer Gesundheit und gehen dann etwas schneller, um nicht den ganzen Spaziergang mit ihm zu verbringen. Doch auch er legt einen Schritt zu, überholt Spielman und dessen Transistorradio, das gerade ein Fußballspiel der russischen Erstliga überträgt, und hält sich dicht hinter ihnen, er schnauft etwas und wartet gespannt auf das erste Stichwort für seinen Einsatz: Übrigens … das erinnert mich an eine Szene bei den Dreharbeiten. Katja und Anton schweigen und hoffen, wenn sie ihm keinen Aufhänger bieten, wird er keine weitere Anekdote über Michalkow zum Besten geben. Doch dann kommen sie an der Baustelle vorbei, wo das verwaiste Gerüst zum Himmel schreit, und Nikita sagt: Apropos Projekte, die mittendrin abgebrochen werden, wisst ihr, wie oft Michalkow mit den Arbeiten an ›Schwarze Augen‹ von vorne begonnen hat? Erst war das Drehbuch fertig, aber er hatte kein Geld. Dann hatte er zwar genug Geld, fand aber in Italien keinen passenden Drehort. Als er endlich einen gefunden hatte, ging ihm das Geld wieder aus. So ist das, Freunde. Um Kino zu machen, braucht es ein bisschen mehr, als ein paar Runden auf dem Roten Platz zu drehen. Aber es gibt nur einen Michalkow, Freunde, und der gibt nicht auf. Und wie ihr wisst, hat er zum Schluss nicht nur den Film fertig gekriegt, sondern dafür auch noch den Preis des Filmfestivals in Cannes bekommen! Und die Franzosen, die verstehen was vom Kino!

Katja drückt Antons Arm etwas fester. Er weiß, warum. Mit ›Schwarze Augen‹ hatte alles angefangen. Der Film war in ihrem »Filmclub« gelaufen, projiziert auf ein weißes Laken mit einem Riss links oben in der Ecke, wie der Riss im Gewand eines Trauernden. Katja ging damals in alle Filmvorführungen; abgesehen von Glühwein mit etwas Zimt, waren sie das Einzige, was ihr half, wenigstens für zwei Stunden zu vergessen, wie weit sie von den Menschen entfernt lebte, die ihr teuer waren, und was für ein trauriger Ort dieses Wohnheim für verwaiste Alte letztlich war, auch wenn sich alle Mühe gaben, fröhlich zu wirken.

Anton war mit etwas Verspätung gekommen. Es gab viele freie Plätze, und er hatte sich neben sie gesetzt. In ihren Augen war das unhöflich. Sie dachte, Anton sei ein unangenehmer Mensch. Er wusste ja nicht einmal, wie man anständig isst, und seine weißen Mokassins fand sie einfach hässlich, und er machte sich lächerlich, wenn er bei jeder Gelegenheit mit den jungen Pflegerinnen flirtete, als würde er nicht begreifen, dass er schon ein Opa war. Das alles dachte sie, und doch überlief sie ein leichter Schauer, als er sich neben sie setzte, und ein noch längerer Schauer, als sein Bein ihres berührte. Sie zog es vor, ihre Gänsehaut als letztes Anzeichen ihrer gerade abgeklungenen Grippe zu deuten, rückte mit ihrem Stuhl etwas von ihm ab und versuchte, sich auf den Film zu konzentrieren. Doch gegen Ende konnte sie sich nicht länger beherrschen und schaute kurz zu ihm hinüber.

Da sah sie, dass er weinte.

Dieses Weinen passte so gar nicht zu dem Bild, das sie sich von ihm zurechtgemacht hatte, und sie entschied sofort, es müsse von einem gesundheitlichen Problem herrühren, einer Augenentzündung, einem gereizten Tränensack oder etwas in der Art.

Als der Film zu Ende war, standen die wenigen anderen auf und gingen auf ihre Zimmer, und nur Anton und sie blieben sitzen und sahen sich den Nachspann an. Im Grunde, sagte er plötzlich, ohne sie dabei anzuschauen, handeln alle Filme von Michalkow immer von ein und demselben.

Wovon?, fragte sie skeptisch, ohne sich ihm zuzuwenden.

Von der tragischen und wunderbaren Kraft des Verliebtseins, antwortete er. Wie es Berge versetzen und Brücken zum Einsturz bringen kann. Wie es Menschen blind macht und ihnen gleichzeitig die Augen öffnet. In ›Urga‹ und in ›Die

Sonne, die uns täuscht‹ und auch hier glühen Michalkows Figuren vor Liebe. Männer wie Frauen. Liebe ist bei ihm eine chronische Krankheit. Aber Liebe ist auch die Medizin.

Was du da sagst, ist sehr schön, erwiderte sie und staunte zum ersten Mal über etwas, worüber sie noch oft staunen sollte: Antons Fähigkeit, so zu reden, als habe er alle Wörter erst in eine schöne Ordnung gebracht, bevor sie ihm über die Lippen kamen.

Als letzter Schriftzug flimmerte der Name des Regisseurs über das Laken. Gleich, wusste sie, würde es keine Ausrede mehr geben, noch länger sitzen zu bleiben.

Ich hab gesehen, dass du geweint hast, sagte sie, schaute ihn aber immer noch nicht an. In der direkten Begegnung mit seinem Blick, fürchtete sie, könnte sich dieser Moment verflüchtigen.

Ach, winkte er ab, bloß eine Augenentzündung.

Das dachte ich mir, sagte sie.

Der Geruch aus der Wäscherei drang zu ihr, ein ekelerregend zäher Geruch. Im neuen Flügel des Altenheims, den man gerade anbaute, wurde weiter gebohrt, und das dumpfe Summen drang bis zu ihnen. Die Filmspule war zu Ende, sie hielt mit einem Ruck, und dann wurde der Film zurückgespult. Sie rührte sich nicht von ihrem Platz. Auch er regte sich nicht. Was sich zwischen ihnen entsponnen hatte, war so zart, dass beide fürchteten, jede Bewegung könne …

Warum lüge ich dich an?, sagte er, indem er sich ihr plötzlich zuwandte. Wir sind alt genug. Wir können einander die Wahrheit sagen, meinst du nicht?

Können schon, müssen aber nicht, sagte sie und hasste sofort die immer lavierende, unnahbare Frau, die in ihr wohnte und manchmal aus ihr sprach.

Ich habe keine Augenentzündung, sagte er. Ich habe geweint, weil ich dachte, ich möchte wenigstens noch einmal diese Kraft, diesen Sturm spüren, bevor alles vorbei ist. Und ich bin mir nicht sicher, ob das noch passieren wird.

Was jammerst du?, rutschte es ihr heraus. Du hast es wenigstens schon mal erlebt. Es gibt Menschen, die können nicht einmal das von sich sagen. Es gibt Menschen, die meinen, so etwas passiere nur im Leben von Filmstars.

Aber wir alle sind Filmstars, Katja, sagte er und schaute ihr direkt in die Augen. Sein Gesicht war konzentriert und ernst, als wären sie dabei, sich zu lieben, so als wäre er gerade tief in ihr – wir alle sind Stars in dem Film, den unser Leben dreht.

Sie lachte los und entschuldigte sich sofort. Er sollte nicht denken, sie würde sich über ihn lustig machen. Es sei einfach, weil sein Gesicht so … wieder lachte sie. Und er lachte mit, war überhaupt nicht beleidigt, zeigte mit der Hand auf die Leinwand und sagte: Daran ist dieser Film schuld. Der hat mich so bewegt. Weißt du, man sollte ihn nur für Leute unter sechzig freigeben. In dem Alter hast du deine Gefühle noch unter Kontrolle. Warum sind Altersbegrenzungen immer nach obenhin offen, Katja? Es müsste umgekehrt sein!

Noch am selben Abend hatte sie ihn in ihr Zimmer eingeladen, und er streichelte, küsste und umarmte sie, wollte aber nicht mit ihr schlafen, für ihn sei das zu früh, sagte er, und sie dachte, was sie im Weiteren noch oft denken würde, dass dieser Mann wie eine Schatzkiste war, voller Überraschungen, und schließlich verliebte sie sich so sehr in ihn, dass auch die Entdeckung, dass er kein Jude war und dass er trotz seines mitreißenden Lachens zuweilen, ohne Vorwarnung, in manchmal wochenlange Depressionen verfiel, ihrer Liebe nichts mehr anhaben konnte, genauso wenig wie die Entdeckung, dass er, mit seinem ganzen Intellekt und seiner pausenlos klappernden Schreibmaschine, als einfacher Schlüsseldienstmann gearbeitet hatte oder dass er zu jedem Gericht gehackten Knoblauch hinzufügte. Ja, nicht einmal die Entdeckung des wahren Grundes, warum er in der ersten Nacht nicht mit ihr geschlafen hatte, konnte Katjas Liebe noch etwas anhaben.

Jetzt, auf dem Rückweg, kommen sie an dem schönen schokoladenbraunen Hengst vorbei. Nikita hat andere Leute gefunden, die er mit seinen Anekdoten nerven kann, und sie gehen schweigend nebeneinander her. Sie ist mit ihren Erinnerungen beschäftigt, und er – wer weiß, womit? Sie fühlt sich mit ihm sicher genug, um ihm diese persönliche Freiheit zu lassen. Doch plötzlich löst er sich von ihrem Arm und tritt an den Zaun. *Kon, idi sjuda!*, ruft er, Hengst, komm her! Der Hengst kommt in seinem stolzen Galopp zu ihm, er ist sich seiner Schönheit durchaus bewusst, und Anton streckt die Hand durch einen Spalt im Zaun, streichelt seine weichen Nüstern und flüstert ihm etwas ins Ohr.

Am Abend zuvor hatte sich Anton nach einem weiteren gescheiterten Versuch von ihr heruntergerollt und gesagt: Lassen wir's. Mensch, es geht eben nicht. Auch die Tabletten helfen nichts. Und sie sagte, nicht schlimm, das ist wirklich nicht so schlimm, und dachte sich: Schade, dass er gerade im Bett den Humor verliert, denn das alles ist doch auch ein bisschen komisch. Und er sagte: Ich kann nicht so weitermachen. Ich kann nicht länger mit ansehen, wie du ... Wie ich was?, fragte sie staunend. Ja, beharrte er, wie eine Frau wie du ... auf dem Höhepunkt ihrer Blüte ... ihre Zeit mit mir verschwendet ... Du sollst wissen, von mir aus kannst du dich ... mit anderen treffen. Ich habe kein Problem damit. Ich möchte nicht, dass du dir diese Freuden vorenthältst. Es gibt keinen Grund dafür. Ich habe gedacht, hier in Israel ... ein neuer Anfang ... aber wenn ich nicht kann ... dann soll doch jemand anders ...

Wer anderes denn bitte? Wieso jemand anderes?, fragte sie spöttisch.

Hier sind viele, die gern …

Wer genau?, unterbrach sie ihn. Anton, nett, dass du so denkst, das ist wirklich ein Kompliment. Aber ich bin eine alte Frau.

Ich bin sicher, dass Nikita …

Jetzt muss ich mich schon sehr über dich wundern, Anton. Glaubst du wirklich, ich würde mit so einer eingebildeten Niete etwas anfangen? Und selbst wenn er es gern wollte, wäre das nicht genug. Auch ich muss es wollen. Und ich will niemanden außer dir.

Das glaub ich dir nicht. Du willst mir sagen, dass es dir noch nie durch den Kopf gegangen ist, mit jemand anderem aus dem Viertel …? Das kann nicht sein.

Du hast schon recht, sagte sie und senkte demonstrativ den Blick. Dann schwieg sie lange, dramatisch, als käme jetzt ein Geständnis.

Sie spürte, wie er neben ihr Angst bekam; sich ihr innerlich zuwandte; und sie zog das Schweigen noch etwas hin und genoss es.

Der Hengst, sagte sie schließlich.

Der … was?

Ich muss zugeben, dass ich manchmal so meine Gedanken über den Hengst habe.

Über welchen Hengst?

Über den Araber, der da am Pappelweg weidet. Er hat einen schönen Hintern. Und du weißt, ich steh auf Männerärsche.

Anton hatte sich im Bett aufgerichtet, in ihre amüsierten Augen geschaut – und losgeprustet.

Nachdem er einige Minuten laut gelacht hatte (Anton ist zurück!, dachte sie, er ist wieder zurück!), sagte er: Wir können morgen mit ihm reden, mit dem Hengst. Mal sehn, ob er bereit ist.

Und, was hast du ihm gesagt?, fragt sie Anton jetzt, nachdem er sich etwas von der Koppel entfernt hat und mit verschränkten Armen dasteht.

Ich hab ihm gesagt, er soll sich hüten, in deine Nähe zu kommen ... Wenn er es auch nur versuchen sollte ... schneid ich ihm die Eier ab und brate sie mir zum Abendessen in Sonnenblumenöl, erklärt Anton lachend, und auch sie lacht.

Der Pappelweg endet hier, nun geht es hinunter zu ihrem Viertel. Anton geht langsamer. Er weiß, dass der Weg bergab für ihre Knie beschwerlicher ist. Einmal sind ihr die Schnürsenkel aufgegangen, genau hier, und ohne ein Wort zu sagen hat er sich hingekniet und hat sie ihr wieder gebunden. Damit sie sich nicht bücken musste. Gegen Ende des Abhangs steht linker Hand das Baugerüst des Clubhauses. Sie spürt einen Anflug von Traurigkeit bei Anton. Wie sehr wollte er das Clubhaus schon fertig sehen. Seit sie hier angekommen sind, hat er von nichts anderem mit solcher Leidenschaft gesprochen. Und siehe, wieder wurde er enttäuscht. Sie spürt auch bei sich einen Anflug von Sorge, als sie ihn, während sie langsam an dem Gerüst vorbeigehen, anschaut. Wie viele Enttäuschungen kann dieser Mann noch wegstecken, bevor er wieder in Melancholie versinkt?

Bestimmt ist ihnen das Geld ausgegangen, sagt Anton niedergeschlagen. Sie haben erst nach dem Beginn der Arbeiten gemerkt, dass der Etat nicht reicht. Oder die Arbeiter haben eine Gehaltserhöhung gefordert. Aber, Moment mal – Hoffnung flackert in seinen Augen auf –, ich habe eine Idee! Warum sollten nicht wir, die Männer von Ehrenquell, den Bau auf eigene Faust beenden? Spielman ist dort schließlich Bauunternehmer gewesen. Kraft in den Händen habe ich auch noch, und Schkolnik und Gruschkow können auch noch! Wo liegt das Problem? Ich gehe nach Hause und schreibe ihnen einen Brief. Was heißt da, wem? Der Stadtverwaltung natürlich! Die werden sich freuen, warum auch nicht?

*

Was heißt, sie genehmigen es nicht?, fragt Danino aufgebracht.

Ben Zuk versucht, ruhig zu bleiben, doch dieses dumpfe Gefühl auf der Kopfhaut sagt ihm, dass er kurz davor ist, die Kontrolle zu verlieren. Wen auch immer ich ihnen schicke – alle lehnen sie ab, erklärt er mit einer Stimme, die vor lauter Anstrengung, nicht zu beben, bebt.

Unter welchem Vorwand?, will Danino wissen.

Bei jedem finden sie etwas anderes, sagt Ben Zuk und erläutert: Der eine hat früher mal Haschisch geraucht, der andere hatte eine arabische Freundin. Einer ist schwul und hat sich noch nicht geoutet, der andere hat einen Vater, der wegen Bankraub saß, und wieder ein anderer hat einen in Syrien geborenen Vater …

Was haben sie gegen Syrer?, empört sich Danino als Anwalt seiner mütterlichen Abstammung. Die Damaszener Juden zählen zu den höchstentwickelten Einwanderungsgruppen, die je nach Israel gekommen sind. Fleißig und zuverlässig. Leute, die anpacken. Die aus Aleppo, die sind natürlich schon etwas anderes –

Vergiss es, winkt Ben Zuk ab. Das ist alles völliger Unsinn. Das Militär will da keine Mikwe haben, und so macht es uns mit seinen Sicherheitsanforderungen mürbe, bis wir von selbst aufgeben.

Danino schweigt, überlegt, was er sagen soll.

Es könnte ja auch sein, fügt Ben Zuk vorsichtig hinzu, ich meine, vielleicht sollten wir in all dem ein Zeichen sehen … ein Zeichen des Ewigen … immerhin hat sich der heilige

Zaddik, Netanel der Verborgene, von Anfang an gegen alle baulichen Aktivitäten in diesem Viertel ausgesprochen. Er hat uns in Jeremiahus Traum gewarnt. Sonst käme ein Fluch über uns. Vielleicht ist genau dies der Fluch, von dem er sprach … verstehst du?

Daninos vernichtender Blick zeigt Ben Zuk unmissverständlich, dass er einen Fehler gemacht hat. (Tatsächlich hat er das selbst schon den Bruchteil einer Sekunde, bevor er den Mund aufmachte, gewusst, doch manchmal rennt der Mensch offenen Auges in einen Abgrund.)

Daninos Frau war nämlich nicht schwanger geworden. Nach jahrelangen Versuchen und dem Scheitern aller möglichen Behandlungen begannen sie beide, die vielen Gräber der heiligen Zaddikim in der Stadt und in der Umgebung aufzusuchen. Anfangs pilgerten sie jede Woche zu einem anderen Grab, um sich davor niederzuwerfen, und als auch das keine Frucht trug, meinte Daninos Frau, sie sollten ihre Bemühungen auf jenen Zaddik konzentrieren, auf dessen Konto die meisten erwiesenen Erfolge gingen. So geschah es, dass Danino seiner Frau jeden Donnerstag zu einem für den Ansturm der Massen hergerichteten Pilgerort mit riesigem Parkplatz folgte, wo er zu allem Überfluss auch noch die mitleidigen Blicke der ganzen Stadt ertragen musste – es war nicht schwer, sich auszumalen, was später in der Stadt geredet würde.

Nachdem aber auch der Zaddik, in dessen Macht es lag, zu helfen, sie enttäuscht hatte, befand seine Frau, diese Misserfolge lägen an ihm, weil er so ein Zweifler sei. Wenn du nicht tief im Herzen daran glaubst, dass die heiligen Zaddikim für uns eine Verbindung zu den oberen Welten herstellen, was sollen dann die ganzen Zettelchen, die wir in die Mauerritzen stecken, und die bunten Tücher, die ich an die Äste des Baumes neben dem Grab knote?

In Ordnung, sagte er, vielleicht hast du ja recht. Und während er sich vor dem Grab niederwarf und seine Lippen auf die Stelle drückte, von der man annahm, dass sich dort das Ohr des Zaddik befand, versuchte er, ganz fest und mit Hingabe daran zu glauben und sich das Neugeborene vorzustellen. Und tatsächlich, zwei Tage nach einem solchen Gebet, bei dem er gespürt hatte, dass es ihm gelang, eine Zeit lang auf dem Fluss der Selbstüberzeugung zu treiben, ohne sofort ans Ufer des Zweifels geworfen zu werden, empfing seine Frau.

Medizinisch gesehen war es nicht weniger als ein Wunder. Mit staunender Dankbarkeit, aufgewühlt und Gott lobend erlebten sie die neun Monate Schwangerschaft, und als ihr Sohn zur Welt kam, war die Überraschung grenzenlos: Wie waren sie beide zu einem so hübschen Kind gekommen? Schön wie ein Engel. Wie ein Prinz. Wie ein Mädchen. All die Namen, die sie ihm hatten geben wollen – Jonathan, nach seinem Großvater, Jizchak, nach ihrem Urgroßvater, Usiel, nach dem Lehrer, der sie beide im Gymnasium in Bibelkunde unterrichtet hatte –, erschienen seiner Frau nicht würdig genug, und sie bat, mit der Namensgebung bis zur Beschneidungsfeier am siebten Tag zu warten oder bis eine Stimme vom Himmel käme und ihnen ein Zeichen gäbe.

Indessen nannte Danino ihren Sohn im Gespräch mit sich selbst *Januka*, mit diesem so erhaben klingenden aramäischen Wort für »Knabe«, denn es hätte ihn befremdet, das Baby, das eine so gewaltige Liebe in ihm weckte, einfach »er« zu nennen. Wo sind *Janukas* Feuchttücher? Wie viel hat *Januka* gegessen? Lächelt *Januka* uns gerade an, oder bilde ich mir das ein?

Januka war binnen zwei Tagen gestorben. Danino hatte seinen Sohn auf dem Arm gehabt, als plötzlich sein Fieber anstieg. Sie brachten ihn sofort ins Krankenhaus, doch als sie ankamen, war es schon zu spät. Auf sein winziges Grab schrieben sie einhellig »Januka Danino«, doch das war auch das Letzte, worin sie sich einig waren.

In der inoffiziellen Trauerwoche saßen die Trauergäste da und schwiegen und schwiegen, während seine Frau redete und redete. Das Unglück, das sie getroffen habe, sei eine Strafe des Heiligen, Er sei gepriesen, dafür, dass Avraham den zarten Neugeborenen *Januka* genannt habe. Es hat schon einmal einen *Januka* gegeben, rief sie den Anwesenden in Erinnerung, nämlich den Neugeborenen des Großvaters »Hamnuna Saba« im Talmud, und ebendieser *Januka* – der schon als Knäblein die ganze Gruppe um Rabbi Schimon Bar Jochai mit seinen tiefschürfenden Textauslegungen zum Staunen gebracht habe – sei sehr jung gestorben. In seiner Unbildung sei ihr Mann in eine Situation geraten, in der er mit seinem Gerede den Himmel erzürnte, sprach sie zu den geneigten Köpfen der Trauergäste. Jedes Mal, wenn eine neue Welle von Gästen hereinschwappte, wiederholte sie ihren Vorwurf. Und als der Letzte gegangen war und im Wohnzimmer nur noch verwaiste Plastikstühle herumstanden, sagte sie zu Danino, er solle das Geschirr ins Spülbecken stellen, und ging, ohne ein weiteres Wort, das ihre schweren Vorwürfe gemildert hätte, in ihr Zimmer.

Als Ältester einer Familie mit acht Kindern neigte Danino dazu, für alles die Verantwortung zu übernehmen – eine Neigung, die perfekt mit der Neigung seiner Frau harmonierte, ihm an allem die Schuld zu geben. Doch diesmal funktionierte es nicht. Diese Schuld nahm er nicht auf sich. Dass er den Himmel provoziert haben sollte, das nahm er ihr nicht ab. Wenn überhaupt, dann war *Janukas* Tod ein Beweis, dass im Himmel niemand regierte. Sollte es dort doch jemanden geben, so war dessen willkürliche Grausamkeit unerträglich. Also hörte Danino auf, jeden Tag eine Seite Talmud zu studieren, er hörte auf zu beten und in die Synagoge zu gehen, und stürzte sich stattdessen in weitverzweigte öffentliche Aktivitäten: Er gründete wohltätige Vereine, rief verschiedene Ausschüsse ins Leben und begann, Koalitionen zu bilden.

Zwei Jahre später hatte er sich an der Spitze einer unabhängigen Liste zur Bürgermeisterwahl aufstellen lassen. Auf seinen Wahlplakaten stand über einer Nahaufnahme seiner traurigen Augen: »Avraham Danino, ein Politiker auf Augenhöhe.«

Er erhielt die überragende Mehrheit und zog ins Rathaus ein, was ihm ermöglichte, immer länger von zu Hause fernzubleiben und die Distanz zu seiner Frau vollends festzuschreiben. Scheiden ließ er sich nicht, warum auch. Das wäre bei seinen Wählern nicht gut angekommen. Doch er vergaß nicht, was sie ihm vorgeworfen hatte und in welcher Situation. Jedes Mal, wenn er vor seiner Haustür stand, spürte er einen gewissen Unwillen und verharrte einen Moment, bevor er die Hand auf die Klinke legte und eintrat, das Herz so schwer wie seine Schritte.

Wie um ihn zu ärgern, boomte ausgerechnet in seiner Amtszeit die Industrie der heiligen Zaddikim in noch nie da gewesenem Maße. Als herrsche in allen Ecken und Enden des Landes eine große Sehnsucht nach Wundern. Immer mehr Gräber wurden »entdeckt«, immer mehr Reisebusse kamen in die Stadt, voll mit Leuten, die auf Linderung ihrer Not hofften, auf das Ende ihrer Unfruchtbarkeit oder die Wendung ihres bitteren Schicksals im Allgemeinen. Bei den Gräbern wurden Herbergen gebaut, um die Besucher unterzubringen; ein Cateringservice wurde eingerichtet, um diese Herbergen zu bedienen, Konditoreien eröffnet, um den Cateringservice mit süßen Backwaren zu beliefern.

Danino begleitete diesen Boom nur, soweit notwendig; er war nicht bereit, etwas tatkräftig zu unterstützen, was in seinen Augen schon immer Götzendienst gewesen war.

Hör mir gut zu, sagt er jetzt zu Ben Zuk, die Mikwe von Sibirien wird nicht verschoben, kapiert? Das Militär und Netanel der Verborgene interessieren mich einen Dreck. Wir haben keine Zeit für solchen Quatsch. Siehst du diesen Brief?, fragt er, wedelt mit einem hellblauen Luftpostumschlag, der stammt von Jeremiah Mandelsturm. Er kommt im August zum Klarinettenfestival. Dann will er die Mikwe sehen, die auf den Namen seiner Frau errichtet wurde. Weißt du, was passiert, wenn sie bis dahin nicht fertig ist? Dann fordert er sein Geld zurück! Aus wessen Tasche wollen wir das bezahlen, Ben Zuk?

Aber was sollen wir machen ohne Genehmigung des Militärs?

Ich will Lösungen von dir, Ben Zuk, sagt Danino, schiebt seine ganze Hand in die Hosentasche und lehnt sich in seinem Stuhl zurück. Dafür bezahle ich dich. Dafür habe ich dich in die Stadtverwaltung geholt, dir Verantwortung übertragen und dich behandelt wie meinen eigenen Sohn. Nicht dafür, dass du hier rumsitzt und heulst und auf den rettenden Messias wartest. Soll ich dir einen Rat geben? Schick ihnen jemanden, den sie einfach akzeptieren müssen, jemanden, der ihren Sicherheitscheck schon einmal erfolgreich durchlaufen hat. Jemanden, der schon mal selbst in diesem Camp gearbeitet hat, zum Beispiel.

*

Die Stadt der Gerechten ist eine mittellose Stadt. Doch nachts öffnen sich die Köpfe der Gelehrten, und Buchstaben des Talmuds steigen hinauf in die Höhen des gestirnten Firmaments, immer höher und höher in einem Rohr, das die unteren Welten mit den oberen verbindet.

Und manchmal fangen die Antennen des Geheimen-Militärcamps-das-jeder-kennt diese Buchstaben versehentlich ab, und Übersetzer müssen sie vorsichtig, einen nach dem anderen, aus den arabischen Sätzen herausklauben, bevor sie sagen können, ob die nächtlichen Gespräche der feindlichen Soldaten auf einen nahenden Krieg hindeuten oder ob sie – wieder einmal – nur von Sehnsucht reden.

2

Schalom, teure Freunde!, eröffnet Mandelsturm schwungvoll seinen zweiten Brief, doch beginnt er nicht gleich, wie zu erwarten gewesen wäre, mit der Angelegenheit der Mikwe, sondern erzählt erst einmal von seiner Klarinette, genauer gesagt von den Musikstunden, die er seit einiger Zeit nimmt. Schon als kleines Kind habe er Klarinette gespielt, sei in seiner Jugend sogar gut darin gewesen, doch dann habe ihn der Fluss des Lebens von seinem Hobby fortgetragen, »Hobby« sei allerdings ein viel zu schwaches Wort, denn der Klang der Klarinette sei doch der Klang der jüdischen Seele schlechthin, man dürfe dieses Instrument nicht einfach mit Mund und Händen spielen, ohne den ganzen Schmerz und die Freude und den innersten Glauben in sie hineinzublasen. Das habe er seiner treuen Gemahlin, Gott hab' sie selig, immer wieder zu erklären versucht, wenn sie ihn drängte, doch wieder mit dem Spielen anzufangen. Du musst verstehen, habe er zu ihr gesagt, die Klarinette ist ein heiliges Instrument, ich warte lieber, bis ich mich ihr mit ganzer Seele widmen kann, statt sie zu entweihen. Ausreden, alles faule Ausreden, pflegte sie zu antworten, du hast nur Angst, dein Spiel könnte nicht perfekt sein, und bei dir gibt es kein Mittelmaß, du machst etwas hundertprozentig oder gar nicht. Vielleicht habe sie ja recht gehabt, vielleicht habe sie aber auch von sich selbst gesprochen. Jedenfalls sei es eine Tatsache, dass er nach ihrem ersten Todestag, als sich das Nest wieder von Kindern und Enkeln leerte und diese in ihre fernen Häuser zurückkehrten, seine Klarinette aus ihrem verstaubten Kasten geholt und die ganze Nacht gespielt habe; entsetzlich schräge Laute habe er hervorgebracht, aber die hätten ihm in der Seele gutgetan und es ihm das erste Mal, seit er verwitwet war, ermöglicht, sich für einen Moment aus der Ödnis emporzuschwingen und den weiten Horizont jenseits der Trauer wahrzunehmen.

Am nächsten Morgen habe er im Internet – haben Sie in Israel schon von dieser neuen Sache gehört? – nach jüdischen Klarinettenlehrern gesucht und einen Lehrer mit Namen Jona gefunden; er habe ihm eine E-Mail geschrieben und sich noch am selben Tag mit ihm zu einer Auffrischungsstunde verabredet. Doch als er an die Wohnungstür klopfte, habe ihm eine Frau geöffnet, und als er fragte, wo Jona sei, habe sie auf sich selbst gedeutet und gesagt: Schalom, ich bin Jona, und Sie sind bestimmt Jeremiah.

Meine teuren Freunde in der Stadt der Gerechten!, schreibt Mandelsturm, Sie können sich gewiss vorstellen, dass ich sogleich umkehren wollte. Ich sagte, ich habe nicht geahnt, dass Jona eine Frau ist, wenn ich das gewusst hätte … ich meine, es würde ja schwierig werden, nur sie und ich allein in einem Zimmer, das verbietet uns ja die Thora. Doch sie sagte: Keine Sorge, wir werden nicht allein sein, und gab mir ein Zeichen, ihr ins Studio zu folgen, in dem nebeneinander vier Klarinetten und ein Saxophon standen, eine Geige und ein Notenständer, und sie wies auf das große Bild, das an der Wand hing, und sagte: Das ist Joe, mein Mann, Friede seiner Seele. Er wird die ganze Stunde mit uns zusammen sein.

Mir standen die Haare zu Berge, gesteht Jeremiah. Auf dem ganzen Weg zu Jona, auf der Straße, in der Subway und dann wieder auf der Straße, habe auch er stets das Gefühl gehabt, dass seine Gemahlin, Gott habe sie selig, ihn begleitete, dass sie in ihren kleinen Schuhen und mit ihrem schnellen Atem neben ihm hertrippelte und ihn ermutigte, weiter so, Jeremiah, mach das, was hast du schon zu verlieren? Auch als er an Jonas Wohnungstür zögerte einzutreten, habe er ihre Stimme gehört, wie ein Flüstern in seinem Nacken: Das ist schon okay, Jeremiah, vielleicht nicht nach dem trockenen Religionsgesetz, aber für den Heiligen, Er sei gepriesen, ist es völlig in Ordnung. Glaub mir, ich bin jetzt näher bei Ihm als du –

Bitte schön, habe Jona gesagt und auf einen weich gepolsterten Ledersessel gewiesen, und seine müden Beine hätten für ihn entschieden. Die Stimme seiner Gattin, Gott habe sie selig, sei langsam schwächer geworden. Sie sei nicht völlig verstummt, aber sie habe sich immer weiter entfernt, wie Schritte. Okay, Jeremiah, dann lassen Sie uns mal hören, habe Jona gesagt. Ich muss wissen, wie schlimm es um Sie steht. Er habe seine Klarinette herausgeholt, die schon nicht mehr verstaubt war, denn er hatte sie vor der Stunde schön blank gerieben, und begonnen zu spielen.

So habe die ganze Sache angefangen. Wie es dann weitergegangen sei, gehöre vielleicht nicht in einen offiziellen Brief dieser Art, doch seine Kinder seien weit weg, und ohnehin seien sie immer enger mit der Mutter verbunden gewesen als mit ihm, und die Freunde von früher seien mit den Jahren weniger geworden. Er verspüre aber nun mal das Bedürfnis, jemandem von den jüngsten Ereignissen zu erzählen und ihnen so Gültigkeit zu verleihen, denn wenn er das nicht täte, liefe er Gefahr, alles, was ihm da widerfahren sei, als Fantasien eines alten Mannes abzutun.

In den ersten Wochen habe seine Lehrerin Jona mit ihm an all seinen Fehlern, den großen wie den kleinen, gearbeitet. Sie habe korrigiert, wie er das Instrument hielt, und ihn gescholten, wenn sie spürte, dass er sich nicht gut vorbereitet hatte. Sie habe ihn unterbrochen, wenn er vom richtigen Klang abkam, geschimpft, wenn er für einen Moment von der Tonleiter rutschte. Ihm sei nicht verborgen geblieben, dass sie sich für den Unterricht besonders hübsch anzog, doch er meinte, ihre festliche Kleidung und das zurückhaltende Make-up, welches das Grün ihrer Augen betonte, seien ein Zeichen dafür, welche Hochachtung sie dem Klarinettenspiel an sich beimaß, selbst wenn es so zögerlich war wie seines. Die Tatsache, dass sie immer überzog und nicht nach sechzig Minuten Unterricht aufhörte, habe er sich mit den vielen Fehlern erklärt, die er machte: In einem so extremen Fall von mangelnder Begabung sei eine Stunde eben nicht ausreichend.

Der Wendepunkt sei dann in der zwölften Stunde eingetreten – Mandelsturm zählte die Stunden, er wartete auf sie; sie bestimmten den Rhythmus, nach dem er lebte: Stunde, Warten, Stunde, Warten, Stunde –

Mitten in den Variationen von Weber habe sie ihn mit einer Handbewegung gestoppt. Er habe die Klarinette von den Lippen genommen, die Finger auf den Klappen, und auf Anweisungen gewartet. Da habe Jona mit geschlossenen Augen zu ihm gesagt: Lass los. Er dachte, sie meine das Instrument, und legte es neben sich auf den Stuhl, doch sie öffnete ihre grünen Katzenaugen und sagte: Lass sie los, Jeremiah. Entschuldigen Sie, dass ich Ihnen das sage, aber Sie … Sie spielen … wie ein Toter. So können wir nicht weitermachen. Ich verstehe … ich verstehe, dass Sie sie sehr geliebt haben, Ihre Frau Gemahlin.

Er habe den Kopf gesenkt und genickt, wobei die Spitze seines Kinns ihm beinahe in die Brust gestochen habe. Heben Sie den Kopf, habe Jona da gesagt. Sehen Sie Joe? Sie zeigte auf das große Foto ihres Mannes. Joe war ein besonderer Mann. Er hatte seinen ganz eigenen Klang in der Welt. Wenn die Zeit reif ist, werde ich Ihnen von ihm erzählen, wenn Sie mögen. Aber er ist tot. Und Ihre Frau Gemahlin ist auch tot. Sie müssen sich jetzt entscheiden, ob Sie leben wollen. Verzeihen Sie, dass ich Ihnen das so sage, Jeremiah, aber man kann Klarinette nicht ohne Leidenschaft spielen.

Nachdem sie zu Ende gesprochen hatte, habe sie ihre Hand auf seine Hand gelegt und sie eine ganze Minute lang nicht weggezogen. Dreimal habe sie seinen Handrücken gestreichelt, ganz langsam, so dass man süchtig danach werden konnte, dann ihre Hand ruckartig weggezogen – erschreckt?, entschieden? – und zu ihm gesagt: Jetzt spielen Sie weiter!

An diesem Tag habe er gespielt wie noch nie in seinem Leben: Er habe gespürt, dass die Klarinette lachte und weinte, wie ein richtiger Mensch, und auch, wie sie mit jedem Ton länger und länger wurde. Er habe gespürt, wie die Klänge die Distanz überwanden und Dinge taten, die er sich nicht einmal habe träumen lassen: Sie berührten Jona, sie streichelten sie und ließen sie erbeben.

Um keine Missverständnisse aufkommen zu lassen: Seit diesem dreimaligen Streicheln seines Handrückens habe Jona ihn nicht mehr berührt, schreibt Mandelsturm. Im Gegenteil, sie sei mit ihrem Stuhl sogar etwas von ihm abgerückt und habe ihren Blick gesenkt, ihn das Grün ihrer Augen nicht mehr sehen lassen. Wenn sie sich an der Tür verabschiedeten, verhindere sie jede Möglichkeit eines Abschiedsküsschens, indem sie einen Schritt zurücktrete und ihm kurz winke, die Hand dicht an der Brust. Er habe den Eindruck, die Nähe, die so plötzlich zwischen ihnen entstanden war, habe sie verschreckt, und nun versuche sie, ihr Gleichgewicht wiederzufinden. Einmal, als er zu früh zu einer Stunde gekommen sei, habe er gesehen, wie sie sich mit glühendem Blick von einem anderen, jüngeren Schüler verabschiedete, und er habe sich gefragt, ob sie auch diesem ab und zu die Hand streichle, ob das nicht ein Trick sei, den sie bei allen anwandte, damit sie besser spielten.

Nun wolle er aber zur Sache kommen. Zur Geschichte der Klarinette. Er hoffe, man werde ihm seinen langen (hoffentlich nicht ermüdenden) Exkurs verzeihen.

Zu Beginn der letzten Stunde habe er Jona erklärt, er könne in der zweiten Augusthälfte leider nicht zum Unterricht kommen, da er ins Heilige Land reise, in die Stadt der Gerechten, um das rituelle Tauchbad zu besichtigen, das dort von seinen Spendengeldern errichtet werde. Da habe sie ihm doch tatsächlich gesagt, in derselben Woche, in der er in die Stadt der Gerechten fahre, finde ebendort ein internationales Klarinettenfestival statt, und sie habe vor ein paar Tagen eine offizielle Einladung im Briefkasten gefunden, an diesem Festival teilzunehmen. Auch letztes und vorletztes Mal habe man sie eingeladen, fügte sie hinzu, doch bislang habe sie immer abgesagt. Die lange Reise schrecke sie ab. Allein im Flugzeug zwischen Himmel und Erde zu hängen und immer wieder in Luftlöcher zu fallen … Auch die Gefahren in dem Land, das nicht nur Juden, sondern auch anderen Religionen heilig sei, ließen sie zurückschrecken.

Daraufhin habe Mandelsturm ihr angeboten, mit ihm zu fliegen, so könnten sie aufeinander achtgeben, doch sie habe nur einen verlegenen Blick auf das Foto ihres Mannes geworfen. Verzeihen Sie, dass ich Ihnen das sage, habe er da ihre Worte mit verstellter Stimme zitiert, aber Sie müssen sich entscheiden, ob Sie leben wollen. Sie habe gelächelt, doch ihre Weigerung habe weiter bestanden, das habe er gespürt. Ich weiß nicht, habe sie zögernd gesagt, ich muss mir das noch überlegen, Jeremiah, aber bis August ist es ja noch eine Weile hin, nicht wahr?

Und genau in Sachen Zeit wolle er – wenn seine werten Freunde in der Stadt der Gerechten dies erlauben möchten – zum Abschluss des Briefes nun doch konkret und sogar ganz direkt werden. Er wundere sich etwas, dass man, seit er die vereinbarte Spende überwiesen habe, keinerlei Kontakt mit ihm aufgenommen und ihm nichts über den Fortschritt des Projektes berichtet habe. Von Kollegen, die ebenfalls Projekte im Heiligen Lande unterstützten, habe er erfahren, dass das nicht üblich sei. Im Gegenteil. Diese würden regelmäßig unterrichtet. Das beredte Schweigen vonseiten der Stadt wecke in ihm, das müsse er schon sagen, Zweifel, um nicht zu sagen große Sorge: Vielleicht sei das Geld an den falschen Ort geleitet worden? Vielleicht gebe es mit dem Bau der Mikwe Probleme, die man ihm verheimliche? Er hoffe sehnlichst, dass seine Ängste unbegründet seien, wäre aber sehr dankbar, wenn man ihn über den Fortgang der Arbeiten auf dem Laufenden hielte. In jedem Fall wolle er klarstellen, dass der Zeitplan von kardinaler Bedeutung sei, denn es gehe nicht an, dass die Stadt der Gerechten ihn in eine Situation bringe, in der er vor zwei Frauen als hohler Angeber dastehe: vor der Liebe seines Lebens und vor jener Frau, die seinen Lebenswillen neu entfacht habe. Wenn er in die Stadt komme, erwarte er also, eine funktionierende Mikwe vorzufinden, und er bitte mit Nachdruck darum, in dieser Sache nicht enttäuscht zu werden.

*

Du enttäuschst mich, Spatz, sagt der Ermittler, steht von seinem Platz auf und geht um den Tisch herum.

Naim bekommt eine Gänsehaut; sein ganzer Körper steht unter Spannung.

Der Ermittler setzt sich auf die Tischkante; seine Knie

dicht an Naims Gesicht, zu dicht. Er spricht zu ihm von oben herab, und Falafelgeruch weht auf seinen Wörtern zu ihm. Verstehst du nicht, dass jeder Tag, den du hier bei uns verschwendest, für dich ein Jahr mehr im Knast bedeutet?, fragt er, streckt dann die Hand aus und streichelt sanft Naims Wange – Naim erschaudert. Was streichelt der mir die Wange? –, und der Ermittler fährt fort: Wenn du uns hilfst, helfen wir dir. Aber du, du beharrst die ganze Zeit auf deiner lächerlichen Version der Geschichte. So kommen wir nicht weiter. Begreifst du, was ich dir sage?

Naim nickt. Der Ermittler streichelt ihm noch einmal die Wange, packt ihn dann plötzlich fest am Kinn und fixiert ihn mit seinen Eulenaugen. Ich frage dich noch einmal, *ya* Naim: Wozu hast du das Fernglas gebraucht?

Um die Vögel zu verfolgen.

Weißt du was? Bitte schön. Der Ermittler lässt mit einem Mal sein Kinn los. Naim denkt sich, jetzt holt er zu einem Kinnhaken aus, doch der Mann kehrt zu seinem Platz hinter dem Tisch zurück, nimmt den Kugelschreiber und bohrt ihn in das Blatt, das vor ihm liegt.

Welche Vögel hast du beobachtet? Ich notiere.

Was wollen Sie? Namen?

Ja.

Von den Vögeln?

Ja.

In Ordnung. Da war ein Baumfalke und auch ein schwarzer Falke und ein Schreiadler.

Gut, weiter, warum hörst du auf?

Ein grauer Kranich … ein Schwarzkehlchen … ein Zilpzalp … ein Buchfink, im Volksmund auch Mönchsfink genannt.

Moment, Mö-n-ch-s-fink. Der klingt interessant. Erzähl mir ein bisschen von diesem Mönchsfinken.

Was soll ich denn von ihm erzählen?

Was ist an ihm so besonders?

Er hat breite Flügel mit einem weißen Streifen. Und er heißt Mönchsfink, weil sich in der Vogelzugszeit die Männchen und Weibchen für einige Wochen trennen. Das Männchen lebt dann alleine, quasi abgeschieden wie ein Mönch.

Alle Achtung ... Ich sehe, das Vogelbestimmungsbuch hast du gut auswendig gelernt. Sie haben dir wirklich eine gute Geschichte gestrickt. Aber jetzt im Ernst: In wessen Auftrag hast du das Camp beobachtet? Gib mir die Namen deiner Auftraggeber, nicht die der Vögel.

Aber ich habe keine Auftraggeber, mein Herr. Ich schwöre Ihnen, ich habe nur beobachtet ...

Schade, Spatz. Sehnst du dich nicht nach deiner Mutter? Nach dem *mlouchija*, das sie jeden Freitag kocht? Willst du dein ganzes Leben bei uns verbringen?

*

Sie machen sich nicht die Mühe, Naim zu sagen, wer ihn besuchen kommt. Sie sagen nur »Besuch!« und holen ihn aus seiner Zelle. In seiner Vorstellung hat er seine Mutter gesehen, seinen Vater und für einen kurzen Moment auch diese Frau aus seinen Träumen, mit den langen Beinen und dem entschlossenen Blick, und als er sieht, dass Ben Zuk ihn erwartet, kann er seine Enttäuschung kaum verbergen. Was will der denn jetzt von ihm?

Fragen, wie es dir geht.

Danke, schlecht. Sie verdächtigen mich grundlos, und sie misshandeln mich. Sie machen mich verrückt, damit ich etwas gestehe, was ich nicht getan habe. Du weißt ja, dass ich mich für Vögel interessiere. Und dass ich nur deshalb immer mein Fernglas dabeihabe.

Das weiß ich wohl, sagt Ben Zuk, ich habe dir sogar ein Vogelbestimmungsbuch besorgt, und auch die neuste Ausgabe von ›Schwingen‹, der Zeitschrift der Vogelbeobachter. Hier, sie sind in der Tasche etwas verknickt, aber das lässt sich wieder glatt streichen. Und verzeih die Idee mit dem Geschenkpapier. Im Laden wirkte das irgendwie passend.

Danke, sagt Naim, wirklich nett von dir, aber noch netter wäre es, wenn du mich hier rausholen würdest.

Ich arbeite daran, verspricht Ben Zuk. Es ist nicht leicht, mit diesem Camp. Die haben sehr hohe Sicherheitsanforderungen.

Jetzt schweigen sie beide. Naim rutscht auf seinem Stuhl hin und her. In Ben Zuks Gegenwart fühlt er sich nicht wohl. Dessen innere Unruhe war ihm noch nie angenehm. Doch in seiner Zelle erwartet ihn etwas noch Unangenehmeres: die Einsamkeit.

Und ... sag, was wird aus der Mikwe?, fragt er schließlich mit müdem Interesse. Wird jemand anders meine Arbeit dort fortsetzen?

Ich, gesteht Ben Zuk. Außer mir hat keiner die Erlaubnis des Camps bekommen, dort zu arbeiten.

Du? Aber wie willst denn du ...? Du hast doch gar keine Erfahrung, staunt Naim.

Im Kibbuz ... bevor ich ... weißt du, in meinem vorigen Leben ... habe ich ein bisschen auf dem Bau gearbeitet, ich habe da einen ganzen Flügel der Sandalenfabrik hochgezogen. Aber eine Mikwe ist für mich schon etwas Neues. Deshalb hole ich mir Rat. Lese Bücher. Bisher habe ich die Mauer gebaut, die den Blick auf das Camp versperrt. Aber morgen muss ich mit dem Gebäude weitermachen, und da gibt es ein paar Dinge, die mir noch nicht klar sind. Zum Beispiel die Höhe der Fenster. Gibt es dafür Vorschriften, oder kann jeder machen, was er für richtig hält?

Die Fenster setzt du mindestens mannshoch an, rund um das Gebäude, und auch die Belüftung der zentralen Räume. Damit, Gott behüte, keiner von draußen reinschauen kann.

Und wenn wir schon dabei sind ... wie viele Zellen ... ich meine Nasszellen mit Badewannen, würdest du bei dieser Größe veranschlagen?

Naim beantwortet Ben Zuk alle Fragen. Großzügig, mit zahllosen Details. Ben Zuk verschlingt hungrig alle Informationen, zieht den »Plan der Mikwe« heraus, den er gezeichnet hat, trägt einige Dinge ein, und nachdem er ihn wieder in seine Hemdtasche gesteckt hat, verspürt er Dankbarkeit und das Bedürfnis, Naim Gutes mit Gutem zu vergelten, und so erzählt er ihm von einem Zaddik, Rabbi Eleasar HaModa'i, der nach dem großen jüdischen Aufstand in Beijtar von Bar Kochba grundlos des Verrats verdächtigt wurde – doch während er mit der Geschichte beginnt, erinnert er sich plötzlich mit Schrecken, dass Bar Kochba Rabbi Eleasar am Ende wirklich für schuldig hielt und so lange auf ihn eintrat, bis er tot war. Deshalb verstummt er und beginnt im nächsten Moment das Gleichnis von einer Biene zu erzählen, die den Stier, auf dem sie sich ausruhte, nur deshalb stach, weil sie Angst vor ihm hatte – doch auch diese Fabel verheddert sich, und er bricht ab, bevor er zu ihrer Pointe gelangt. Da bleibt ihm nichts anderes übrig, als Naim auf die Schulter zu klopfen und zu sagen: Du kommst hier raus, glaub mir. Die Wahrheit kommt zum Schluss immer an den Tag.

Das hoffe ich, antwortet Naim.

Und in jedem Fall, mein Bruder – Ben Zuk kommt sich selbst unglaubwürdig vor, als er das sagt –, versuche ich, dir zu helfen.

In Ordnung, sagt Naim; schwer auszumachen, ob sein Ton spöttisch oder dankbar ist.

Dann bringt man ihn zurück in seine Zelle, er reißt das

Geschenkpapier von dem Vogelbestimmungsbuch und legt sich so unter das Fenster, dass er ein kleines Stück Himmel sieht. Der Himmel ist leer. Keine Vögel, keine Gedanken und keinerlei Willen.

Schließlich zieht ein Pärchen Mauersegler vorüber, dann ein Paar Stieglitze und ein Wiedehopf mit angelegtem Krönchen.

*

Katja weiß nicht, wie lange dieses Jammertal noch andauern wird. Inzwischen geht statt Anton sie samstags früh mit Daniel spazieren. Zuerst versuchte der Junge, sich mit ihr zu unterhalten – so unterhält er sich wohl mit Anton –, doch aus ihrem Schweigen begreift er, dass sie in der ersten Stunde am Morgen mit ihren Gedanken allein sein muss, und er begnügt sich damit, still neben ihr herzugehen.

Ihr Enkel ist klug, er besitzt bereits die Fähigkeiten, die man zum Überleben braucht. Er hat ja auch keine Wahl. Seine Eltern machen ihn völlig verrückt. Mit seinen zehn Jahren ist er schon sieben Mal umgezogen! Wir brauchen einfach einen neuen Anfang, erklärte Tanja ihr jedes Mal im Brustton der Überzeugung. Doch für den Jungen bedeutet jeder »neue Anfang« eine Trennung, und bei jedem solchen Abschied fallen Trauertropfen in sein Herz und werden zu Stalagtiten der Trauer, und sein Herz ist doch noch klein; da ist kein Platz für Stalagtiten. Sie versteht auch nicht, warum sie ihm nicht wenigstens einen kleinen Bruder machen, der mit ihm zusammen umziehen und gleichzeitig etwas elterlichen Druck von ihm nehmen würde. Danik hat im Rechnen nur eine Zwei-bis-eins bekommen, hat Tanja vor einer Woche am Telefon zu ihr gesagt. *Nur eine Zwei-bis-eins?* Was wollen sie denn von ihm? Und warum gehen sie mit ihm nicht zum *dantisten*? Sind sie so sehr mit ihrem Stückchen Salzhering beschäftigt, dass sie gar nicht merken, dass ihr Sohn eine Zahnspange braucht? Es würde sie nicht wundern, wenn sie durchaus gemerkt hätten, dass er eine Spange braucht, das Geld dafür aber nicht ausgeben wollten. Geld für einen großen Fernseher, das haben sie, aber für die Gesundheit ihres Sohnes?

All das denkt sie sich, aber wenn sie mit Tanja redet, sagt sie kein Wort. Mit Cholerikern reden heißt, auf Messers Schneide balancieren. Ihre Tochter wäre in der Lage, ihr im Eifer des Gefechts den Umgang mit Daniel zu verbieten, nur um ihr zu zeigen, wer hier das Sagen hat. Und das würde sie nicht überleben. So sehr liebt sie diesen Jungen, der da schweigend neben ihr herläuft, in jeder Hand einen Ast, den er hin und wieder in die Erde bohrt, um sich wie ein Bergsteiger mit seinen Stöcken voranzuschieben.

Sie streckt die Hand aus, streichelt über sein feines Haar. Er neigt den Kopf etwas zu ihr, lächelt sie an, und sie erinnert sich an etwas, das Anton ihr immer wieder sagt: Wir sind nicht seine Eltern, Katja, wir können ihn nicht erziehen. Wir können ihm nur sehr viel Aufmerksamkeit schenken und ihn spüren lassen, dass er bei uns immer willkommen ist, egal, welche Note er im Rechnen heimbringt. Und nebenbei können wir versuchen, ihm neue Horizonte zu eröffnen: ihm beibringen, wie man verschlossene Türen aufbekommt, ihm zeigen, dass man über die meisten Dinge im Leben lachen kann, und Schach mit ihm spielen.

An diesem Wochenende, denkt Katja traurig, haben die beiden noch kein einziges Mal Schach gespielt. Anton hat auch auf sein Angebot, dass die Männer des Viertels den Schachclub selbst bauen, keine Antwort erhalten und ist deshalb, und vielleicht auch aus anderen Gründen, müde. Sehr müde. Wie erklärt man einem Kind, dass Anton eine *depressija* hat? Man erklärt es ihm nicht; man sagt, Anton sei sehr, sehr müde. Der Junge weiß, das ist eine Lüge. Vielleicht weiß er sogar, dass in der Kluft zwischen »sehr müde« und der Wahrheit das ganze Erwachsenwerden liegt.

Sie gehen weiter nebeneinander den Pappelweg entlang, sie und der Sohn ihrer Tochter, der seinem Vater ähnelt. Schon seit Tagen hat Anton ihr nicht mehr kurz vor Sonnenuntergang die Hand auf die Schulter gelegt und gefragt: Gehn wir, Kutik?, und sie freut sich, wieder einmal hier entlangzugehen.

Nicht, dass sie nicht gewusst hätte, dass es so kommen würde. Seit Wochen verkneift sie sich das *Ich hab's dir ja gesagt*, denn sie ist kein kleines Mädchen mehr, und sie weiß, all diese *Ich hab's dir ja gesagt* haben noch keinem Mann geholfen, und auch keiner Frau, sondern nur Unfrieden zwischen ihnen gestiftet.

Sie hat ihm bereits dort gesagt, dass ihre Liebe allein, so stark sie auch sein mochte, ihm nicht genügen würde: Du wirst im Land der Juden nichts zu tun haben, und das wird dich unglücklich machen. Sie hat ihm gesagt, dass er sein Problem verleugne. Dass seine Depression eine Krankheit sei. Sie hat ihm gesagt, sein Angebot, mit ihr zu gehen, sei sehr romantisch, aber sie könne es nicht annehmen. Um seinetwillen nicht ...

Er hatte gesagt, sie könne nicht für ihn entscheiden. Er sei alt genug, seine eigenen Entscheidungen zu verantworten. Und in der Nacht, bevor sie losfuhren, als die Koffer schon gepackt dastanden und die Container bereits nach Israel unterwegs waren, hatte er gesagt: Auch wenn es ein Fehler sein mag, Katja, so wird es ein wunderbarer Fehler sein.

Weißt du, dass Anton diese Anemonen nicht sieht, sagt Daniel jetzt zu ihr und zeigt auf drei rote Blüten, die aus dem grünen Gras hervorleuchten.

Sie weiß es.

Aber wenn ich auf sie zeige, sieht er sie plötzlich!, sagt der Junge, das ist wirklich sonderbar.

Komm, mein Enkel, wir gehen weiter, sagt sie. Ihre Knie mögen keine langen Pausen.

Weißt du, dass Anton mit Kühen reden kann?, fragt der Junge und zeigt auf zwei große Rinder, die im Tal weiden.

Nein, kann er das?

Er geht ganz nah an sie ran. Er hat überhaupt keine Angst! Und er spricht mit ihnen in ihrer Sprache! In der Muh-Sprache!!!, lacht er.

Wenn er lacht, werden seine Augen schmal, dann sieht er ihr ein bisschen ähnlich.

Also, Danik – fragt sie vorsichtig –, wie geht es diesem Mädchen aus deiner Klasse, Sonja?

Schuni, korrigiert Daniel sie verärgert. Darüber rede ich nur mit Anton.

Und mit mir ... mit mir redest du nicht darüber?

Also wirklich, Babuschka.

Daniel ist das Einzige, was Anton im neuen Land gefällt. Alles andere ist in seinen Augen eine große Farce: die russischen Lieder im Radio, denen man einen hebräischen Text angeklebt hat; die *religjosniks*, die mitten im Sommer schwarze Anzüge tragen; Männer, die Kaffee mit Milch trinken; dieses arabische Gericht, Falafel, das die Juden hier zu ihrem Nationalgericht erklärt haben. Die vielen Werbeflächen, die Veranstaltungen für Kinder preisen, obwohl es in diesem Viertel kein einziges Kind gibt; diese unsäglichen bunten orthopädischen Sandalen, die alle hiesigen Frauen tragen, obwohl sie hässliche Beine machen. Der Kibbuz, in dem sie hergestellt werden, hatte die Bewohner des Viertels Ehrenquell nach ihrer Ankunft zu einer kostenlosen Führung in russischer Sprache eingeladen, während deren man ihnen von der kommunistischen Ideologie der Kibbuzgründer erzählte, und danach brachte man sie in die Fabrik, um dort Sandalen zu kaufen, zu einem einmalig ermäßigten Preis, solange der Vorrat reicht. Der Leiter der Fabrik, ein hochgewachsener Mann mit Namen Israel – wie idiotisch, einen Menschen nach einem Land zu nennen –, staunte, als er hörte, dass keiner von ihnen auch nur eine Sandale kaufen wollte, nein danke, sie seien Eleganteres gewohnt, und in Sachen Kleidung ändere man seinen Geschmack in ihrem Alter nur schwer. Oder die Namen der Medikamente in der Apotheke: Acamol, Dexamol, Kakamol, und erst der Name des Oppositionsführers, wie ein Babyname klang der, und dieser kümmerliche Regen, und der Schnee, der sofort schmilzt, und Daniels Vater, den er »Turm« genannt hat – das alles war in seinen Augen ein Witz.

Sie hatte mit ihm gelacht und sich insgeheim gefragt, wann ihm das Lachen vergehen würde. Als er sich ins Arbeitszimmer eingeschlossen hatte, nachdem der Militärwagen durchs Viertel gefahren war, war sie schon darauf gefasst gewesen, doch gerade da war es ihm gelungen, nicht in den Abgrund zu stürzen. Aber jetzt –

Sie meint zu wissen, was das Fass zum Überlaufen gebracht hat. Er sagt, es sei nicht diese Sache, die sei ihm gar nicht so wichtig, doch sie ist fest davon überzeugt, dass es wegen des Clubhauses ist, dessen Bau die *munizipalitet* wieder abgebrochen hat. Die Möglichkeit, dass sie hier einen Schachclub haben würden, hatte seine Fantasie beflügelt. Er hatte jedes Detail geplant: In die Regale können wir Bücher stellen, hatte er ihr erklärt. Jeder spendet ein paar aus seiner eigenen Bibliothek. Und ab und zu können wir auch einen Film zeigen. Und vielleicht wäre Jascha sogar bereit, uns gelegentlich etwas auf der Geige vorzuspielen, was meinst du?

Klingt wunderbar, hatte sie geantwortet, denn sie wusste,

der Hunger nach Kultur quälte ihn sehr. Wie kann man, so beschwerte er sich oft im Dunkeln bei ihr, bevor sie einschliefen, denn er erlaubte es sich nicht, bei Licht zu klagen, wie kann ein Mensch ohne Theater, ohne Konzerte leben? Ohne etwas, wodurch die Tage sich voneinander unterscheiden? Und sie hatte geantwortet, Du hast völlig recht, obwohl ihr Hunger nach Kultur nie so groß gewesen war wie seiner. In den meisten Fällen stillte ihn bereits eines ihrer Gespräche bei Mondschein. Doch sie wusste, für Anton war Kultur die Luft zum Atmen, und so hatte sie den langsamen Fortschritt der Bauarbeiten zusammen mit ihm verfolgt. Aber jetzt ruht die Arbeit dort, die Stadtverwaltung antwortet noch nicht einmal auf seine Briefe, und er sitzt den ganzen Tag zu Hause und schaut fern, obwohl er kein Wort versteht, und wenn sich jemand aus seinem Haus ausgeschlossen hat, dann sammelt Anton all seine Kräfte und geht hinaus, ihm zu helfen, doch bleibt er nicht wie früher, um noch etwas zu trinken, sondern kommt gleich wieder heim und hat noch nicht mal genügend Energie, das Spitzendeckchen, dessen eine Ecke den oberen Teil des Bildschirms verdeckt, hochzuklappen; auch das muss sie für ihn tun.

Schau mal, Oma, sagt Daniel und berührt ihren Arm, ich glaube, die haben wieder angefangen. Die bauen das Clubhaus weiter.

Kann nicht sein, Daniel, antwortet sie, blickt auf die herumliegenden Bretter und Bausteine. Das bildest du dir ein.

Nein, Oma! Diese Mauer da, die stand letzten Samstag noch nicht.

Ich glaube nicht, dass …

Guck doch mal!, ruft Daniel wie ein erfreuter Detektiv, da sind frische Fußspuren!

Sie tritt etwas näher an die Baugrube. Der Junge hat recht, die Spuren sind frisch. Ich weiß nicht …, sagt sie zögernd.

Komm, lass uns nach Hause gehen und Anton davon erzählen.

Kommt gar nicht infrage, ruft sie erschrocken.

Aber er wird sich freuen!

Ja, aber … Daniel, wenn ich dir sagen würde, ich kauf dir ein Eis, und danach würde ich es mir wieder anders überlegen, würdest du dich nicht über mich ärgern? Würdest du nicht sagen: Oma, warum hast du mir dann erst eins versprochen?

Das ist kein gutes Beispiel, Oma.

Warum?

Weil ich schon zehn bin. Ich mag Eis gar nicht mehr so sehr, und auch *piroschki* nicht.

Du magst meine Fleisch-*piroschki* nicht?

Nicht mehr … so sehr.

Warum verschlingst du sie dann, wenn ich sie für dich backe?

Um dir eine Freude zu machen.

Warte einen Moment. Was magst du denn dann?

Falafel.

Falafel?

Nie machst du für mich Falafel. Und Anton ist die ganze Zeit müde. Und es gibt fast gar keine Spiele bei euch. Nur Schach. Ich versteh nicht, warum ich die ganze Zeit zu euch fahren muss, um euch zu sehen. Warum seid ihr nicht wie die anderen Omas und Opas? Warum kommt ihr nicht zu uns und wohnt bei uns? Wenn ich euch frage, erzählt ihr mir eine Geschichte, und wenn ich Mama frage, erzählt sie mir eine andere. Was davon ist wahr?

Manchmal gibt es mehr als nur eine Wahrheit, Junge, sagt Katja. Vor allem in Familienangelegenheiten. Familien sind immer eine komplizierte Geschichte. Und bei uns ist es besonders kompliziert.

Ihr mit euren »Geschichten«! Ich hab die Nase voll davon. Und ich hab auch keine Lust mehr, immer diesen Weg zu gehen. Vielleicht fahren wir mal in die Stadt und kaufen Falafel?

Gut, Daniel, sagt sie und seufzt, wir fahren in die Stadt. Aber du musst mir versprechen, dass du Anton nichts von dem Clubhaus erzählst, verstanden?

*

Wieder sind Menuchas Tage der Menstruation gekommen. In letzter Zeit hat Ben Zuk den Eindruck, dass die Tage zwischen ihren Blutungen, in denen er sie anfassen darf, immer weniger werden, dass Menucha ihn also belügt. Im Grunde ist er sogar davon überzeugt, dass sie ihn belügt. Doch er hat nicht den Mut, ihr das zu sagen, damit sie ihm nicht auch noch diesen erbärmlichen Beischlaf verwehrt, diesen sachlichen, lieblosen Beischlaf, den sie ihm freitagmorgens gewährt, wenn die Kinder im Kindergarten sind, einmal im Monat. Danach bleibt er immer im Bett, entleert zwar, aber nicht befriedigt, während sie sofort aufsteht und sich im Badezimmer wäscht. Damit sie keine Entzündung bekommt, wie sie sagt. Er wartet nackt unter der Decke, obwohl er genau weiß, sie kommt nicht zurück. Er weiß, dass sie sich danach abtrocknet und anzieht und mit der Zubereitung des Graved Lachs beginnt, die sie sich für freitags aufhebt.

Er weiß, das muss nicht so sein. Und das macht ihn fertig. Er weiß, die körperliche Vereinigung von Mann und Frau kann erhebend und beglückend sein. So ist es ja früher mit Ayelet gewesen. Sieben Jahre ist es ihm gelungen, sie aus seinem Kopf zu verbannen, aber jetzt, er weiß selbst nicht genau, warum, drängt sie sich plötzlich wieder in seine Gedanken. Danino hat ihn von allen anderen Verpflichtungen in der Stadtverwaltung freigestellt und ihm aufgetragen: Bring den Mikwenbau voran; das hat oberste Priorität. Deshalb fährt er morgens auf den Bauplatz und verlässt ihn erst, wenn es dunkel wird, und zwischendrin meißelt er und denkt, Ayelet, arbeitet mit der Bohrmaschine und denkt, Ayelet, verlegt Wasserleitungen und denkt, Ayelet.

In den ersten Tagen hat er noch versucht, sich dagegen zu wehren, sich abzulenken, sich an Gebete zu klammern, doch jedes Mal, wenn er versuchte zu beten, sprang sein Blick zwischen den Buchstaben ihres Namens hin und her, A – Y – E – L – E – T, als seien sie ein geheimer Code in seinem Gebet, und nach und nach kam er zu der Überzeugung, dass dies vielleicht ein Zeichen des Ewigen sei. Vielleicht müsste er sich diesen unreinen Erinnerungen noch einmal ganz hingeben, um sie dann endlich ganz aus sich herauszuspülen und rein zu werden.

Dabei sind seine Erinnerungen nicht, wie man erwarten könnte, verblasst. Auch nach sieben Jahren sind sie noch lebendig und bunt; sogar die Gerüche haben sich in seiner Erinnerung erhalten, etwa der Geruch nach leicht vergammeltem Obst vor ihrer Haustür, als er das erste Mal bei ihr klingelte und die Klingel statt des üblichen Dingdong die Melodie von ›Eleanor Rigby‹ spielte. Sie hatte Israel um so eine Klingel gebeten, und Israel, der in solchen Dingen geschickt war, hatte ihr eine gebaut, denn zuerst war er ganz verrückt nach ihr gewesen, sein immer-hungriger Blick hatte sie überallhin verfolgt, bevor er begann, durch sie hindurchzuschauen und sie zu ignorieren, als wäre sie nichts anderes als eine weitere Sandale auf dem Fließband in der Fabrik, die er leitete. Als sie sich nahe genug waren, hatte sie Muschik erzählt, wie sehr sie diese Sandalen hasste. Sie hasste den Sandalengeruch, der zu Israels Geruch geworden war, hasste diese orthopädischen Fußbetten, schon das Wort »orthopädisch« konnte sie nicht mehr hören, wenn sie es noch einmal hören müsste, würde sie loskreischen, sie hasste die alten Modelle mit der plumpen Schnalle und auch die neuen ohne Schnalle, und sie wusste, dass ihre hohen Absätze Blicke anzogen, und auch, dass sie nicht in die Kibbuzideologie passten, denn sie waren unpraktisch und machten die Männer geil, gib's ruhig zu, dass sie dich geil machen, Muschik, hatte sie zu ihm gesagt, ich seh doch, wie du auf meine Beine starrst, weißt du, so sollst du mich immer anschauen, das ist es, was ich an dir mag, das mochte ich an dir schon beim ersten Mal, erinnerst du dich?

Beim ersten Mal hatte er vor ihrer Tür gestanden, ›Eleanor Rigby‹ gelauscht und gedacht, Israel würde ihm aufmachen. Doch als die Tür aufging, stand sie da und sagte, Israel sei bei einer Sitzung in der Fabrik. Er sagte, schade, er wolle ihn zum Basketball abholen, und sie fragte, ob sie mitspielen könnte. Er stammelte etwas von: normalerweise würden da nur Männer … und er wisse nicht, was die anderen sagen würden, da schnitt sie ihm verächtlich das Wort ab: Wenn du danach gehst, was die andern sagen, kommst du im Leben nicht weit. Und dann sagte sie: Komm rein, ich zieh mich nur schnell um, und während sie das sagte, hatte sie ihre Bluse bereits ausgezogen und er die Träger ihres BHs gesehen, und er trat ein, verschränkte die Arme hinter dem Rücken wie ein eifriger Schüler und schaute sich ihre riesige Schallplattensammlung an – sein Blick streifte die Namen der Sänger, sah aber nichts wirklich –, und dann kam sie zurück, in Israels kurzen Sport-Shorts und seinem T-Shirt von der Einsatztruppe der Fallschirmspringer, und sagte: Gehn wir?

Die Männer, die sich auf dem Spielfeld versammelt hatten, staunten nicht schlecht, aber keiner wagte es, der Frau vom Sohn des Kibbuzsekretärs etwas abzuschlagen, und so nahm eine Mannschaft sie auf, und sie spielte zerstreut, aber mutig, warf sogar einen Korb, nachdem Mosche ihr den Ball zugespielt hatte, und zeigte ihm den Daumen als Dankeschön, und als die heraufziehende Dunkelheit das Spiel beendete, wartete sie am Weg auf ihn, in einer Position, die er später als ihre Wartestellung kennenlernen sollte: die langen, gebräunten Beine umeinandergeschlungen und die Hände etwas ungeduldig in die schmalen Hüften gestützt. Er begleitete sie zu ihrem Haus und wollte sich an der Tür verabschieden, denn zu diesem Zeitpunkt machte sie ihm noch immer mehr Angst, als dass sie ihn anzog, doch im Kibbuz waren die Türen nie verschlossen, und sie marschierte direkt hinein, ohne sich umzuschauen, als sei es völlig klar, dass er ihr folgen würde, und sie zog Israels T-Shirt aus, sodass er abermals die Träger ihres BHs auf ihrem Rücken sah, diesmal weiß und nicht schwarz, und als sie, nur ein Handtuch umgeschlungen, aus der Dusche kam, schickte sie auch ihn duschen, er stinke ihr sonst das Zimmer voll, gab ihm ein frisches Handtuch und zeigte ihm, wo der Gummiwischer für den Boden stand, und erst nachdem er fertig geduscht und das Wasser mit dem Gummiwischer ins Abflussloch geschoben hatte, wurde ihm klar, dass er nichts zum Wechseln dabeihatte, und während er noch überlegte, ob er sich genieren oder sie um Kleider bitten sollte, öffnete sich die Tür einen Spalt breit, und sie sagte: Hier, die sind für dich, und hielt ihm kurze Arbeitshosen von Israel hin und kein Hemd.

Als er rauskam, saß sie nackt auf dem Bett, das Handtuch lag neben ihr; er wollte sich entschuldigen und zurück ins Badezimmer fliehen, doch sie warf ihm ihren honigbraunen Blick zu und sagte: Schau mich ruhig an. Ich brauche deinen Blick. Jetzt spiel nicht den Naiven. So grün bist du gar nicht. Ich habe dich gesehen, Externer, ich hab doch gesehen, wie du mich vorhin angeschaut hast. Diesen Blick will ich noch einmal auf mir spüren.

In den ersten Wochen brauchte sie nur diesen Blick. Danach, dass er ihr langes Haar streichelte, so wie man ein Mädchen streichelt, von der Stirn zum Scheitel, immer wieder verweilend. Danach wollte sie, dass er nur bei ihr lag, ganz nah, und ihre Hand hielt. Und dass er ihre Fragen beantwortete, Fragen, die ihm noch nie jemand gestellt hatte. Welche Erinnerungen hast du an deine Mutter, Externer? Nicht viele. Trotzdem, woran erinnerst du dich? Ein Kleid, ich erinnere mich, sie hatte ein grünes Kleid. Hellgrün oder dunkelgrün? Weiß ich nicht. Und an deinen Vater? Nichts. Das kann nicht sein, versuch dich zu erinnern, tu es für mich. Warum ist dir das so wichtig? Weil du mir wichtig bist, Idiot. Ich schaff es aber nicht, ich war gerade mal vier Jahre alt. Trotzdem, Externer, es kann doch nicht sein, dass einer gar keine Erinnerungen an seinen Vater hat. Und du, erinnerst du dich denn an so was? Ich erinnere mich an fast alles. Warum erzählst du mir dann nichts?

Immer mit der Ruhe, pflegte sie zu sagen. Dann schwieg sie und legte ihre Finger auf seine, spielte mit ihnen, drang in die Zwischenräume und zog sich wieder zurück und trieb ihm mit jeder Berührung einen Schauer über den Rücken. Mehr brauchte er in dieser Phase nicht. Und sie, die schon mit vierzehn von den Jungs in der Dünenstadt bedrängt, mit Alkohol abgefüllt und betatscht worden war, begleitet von Bemerkungen wie: stell dich nicht so an, sei doch nicht so steif, merkte, dass seine Geduld sie tröstete und gleichzeitig auch erregte, und schob das erste Mal mit ihm immer wieder hinaus und lehrte ihn jedes Mal ein weiteres Geheimnis über sich selbst, wie sehr sie es genoss, wenn er ihr Ohrläppchen küsste, und dass ihre Schwester das Lieblingskind ihrer Mutter gewesen war, und wie fest er in ihrem Haar wühlen sollte, damit es genug wehtat, aber nicht zu sehr, und was sie bei der Beerdigung ihres Vaters empfunden hatte, wie sie danach mit der kämpfenden Pionierjugend in den Kibbuz gegangen war, nur um wegzukommen, so weit weg von zu Hause wie möglich, und wie sie sich im Kibbuz niederließ und erreichte, dass der Arbeitseinteiler sie in den Plantagen einsetzte und nicht im Kinderhaus, und woran man erkennen konnte, ob ihre Pobacken heute gestreichelt oder gebissen werden wollten, und warum sie sich sicher, absolut sicher war, dass es jenseits von alledem noch etwas geben musste, jenseits dieser analen, banalen sichtbaren Welt; wenn sie ihnen im Kibbuz schon alle Jüdischkeit geraubt hatten, hätten sie ihnen wenigstens eine Alternative anbieten müssen und sie nicht ganz ohne etwas allein in die Welt schicken dürfen, umherirrend – und sie fragte ihn, was das genau war, in ›Penny Lane‹, beim Übergang zum Refrain, das jeden, der zuhörte, mit reinstem Glück erfüllte, und erklärte ihm, warum die Musik ihrer Meinung nach die einzige Religion war, der man überhaupt noch glauben konnte, und dass, wenn es einen Gott gab, der wohl DJ war.

Erst Monate später, am Rande des Kibbuz, an einem Morgen, an dem es dermaßen goss, dass man den Bach rauschen hörte, hatten sie miteinander geschlafen. Für beide war es das erste Mal. Für sie das erste Mal mit einem Mann, nach dem ihr Körper und ihre Seele wirklich verlangten, und für ihn war's das erste Mal überhaupt. Darauf folgten noch viele Male: tagsüber, wenn Israel in der Fabrik war, bei ihr zu Hause, ›Come together‹ voll aufgedreht, um ihre Schreie zu übertönen, und nachts, wenn Israel »wie ein Sack Kartoffeln« im Bett schlief, im Schutz der Farne und des Plätscherns am Bach oder in einem seit dem Jom-Kippur-Krieg verlassenen Bunker, zu dem Ayelet den Schlüssel besorgt hatte; auch in der Wäscherei auf den wackelnden alten Waschmaschinen oder in zeitweilig leer stehenden Freiwilligenunterkünften, in die man durch die zerrissenen Fliegengitter einsteigen konnte. Ihre Lust, sich zu gefährden, kannte keine Grenzen (außer der Scheune. Sie weigerte sich standhaft, mit ihm in der Scheune zu schlafen, zum einen wegen des Klischees und zum andern, weil das Stroh sie in den Rücken stach). Und dennoch, auf wundersame Weise – hätten sie diesen Ausdruck gekannt, sie hätten es »göttliche Vorsehung« genannt – erwischte sie über ein Jahr lang niemand, außer Opa Menachem, aber der redete sowieso mit niemandem im Kibbuz, sodass von ihm keine Gefahr ausging.

Donnerstags fuhr Israel in die Stadt-der-Sünden, um sich mit Kunden zu treffen, und sie fuhren in getrennten Bussen in die Hafenstadt, um sich traurige Filme anzusehen. Muschik nahm den Bus um halb fünf und wartete am schäbigen Eingang des Programmkinos, dass der Fünf-Uhr-Bus sie brachte. Wenn sie dann auf ihn zukam, spürte er seinen Herzschlag in den Knien, doch er durfte sie nicht umarmen. Unter keinen Umständen. Sogar das Popcorn kauften sie sich getrennt. Zwei kleine Schachteln.

Sie war es, die die Filme aussuchte. Immer traurige Filme, immer Filme, die sie schon kannte.

Ich möchte, dass auch du sie siehst, erklärte sie ihm, als er darüber staunte, und ich möchte sie zusammen mit dir noch einmal sehen.

Zusammen verzogen sie sich dann in eine Ecke des Saals, dicht an der Wand, und selbst wenn außer ihnen kaum Zuschauer im Saal waren, berührten sie einander nicht.

Sie sahen zusammen ›Wir waren so verliebt‹ und ›Birdy‹ und ›Garp und wie er die Welt sah‹, und er fand alle gut gewählt, jeder Film schlug in ihm eine andere Saite an. Bei ›Four Friends‹ musste er sogar weinen, und er weinte nicht so leicht. Als Externer im Kibbuz hätte es ihm gerade noch gefehlt, dass sie ihn für eine Heulsuse hielten. Aber da war dieser Song von Ray Charles, ›Georgia on my mind‹. Und da waren noch ein paar Dinge, die er nur schwer erklären konnte: Vielleicht beuteln dich nicht so sehr die Filme, die einen Bezug zu deinem jetzigen Leben haben, sondern vielmehr jene, die dir deine Zukunft voraussagen.

Als am Ende des Films die Lichter im Saal angingen, wandte er ihr sein Gesicht zu, und sie sah, dass seine Augen glänzten, und fragte: Hast du geweint? Er nickte langsam, verlegen, und sie lächelte stolz, streichelte seine salzige Wange, übertrat auf einmal alle eisernen Regeln, die sie aufgestellt hatte, beugte sich zu ihm und flüsterte ihm ins Ohr: Ich finde nichts geiler als einen Mann, der weint.

Am letzten Wochenende, bevor er zum Militär eingezogen wurde, erzählte sie Israel, sie fahre zu einem Seminar zum Thema »Der Andere im Film«, bestellte für sich und Muschik ein Zimmer im Hotel »Berggipfel« in der Grenzstadt und nahm sich vor, ihn so zu erregen, dass er laut stöhnen würde, denn es ging ja nicht, dass immer nur sie beim Sex so laut war und er keinen Mucks tat, und tatsächlich hatte er für sie gestöhnt, damit sie glücklich war, und sie war glücklich gewesen und hatte darauf bestanden, immer wieder mit ihm zu schlafen, in allen bekannten Stellungen und auch in ein paar neuen; sie wollte ihm Erinnerungsproviant für die schwere Zeit mitgeben, die ihn während der langen Grundausbildung für Fallschirmspringer und im anschließenden ersten Kurs der Offizierslaufbahn erwartete, und als sie später in dem Hotelbett nebeneinander lagen, wandte sie den Kopf zu ihm, ganz nah, und erzählte ihm, was sie noch keinem anderen erzählt hatte.

Noch nicht einmal Israel hatte sie von der Nacht erzählt, in der ihr Vater … Jedenfalls nicht die ganze Geschichte. Sie erzählte, ohne ihn auch nur einen Moment aus den Augen zu lassen, als könnte sie, wenn sie ihren Blick von ihm nähme, den Mut verlieren. Und ihre dicke Unterlippe, wegen der man sie einfach küssen musste, bebte die ganze Zeit.

Bist du schockiert?, fragte sie schließlich.

Nein.

Es ist in Ordnung, wenn du das alles erst mal verdauen musst, Muschik, ein bisschen Distanz gewinnen, sagte sie und rutschte selbst an den Rand des Bettes.

Ich will aber keine Distanz zu dir, sagte er und zog sie wieder zu sich. Mit aller Kraft. Das erste Mal, seit sie sich kennengelernt hatten, war sie ein bisschen sein Mädchen.

Und nach einigen Sekunden, in denen nur die Klimaanlage des Hotelzimmers zu hören war, spürte er in seiner Umarmung ihre Stimme, die sein spärliches Brusthaar kitzelte. Pass gut auf dich auf, beim Militär, ja?

Gut, murmelte er in ihr zerwühltes Haar, doch da befreite sie sich ruckartig aus seiner Umarmung und war wieder ganz Ayelet, volle sechs Jahre älter als er. Jetzt hör mir mal gut zu, Muschik, sagte sie. Du musst nicht nur vor Granaten und Minen auf der Hut sein. Keiner im Kibbuz wird dir das sagen, deshalb sage ich es dir: Die größte Gefahr bei der Armee ist die für die Seele. Nicht die für den Körper.

In Ordnung, ich werde aufpassen, versprach er.

Da beugte sie sich über ihn, küsste ihn auf den Mund, und sie schliefen noch einmal miteinander; sehr, sehr zart. Die Begegnung ihrer Körper war normalerweise von ungezügelter Lust und brachte sie immer wieder bis an die Schmerzgrenze, aber dieses eine Mal waren sie sinnlich und zart und sehr bedächtig.

Am Morgen bereitete sie ihm aus dem Hotelfrühstück einen richtigen Proviant für unterwegs, Brote mit Pastrami und saurer Gurke, eingewickelt in weiße Papierservierten, und auch einen Apfel dazu, und sie begleitete ihn bis zwei Straßen vor der Einberufungsstelle und ließ ihn schwören, dass er sie nicht vergessen und sich nicht in irgendeine jungfräuliche Soldatin aus dem Sozialdienst verlieben würde, und dann schob sie ihn rückwärts, ihre Hände auf seiner Brust, von sich – geh jetzt, nun geh schon, bevor ich anfang zu heulen –, und bereits im Bus, unter den ganzen Rekruten, die wohl in seinem Alter waren, ihm aber plötzlich so kindisch erschienen, schmerzte sein Zwerchfell vor Verlangen, er hielt seine Finger an die Nase, an denen noch Spuren ihres Geruchs hafteten, steckte sie dann in den Mund und schmeckte, und dann biss er richtig fest zu, vielleicht würde ihn das von seinem Schmerz ablenken, doch nichts half, und je länger die Fahrt dauerte, um so klarer wurde ihm, dass er diese Sehnsucht niemals drei Jahre lang überleben würde, unmöglich, deshalb bat er, sobald sie bei der zentralen Kleider- und Ausrüstungskammer ankamen, um ein Gespräch mit dem Musterungsoffizier und gab zum ersten Mal seine Herzgeräusche zu Protokoll, die er bis zu diesem Moment erfolgreich vor den Militärbehörden verheimlicht hatte, und der Musterungsoffizier rügte ihn deswegen und schickte ihn zu weiteren Untersuchungen, und von dort schickte man ihn zu wieder anderen Check-ups, und als er schließlich beim nächsten Musterungsoffizier landete, rügte der ihn überhaupt nicht, sondern nannte ihm die begrenzten Möglichkeiten, die ihm mit seinen Herzgeräuschen noch offenstanden, und Muschik meldete sich zum militärischen Nachrichtendienst, ohne genau zu wissen, was das war, denn er glaubte, dort habe er bessere Chancen, Ayelet ab und an zu sehen, und danach schlug er die Offizierslaufbahn ein und strengte sich mächtig an, weil sie ihm versprochen hatten, als Absolvent mit Auszeichnung dürfe er sich aussuchen, wo er eingesetzt würde, sogar in der Nähe seines Wohnortes, doch diese Auszeichnung erhielt zum Schluss der Neffe des Kursleiters, und Muschik schickte man in den sehr, sehr fernen Süden. Ein ganzes Jahr lang schrieb er ihr in seiner gedrängten, steilen Handschrift Briefe und schickte sie an ein Postfach in der Grenzstadt, das sie heimlich gemietet hatte, bis sein Flehen endlich erhört wurde und er seine zweite Stelle in dem Geheimen-Militärcamp-das-jeder-kennt bekam. Von da an konnte er sie fast jeden Tag sehen.

An Tagen, an denen Israel unterwegs war, kam sie ihn abholen, und sie suchten sich ein schattiges Plätzchen im Tal und parkten den Wagen zwischen den Olivenbäumen. Sie war für den Soundtrack zuständig. King Crimson war ein Zeichen, dass sie es heute schön langsam angehen wollte, und bei Shalom Hanoch wusste er, dass alle ihm bekannten Wege offenstanden; er dagegen sorgte für den Proviant – sie hatte eine unbändige Lust auf Lakritz in allen Formen und auf frisch gepressten Apfelsaft.

An Tagen, an denen Israel zu Hause war, musste er die Nacht abwarten, bis sie, die langen Beine umeinandergeschlungen und die Hände in die Hüften gestützt, zwischen den Büschen auf ihn wartete und er sein Herz in den Kniekehlen fühlte.

In einer solchen Nacht am Bachufer, als sie gerade reife Weintrauben aßen, sagte sie zu ihm: Ich bin schwanger. Von dir.

Er hörte für einen Moment auf zu kauen. Schluckte und fragte: Woher weißt du, dass es nicht von Israel ist?

Weil ich nicht mit ihm schlafe.

Nie?

Nie.

Aber du hast … du hast noch gar keinen Bauch.

Es ist noch ganz am Anfang, erst die vierte Woche.

Was hast du vor?, fragte er, obwohl er es ahnte, denn ihre Stimme klang plötzlich unsicher, beinah verzweifelt, und ihre Unterlippe, wegen der man sie einfach küssen musste, begann zu zittern.

In zwei Monaten bist du mit dem Wehrdienst fertig, sagte sie, dann können wir abhauen. So weit wie möglich weg von dem Nimm-dich-in-Acht-was-die-Leute-sagen-Land und unser Kind gemeinsam großziehen. Wenn du willst, natürlich. Willst du?

Zu diesem Augenblick kehrte er später immer wieder in Gedanken zurück und quälte sich furchtbar.

Ayelet verließ den Kibbuz am nächsten Tag. Sie rief ihn nicht an, hinterließ keinen Brief, gab ihm keine Chance, etwas wieder gutzumachen. Die Letzte, die Ayelet sah, war die Sprechstundenhilfe des Arztes, der den Abbruch machte. Die erzählte ihrer Schwester aus dem Kibbuz, Ayelet-von-Israel sei traurig und verschlossen gewesen, als sie die Praxis verließ. Und sie fügte hinzu: Aber so sind sie alle, und stieß einen Seufzer aus, der eher nach Schadenfreude denn nach Mitleid klang.

Danach verschwand das letzte flackernde Licht von Ayelet im Nebel der Gerüchte. Man erzählte, jemand habe sie mit kahl geschorenem Kopf in Indien gesehen. Sie verdiene sich ihr Leben als Geisha in Tokio. Sie lebe in der geschlossenen Abteilung einer Psychiatrischen Klinik in Sydney, zugedröhnt mit Tabletten.

Unrasiert und uneins mit sich selbst, war Ben Zuk über die Wege des Kibbuz geschlurft; seine Nase suchte die Moleküle ihres Geruchs, die sich noch an einigen Orten hielten, an denen sie sich geliebt hatten.

Ab und zu begegnete er Israel, einer Art Spiegelbild seiner selbst, auch der gebeugt, auch der unrasiert, und Ben Zuk grüßte ihn mit einem Nicken und dachte: Mit dem einzigen Menschen hier, der mich verstehen würde, kann ich nicht reden.

Als er die Schmerzen im Zwerchfell nicht länger aushielt, reichte er bei der Armee einen Antrag auf unbezahlten Urlaub ein und kaufte ein Flugticket, fest entschlossen, Ayelet zu suchen, vor ihr auf die Knie zu fallen, sie um Vergebung zu bitten und anzuflehen, sie solle zurückkommen. Doch einige Tage vor dem Flug kehrte jemand mit einem Riesenrucksack und Fotos aus Indien in den Kibbuz zurück; der berichtete von seinen Drogenabenteuern und sagte beiläufig, er habe auch diese Ayelet aus der Pionierjugend getroffen, die früher mit Israel verheiratet war – sie lebe dort in einem Palast, mit einem Oberstleutnant von der Botschaft, so einem riesigen Schlaks, liege den ganzen Tag an ihrem privaten Swimmingpool und richte unverschämt luxuriöse Abendessen aus, die seine Bediensteten für sie zubereiteten. Und ein anderer, der erst kurz zuvor von einer Reise zurückgekehrt war, sagte, Mensch, jetzt, wo du es sagst, ich hatte nämlich den Eindruck, sie auf dem Markt gesehen zu haben. Ich habe ihr zugewinkt, aber sie war mit so einem Riesen unterwegs, der ihr die Sicht verstellte, und hat mich nicht gesehen.

Die, die weiß doch ganz genau, wie sie durchkommt, sagte eine junge Frau, die mit dabeisaß. Muschik zerdrückte es fast das Herz. Was hast du denn gedacht? Dass so eine Frau alleine bleibt?, quälte er sich. Du hattest eine Chance, und die hast du verpasst. Der Zug ist abgefahren.

Die ganze Nacht hielt er das Flugticket in der Hand. Eine Stimme in seinem Inneren forderte ihn auf, zu fahren und um Ayelet zu kämpfen, eine andere riet ihm, sich zu beruhigen. Wieso denn plötzlich fahren? Und wieso jetzt? Wer sagt dir, dass sie dich nicht längst vergessen hat? Und was kannst du ihr bieten, als Externer? Einer Frau, die in einem Palast wohnt?

Gegen Morgen siegte die zweite Stimme, die Stimme der

Vernunft, und er riss das Ticket energisch in kleine Fetzen, als könnte er sich so von der Richtigkeit dessen, was er tat, überzeugen.

Am Ende des Jahres verlängerte er seinen Vertrag mit der Armee und umgab sich in seinem Büro mit Unmengen von Karten und Folien, doch die Leere, die sich in ihm aufgetan hatte, breitete sich aus. Auch er glaubte, wie Ayelet, dass es noch etwas anderes geben musste, jenseits des Konkreten, jenseits orthopädischer Sandalen. Für ihn war es ihre Liebe gewesen. Ihre Liebe und die Art, wie ihre Körper miteinander redeten und schwiegen, waren der schlagende Beweis dafür, dass er sich mit dieser langen Einsamkeit und seiner Verlorenheit unter den Jugendlichen seiner Altersgruppe nicht geirrt hatte, und auch nicht mit seiner zehrenden Sehnsucht nach etwas anderem, wonach genau, war ihm nicht ganz klar, aber anders musste es sein. Man konnte die Welt wirklich anders erleben, auf erhabenere Weise und wesentlich intensiver, als es ihm bislang angeboten worden war. Doch das alles begriff er erst, nachdem Ayelet ihn verlassen hatte; im entscheidenden Moment, zu dem er immer wieder zurückkehrte, hatte er mit seiner Antwort gezögert. Vielleicht hatte er die Macht genossen, die sie ihm in diesem Moment plötzlich zugestanden hatte, die Macht, zu entscheiden. Vielleicht war er aber auch, umgekehrt, vor der Verantwortung zurückgeschreckt, die sie damit auf seine Schultern legte. Vielleicht hatte er sich sogar vor ihrer Intensität gefürchtet. Einmal hatte er sich wegen einer Stabsbesprechung im Camp verspätet, und als er sich zu ihr ins Auto setzte, hatte sie ihm eine geknallt und gesagt: Das tust du nie wieder, zu spät kommen, ohne Bescheid zu sagen, kapiert? Du hast ja keine Vorstellung, was für Sachen mir beim Warten durch den Kopf gegangen sind, du hast echt keine Ahnung! Und wenn man im Radio einen Song von Shalom Hanoch für die Werbung unterbrach, dann verfluchte sie den Redakteur, seine Mutter und die Mutter seiner Mutter, und wenn ihre Mutter sie an den Feiertagen anrief, redete sie in einem so verletzenden Ton mit ihr, dass ihm ganz anders wurde. – Ja, vielleicht hatte er sich vor dieser Seite von ihr gefürchtet. Und vielleicht hatte er damals, gerade mal einundzwanzig und eine Zigarette alt, noch nicht wissen können, dass jeder eine dunkle Seite hat und dass es wichtiger ist, wie hell die helle Seite ist. Aber vielleicht war das auch alles Unsinn, und er hatte schlicht Angst davor, was die Leute sagen würden; wie dem auch sei –

Jetzt erhöht er die Drehzahl der Bohrmaschine, mit der er Löcher in die Wand der Mikwe bohrt, um den Galopp seiner Gedanken zu stoppen, aber es hilft nichts, es reißt ihn in den Abgrund –

Wegen seines Zögerns hatte er vermutlich die Frau verpasst, die für ihn bestimmnt war und die bereits vierzig Tage vor seiner Geburt von einer himmlischen Stimme als seine Braut verkündet worden war. Aber nicht nur das, mit seinem Zögern hatte er auch das Schicksal ihres gemeinsamen Kindes besiegelt. Sie könnten jetzt ein Kind haben … sieben Jahre wäre es heute alt …

Bei Gott, was tut es zur Sache, was für ein Kind du haben könntest!, ruft er sich zur Besinnung. Wichtig ist, was für Kinder du hast!

Er rafft sich auf, verlässt die Baustelle und ruft zu Hause an. Menucha nimmt ab, und er sagt, er möchte mit den Kindern reden. Ist was passiert?, fragt sie erstaunt. Nein, nichts … nur so, ich sehn mich nach ihnen, sagt er. Der Große spielt mit einem Freund, die will ich jetzt nicht stören, erklärt sie. Dann hol mir den Kleinen, bittet er, fleht beinahe, und der Kleine nimmt den Hörer, aber er hat noch nicht gelernt, dass er die Sprechmuschel an den Mund halten muss, und deshalb klingt seine Stimme leise und fern: Papa? Ja, mein Schatz. Papa? Ja, ich bin's, wie gehts dir, mein Sohn? Wo bist du, Papa?

Wenn Ben Zuk telefoniert, stellt er sich die Leute vor, mit denen er spricht. Ihre Gesichter. Wie sie mit dem Telefon im Zimmer auf und ab gehen. Er hatte immer angenommen, das würden alle tun, bis er Ayelet eines Nachts in einem nackten Moment davon erzählte und sie ihn amüsiert aufklärte, dies sei ein ganz persönlicher Tick von ihm. Auch jetzt, im Gespräch mit seinem Sohn, stellt er ihn sich vor, doch verflixt, als hätte der Versucher seine Hand im Spiel, verschwimmt das Bild des Jungen vor seinem inneren Auge mit dem ihres gemeinsamen Kindes, das nicht geboren wurde. Die zarten Gesichtszüge gleichen denen von Ayelet, doch sein Haar ist dicht und fest, ganz der Vater.

Warum kehrt sie gerade jetzt in meine Gedanken zurück, fragt er sich. Und mit solcher Wucht? Was will mir der Heilige, Er sei gepriesen, damit sagen? Sein Kopf raucht, und zu seinem Sohn sagt er: Ich bin bei der Arbeit, Schatz. Papa ist bei der Arbeit.

*

Anton erklärt ihr, das hänge alles mit den Verkettungen der Moleküle im Gehirn zusammen. Es sei nur eine dunkle Welle gewesen, die musste eben vorüberrollen. Katja streitet nicht mit ihm darüber, vermutlich kann er mit seiner Deutung besser leben, aber sie weiß: Als sie ihm am Sonntag, nachdem sie sich vergewissert hatte, dass die Bauarbeiten wiederaufgenommen worden und aus dem Clubhaus auch tatsächlich Baugeräusche zu hören waren, davon erzählte, genau in diesem Moment schlug aus seinen Augen wieder jener Anton'sche Funke, in dem sich Neugier, Leidenschaft und Arglist vereinen.

Zwei Tage vergingen, bis er sich von seinem Bett zu trennen vermochte, doch dann stand er auf und begab sich persönlich zur Baustelle. Zwar noch in Hausschuhen, aber bereits mit forschen Schritten warf er einen Blick auf die neuen Mauern, kehrte nach Hause zurück, holte sich einen Bogen Papier und zeichnete eine *tabliza*: eine Liste zum Eintragen der Spiele der ersten Saison. Danach bat er sie mitzukommen, um Spieler anzuwerben.

Einen Monat lang gingen sie von Haus zu Haus, um zu erfahren, wer sich dem Schachclub anschließen wollte. Es dauerte einen Monat, weil es bei ihnen nicht üblich war, nur auf eine Stippvisite vorbeizukommen. Man setzte sich, trank einen Cognac, aß Sauerkraut mit Salzkartoffeln, danach einen Kaffee ohne Milch und ein Stück Napoleontorte mit reichlich Buttercreme; man wiederholte die ewigen Klagen, erzählte die alten Geschichten, und zwischendurch feuerte man immer wieder schlagfertige Bemerkungen und geistreiche Pointen ab. So erfuhren sie, dass Anna Nowikowa ein Flugticket nach New York gekauft hatte und in zwei Monaten abreise, um zu prüfen, ob sie dort leben könne, und dass die Tochter von Galina und Mischa ihre Eltern eingeladen hatte, zu ihr in die Wüstenstadt zu ziehen, doch das Klima dort bereite ihnen Schwierigkeiten. Sie selbst kämen damit vielleicht noch zurecht, aber ihre Löwenhunde Rosslan und Lolita – echte Chow-Chows – würden diese drückende Hitze unmöglich ertragen und dort ihr Fell verlieren, und gerade ihr Fell verleihe ihnen doch ihr imposantes Aussehen.

Nikita erzählte ihnen nach dem dritten Wodka von seinen Ideen für zwei Drehbücher, an denen er, inspiriert von dem Viertel, in dem sie hier lebten, arbeitete; er überlege noch, welches davon er dem großen Michalkow vorschlagen solle – Aber kein Wort zu niemandem, klar? – Im ersten Film kam ein Agent des KGB nach Israel und ließ sich in Ehrenquell nieder, um das Militärcamp auszuspionieren, doch dann gewöhnte er sich an das angenehme Wetter, verliebte sich in ein hiesiges Mädchen und versuchte zu desertieren. Nur war das Mädchen nicht genau so, wie er gedacht hatte, und deshalb wurde die Sache äußerst kompliziert. Im zweiten Film begriff der Zuschauer nach und nach, dass es hier im Viertel tatsächlich etwas gab, was dafür verantwortlich war, dass die Leute nicht starben. Ein alter Mann, dessen Zwillingsbruder noch dort, in Russland, gestorben war, versuchte immer wieder, sich das Leben zu nehmen, um ihn wiederzusehen, und schaffte es nicht. Was meint ihr? Welche Idee gefällt euch besser?, fragte Nikita. Katja votierte für den ersten Film, wegen der Liebe, und Anton erklärte, er bevorzuge den zweiten. Warum, fragte Nikita ängstlich, und Anton sagte: Weil ich dich durcheinanderbringen will.

Spielmans, die nächsten auf ihrer Liste, erzählten, ihr Enkel sei kürzlich in das geheime Militärcamp versetzt worden, in eine besondere Abteilung für Russischsprechende, und jetzt brächten sie ihm bei jedem Abendspaziergang Wurst und Cranberrys ans Tor, dann käme er aus dem Bauch der Erde herauf, reiße ihnen das Essen aus der Hand und beschwöre sie, ja nicht noch mal zu kommen.

Ich verspreche dir, sagte Anton, indem er das Gespräch in die von ihm gewünschte Richtung lenkte, in unserem Club werdet ihr immer willkommen sein!

Aber warte mal, woher nimmst du die Sicherheit, dass dieses Gebäude dort ein Clubhaus wird? Hast du eine *indikazija* dafür?

Das ist nicht *induktiwni*, sondern *deduktiwni!*, schimpfte Anton los: Oder hast du vielleicht einfach nur Angst, beim Schach gegen mich zu verlieren, Spielman? Dann sag es gleich, und red nicht um den heißen Brei herum.

Wir werden ja sehn, wer hier gegen wen verliert, *peschka*,

sagte Spielman, zog seinen Füllfederhalter aus der Hemdtasche und setzte seinen Namen auf die Liste der Liga-Spieler.

Gruschkow klagte über seine Frau, die seit ihrer Ankunft in Israel ganz dieser neuen Sache verfallen sei, diesem Internet; sie rede nicht mehr mit ihm, schlafe nicht mehr mit ihm und sei nur noch müde, denn sie spiele bis in den frühen Morgen gegen Gegner aus ganz Russland Poker.

Ich kann ihr daraus keinen Vorwurf machen, antwortete Anton, und die Hand von Gruschkow, der etwas Mitgefühl erwartet hatte, verharrte mit einem saftigen Stück Hering auf der Gabel auf halbem Weg zwischen Teller und Mund. Ich mache ihr keinen Vorwurf, erklärte Anton, denn bis heute hatten wir hier ja nichts zu tun, aber das wird sich bald ändern. Wir werden hier ein Kulturhaus aufmachen, und da wird es auch einen Schachclub geben. Schach?, rief Gruschkow, plötzlich hellwach, meine Frau spielt leidenschaftlich gern Schach. Dort, in Russland, war sie Champion bei den Frauen. Erzähl ihr davon, wenn sie aufwacht, bat Anton, und sag ihr, ich habe sie schon für ein Turnier eingetragen.

Bis zum Ende des Monats hatte sich Antons Liste mit Namen gefüllt, und die Tabelle der Spiele für die erste Spielzeit war komplett. (Neben seinen Namen hatte Anton immer Daniel eingetragen, obwohl er wusste, dass der Junge ihn nur an den Wochenenden begleiten konnte, und Katja dachte, gerade wegen dieser kleinen Dinge liebe sie ihn.) Jetzt mussten sie nur noch die Eröffnung des Clubhauses abwarten.

Jeden Abend prüften sie den Fortschritt auf der Baustelle. Die vier Mauern standen schon und ließen keinen Blick ins Innere zu; ein eisernes Tor verwehrte den Zutritt, doch aus der Art der Werkzeuge glaubten sie schließen zu können, dass der Abschluss nahte. Offenbar hatte man bereits mit den Feinarbeiten begonnen.

Ich habe ein gutes Gefühl dabei, erklärt Anton jetzt. Sie

gehen auf dem Pappelweg spazieren; rechts von ihnen, hinter der Einzäunung, springt das Pferd mit dem schönen Hintern über Felsbrocken wie über Hürden. Ich habe das Gefühl, sagt er und legt ihr den Arm um die Hüfte, ich habe das Gefühl, dass bei mir alles wieder erwacht.

Schön, Anton, sagt Katja, doch plötzlich ist sie von seinen Stimmungsschwankungen erschöpft, dieses ständige Rauf und Runter, wie eine Schaukel.

Müde ist sie, weil seine Wechselhaftigkeit sie zwingt, die ganze Zeit stabil, die ganze Zeit vernünftig und konsequent zu sein –

Müde auch der Geheimnisse seiner Vergangenheit, denn gerade weil er sie nicht mit ihr teilt, sind sie in ihrem Zusammenleben so präsent –

Müde der Männer im Allgemeinen, die am Anfang den Eindruck machen, als wollten sie für dich sorgen, und zum Schluss ist es immer umgekehrt, zum Schluss sorgst immer du für sie –

Könnte ich mich jetzt doch nur auf dieses schöne Pferd schwingen, denkt sie, alle Zäune überspringen und reiten, bis hinter alle Berge. Als wäre ich wieder jung, ein Mädchen mit siebzehn, das noch nicht viel von Männern weiß und für das die Zukunft noch ein großes, offenes Rätsel ist.

Als sie nach Hause kommen, ruft sie ihre einzige Tochter an, in der Stadt des Weins.

Ich habe gute Nachrichten, sagt ihre einzige Tochter in einem Ton, der aber ganz anders klingt.

Was gibt's?

Alex hat eine Gehaltserhöhung bekommen. Heute haben sie es ihm gesagt. Nicht so viel, wie er gefordert hat, aber immerhin.

Schön.

Nächstes Jahr können wir vielleicht in eine größere Wohnung ziehen. Es gibt hier eine neue Siedlung. Das Nobelpreisträger-Viertel. Ist doch ein schöner Name, nicht wahr? Die Mietpreise sind gut. Und wir brauchen sowieso mal wieder einen neuen Anfang.

Wunderbar, sagt Katja.

Dann schweigen sie. Statt Worten tauschen sie am Telefon nun Gedanken aus.

Wenn sie in die neue Wohnung ziehen, müsste sie uns einladen, zu ihr zu kommen, denkt Katja.

Sie erwartet jetzt, denkt die einzige Tochter, dass ich sie einlade, mit uns in die neue Wohnung zu ziehen.

Anton wäre nie im Leben bereit, mit ihnen zusammenzuwohnen, denkt Katja, und trotzdem …

Alex und Anton in einem Haus, denkt die einzige Tochter, das klappt einfach nicht …

Wie ihr Vater, denkt Katja, im entscheidenden Moment kneift sie …

Dieser Anton, denkt die einzige Tochter, ist ein einfacher Schlüsseldienstmann und hält sich für Kasparow. Der kann meinem Vater doch nicht das Wasser reichen …

Dieses Schweigen zwischen uns, denkt Katja, hat längst die Grenze überschritten, wo es peinlich wird …

Dieses Schweigen zwischen uns, denkt die einzige Tochter, hat längst die Grenze überschritten, wo es bedrückend wird …

Und wie geht es Danik?, fragt Katja. (Sie denkt sich, es funktioniere wie in der Mathematik: Wenn A B liebt, und wenn C B liebt, dann ist es das Sicherste, wenn sich A und C über B unterhalten.)

Ich sähe es lieber, wenn er ein bisschen mehr draußen spielen würde, mit Freunden, sagt die einzige Tochter. Ich mache mir Sorgen. Er sitzt den ganzen Tag zu Hause und liest.

Wie soll er Freunde haben, wenn ihr jedes Jahr umzieht

und ihn von seinen Freunden fortreißt?, denkt Katja und sagt: Wenn er die ganze Zeit draußen wäre, würdest du dich beklagen, dass er nicht liest.

Stimmt, bestätigt die einzige Tochter und lacht. Wenn sie lacht, hört man ihr an, dass sie eine schöne Frau ist. Willst du ihn sprechen?, fragt sie.

Natürlich, antwortet Katja.

Daniel kommt zum Telefon. Sie hört seine Schritte. *Kak djela, babuschka?*, fragt er, ich hab Sehnsucht nach dir.

Bald sehen wir uns, sagt sie, staunt im Stillen, mit welcher Unbefangenheit dieser Junge seine Gefühle ausdrückt. Was liest du gerade, Danik?, fragt sie. Mama sagt, du seist in ein Buch versunken.

Janusz Korczak. Das hat Anton mir gegeben. Sag mal, ist er noch, ist er noch immer so … müde, Anton?

Nein, das ist vorbei.

Dann hab ich doch recht gehabt!, jubelt er.

Womit?, fragt sie; sie ist sich nicht sicher.

Mit dem Clubhaus, antwortet er. Sie bauen es weiter, nicht wahr?

*

Roter Adler! Roter Adler!, dröhnen die Lautsprecher des Geheimen-Militärcamps-das-jeder-kennt. Gleich darauf schneidet ihm eine schrille Sirene schmerzhaft ins Ohr. Würde Ben Zuk diesen Klang nicht so gut kennen, wäre er vermutlich zusammengezuckt. Aber er gönnt sich nur eine einzige Pause am Tag, und so bleibt er sitzen und streckt seine Hand einige Male nach dem Glas eingelegter Gurken aus, das Menucha ihm eingepackt hat. Die Mauer, die er gebaut hat, verstellt die Sicht auf das Camp, doch er weiß genau, was sich in diesem Augenblick unter der Erde abspielt: Der einsatzbereite Zug macht sich fertig, und der diensthabende Offizier drängt zur Eile. Gleich werden die Lautsprecher »Zwei Minuten« verkünden, dann wissen sie, dass sie nicht mehr viel Zeit haben, wenn sie rechtzeitig am Tor sein wollen. Von seinem Platz aus sieht Ben Zuk die rennenden Soldaten nicht, aber er kann sie sich vorstellen. Bestimmt stolpert gerade einer von ihnen. Ein anderer hat vergessen, die Schnalle seines Helms zu schließen, und ein dritter läuft in weißen Turnschuhen, denn er ist dank der Unterschrift eines Orthopäden von militärischem Schuhwerk befreit. Lauter schlecht trainierte Soldaten des Nachrichtendienstes, das Gegenteil von fit, Brillenträger ohne Kampferfahrung. In einem echten Alarmfall würde es garantiert eine Untersuchungskommission geben, aber diese zweimonatliche Übung ist Pflicht, und Disziplin ist Disziplin. Militär ist eben Militär.

Fünf Jahre hat er sich an diese Logik geklammert, um nicht in den Abgrund zu stürzen. Fünf Jahre lang hat er jeden Morgen seine Schuhe mit rabenschwarzer Schuhcreme eingeschmiert, sich seine Erkennungsmarke um den Hals gehängt und sein grünes Barett unter die Schulterklappen geschoben – bis es eines Tages herausfiel.

Nichts hatte darauf hingedeutet. An jenem Tag hatte er nur fünfhundertdreiunddreißig Mal an Ayelet gedacht, also im Durchschnitt nicht öfter als sonst. Weder spielte das Radio ›Eleanor Rigby‹, noch war eine neue Soldatin ins Camp gekommen, deren Geruch Erinnerungen weckte. Auch das Datum war nicht irgendwie vorbelastet; weder jährte sich der Tag ihres Kennenlernens noch Ayelets Geburtstag, und auch nicht der Tag, an dem sie gegangen war.

Verzweiflung hat anscheinend ihren eigenen Siedepunkt, und dann ändert sie plötzlich ihren Aggregatzustand.

Während einer Besprechung über den nachrichtendienstlichen Ausblick auf das kommende Jahr hatte er mitten in einer heißen Diskussion über die Frage, ob man eine mögliche Eskalation an der Grenze mit der Formulierung »es kann nicht ausgeschlossen werden« oder »es ist nicht unvorstellbar« beschreiben sollte, plötzlich genug gehabt; er hatte einfach genug gehabt von dieser schwammigen Sprache, die man sich seit dem Desaster des Jom-Kippur-Kriegs beim militärischen Nachrichtendienst angewöhnt hatte und die nur dazu diente, sich vor Verantwortung zu drücken. Zu laut warf sie ihm das Echo seiner eigenen inneren Verwirrung zurück, und ohne ein Wort zu sagen, war er vom Tisch des Basischefs aufgesprungen, losgestürmt, und schon hatte er die Türklinke in der Hand: Raus, bloß raus hier. Er ging noch nicht einmal in seinem Zimmer vorbei, um eine seiner Karten mitzunehmen, sondern schnurstracks zum Aufzug, drückte auf Null, und der Aufzug fuhr durch die vielen Stockwerke des Bunkers hinauf und brachte ihn auf Erdniveau. Er trat hinaus in die Sonne, das erste Mal seit dem frühen Morgen, atmete tief ein und dachte für einen Moment, mehr habe er gar nicht gebraucht. Bloß ein bisschen Luft. Doch dann trugen seine Füße ihn weiter, zum Tor des Camps. Nie zuvor hatten seine Füße ihn zu einem Ort getragen; immer hatte er ihnen befohlen, wo es langging. Was ist passiert, Ben Zuk, hast du schon Schluss?, rief ihm der Soldat zu, der am Tor Wache schob, doch er antwortete nicht, stieß das Fußgängertor auf, lief im Slalom um die Betonbarrieren herum, da rannte er bereits. Auf der einen Seite erstreckte sich das Vogeltal, auf der anderen ragte die alte Burg auf, und dazwischen er, wie ein Akrobat auf dem Seil. An der Kreuzung konnte man rechts abbiegen zu dem Aussichtspunkt, von dem aus man den Manchmal-weißen-Berg sehen konnte, oder links, nach Ehrenquell, doch seine Füße entschieden sich für geradeaus, querfeldein und hinein in den dichten Wald, da war eine Art Weg, markiert mit weiß getünchten Steinen, der gewunden ins Tal hinabführte. Ab einer bestimmten Stelle war er nicht mehr zu erkennen, doch Ben Zuk blieb nicht stehen, wurde auch nicht langsamer, denn wer langsamer wird, verliert das Gleichgewicht und fällt, er rannte vielmehr weiter, richtungslos zwischen den dichten Bäumen, zwischen Licht und Schatten, zertrat kleine Äste, schreckte Schmetterlinge aus dem Schlaf, versetzte Füchse in Angst; Äste kratzten ihn, Blut rann seine Oberarme und Unterschenkel hinab, und ein Schrei riss sich aus den tiefsten Bunkern seiner Seele los, stieg ins Zwerchfell, in die Brust, in das kleine Delta zwischen den Halsschlagadern: Ich kann so nicht mehr weiter!

Weiter! Weiter! Weiter!, warfen die Berge seinen Schrei zurück, und er brach zusammen, fiel auf die Erde und murmelte: Helft mir! Rettet mich!, und sein Gesicht wühlte sich in das Reisig, in die Erde, als grabe er ein Grab.

Als er aus seiner Ohnmacht erwachte, ging die Sonne gerade unter. Weiches Licht durchflutete den Wald, einige Dutzend Meter entfernt bemerkte er auf einem Hügel etwas Blaues. Er richtete sich auf, langsam jetzt, und ging bedächtig auf das Blau zu. Es war die Kuppel über der Grabstätte des heiligen Abba Hiskija und seiner Frau, erklärte ein kleines, verrostetes Schild des Ausschusses zur Rekonstruktion alter Gräber. Am Eingang der Grabstätte stand im Schatten einer Kiefer ein schwarzer Plastikstuhl. Er setzte sich und hob seine Augen auf zu den Bergen.

Die Sonne vergoldete die Gipfel. Die kühle Luft trocknete seine Kratzwunden. Einige Minuten saß er da, bis sein Herzschlag sich beruhigt hatte. Dann stand er auf und ging hinein. Auf einem staubigen Bücherbord lehnten einige Gebetbücher, und auf einem Tisch, dem ein Bein fehlte, lagen Stapel von Büchern. Er nahm eines davon, schlug es aber nicht auf. Die langen Jahre Kibbuzerziehung hinderten ihn daran, das zu tun. Er hielt es geschlossen in einer Hand und lehnte sich mit der anderen auf das Grab. Doch als er die Hände wechseln wollte, entglitt ihm das Buch, fiel zu Boden und schlug sich von selbst auf. So hob Ben Zuk es auf und las den ersten Vers, auf den sein Blick fiel.

Eine Kindheitserinnerung erwachte in ihm: Sein Vater, mit Kippa auf dem Kopf, liest nach dem Tod seiner Mutter ebendiesen Vers aus den Psalmen. Sein Vater mit Kippa? Warum hat ihm das keiner erzählt?! Er versuchte, einen Zipfel dieser Erinnerung zu packen, um sie dem Vergessen zu entreißen, doch sie war zu glatt; sie entwischte seinem Bewusstsein und verbarg sich wieder unter dem Staub des Vergessens.

Er las noch einmal: *Denn das Wasser geht mir bis an die Kehle. Ich versinke in tiefem Schlamm, wo kein Grund ist; ich bin in tiefe Wasser geraten, und die Flut will mich ersäufen. Ich habe mich müde geschrien, mein Hals ist heiser.*

Am nächsten Tag kehrte er nach der Arbeit nicht in den Kibbuz zurück, sondern machte sich auf zur Grabstätte des Abba Hiskija und seiner Frau. In einer Hand eine Dose blauer Farbe, in der andern den Malerquast. Diesmal rannte er nicht, er ging vielmehr besonnen und achtete auf Kleinigkeiten, die ihm am Tag zuvor entgangen waren. Hier eine kleine Gruppe Zedern – was taten die in einem Kiefernwald? Sie mussten sich hierher verirrt haben. Dort ein Fuchsschwanz, der zwischen großen Felsblöcken hindurchhuschte. Er bemerkte sogar an einen Baum genagelt ein kleines Schild, das er zuvor nicht gesehen hatte und das die Richtung zu dem Grab wies. Und einen Weg, einen richtigen kleinen Weg hinauf zur Grabstätte.

Die Spuren seiner Militärstiefel vor dem schwarzen Plastikstuhl waren noch zu sehen. Er wischte die inzwischen herabgefallenen Nadeln vom Stuhl, setzte sich hin und betrachtete den Wald und die Berge dahinter. Die Sicht war gut, sein Blick war plötzlich wieder frisch; er meinte sogar, alles, was er jetzt sah, zum ersten Mal zu sehen. Etwa, dass die Äste von nah beieinanderstehenden Bäumen sich beinah, aber nie ganz berührten. Woher wissen sie, wo haltmachen?, fragte er sich, und es war, als würden die Berge ihm die Antwort zurückwerfen: In allem gibt es eine Ordnung, in allem gibt es eine Absicht: einen, der alles lenkt. Der Wind, der gerade weht, weht genau im richtigen Maß. Alles ist im richtigen Maß, und alles auf der Welt ist am richtigen Platz. Sogar er. Denn hier, und nirgendwo anders, wollte er jetzt sein.

Er lauschte lange dem Wind, der die Äste der Bäume bewegte, er lauschte seinem eigenen Atem und bezwang seine Lust auf eine Zigarette – zweifellos war das der Moment, sich eine anzustecken –, stand dann auf und machte sich ans Werk. Das ausgeblichene Blau der Kuppel überstrich er mit frischer Farbe. Seine Bewegungen waren fein, die eines Malers, nicht eines Anstreichers. Danach säuberte er die Umgebung des Grabes von Überresten von Lagerfeuern und allerlei Einwickelpapierchen und trug dann eine zweite Schicht Farbe auf.

Kurz vor Sonnenuntergang war er fertig. Er nahm ein Buch mit Psalmen, setzte sich auf den Stuhl und las. Nicht der Reihe nach, sondern der Schönheit nach. Von *Wohl dem, der nicht wandelt im Rat der Gottlosen / noch tritt auf den Weg der Sünder / noch sitzt, wo die Spötter sitzen* sprangen seine Augen zu *Er hat eine Grube gegraben und ausgehöhlt – und ist in die Grube gefallen, die er gemacht hat,* und dann zu *Der Ewige ist des Armen Schutz, ein Schutz in Zeiten der Not* und *Ewiger, wie lange willst du mich so ganz vergessen? Wie lange verbirgst du dein Antlitz vor mir?*

In den folgenden Tagen geschah es, dass er, ohne es zu merken, Psalmen vor sich hinmurmelte. In den Filmen, die er mit Ayelet im Programmkino gesehen hatte, fuhren die Helden in Krisenzeiten zu ihren Eltern, um bei ihnen etwas

Kraft zu schöpfen; und siehe, auch er, dessen Haus zerstört war und dessen Eltern nicht mehr lebten, kehrte dank der Psalmen zu seiner Kindheit zurück. Nach und nach dämmerte ihm: Diese alten Worte waren ein Geheimcode, der ihm den Zugang zu einem ganzen Tresor voll Erinnerungen eröffnete, von deren Existenz er nichts geahnt hatte. Hier ist er mit seinem Vater in der Synagoge. Hier bricht ihm sein Vater ein Stück vom Schabbatbrot. Hier spielt der kleine Moschiko mit den Gebetsriemen des Vaters, bindet sie sich ums Bein, und sein Vater versucht nicht zu lachen, kann sich aber nicht lange beherrschen.

Jeden Abend nach Schichtende machte er sich auf zu der Grabstätte und setzte sie weiter instand. Er wechselte alle Regalbretter aus, reparierte den Tisch, ordnete die Bücher nach dem Datum ihres Erscheinens und baute einen neuen, sicheren Ständer für das Seelenlicht, damit die Grabstätte, so wie die Seele, allzeit von innen erleuchtet sei.

Die Idee dazu hatte er aus Zwi Vilnais ›Vollständigem Führer zu den Gräbern der heiligen Zaddikim‹, den er in der einzigen Buchhandlung in der Grenzstadt gefunden hatte. In den Augen der Verkäuferin hatte er das Flackern eines *vielleicht* erspäht; die beiden obersten Knöpfe ihrer Bluse waren geöffnet, und sie hatte ihn gefragt, ob er an weiteren Büchern zu diesem Thema interessiert sei. Er hatte genickt, und sie kam von ihrem Platz hinter der Theke hervor, berührte ihn leicht am Arm und sagte: Komm mit. Bei der Führung durch den kleinen Laden hatte sie sich einmal auf die Zehenspitzen gestellt, um ein Buch aus einem oberen Fach zu ziehen, dabei hob sich ihre Bluse ein bisschen und gab den Blick auf ihre Hüften frei; ein anderes Mal bückte sie sich zu einem niedrigen Fach, und ihr Hintern formte sich ihm birnengleich entgegen.

Nachdem du den rechten Weg endlich gefunden hast,

weich jetzt nicht von ihm ab, ermahnte sich Ben Zuk und beherrschte sich, nicht die Nummer anzurufen, die sie ihm auf den Kreditkartenbeleg geschrieben hatte; stattdessen benutzte er den Beleg als Lesezeichen für den Führer zu den heiligen Gräbern.

Gegen Ende des Buches fand er die besondere Geschichte von Abba Hiskija und seiner Frau. Er erfuhr, dass ebendieser Abba Hiskija, eine rabbinische Autorität aus dem ersten Jahrhundert, von Beruf Tuchhändler gewesen war. Doch dann war ihm seine Frau Lea gestorben, und er hatte sie sieben Tage betrauert, wie es Brauch ist, doch am achten Tag, als er sich von seiner Trauer erheben sollte, erhob er sich nicht. Als er sich auch am neunten und zehnten Tag nicht erhob, brachte man einen der gelehrtesten Männer zu ihm, der küsste ihn auf die Stirn und fragte: Warum stehst du nicht von deiner Trauer auf, Hiskija? Da sagte Hiskija zu ihm: Rabbi, meine Welt hat sich seit dem Weggang meiner Frau verdunkelt. Steh auf, sagte ihm der große Gelehrte, und tu etwas für die Armen deiner Stadt. Mit jeder guten Tat, die du tust, zündest du gleichsam ein kleines Licht im Dunkel deines Herzens an. Und so geschah es. Der Tuchhändler verkaufte alle seine Stoffe, lebte von nun an in großer Bescheidenheit und verbrachte den Rest seines Lebens damit, anderen zu helfen. Als zum Beispiel an einem Schabbat einer Frau der Riemen ihrer Sandale riss und man ihr wegen der besonderen am Schabbat geltenden Gebote keine andere bringen konnte, ging Abba Hiskija zu ihr hin und legte seine Hände unter ihre Füße, und die Frau ging auf ihnen, bis sie ihr Haus erreichte. Ja, so sehr hat Abba Hiskija sich erniedrigt. Und indem er sich selbst immer mehr losließ, konnte er auch den Schmerz um seine Frau loslassen. Als er in hohem Alter starb, wurde er neben ihr begraben. Und seitdem, so schreibt Zwi Vilnai, ist ihr gemeinsames Grab ein erprobtermaßen wunderkräftiger Pilgerort für Menschen auf der Suche nach dem ihnen vom Himmel bestimmten Partner. Von allen Gräbern, staunte Ben Zuk, bin ich ausgerechnet vor dem Grab eines Mannes auf die Knie gefallen, der ein gebrochenes Herz hatte. Wenn das kein Zeichen ist.

Einen Monat später zog er den Beleg mit der Telefonnummer der Verkäuferin, der ihm als Lesezeichen gedient hatte, aus dem Buch, warf ihn in den Müll und fuhr hinauf in die Stadt der Gerechten, um sich einen Lehrer, einen Rabbi zu suchen.

*

Bis hierher und nicht weiter, sagt sich Daniel. Er wird nicht bitten und betteln. Wenn sie ihn nicht in ihre Mannschaft wählen wollen, sollen sie es lassen. Er hat auch seinen Stolz. Er wird nicht den Finger heben, als wären sie die Lehrer und er der Schüler. Sie sind schließlich nur Klassenkameraden, die im Fußball eben besser sind als er. Jede Sportstunde dasselbe: Eine Viertelstunde vor Schluss lässt der Lehrer Eran Turki und Zachi Brenner zwei Mannschaften wählen, und alle andern Kinder sitzen auf den Bänken und lassen diese Selektion über sich ergehen.

Ihm ist klar, dass er auch heute als Letzter übrig bleiben wird. Zachi Brenner wird ihn erst wählen, wenn ihm nichts anderes mehr übrig bleibt. Er wird ihn anweisen, in der Abwehr zu stehen, da kann der Russe am wenigsten Schaden anrichten (er sagt es nicht, aber Daniel weiß, dass er das denkt).

Doch er wird sich nicht erniedrigen wie andere Kinder. Er wird nicht »ich« oder »mich« rufen.

Aufrecht und erhobenen Kopfes geht er später in die Abwehr und betet im Stillen, dass niemand den Ball in seine Richtung kickt.

Warum sollte Schuni mich überhaupt bemerken, hatte er Anton bei einem ihrer Gespräche gefragt, wenn ich mich durch nichts Besonderes auszeichne, in nichts glänze?

Was redest du da, mein Dummerchen! Natürlich bist du glänzend.

Worin denn?

Im Lieben. Und ein Mann, der zu lieben weiß, der wird mit Frauen immer Glück haben.

Antons Sätze klingen wunderbar, wenn er sie sagt, denkt Daniel (er hat Zeit nachzudenken, denn der Ball ist jetzt am anderen Ende des Feldes), aber wenn ich in die Schule komme, merke ich, sie sind keine Kopeke wert: Wie soll ich bei Schuni Erfolg haben, wenn sie noch nicht einmal merkt, dass es mich gibt? Und was, wenn ich am Ende des Schuljahrs auf eine andere Schule wechsle?

Das Gespräch zwischen seiner Mutter und Oma Katja hat er sehr wohl gehört: Papa hat eine Beförderung bekommen. Man baut jetzt ein neues Viertel in der Stadt. Dort sind die Wohnungen größer.

Und er weiß sehr wohl, was das bedeutet: Pappkartons. Möbelpacker, die die Kartons hinunter in große Lastwagen tragen. Papa, der auf Russisch mit ihnen über die Höhe des Trinkgeldes streitet. Dann fährt der große Möbelwagen mit allen Kartons zum neuen Haus, und sie fahren mit ihrem kleinen Auto hinterher, er auf dem Rücksitz, hält mit aller Kraft den Fernseher fest, damit der nicht vom Sitz rutscht. Und dann: Ein anderes Zimmer. Ein anderes Bett. Einige schlaflose Nächte, bis er sich an die Geräusche der neuen Wohnung gewöhnt hat (jede Wohnung macht nachts andere Geräusche).

Und nach dem Sommer: Wieder eine neue Schule. Ohne Schuni.

Sie werden das nicht mit ihm besprechen. Sie werden ihn nicht fragen, ob es ihm recht ist, in eine neue Schule zu gehen, in der es keine Schuni gibt. Das nervt, denn er ist durchaus alt genug, für sie die Formulare fürs Innenministerium auszufüllen, aber bei familienpolitischen Entscheidungen ist es vorbei mit Glasnost, und seine Stimme ist so wenig wert wie die seiner Hündin Albina. (Er hat sie sich ausgedacht. Eine echte Hündin wollen sie ihm nicht kaufen, obwohl er sie schon oft darum gebeten hat.)

Mir läuft die Zeit weg, ich muss etwas unternehmen, damit Schuni mich sieht, bevor der Sommer kommt, denkt er, als der Lehrer endlich das Spielende anpfeift.

*

Zwei volle Jahre war Ben Zuk bemüht, sich einzufügen, dazuzugehören, sich einzugemeinden. Er hatte es mit den verschiedenen Strömungen in der Stadt der Gerechten versucht. Aber jedes Mal wurde er wieder ausgespien ans Ufer seines Andersseins.

In einer Gemeinde waren sie ihm zu streng: Bei allem, was er tat, begleiteten ihn die Blicke der Gemeindeältesten, als warteten sie nur auf sein Straucheln, damit sie enttäuscht die Köpfe schütteln könnten. Die Art, wie er das Gebetbuch hielt, die Stellen beim Achtzehnbittengebet, an denen er sich verneigte; dass er nicht wusste, wann er gegen Ende des Gebets die Fersen heben sollte, sogar sein Bart, in dessen Pflege er so viel investierte – alles enttäuschte sie irgendwie. Er hatte den Eindruck, was immer er tat, egal, wie viel Mühe er sich gab – für sie würde er immer ein Zweitklassiger sein. Und all das erinnerte ihn ein bisschen zu sehr an die Blicke, die ihn begleitet hatten, wenn er früher den Speisesaal im Kibbuz betrat.

In einer anderen Gemeinde, die sich rühmte, wie *open minded* sie sei, sprachen alle Englisch, und er fühlte sich minderwertig, denn sein Englisch war nicht gerade brillant, und in zwei weiteren Gemeinden verlangte man von ihm, sich zu entscheiden, ob er zu den Sepharden oder zu den Aschkenasen zählte. Ich bin halb und halb, versuchte er zu erklären, Vater so, Mutter so … aber den Großteil meiner Kindheit habe ich bei einem russischen Adoptivgroßvater verbracht, der mit einer Frau verheiratet war, deren Familie aus der Türkei stammte … das ist ein bisschen kompliziert, versteht ihr …

Sie verstanden es nicht.

Irgendwann begann er zu verzweifeln. Worin lag der Sinn eines gottgefälligen Lebens, wenn es ihm nicht gelang, dazuzugehören, obwohl er es so sehr versuchte? Was bekam er dafür, dass er sich all diese Verbote und Einschränkungen auferlegte?

Noch am selben Abend fuhr er in den Buchladen in der Grenzstadt. Er fragte die Verkäuferin, wann sie Schluss habe, und wartete am Schawarma-Stand gegenüber auf sie. Und ging mit zu ihr nach Hause.

Doch am Morgen, auf dem Weg von ihrer Wohnung zur Arbeit, tat sich ein Abgrund in ihm auf, und er schwor sich, genug, genug, dies war das letzte Mal, dass er dem bösen Trieb nachgegeben hatte.

In späteren Jahren, wenn er die Geschichte seines »Erstarkens im Glauben« erzählt, wird er die Momente des Strauchelns, diese Pendelbewegungen auf seinem Weg aus seinem inneren Protokoll streichen: Dass er freitags extra in einen Laden gegangen war, um statt der verbotenen Zigaretten dreißig Packungen Wassereis am Stiel in verschiedenen Geschmäckern zu kaufen und sie dann ab der Minute, in der der Schabbat begann, langsam zu lecken, so langsam er nur konnte, und noch aus den Holzstäbchen die letzte Süße herauszulutschen, bis sie zerfaserten und er dann binnen weniger Minuten ein neues Eis mit anderem Geschmack aus dem Papier schälte, es wieder langsam leckte und wieder das Stäbchen im Mund behielt, es so zwischen den Fingern hielt und an ihm sog, als wäre es tatsächlich …

Streichen wird er auch, dass diese ganze Anstrengung meist noch nicht einmal half, denn gegen Nachmittag, wenige Stunden, bevor der Schabbat vorüber war, hielt er es oft nicht mehr aus und schlich sich zu den Jugendlichen, die sich auf der Straße rumtrieben, und schnorrte sich eine.

Oder jene Nacht, in der er die Kleider des frommen Talmudschülers mit Jeans und T-Shirt vertauschte und nach Tel Aviv in den Club ›Logos‹ gefahren war, um Shalom Hanoch life zu hören, wo er, um die Barfrau zu beeindrucken, viel zu viel trank und auf einer eingebildeten Gitarre zupfte, obwohl er nie im Leben eine Gitarre gehalten hatte, und mit den Händen über dem Kopf applaudierte und lauter als alle anderen den Refrain von Hanoch mitgeschrien hatte: *Der Messias kommt nicht, der Messias ruft auch nicht an.*

Und seine überstürzte Fahrt in die Dünenstadt einige Tage vor der Hochzeit mit Menucha: Stundenlang war er mit dem Wagen durch die Straßen gefahren, mit offenem Fenster und hinausgerecktem Hals, in der Hoffnung, Ayelet irgendwo zu finden.

Auch das Militär hatte er nicht gleich verlassen. Lange Zeit war es ihm zu schwergefallen, diesen Rubikon zu überschreiten, und er lebte mit einem Bein hier und einem dort.

Tagsüber tat er so, als nähme er seine Arbeit beim militärischen Nachrichtendienst noch ernst: Er verlangte weiterhin von seinen Soldaten, kleinste Bruchstücke von Information aus den Gesprächen, die sie abhörten, zusammenzutragen, und trug auf Karten und Folien alle feindlichen Bewegungen ein. Doch dann meldeten sich Fragen und Probleme, mit denen er sich in seinem Leben nie beschäftigt hatte, und verunsicherten ihn, noch während er die Folien über den Karten wechselte: Was war der Sinn all dieser Folien? Welcher Sinn lag darin, die Truppenbewegungen von hier nach dort und später von dort nach hier zu dokumentieren? Gab es wirklich nichts Bedeutungsvolleres in seinem Leben?

Nachts blieb er wach. Er las die Thora mit den traditionellen Kommentaren, hielt inne, staunte und las weiter. Alleine, ohne Lernpartner, ließ er die uralten Worte immer wieder in den Tresor seiner Kindheitserinnerungen dringen. *Darum wird ein Mann Vater und Mutter verlassen*, las er, und siehe, da ist seine Mutter in dem grünen Kleid, wie sie ihm auf der Querflöte etwas vorspielt; er liegt im Bett, unter der Decke, vielleicht ist er krank, und sie spielt für ihn. Was spielt sie? Er kann es nicht hören. Aber was ist das? Dieser Bauch. Ist seine Mutter schwanger gewesen? Vielleicht war das ihre »Krankheit«? Und da kommt Papa plötzlich herein, mitten in ihrem Spiel, in Militäruniform, er kommt aus dem Krieg zurück, berührt ihren Bauch. Welcher Krieg war das? Jom Kippur? Kommt das zeitlich überhaupt hin? Und warum hat sein Vater diesmal keine Kippa auf? Hat er die Kippa während des Krieges abgenommen? Oder hat sich da ein anderer Vater irrtümlich in seine Erinnerungen verirrt?

Beim ersten Morgenlicht schloss er die Augen und spürte, spürte ganz deutlich: In diesen Seiten lag seine einzige Chance auf Rettung. Einmal Externer, immer Externer, aber wenn er weiter so hingebungsvoll lernte, würde er wenigstens den Heiligen, Er sei gepriesen, haben, den Patron aller externen Kinder auf der Welt; der würde ihn an die Hand nehmen.

Nach dem Morgengebet trank er gewöhnlich einen schwarzen Kaffee und fuhr ins Camp, hörte, oft nur mit halbem Ohr, die Berichte seiner Untergebenen, nickte mechanisch, wenn er Anweisungen seiner Vorgesetzten entgegennahm, machte sehr lange Mittagspausen, in denen er auf dem Rücksitz seines Renault Schlaf nachholte.

Doch so wie jeder Schabbat irgendwann endet, hat auch jede Selbstverstellung einmal ein Ende. Zum Schluss riss den Verantwortlichen des Camps die Geduld; sie konnten nicht länger dulden, wie unergiebig seine Abteilung arbeitete, und schlugen ihm eine Entlassung zu guten Bedingungen vor.

Eine Woche, nachdem er bei der zentralen Kleider- und Ausrüstungskammer seine komplette Ausrüstung zurückgegeben hatte – er behielt nur einige Luftaufnahmen von rein sentimentalem Wert –, sah er eine Stellenausschreibung in der Lokalzeitung. Der Bürgermeister suchte einen persönlichen Assistenten. Siehst du, sagte er sich, das ist deine Gelegenheit, wie Abba Hiskija zu leben. Für die anderen da sein und dich selbst klein machen – auf diesem Weg wird auch dein Schmerz kleiner werden.

Schade um deine Zeit, sagte der Kioskverkäufer, von dem er sich einen Kugelschreiber borgte, um die Anzeige einzukreisen. Dort in der Stadtverwaltung funktioniert alles nur über Vitamin B. In ganzen Abteilungen haben alle Beschäftigten denselben Nachnamen, verstehst du, was ich meine?

Der Fluch dieser Stadt sind die Klimaanlagen!, begann Danino in seinem ersten Vorstellungsgespräch und erklärte ihm seine strategische Vision. Bevor die Leute in der Ebene begannen, in ihren Privathäusern Klimaanlagen zu installieren, sind sie jeden Sommer zu uns heraufgekommen, um die gute Höhenluft zu atmen, und die Stadt hatte ihr Auskommen. Aber die Zeiten haben sich geändert, und wir müssen neue Wege finden. Wir müssen kreativ sein. Ich brauche jemanden, der meine rechte Hand ist, sagte er und legte die linke Hand auf Ben Zuks Schulter, jemanden mit Führungsqualitäten, der Befehle geben kann, ich brauche jemand Praktischen, der die Dinge für mich umsetzt. Hier in der Stadt warten alle nur auf den Messias, und ich brauche jemanden, der mit beiden Beinen auf dem Boden steht.

Aber ich bin hier neu, sagte Ben Zuk. Ich … kenne hier keinen.

Genau das ist Ihr Vorteil, *ya ibni*. Sie kommen hier ganz unbeleckt rein. Sie schulden niemandem etwas, keiner Gemeinde und keinem Patron.

Außer dem Heiligen, Er sei gepriesen, sagte Ben Zuk schnell, einschränkend.

Selbstverständlich, antwortete Danino ebenso schnell.

Am Anfang war er Daninos Mann für besondere Angelegenheiten gewesen. Auch in einer heiligen Stadt gibt es ganz profane Angelegenheiten, und so geschah es, dass Ben Zuk tote Katzen entsorgte, die Glühbirnen in den Laternen auswechselte, das längst verwelkte Gartenbauamt zu neuer Blüte erweckte, Wohncontainer von einer Ecke der Stadt in die andere fahren ließ und dabei die Stadt und ihre ganz eigene Sprache kennenlernte, denn jede Stadt hat ihre eigene Sprache. Wenn die Bewohner der Stadt der Gerechten sagen, »wir treffen uns am Schild«, meinen sie das Schild am Beginn der Fußgängerzone. Wenn du sie fragst, wie du in ein bestimmtes Viertel kommst, beschreiben sie dir nicht den Weg dorthin, sondern fragen erst einmal, zu wem du möchtest. Es gibt nur eine Ampel in der ganzen Stadt, und die zeigt nur Rot und Grün an, kein Gelb. Dafür gibt es Hunderte, wenn nicht Tausende von Sammelbüchsen für gute Zwecke. Im kleinen Lebensmittelladen. Am Kiosk. Am Eingang des Ärztezentrums. Am Eingang der öffentlichen Toiletten. Am Eingang zu jedem der Dutzenden von Tauchbädern. Am Eingang zu jeder der Dutzenden von Talmudschulen. Der Klang der in die Sammelbüchsen fallenden Münzen begleitet die Stadt die Woche über wie ein Metronom; nach ihm tanzen auch die anderen Klänge: Das Teppichklopfen auf den Balkonen, das kurze Hupen der Taxifahrer vor dem Haus ihrer Kunden, das langgezogene Piepen der Lastwagen im Rückwärtsgang, im Sommer die Melodie des Eiswagens, im Winter der Hagel, der auf die Dächer niedergeht, das Geschimpfe der Männer über ihre Frauen, die Stimmen der Mütter, die ihre Kinder zum zweiten, dritten, vierten Mal nach Hause rufen, die Musik aus den Lautsprechern des »Mizwa-Tank« der Lubawitscher Chassiden, der Flügelschlag der Geschichte, der Blues, der aus den alten kleinen Lebensmittelläden schallt, das Schießen im städtischen Schießstand, das Bohren, die Rasenmäher, die Klassenlehrerinnen in der Grundschule – alle Geräusche der Stadt vereinen sich zu einem einzigen, wunderbar vielstimmigen Gurren, das im Laufe der Woche immer weiter anschwillt, bis der Schabbat beginnt. Dann ertönen aus den Häusern Schabbat- und Thoragesänge, und danach ist es still. Auch die Stille hat einen eigenen Puls.

Abends, bei den Mahlzeiten am Beginn des Schabbat, saß Ben Zuk an Daninos Tisch, und am Schabbat, nach den Vormittagsgebeten in der Synagoge, pflegte er aus der Stadt hinaus in den Wald zu gehen, zum Grab von Abba Hiskija und seiner Frau, um dort ein persönliches Gebet zu sprechen: Der Heilige, Er sei gepriesen, möge ihm die Kraft geben, den Schabbat allein mit Wassereis durchzuhalten, und Er möge ihm auch helfen, die Schwächen und die Ayelets seiner Vergangenheit zu überwinden und eine Familie zu gründen.

Menucha hatte er eines Abends, nachdem der Schabbat vorüber war, in der Altstadt getroffen. Mit einer Gruppe von Freundinnen kam sie aus Richtung des Waisenhauses herauf. Sie war hübsch anzusehen. Und sie trug graue Strümpfe. Als er sie anstarrte, wich sie seinem Blick zu spät aus, und er meinte, auch auf ihren Lippen den Anflug eines Lächelns erkannt zu haben. Er stellte Nachforschungen über sie an. Man sagte ihm, das könne er gleich vergessen. Im Waisenhaus arbeite sie nur als Freiwillige. Sie komme nämlich aus einer der alteingesessenen Familien der Stadt. Und er – er sei eben *nur* ein Neubekehrter. Aber was ist dann mit dem entgegengesetzten Ausspruch der Rabbinen, »Dort, wo Neubekehrte stehen, können noch nicht einmal die heiligsten Zaddikim stehen«?, fragte er. Hat man dir das nicht erzählt?, spottete man über ihn, die können nicht am selben Ort stehen, damit sie nicht, Gott behüte, gemeinsam in den Bund der Ehe treten.

Dennoch hatte er nicht aufgegeben. Menucha hatte etwas Aristokratisches. Alle ihre Freundinnen bewegten sich, als wollten sie am liebsten unsichtbar sein, sie aber ging aufrecht. Ein gemeinsamer Bekannter organisierte ein kurzes Treffen. Sie war auf dem Rückweg vom Waisenhaus, und er wartete an der Straßenecke unter der Laterne und rauchte eine *Noblesse*. Als sie näher kam, warf er die Zigarette weg und ging auf sie zu. Ihre Freundinnen stoben nach allen Seiten auseinander. Er schaute sie mit seinem glühenden Blick an und sagte zu ihr: Du interessierst mich. Sie sagte: So spricht man bei uns nicht. Er fragte: Wie spricht man dann bei euch? Erst redet man über Belanglosigkeiten, erklärte sie, dann über den Wochenabschnitt aus der Thora, dann darüber, was gerade so geredet wird. – Und das interessiert dich wirklich?, fragte er, dieses Getratsche? Sie schwieg, wurde rot und senkte den Blick. Er spürte ihre Jungfräulichkeit, wie unberührt sie war. Und spürte gleichzeitig seine Verdorbenheit. Da fragte er sie nach ihren Freundinnen. Nach ihren Schwestern. Sie erzählte von ihnen. Zögerlich. Und nur Gutes. Eine habe ein goldenes Herz, die andere sei außerordentlich klug, die dritte fleißig. Wann können wir uns wieder verabreden?, fragte er, als er bemerkte, dass sie sich bereits ängstlich umschaute. Bei uns verabredet man sich nicht, erklärte sie. Und wenn ich nächste Woche um dieselbe Uhrzeit zufällig hier unter dieser Straßenlaterne stehe, könntest du dann auch zufällig hier vorbeikommen? Ja. Etwas Schelmisches blitzte in ihren

Augen auf. Aber, erklärte sie in sachlichem Ton, es ist besser, wenn du nicht so direkt im Licht stehst.

Sie trafen sich einige Male heimlich. Und natürlich berührten sie einander nicht, wie die Thora es gebietet. Manchmal streifte zufällig eine Schulter die andere. Sein Schuh stieß leicht an ihren. Mehr nicht, Gott behüte. Wie war es heute mit den Kleinen?, fragte er sie jedes Mal, denn er hatte beobachtet, dass sie lockerer wurde, wenn sie von den Waisen erzählte: Die herrlichen Aussprüche eines Kindes, die Lausbubenhaftigkeit eines anderen. Eines Tages leuchteten ihre Augen ganz besonders, und noch bevor er danach fragen konnte, erzählte sie bereits stolz, an diesem Morgen hätten sie mit den Kindern das Grab des heiligen Rabbis neu gestrichen, des Größten der heiligen Zaddikim, und sie hätten von einem kundigen Führer auch einen kurzen Vortrag über ihn gehört, und siehe da, es gab Dinge, die auch sie noch nicht wusste. Was zum Beispiel? Zum Beispiel, dass der heilige Rabbi die Sprache der Vögel sprach. Er hatte sie in den langen Jahren gelernt, in denen er von allen Menschen zurückgezogen in den Bergen lebte, und verwendete sie später, wenn er sie brauchte. Er pflegte die Vögel zu rufen oder sie irgendwo hinzuschicken. Er hat die Lippen so zusammengezogen, sagte sie, und dann den genauen Ruf jedes einzelnen Vogels nachgemacht, bis der ihm antwortete.

Eine schöne Legende, sagte er.

Da empörte sie sich; plötzlich wurde das Blau ihrer Augen noch tiefer. Wieso Legende?! Es gibt Zeugnisse seiner Jünger, dass es genau so war. Glaubst du ihnen etwa nicht?

Ich glaube *dir*, beruhigte er sie sogleich und dachte bei sich: Wie schön ist sie, wenn sie sich entrüstet. Und dachte auch: Sie wurde noch nie im Leben belogen. Sie wurde noch nie im Leben verlassen. Sie wurde noch nie ausgeschlossen, weil sie als verpönt galt. Kein Wunder, dass sie so arglos ist.

Wenn ich mich lange genug in ihrer Nähe aufhalte, werde ich vielleicht auch so. Dann höre ich vielleicht auf, als hartes Jerusalemer Gestein zu leben, voller Ablagerungen und voller Zweifel, und werde wieder ein unbeschriebenes Blatt. Als sie in der folgenden Woche zu ihrem Treffpunkt kam, sah er ihr an, dass etwas passiert war. Erst wollte sie nicht darüber reden, doch nach und nach kam er dahinter: Dem Kind ihrer Schwester Nachala, die in der Heiligen Stadt lebte, war nun endgültig Autismus diagnostiziert worden. Nachala war schon die dritte Schwester, der dies in den letzten Jahren passiert war. Und da wären auch noch zwei Cousinen, sagte sie, deren Kinder hätten ... dieselbe Sache. Man versuche, es geheim zu halten, damit ... die Chancen der noch unverheirateten Mädchen nicht ... aber in dieser Stadt könne man auf Dauer nichts verheimlichen.

Mit Gottes Hilfe wird sich alles gut fügen, sagte er.

Mit Gottes Hilfe, wiederholte sie und trat etwas näher zu ihm, sodass ihr Schatten beinah an seinen Schatten rührte.

Vielleicht kommt ja sogar etwas Gutes dabei heraus, sagte er und rückte seinerseits etwas näher zu ihr.

Versonnen wiederholte sie seine Worte und wandte ihr Gesicht ein bisschen zu ihm, nur ein bisschen, doch aufgrund des Lichtwinkels verschmolzen nun ihre Schatten miteinander. Da schaute sie ihm in die Augen und zeigte ihm, dass sie ihn verstanden hatte: Der genetische Defekt, der in ihrer Familie entdeckt worden war, konnte für sie beide eine Hoffnung sein.

Schon am nächsten Tag besuchte Ben Zuk ihren Vater. Nicht noch einmal wollte er eine Chance verpassen. Er tastete sich zunächst mit allerlei Unverbindlichkeiten vor, sagte dann etwas zum Wochenabschnitt der Thora und dann dazu, was gerade so geredet wurde. Danach sagte er: Verehrter Herr Rabbiner, ich habe Ersparnisse von meiner Arbeit beim Militär und eine feste Anstellung bei der Stadt. Ich kann Ihrer Tochter und Ihren Enkeln eine gute Zukunft sichern. Und auch der Familie helfen. Aber welcher Strömung gehören Sie denn an?, forschte der Vater nach. Ich … ich bin gerade dabei, mich zu entscheiden, stammelte Ben Zuk, erinnerte sich dann aber, dass er etwas wusste, von dem der Rabbiner nicht wusste, dass er es wusste, und so ordnete er seine Gedanken und sagte mit etwas mehr Selbstbewusstsein: der Strömung des Heiligen, Er sei gepriesen. Und meine Tochter, meinen Augapfel, werden Sie ehren?, forschte der Vater nach. Aus tiefstem Herzen werde ich sie ehren, antwortete Ben Zuk. Da nahm der Vater Ben Zuks Hand, verfolgte langsam mit dem Finger die sich verzweigenden Linien und schaute ihm dann lange ins Gesicht. Er konzentrierte sich erst auf die Nase, dann auf Ohren, Wangen und Lippen, und Ben Zuk spürte, vor diesem Mann lag sein Verborgenstes offen, jeder Versuch, seine guten Seiten herauszukehren, war zwecklos.

Schließlich nahm der Vater den Blick von ihm und sagte: Es ist nicht leicht als Neubekehrter. Mit einem Bein in der Zukunft, während das andere noch in der Vergangenheit steht, und unter dir ein Abgrund voller Verwirrung und Gefahr.

Ben Zuk nickte und dachte: Traurig, wie recht er hat.

Man muss von klein auf lernen, fuhr Menuchas Vater fort, den bösen Trieb zu beherrschen, von ganz klein auf; später wird das immer schwieriger.

Ben Zuk senkte den Blick und dachte: Die tiefsten Einsichten kommen uns an ganz unverhofften Orten.

Der Vater wiegte den Kopf von einer Seite zur anderen, als sage er, aber nicht in unserer Familie, das darf nicht sein – doch je länger er den Kopf wiegte, umso mehr meinte Ben Zuk zu spüren, dass dieses Wiegen das Gegenteil bedeutete:

Vielleicht war Menuchas Vater dabei, schweren Herzens sein Schicksal zu akzeptieren.

Gut, dann hör zu, mein Junge, sagte der Vater, legte die Hand unter Ben Zuks Kinn und hob es ein bisschen an. Dann einigen wir uns so: Du machst in deinem Tempo weiter damit, »dich zu entscheiden«. Und in der Zwischenzeit halte dich fern vom Bösen und tue Gutes. Dazu kannst du dich wohl verpflichten, nicht wahr?

Aber sicher, beeilte sich Ben Zuk zu sagen.

Und … in unserer Synagoge zu beten, das auch?

Gewiss doch, gewiss, verehrter Herr Rabbiner, keine Frage.

Drei Monate später heirateten sie. Von seiner Seite kamen nur wenige Gäste. Von ihrer einige Hundert. In der Hochzeitsnacht kam er zu ihr. Sanft, um sie nicht zu erschrecken. Da begann sie plötzlich zu weinen. Sie sagte, das sei nur die Aufregung. Sie bat ihn, das Licht zu löschen, sie geniere sich vor ihm. Danach bat sie ihn, es anzumachen, denn sonst sei es wie mit einem Fremden. Da machte er das Licht an und sah, wie glatt und seidig ihre Haut war, und streichelte sie an allen dafür geeigneten Stellen, doch sie blieb starr und verkrampft. Schließlich zog er seine Hände zurück, legte sich zurück und fragte: Wovor hast du Angst? Und sie fragte, ohne ihn anzuschauen: Mit wie vielen Frauen warst du vor mir schon zusammen? Er lachte erleichtert und sagte: Ach, das ist es, und sie fragte: Was gibt es da zu lachen? Was ist daran so witzig? Sofort wurde er wieder ernst: Nur mit sechs Frauen, sagte er. »Nur«, ahmte sie ihn spöttisch nach, bist ja ein echter Zaddik. Er protestierte: Was tut das zur Sache? Was vor dir war, ist, als sei es nie gewesen. Und wenn du dir bei denen was geholt hast? Ich habe mir nichts geholt, das habe ich schon untersuchen lassen, sagte er und spürte, wie sein Glied erschlaffte. Kein Wunder, dass sie so ist, dachte er, es ist ihr erstes Mal. Und zu ihr sagte er: Wir müssen ja nicht unbedingt heute Nacht. Wir hatten einen langen Tag, meine Schöne, du bist bestimmt müde, wir können uns auch einfach nur umarmen. Aber es ist ein Gebot, dass wir … protestierte sie schwach. Stimmt, aber alles hat seine Zeit, sagte er. Wir können auch erst morgen, das ist kein Unglück. Bist du sicher? Bist du sicher, dass das für dich in Ordnung ist?, fragte sie und schaute ihn an. Sie ist noch ein Mädchen, ich habe ein Mädchen geheiratet, ging es ihm durch den Kopf, und er spürte, wie in ihm der Wunsch erwachte, sie zu beschützen. Das ist völlig in Ordnung, sagte er, schlang seine Arme um sie und zog die Decke über ihnen zurecht.

Nach einem Monat gelang es ihnen zum ersten Mal, miteinander zu schlafen, mit Hilfsmitteln, die es ihnen erlaubten, über die problematischen Stellen hinwegzugleiten. Doch noch immer tat es ihr weh. Ich weiß nicht, warum ich so bin, sagte sie mit halb erstickter Stimme und rollte sich am anderen Ende des Bettes zusammen. Das ist kein Problem, sagte er, diese Dinge brauchen Zeit. Und was, wenn es immer so bleiben wird?, fragte sie, und er spürte, wie die Decke über ihr zitterte. Was, wenn bei mir etwas nicht stimmt? Zum Schluss wirst du mich verlassen. Ich werde dich nie verlassen, sagte er.

Immer wieder sagte er ihr diesen Satz während des ersten Ehejahres, in dem alle ihre Versuche, miteinander zu schlafen, in Tränen endeten.

Danach versuchten sie es nicht mehr. Sie erfüllten wohl weiterhin einmal im Monat ihre eheliche Pflicht, aber im klaren Bewusstsein, dass sie es nicht genoss. Dass sie es nicht genießen konnte. Er hatte keine Ahnung, warum das so war. Manchmal fragte er sich, ob sie es mit jemand anderem vielleicht doch genießen könnte, doch er hatte den Eindruck, dass sie ihn liebte und froh mit ihm war. Jedenfalls war er es nach einem Jahr der Gespräche und der wechselnden Stellungen müde, das Rätsel zu lösen, und versuchte sich einzureden, dies solle eine Lehre für ihn sein. Fleischliche Liebe hatte er schließlich schon gehabt, und das hatte ein schlechtes Ende genommen, ein sehr schlechtes. Vielleicht ermöglichte ihm der Heilige, Er sei gepriesen, nun eine andere Art von Liebe: Auf dem Balkon zu sitzen, von dem aus man auf den Friedhof blickt, sich entspannt zu unterhalten, ohne unterschwellige Spannungen und Provokationen, ohne Konfrontationen, bei denen erwartet wird, dass man seine Position kompromisslos verficht. Ohne die Stiche dessen, was man verpasst, und ohne die spitzen Ecken und Kanten des Zweifels. Sich immer wieder sagen zu können: »Die Wege des Ewigen sind unergründlich«, und »Alles, was uns der Himmel schickt, ist nur zu unserem Besten«, und beides aus tiefstem Herzen zu glauben. Wertvollen Trost aus der Überzeugung zu schöpfen, dass ihre Probleme Teil eines viel größeren Bildes sind, das sie nicht in Gänze sehen können. Und später, wenn der kühle Wind, der nachts vom Friedhof zu ihnen weht, sie erschaudern lässt, wieder hineinzugehen ins warme Haus.

Viele Jahre hatte er sich an »Die Wege des Ewigen sind unergründlich« und »Alles, was uns der Himmel schickt, ist nur zu unserem Besten« geklammert, wie an die Hörner des Altars, doch in den letzten Wochen ist sein Griff von Tag zu Tag schwächer geworden, und während er jetzt die Kacheln festklopft und nur an Ayelet denkt – lockig, poppig, kirre Irre, wie sie pendelt und tändelt, so oft betrachtet, oft verachtet, verrucht und verflucht, auf den Wiesen gepriesen, wie sie erbebt und abhebt, wie sie sich aufgibt und nur ihr wildes Leben liebt –, fragt er sich: *Was unterscheidet diesen Tag von den Tagen zuvor?* Das kann doch nur heißen, dass sie zurückgekehrt ist. Sieben Jahre lang ist es ihm gelungen, sich zu schützen, und plötzlich ist dieser Geist in ihn gefahren? Dafür kann es nur eine Erklärung geben: Sie ist zurück in Israel, sie ist in seiner Nähe. Und ebendiese Nähe – vielleicht ist sie im Kibbuz, vielleicht sogar hier in der Stadt der Gerechten – bringt seine Tage und Nächte durcheinander, treibt ihm mitten am helllichten Tag im Supermarkt, auf dem Spielplatz oder auf der Straße ihren Geruch in die Nase und führt ihn in eine Versuchung, der er widerstehen muss, er muss ihr einfach …

Doch die Annahme, dass sie ganz in seiner Nähe ist, erlangt plötzlich die Gültigkeit einer Tatsache und feuert sein Verlangen nur noch an; er beginnt, Ayelet in jeder Frau zu suchen, die auf der Straße an ihm vorbeigeht. Er betrachtet Frauen auf eine Art, wie er es sich sieben Jahre lang nicht erlaubt hat, mustert sie schamlos, vom Scheitel bis zur Sohle, sucht unter allen Verhüllungen die Umrisse von Ayelets Körper, ihre schmalen Hüften, den etwas hängenden Po, ihren langen Hals und die zu schmalen Schultern, und die Funken, die aus seinen Augen schlagen, entflammen in seinem ganzen Körper ein Freudenfeuer, das er nicht zu löschen vermag, aber auch starke Schuldgefühle, die nur noch mehr Öl in die Flammen gießen, und dieses Feuer in ihm erfüllt den ganzen Raum der Mikwe, während er darin im Schweiße seines Angesichts arbeitet, es wird von den Wänden aufgenommen, dringt durch sie hindurch und bringt auch die Luft draußen zum Glühen, im weiten Tal zwischen der Mikwe und dem Militärcamp, und die Vögel lassen sich von der Thermik nach oben tragen, immer höher und höher, mit einer Leichtigkeit, die sie selbst überrascht.

*

Der gewöhnliche Mönchsfink kommt drei Wochen vor seiner Partnerin im Land an. Sie hält sich noch ein bisschen im Osten auf, bevor sie losfliegt, ihm nach. Der Mönchsfink ist sehr beschäftigt, er sammelt mit dem Schnabel Körner, ab und zu fliegt er auf, um zu weiteren Körnern zu gelangen.

Der gewöhnliche Möchsfink zählt nicht die Tage, bis seine Partnerin zu ihm zurückkehrt, er hebt auch nicht den Blick zum Himmel, um zu sehen, ob sie naht. Ganz anders dagegen der ungewöhnliche Mönchsfink –

Naim denkt nach, während er in seiner Zelle in dem Vogelbestimmungsbuch liest – mitten auf der Stirn hat er eine rote Beule von heute Morgen, als er in seiner Verzweiflung die Stirn gegen die Wand geschlagen hat –, und in seiner Fantasie erscheint wieder die Frau mit den langen Beinen und dem entschlossenen Blick –

Der ungewöhnliche Mönchsfink hebt nämlich den Blick durchaus zum Himmel. Etwa alle dreißig Sekunden. Dem ungewöhnlichen Mönchsfink schmecken die Samenkörner nicht ohne sie. Der ungewöhnliche Mönchsfink ist sogar in der Lage, seinen Schwarm zu verlassen und wieder zurückzufliegen, entgegen der Zugrichtung, gen Osten, in der Hoffnung, sie unterwegs zu finden, auch wenn er dabei Gefahr läuft, sich zu verfliegen und irgendwann vor lauter Erschöpfung ins Wasser zu stürzen. Der ungewöhnliche Mönchsfink ist, noch während er untergeht, in der Lage zu denken: Dieser Versuch hat sich gelohnt.

*

Nachdem sie die Arztpraxis verlassen hatte, stand Ayelet lange auf der Straße und wusste nicht, wohin. Der Gynäkologe hatte ihr einige Tage Bettruhe verordnet, doch sie konnte sich kein Bett vorstellen, in dem sie wirklich Ruhe finden könnte. In den Filmen, die sie mit Muschik im Programmkino gesehen hatte, pflegten die jungen Helden in Krisensituationen ins Haus ihrer Kindheit zurückzukehren, um bei den Eltern etwas Kraft zu tanken. Doch im Haus ihrer Kindheit konnte man nur Schwäche tanken. Das Haus selbst, in der Dünenstadt, war längst zerstört; auf dem Grundstück war ein Hochhaus mit einer Lobby errichtet worden. Ihre Mutter lebte in einem anderen Haus, mit einem anderen Mann. Wenn sie jetzt zu ihr fahren und erzählen würde, was ihr passiert war, würde sie einen tiefen Seufzer ausstoßen, in dem mehr Verzweiflung als Anteilnahme mitschwingen würde, und sagen: Du und dein Vater, genau gleich seid ihr, nie mit irgendwas zufrieden, und dann würde sie den erstbesten Menschen, den sie fände, packen, egal wen, Hauptsache, sie kann mit ihm über ihre Tochter in der dritten Person reden, und würde ihm erzählen, Ayelet wäre schon als kleines Mädchen so gewesen, sie hätte die Butterbrote, die sie ihr schmierte, in der Pause in den Papierkorb geworfen und andere Kinder gebeten, bei ihnen abbeißen zu dürfen, als litte sie Hunger, und an Purim hätte sie ihren Vater verrückt gemacht und ihn von Laden zu Laden geschleppt, weil ihr kein Kostüm gut genug war, und in der neunten Klasse hätte sie entschieden, das Abitur nicht an der Schule, sondern extern zu machen, aber auch das hätte sie letztlich nicht getan, denn es sei ihr ja wichtiger gewesen, mit ihren Freunden von der Pionierjugend Haschisch zu rauchen, und dann hätte sie sich dort im Kibbuz einen Kerl geschnappt, einen wirklich feinen Sabre, einen echten Kibbuznik, und siehst du, auch das mit ihm hat sie kaputt gekriegt.

Nein, sagte sich Ayelet, die Dünenstadt ist keine Option. Und im Kibbuz erwartete sie Muschik, der ihr ein Messer ins Herz gerammt hatte, und Israel, dem sie ein Messer in den Rücken gerammt hatte, ganz zu schweigen davon, dass die Sprechstundenhilfe des Gynäkologen die Schwester einer Frau aus dem Kibbuz war, und in ein paar Tagen, spätestens in ein paar Wochen, würden alle eins und eins zusammenzählen, und sie würde nicht mehr in den Speisesaal gehen können, ohne dass sie alle mit Blicken verfolgten, deren Stiche noch viel schmerzhafter waren, denn wer den Sohn des Kibbuzsekretärs betrügt, der betrügt nicht nur ihn, sondern den ganzen Kibbuz. –

Sie ging in die nächste Bank und hob eine bescheidene Summe von ihrem gemeinsamen Konto ab. Es macht nichts, wenn die Anschlüsse ungünstig sind, erklärte sie wenig später der Frau im Reisebüro. Hauptsache billig. Zum Flughafen trampte sie. Sie hatte leichte Schmerzen im Unterbauch, aber die ignorierte sie. Im Dutyfree kaufte sie nur einen kleinen Schreibblock. Wasser trank sie am Trinkwasserhahn bei den Toiletten, und im Flugzeug bestellte sie bei der Stewardess drei Becher Cola. Sie überlegte, Stewardess wäre vielleicht eine Option für sie, aber dann dachte sie, dieses Flugzeug ist auch eine Art Kibbuz, und so war der Beruf der Stewardess schon keine Option mehr. Der Passagier neben ihr versuchte, mit ihr anzubandeln, redete und lächelte pausenlos. Sie antwortete ihm nicht. Wie konnte es sein, dass er ihre innere Leere nicht sah? Wie konnte es sein, dass diese Männer überhaupt nichts sahen. Außer sich selbst. Sogar Muschik. Wie Muschik verstummt war, nachdem sie geredet hatte. Wie seine Augen ihrem Blick auswichen. Seine Arme plötzlich an seinem Körper klebten. Keine einzige zarte Berührung war von ihm gekommen, dort, am Bachufer. Und auch nicht auf dem Rückweg in den Kibbuz. Sie musste ihn aus ihren Gedanken vertreiben. Sie musste anfangen, ihn zu hassen. Indessen, dachte sie, hasste sie vor allem sich selbst. Sie würde sich jetzt aus dem Flugzeug stürzen, wenn das Fenster nicht zu klein wäre. Ja. Das müsste sie tun. Sie schrieb erste Zeilen auf ihren Block: *Die kaputte Ayelet wegwerfen und eine neue, bessere Ayelet schaffen.*

In Tokio rief sie Michal an, aus ihrer früheren Gruppe der Pionierjugend, und sagte mit etwas angestrengt klingender Begeisterung: Hi, ich bin hier! Echt?, staunte Michal. Ayelet verstand Michals Überraschung nicht. Sie hatte ihr doch am Telefon angekündigt, dass sie zu ihr fliehen würde. Ich habe nicht geglaubt, dass du den Mut hättest, Israel zu verlassen, sagte Michal.

Mut ist letztlich nur ein anderes Wort für »keine andere Wahl«, antwortete Ayelet.

Na, dann komm schon, Janis Joplin, komm zu mir, ich sehn mich schon nach dir, sagte Michal in einem Ton ohne jede Sehnsucht.

Sie fing an, mit Michal zu arbeiten. Auf der Straße. Sie teilten sich einen Stand, verkauften unwichtigen Kram. Stritten sich dauernd über unwichtigen Kram. Bei der Pionierjugend war sie die legendäre Ayelet gewesen, die alle Jungs um den Finger wickelte und schließlich Israels Herz eroberte – während Michal immer wie eine Klette an ihr hing. Jetzt nutzte Michal die neue Situation aus und demütigte sie. Natürlich immer nett, mit *my sister* vorne und hinten. Geh dorthin, komm hierher, tu dies, tu jenes nicht, siehst du nicht, wie du diesen Kunden vertrieben hast, na du bist ja eine tolle Verkäuferin. Wieso redest du mit dem Hebräisch. Red Englisch, *my sister*. Was redest du Englisch? Red Japanisch. Hast du die Redewendungen aus dem Büchlein noch nicht gelernt? Auf die Art kommst du hier nicht weit, *my sister*. Das hier ist kein Kibbuz. Das hier ist der pure Überlebenskampf. Pause? Wieso Pause? Hör mal zu, Ayelet, vielleicht ist das hier doch nicht das Richtige für dich. Wirklich. Vielleicht solltest du lieber als Hostess in einer Bar arbeiten. Da muss man nicht den ganzen Tag stehen. Da kann man sich auch ab und zu hinlegen. Wenn ich mich richtig erinnere, hattest du damit ja auch nie ein Problem. Entschuldige, ich wollte dich nicht verletzen, *my sister*.

Freunde sind wie ein Haus, und manchmal wie ein Zuchthaus, schrieb Ayelet in ihren Block.

Zwei Monate später hatte sie einen ernsten Bandscheibenvorfall. Sie lag im Bett und konnte nicht arbeiten. Michal reagierte überraschend; umsorgte sie aus ganzem Herzen, bestellte für sie einen Physiotherapeuten, einen Typ aus Deutschland, den sie kannte. Der ist Gold wert, sagte sie, aber pass auf. Irgendwann wird er dir erzählen, dass er bald in ein Kloster in Indien geht, und dich fragen, ob du sein letzter Fick sein willst. Das sagt er zu allen hier in der Stadt. Und einige sind schon auf ihn reingefallen.

Klaus kam. Groß und unansehnlich. Er drückte und quetschte ihren ganzen Körper, klappte ihn auf und wieder zu, zog an allen erdenklichen Gliedmaßen, bis ihre Bandscheiben tatsächlich wieder richtig saßen. Danach setzte er sich neben sie aufs Bett, drehte sich eine Zigarette und sagte, er werde jetzt für zehn Jahre ins Kloster gehen, um zu lernen, sein Bewusstsein zu beherrschen. Da lachte sie laut. Lachte das erste Mal, seit sie Muschik verlassen hatte. Sie schlief nicht mit Klaus – sie doch nicht. Mit Männern war sie fertig, zumindest für die nächste Zeit. Sie bedankte sich für die Behandlung und gab ihm einen Kuss auf die Wange.

Eine Woche später kam er mit Rucksack an ihrem Stand vorbei, um sich zu verabschieden. Er war auf dem Weg nach Indien und fragte sie, ob sie mitkommen wolle. Warum eigentlich nicht, dachte sie und sah zu Michal hinüber. Warum eigentlich nicht, schrie ihr ganzer Körper. Soll ich hier warten, bis du deine Sachen gepackt hast?, fragte er. Ich habe keine Sachen, sagte sie. Das klingt schon sehr mönchisch, lachte Klaus. Schade, *my sister,* sagte Michal und umarmte sie schlaff, wo wir gerade anfangen, uns zu verstehen.

Zwei Jahre blieb sie im Kloster. Zwei Jahre klingt lange, aber es ist einfach ein Tag und noch ein Tag und noch ein Tag. Sie hatte gelernt, ihr Bewusstsein zu beherrschen, und, um den Kopf zu entspannen, hatte sie Bauchatmung gelernt. Hatte gelernt, ein Mantra so lange zu wiederholen, bis sich alles vernebelt, ähnlich wie wenn man lange Zeit einen bestimmten Punkt fixiert. Hatte gelernt, Träume herbeizurufen. Sich mit Reiskörnern zu begnügen und sich über Kartoffeln zu freuen. Hatte gelernt, dass man seine Begehrlichkeit dressieren kann und dass die Grenze zwischen Sichabfinden und Selbstaufgabe sehr fein ist. Nicht mehr an Muschik zu denken, gelang ihr allerdings nicht. Sie sah sein Gesicht in den Gesichtern der Priester. Sie hörte seine Schritte auf den Stufen zu ihrem Zimmer. Sie litt in den unpassendsten Momenten unter Sehnsuchtsattacken; beim wöchentlichen Gespräch mit dem Guru, beim Fasten, mitten in der Nacht wachte sie auf, die Hand zwischen den Oberschenkeln. Sie wollte sich beim Guru Rat holen und wartete drei Monate, bis er sie zu einem persönlichen Gespräch empfing. Zum Schluss teilte Klaus, der inzwischen dessen persönlicher Assistent geworden war, ihr mit, der Guru sei bereit, sie um fünf Uhr morgens in seinem Büro zu sprechen. Um fünf Uhr morgens erklärte sie ihm, die Sehnsucht nach diesem jungen Mann komme von einem Ort, der höher als die Gedanken sei, oder tiefer, sie könne das nicht lokalisieren. Er sagte ihr, es gebe nichts, was nicht Bewusstsein sei. Sie sagte ihm, sie sei sich da nicht mehr so sicher. Er schwieg. Sie wiederholte, sie sei sich nicht mehr so sicher, dass es nichts außerhalb des Bewusstseins gebe, denn was sei mit dem Körper. Er schwieg wieder und senkte den Blick. Sie begriff, dass ihr Gespräch beendet war.

Am nächsten Tag verließ sie das Kloster-auf-dem-Bergzacken. Groß war ihre Erleichterung, als sie mit einem Lastwagen, der Nahrungsmittel gebracht hatte, immer weiter von dort wegfuhr. *Ich bin fluchterfahren,* schrieb sie auf ihren Block. Aus dem Radio im Lastwagen erschallte Musik. Ein einfacher, fröhlicher Rhythmus, der einen mitriss. Wie habe ich es so lange ohne Musik ausgehalten, fragte sie sich, indem sie die Hüften auf dem Sitz bewegte.

Wo soll ich Sie rauslassen, Miss?, fragte der Fahrer des Lastwagens nach einer Weile.

Am Meer, so nah wie möglich am Meer, antwortete sie, ohne groß nachzudenken.

Als sie noch klein war, hatte ihr Vater sie freitags an den felsigen Strand mitgenommen. Nur sie. Ihre Schwester und die Mutter mochten das Meer nicht. Wie kann man das Meer nicht mögen?, hatte sie zu ihrem Vater gesagt, und der hatte genickt. Das waren ihre schönsten Zeiten. Die wöchentlichen Zusammenkünfte der Papa-Ayelet-Partei. Er war am Meer großgeworden, kannte alle Arten von Krebsen und Muscheln und erzählte ihr von ihnen, er ritt auf den Wellen, als wäre sein Körper ein Surfbrett, und er schützte sie vor den Quallen, wenn es welche gab. Er konnte tief Luft holen und ohne Schnorchel für viele Minuten abtauchen (einmal hatte sie im Guinness Buch der Rekorde nachgeschaut und am Freitag darauf seine Zeit gestoppt – ihm fehlten nur zehn Sekunden). Auch als sie ihn in der Wohnung gefunden hatte, weiß wie eine Schleiereule, hatte sie für einen Moment gehofft, dass er nur sehr lange die Luft anhielt und sie im nächsten Moment ausstoßen würde und in Lachen ausbrechen: Ayelet, Ayelet, was fürchtest du dich?

Mit mehreren Lastwagen erreichte sie schließlich das Meer. Im Strandrestaurant saßen drei Israelis. Das erste Mal nach unendlichen Zeiten hörte sie wieder Hebräisch. Einer von ihnen erinnerte sie wegen seines kompakten, muskulösen Körpers an Muschik, und auch, weil er sich wie ein Tiger bewegte. Sie ließ sich auf ein Kissen fallen und hörte ihnen zu, nutzte aus, dass sie nicht ahnten, dass sie sie verstand. Zwei unterhielten sich über Ayelets Körper, seine Vorzüge und Nachteile. Der Typ, der wie Muschik aussah, senkte verlegen den Blick, und in diesem Moment wusste sie, mit ihm würde sie schlafen. Sie flirtete mit ihm auf Spanisch, das sie von ihrem Vater gelernt hatte, schlief mit ihm auf Spanisch auf der schmalen Matratze in ihrer Hütte, und erst als sie kam und es sie mitriss, stöhnte sie auf Hebräisch. Er war total überrascht. Danach etwas verärgert. Schließlich beleidigt, dass sie sich auf seine Kosten einen Spaß erlaubt hatte. Sie entschuldigte sich und lutschte seinen Schwanz, der noch nach ihren Säften schmeckte, und merkte, dass er sie im Grunde überhaupt nicht an Muschik erinnerte. Nachdem sie ihn ganz ausgelutscht hatte, schlief er ein und begann schwer neben ihr zu atmen, und sie holte ihren Block heraus und schrieb in ihrer runden Schrift: *Du weißt nie, wie tief jemand in deinem Herzen steckt, bis du nicht versuchst, ihn da rauszukriegen.*

Frühmorgens, noch bevor der Typ aufwachte, packte sie ihre Sachen und fuhr los.

Mit verwackelten Buchstaben schrieb auf in ihren Block: *An diesem Strand gibt's keinen Lebensretter.*

Sie fuhr zu einem anderen Strand, von dem die drei Israelis gesprochen hatten, als sie sie heimlich belauscht hatte. Dort sollte es einen Chemiker geben, der verbotene Substanzen für den amerikanischen Markt herstellte und sie kostenlos hergab, um sie an den Leuten zu testen.

Sie versuchte seinen Trank. Er war in einen Plastikbeutel abgefüllt, wie Trinkkakao, und auch die Farbe stimmte. Doch wenige Minuten, nachdem sie davon getrunken hatte, unterhielt sie sich bereits mit ihrem Vater. Sie saßen zusammen auf einer dicken, schweren Wolke, von der Art, die Regen führen, und auf einer anderen Wolke, nicht weit von ihnen, saß ihr Guru. Ihr Vater wirkte entspannt und blieb auch entspannt, als sie ihm die einzig wichtige Frage stellte:

Warum? Er machte den Mund auf, um zu antworten, doch da schrie der Guru: »Es gibt nichts, was nicht Bewusstsein ist, es gibt nichts, was nicht Bewusstsein ist, es gibt nichts, was nicht …«, und übertönte die Stimme ihres Vaters, so dass sie dessen Antwort nicht hören konnte.

Sie kaufte von dem Alchemisten dreißig Beutel Kakao, und jedes Mal, wenn sie eine Portion trank, kam sie der Antwort ein bisschen näher, immer noch ein bisschen näher – doch jedes Mal übertönte eine andere Stimme die Stimme ihres Vaters. Nach einem Monat verlor sie das Bewusstsein. Der Kakao hatte sie ausgetrocknet und ihren Appetit unterdrückt; sie hatte nicht genug getrunken und überhaupt nicht mehr gegessen. Das Krankenhaus, in das ein israelisches Pärchen sie brachte, war dermaßen dreckig, dass sie, sobald die Infusionen sie einigermaßen stabilisiert hatten, von dort floh und wieder zu dem Chemiker ging. Der sagte: Genug, Mädchen. Dieses Zeug ist gefährlich. Du musst damit aufhören. Sie trat so nah an ihn heran, dass er ihren Atem spüren konnte, und sagte: Ich brauche es aber. Für einen Beutel bin ich bereit alles zu tun, alles inklusive.

Auf ihren Block schrieb sie nichts.

Israelische Backpacker, die sie in ihrem Sklavendasein sahen, informierten die Botschaft. Ein Team, das sich ausschließlich um durchgeknallte Landsleute kümmerte, kam an den Strand, angeführt von einem Oberstleutnant der Reserve, Gad Ronen, einem Riesen mit durchdringendem Blick, der sie auf Händen zu seinem Spezialhubschrauber trug. Das zumindest hatte er ihr später erzählt, denn sie selbst konnte sich an nichts mehr erinnern. Zu diesem Zeitpunkt waren in ihrem Bewusstsein nur Wolken.

Leicht wie ein Kind sei sie gewesen, erzählte er ihr später bei dem üppigen israelischen Frühstück, das er ihr jeden Morgen bereitete.

Ich glaube diesem Mann nicht, schrieb sie in ihren Block, nachdem er zur Arbeit in die Botschaft gegangen war. *Er ist einfach zu »glaubwürdig«.*

Eines Morgens, als sie in seinem großen Haus alleine war, rief sie von seinem Telefon aus im Kibbuz an. Ihre Finger zitterten auf den Wähltasten, die Haare auf ihrem Arm stellten sich auf. Sie sagte, sie wolle Muschik sprechen. Im Büro sagte man ihr: Muschik wohnt nicht mehr hier. Er ist in die Stadt der Gerechten gezogen. In die Stadt der Gerechten!? Ja, er ist fromm geworden, hättest du das gedacht? Er hat beim Militär gekündigt und die Tochter eines Rabbiners geheiratet. Übrigens, auch unser Israel hat geheiratet. Die Michal, na, die, die mit dir bei der Pionierjugend war und nach der Armee nach Japan gefahren ist, um Schmuck zu verkaufen. Sie haben im Kibbuz geheiratet, natürlich. Auf dem Rasen vor dem Speisesaal. Schön war das. Und was ist mit dir, Ayelet? Weißt du, hier gab es allerlei Gerüchte ...

Sie stimmen alle, sagte sie, und nachdem sie aufgelegt hatte, dachte sie: Ich habe niemanden mehr auf der Welt.

Als Oberstleutnant der Reserve Gad Ronen an diesem Tag nach Hause kam, fand er auf seiner Computertastatur einen Zettel: *Versuch bitte nicht, mich zu retten. Ich kann mich nur selbst retten.*

Zwei Wochen später erhielt er die Information, eine schöne israelische Frau bettle auf einem großen Markt im Süden des Landes; sie trage ein löchriges Hemd und habe einen getriebenen Blick. Er flog mit seinem Hubschrauber dorthin und trug sie wieder auf Händen. Zu sich. Und während sie bei ihm schlief, in seinem Bett, in blütenweißen Laken, versuchte er herauszubekommen, ob man sie nach Israel ausfliegen könne, doch seine Quellen besagten, dass sie dort wirklich keinen mehr hatte. Ihr Vater habe sich das Leben genommen, als sie sechzehn war. Mit ihrer Mutter habe sie seitdem keinen Kontakt, und ihre Schwester sei in einem psychiatrischen Krankenhaus.

Als Ayelet aufwachte, sagte sie ihm: Ich habe dich gebeten, mich nicht zu retten, nicht wahr? Das ist meine Arbeit, sagte er, dafür bezahlt mich das Außenministerium. Gut, sagte sie, aber denk nicht, dass ich dich jemals lieben werde. Im Film fängt es immer so an, und am Ende wird die Frau weich, und sie leben glücklich und zufrieden. Bei uns wird das aber nicht passieren, kapierst du? Mein Herz ist nicht einfach nur kalt. Es ist tot.

Sie wohnte zwei Jahre bei ihm. Zwei Jahre klingt lange, aber es ist einfach ein Tag und noch ein Tag.

Sie sahen zusammen israelisches Fernsehen, dank einer Satellitenschüssel. Am Freitagabend kochten sie zusammen aufwendige Mahlzeiten. Sie half ihm, Berichte zu schreiben, er brachte ihr bei, einen Hubschrauber zu fliegen (es war himmlisch, abgesehen von den Momenten, in denen sie den Drang spürte, sich in eine Felswand zu stürzen und zu zerschellen). Sie bewirteten seine Freunde von der Arbeit. Sie gingen ins Kino und hielten Händchen, wenn das Licht ausging. Das heißt, er hielt ihre Hand.

Sie schrieb auf ihren Block: *Er und ich warten, dass etwas sprießt.*

Sie schrieb auf ihren Block: *Hinter dem zugänglichen Raum entdeckte der Archäologe der Seelen einen anderen, viel älteren Raum.*

Sie schrieb auf ihren Block: *Ayelet, schlaf doch wenigstens mal mit diesem großherzigen Mann.*

Sie schlief nicht mit ihm. Ihr Konflikt mit ihrem eigenen Körper war zu tief. Ihre Wut auf Männer zu groß. Und außerdem hatte sie noch nie mit Riesen mit durchdringendem Blick geschlafen.

Sie schliefen in getrennten Zimmern. Ab und zu ließ er

sich Frauen kommen und brachte sie in seinem Zimmer zum Höhepunkt. Sie wusste, er wollte damit nur ihre Eifersucht wecken, und sagte zu ihm: Ich bin nicht eifersüchtig, denn ich liebe dich nicht. Und ich werde dich auch nie lieben. Er sagte: Ich weiß. Und sie schrieb auf ihren Bock: *Vielleicht passen wir besser zusammen, als es auf den ersten Blick scheint. Ich kann nicht lieben, und er erträgt es nicht, dass man ihn liebt.*

Als er seine Arbeit bei der Botschaft beendete und wieder nach Israel geschickt wurde, schlug er ihr vor, mit ihm zusammen zurückzufliegen. Sie sagte: Ich kann nicht, noch nicht. Es tut zu sehr weh. Sie sagte ihm auch: Gadi, danke für alles. Aber es ist Zeit, loszulassen.

Sie blieb allein in seinem großen Haus. Er bezahlte die Miete für ein Jahr im Voraus, damit sie nicht auf der Straße landete. Sie langweilte sich ohne ihn. Sie sehnte sich nicht, aber sie langweilte sich. So fing sie an, in der Bücherei im *Chabad*-Haus Bücher auszuleihen. Es gab dort ein eigenes Zimmer mit einer Backpacker-Bücherei. Lange Regalbretter voller Bücher, die israelische Reisende mitgebracht hatten, Bücher, die während der sechs Jahre ihrer Wanderschaft erschienen waren. Ein unbändiger Lesedrang überkam sie. Sie spürte, die Bücher erinnerten sie daran, was es bedeutete, Mensch zu sein. Sie las ein Buch in zwei Tagen und füllte die Leere danach gleich mit dem nächsten Buch.

Auf ihren Block schrieb sie: *Die ganze Welt ist eine schmale Brücke. Und die Brücke ist aus Büchern gebaut.*

Binnen drei Monaten hatte sie alle Romane dort gelesen. Um nicht in den schwarzen Fluss unter der Brücke zu fallen, begann sie, durch die Straßen der Stadt zu streifen und Israelis zu suchen, mit denen sie Bücher tauschen konnte. Sie bot ihnen im Gegenzug eines ihrer Bücher an oder ließ sie in ihrem großen Haus kostenlos übernachten. Einmal bot sie einem Backpacker sogar ihren Körper an, denn er hatte ein

Buch von Grossman dabei, das sie besonders begehrte. Doch auch diese Ader versiegte nach einiger Zeit. (Alle hatten dieselben vier, fünf gängigen Bestseller aus Israel mitgebracht.) So kehrte sie irgendwann zurück in die Bibliothek des *Chabad*-Hauses und ging zu dem Regal, von dem sie sich bis zu diesem Moment bewusst ferngehalten hatte: Bücher über jüdische Themen.

Wenn man keine Wahl hat – hat man keine Wahl, versuchte sie sich Mut zuzusprechen. Und außerdem, wenn Muschik darin etwas gefunden hat, dann ist es vielleicht gar nicht so schlimm.

*

Er muss nur noch die Neonröhren einsetzen, dann ist's geschafft. Ben Zuk verweilt einen Moment, betrachtet zufrieden seiner Hände Werk, steigt dann auf die Leiter und setzt die langen Röhren ein. Eine nach der anderen. Danach drückt er auf die Lichtschalter, um zu sehen, ob alle funktionieren. Eine der Birnen ist durchgebrannt, er ersetzt sie durch eine Reserveröhre, die er vorsichtshalber besorgt hat, und drückt wieder auf den Schalter. Grelles Licht durchflutet die Räume. Die Regale glänzen. Die Treppen sind einladend. Nach zwei Monaten Arbeit ist die erste Mikwe in Sibirien fertig.

Der Vertreter des Rabbinats ist am Tag zuvor zur Inspektion gekommen, hat etwas gebrummt, dass die Tür des Notausgangs nicht richtig angebracht sei, aber dann doch seinen Segen gegeben. (Was hätte er auch anderes tun sollen? Das Rabbinat ist absolut abhängig von Daninos Zuwendungen.) Ben Zuk zieht sich aus, legt seine Kleider ordentlich auf einen der Hocker, die er eigens für diesen Zweck angeschafft hat. Zu Hause kann er Menucha mit seinem Durcheinander verrückt machen, aber hier ist alles so neu und aufgeräumt, dass er diese Harmonie nicht stören will. Bevor er ins Wasser steigt, zuerst mit einem Bein, spricht er den Segen. Der Wortlaut des Segens hängt eingerahmt am Eingang der Mikwe, doch Ben Zuk hat ihn im Kopf.

> *Gepriesen seist du, Ewiger, unser Gott, König der Welt, der du uns das Untertauchen geboten hast … Möge es dein Wille sein, dass du dich meiner erbarmst, da ich alle Vorschriften nur mit den reinsten Absichten befolgen will. So wie ich meinen Körper reinige, der aus irdischer Materie gemacht ist, so reinige du auch Gemüt, Geist und Seele von jeder Verunreinigung und dem Schmutz der Sünde … Wasche mich rein von meiner Missetat, und reinige mich von meiner Sünde. Gieße deine Reinheit und Heiligkeit in mich, in Gemüt, Geist und Seele, damit ich dir aufrichtig alle Tage ganz und vollkommen dienen kann. Schaffe mir, Gott, ein reines Herz, und gib mir einen neuen, beständigen Geist. Gib mir wieder die Wonne deines Heils, und mit einem willigen Geist rüste mich aus – denn siehe, ich bin bereit und gewillt, das Gebot des Untertauchens in der Mikwe zu erfüllen, um mich in deiner Heiligkeit zu heiligen.*

*

Als Ayelet auf dem Gymnasium war, hatte sie eine Lehrerin in Rabbinischer Lehre, die mit einer Familienpackung Granola in die Klasse kam und alle paar Minuten in die Schachtel griff, eine Handvoll Granola herausholte und sie sich mit einer geübten Bewegung in den Mund warf. Das ist für den Ulkus, erklärte sie ihnen. Wenn ich ihm nichts zu fressen gebe, frisst er mich.

Jahre später, als Jacob sie bei ihrer ersten Begegnung fragte, zu welchem Zeitpunkt ihr klar geworden sei, dass sie umkehren und fromm werden würde, schwieg Ayelet einen Moment lang und sagte schließlich: So einen Augenblick habe es nicht gegeben, keine Erscheinung und keine Offenbarung. Kein Engel habe sich auf ihre Schulter gesetzt, keine Stimme aus dem brennenden Dornbusch zu ihr gesprochen.

Und trotzdem? Er wollte eine Antwort. Wann hat es angefangen?

Da erinnerte sie sich an die Lehrerin in Rabbinischer Lehre und sagte: Mit dem Ulkus. Ich hatte einen Ulkus in der Seele, und den musste ich einfach füttern.

*

Manchmal – sagen wir, wenn sie in der Basketballhalle des Jewish Community Center auf der Bank saß und wartete, dass ihre Mannschaft an die Reihe kam – überlegte sie sich, was passiert wäre, wenn –

Wenn Muschik zugestimmt hätte, mit ihr aus dem Nimm-dich-in-Acht-was-die-Leute-sagen-Land zu fliehen.

Wenn sie das Kind bekommen hätte und sie es gemeinsam großgezogen hätten.

Wenn ihr Vater nicht aufgegeben hätte.

Wenn ihre Mutter sie lieben würde.

Hätte sie sich auch dann bekehrt? Oder ruft der Mensch Gott nur aus den Tiefen?

*

Der Rabbiner im *Chabad*-Haus in Neu-Delhi war ihrem Vater sehr ähnlich, doch das wurde ihr erst Jahre später klar, nachdem ihre Mutter gestorben war. Sie war damals nicht zur Trauerwoche nach Israel geflogen – sie doch nicht. Aber ihre Tante schickte ihr den Link zu einer Website, den ihre

Cousins und Cousinen zum Gedenken der Mutter eingerichtet hatten. Auf einem der Bilder waren sie zu dritt auf der Promenade zu sehen: Ihre Mutter und ihr Vater halten Ayelet als Baby auf dem Arm. Das heißt, ihr Vater hält sie, und ihre Mutter hält den Vater –

Ihr Vater sah da jung aus, höchstens dreißig, dieses Bärtchen, und etwas an seinem Kinn, und die Art, wie seine Nase beinah die Oberlippe berührte, und natürlich das Lächeln und seine guten Augen –

Man konnte nicht sagen, dass sie sich »wie ein Ei dem andern« glichen, doch die Ähnlichkeit zwischen ihm und dem Rabbiner sprang ihr plötzlich so ins Auge, dass sie sie nicht länger ignorieren konnte.

Und vielleicht, dachte sie, während sie weiterscrollte, um noch mehr Bilder zu finden, vielleicht war dies das Element, das immer gefehlt hatte, wenn sie sich die Situationen vergegenwärtigte, die dazu geführt hatten, dass sie schließlich ihren alten Namen ablegte und sich Bat-El nannte, Tochter Gottes.

Zuerst hatte sie ihren Ulkus mit Worten aus dem Hohenlied der Liebe gefüttert (es war das erste Buch gewesen, das sie aus dem Regal im *Chabad*-Haus nahm): *Er küsse mich mit dem Kusse deines Mundes … Er erquickt mich mit Traubenkuchen und labt mich mit Äpfeln, denn ich bin krank vor Liebe … Meine Taube in den Felsklüften.* Ist das nicht herrlich?, dachte sie. Warum hat man uns früher in Bibelkunde nie diese Schönheit gezeigt? Warum ging es immer darum, wer was zu wem gesagt hat? Plötzlich schien alles, was sie auf ihren Block geschrieben hatte, zu verblassen. Warum begnügte sie sich damit, auf »Israelisch« zu schreiben, wo sie doch auf »Hebräisch« schreiben könnte, dachte sie und schämte sich ihrer mangelnden Bildung.

Nur um sich zu beweisen, dass sie sich nicht mehr davor fürchtete, hatte sie sich einem neuen Lehrhaus angeschlossen, das *Chabad* in Neu-Delhi eröffnet hatte. Jeden Donnerstag unterhielten sich da unter Anleitung eines jungen rothaarigen Rabbiners weltliche und religiöse Israelis über Themen aus der wöchentlichen Thoralesung und aus dem Talmud. Bei den ersten Treffen schwieg sie. Sie hatte den Eindruck, dass alle anderen so viel mehr wussten als sie. Doch schließlich traute sie sich und schlug der Diskussionsrunde mit bebender Stimme eine andere Sicht vor. Ist euch aufgefallen, dass in dem ganzen Kapitel über die Bindung Isaaks Sara mit keinem Wort erwähnt wird?, begann sie zögernd. Ich denke, das ist kein Zufall. Nichts von dem, was sich da ereignet, hätte geschehen können, wenn Sara dabei gewesen wäre. Welche Mutter würde zulassen, dass man ihren Sohn als Brandopfer darbringt? Der Autor, der die Thora geschrieben hat, wollte keine Schwierigkeiten, deshalb hat er Sara … einfach aus dem Kapitel gestrichen. Aber für mich … ich meine, in meinen Augen … zeigt das nur umso deutlicher, wie männlich diese ganze Geschichte ist: Nur ein Mann kann so fanatisch sein, dass er die Hand nach einem Messer ausstreckt. Und nur ein männlicher Gott ist in der Lage, das Opfer eines kleinen Kindes als Glaubensbeweis zu fordern.

Nachdem sie gesprochen hatte, herrschte Stille im Raum. Wie die Stille zwischen zwei Stücken auf einer Schallplatte, wenn die Nadel in der Rille fährt.

Sie war sich sicher, dass der Rabbiner sie hinauswerfen würde, doch der sagte mit sanfter Stimme zu ihr: Du sprichst da einen interessanten Punkt an, Ayelet, der auch unsere rabbinischen Weisen beschäftigt hat. Ich glaube, die haben das etwas anders gesehen als du, aber lasst uns darüber reden. Wer möchte noch etwas dazu sagen, dass unsre Urmutter Sara in diesem Kapitel nicht erwähnt wird?

Sie ertappte sich immer öfter dabei, dass sie auf den Donnerstag wartete, den Tag des gemeinsamen Lernens. Sie mochte das Gefühl, dass ihr Gehirn sich bis zum Äußersten anstrengte. Nach diesen Treffen kehrte sie gerne nach Hause zurück und sah, wenn sie in ihren Block schrieb, wie sich plötzlich Worte aus fernen Zeiten in ihr Jetzt mischten. Sie mochte den Rabbiner, seine Demut und die unglaubliche Toleranz gegenüber ihren ketzerischen Äußerungen, und auch, dass er ihnen am Ende jedes Treffens auf der Gitarre ein Stück von Ehud Banai vorspielte – eben nicht eine Melodie von Reb Shlomo Carlebach, keinen alten religiösen Gesang von Jehuda Ha-Levi, sondern ausgerechnet ein Stück des Rockmusikers Ehud Bannai – *»bevor das Tröpfeln zur Flut wird, such ich mir ein Tor, das nicht verschlossen ist … Glaub doch endlich, dass du nicht nur kaputt, sondern auch heil machen und wieder zurechtbiegen kannst …«*

Wie gesagt, sie hatte keine Erleuchtung. Und die göttliche Einwohnung war ihr nicht begegnet. Doch das gemeinsame Lernen im Lehrhaus brachte ihr eine gewisse innere Ruhe. Aus dieser Ruhe sprossen nach einiger Zeit auch Gefühle. *Und sie ward schwanger und gebar einen Sohn. Und als sie sah, dass es ein feines Kind war, verbarg sie ihn drei Monate. Als sie ihn aber nicht mehr länger verbergen konnte, machte sie ein Kästlein von Rohr und verklebte es mit Erdharz und Pech und legte das Kind hinein und setzte das Kästchen in das Schilf am Ufer des Nils* – las der Rabbiner eines Abends, und sie wurde schlagartig weiß. Sie spürte, gleich würde sie ohnmächtig. Die Männer im Raum, die ihre Not bemerkten, wollten ihr ein Glas Wasser bringen, doch sie lehnte ab, ging hinaus und lief durch die Straßen von Neu-Delhi.

Sie lief die ganze Nacht. Zweimal wurde sie beinah von einer Rikscha angefahren. Alles, was sie nach ihrer Flucht aus Israel erlebt hatte, zog absolut klar vor ihren Augen vorüber, und gegen Morgen stieß sie einen lautlosen Schrei aus, der nur für das innere Ohr bestimmt war: Großer Gott, ich habe alles falsch gemacht. Nicht um Muschik hab ich all die Jahre getrauert, sondern um das Kind, das ich geopfert habe.

Am nächsten Tag rief der Rabbiner sie an, wie es ihr gehe.

Sie sagte zu ihm: Ich bin verwirrt.

Er lud sie zu einem Gespräch ein.

Als sie zur Synagoge ging, war ihr, als liefe sie durch eine völlig andere Stadt als die, in der sie bereits seit über zwei Jahren lebte. Die vielen Arm- und Beinamputierten, die Hungernden, die Waisenkinder und Bettler, die die Straßen füllten, sie alle lösten sich aus dem Hintergrund und wurden zu lebendigen Gestalten. Das Leid dieser Menschen, das über zwei Jahre von ihrem eigenen verdrängt worden war, wurde plötzlich so greifbar, sie spürte regelrecht, wie es nach und nach unter ihre Haut kroch und in ihr Blut drang. Schließlich bückte sie sich zu einem kahlköpfigen Kind, das einen Ring in der Nase hatte, und bot ihm an, von ihrem Mineralwasser zu trinken. Das Kind lächelte dankbar, und während es trank und trank, begann sie zu weinen.

Wieder staunte sie über sich selbst. Schon Jahre hatte sie nicht mehr geweint. Nicht einmal, als sie die Arztpraxis in der Grenzstadt verließ, hatte sie geweint. Was war los mit ihr?

Als sie das Zimmer des Rabbiners im hinteren Teil der Synagoge betrat, sagte er, lass die Tür offen, und als sie ihn fragend anschaute, erklärte er: Weil ein Mann und eine Frau nicht allein in einem geschlossenen Raum sein dürfen. Sie setzte sich und erzählte ihm alles. Ihre ganze Geschichte, seit sie den Kibbuz verlassen hatte (der übrigens ein durchaus religiöser Ort war, nur eben ohne jeden Gott). Zweimal errötete der Rabbiner am Hals, während sie sprach.

Ich bin eine große Sünderin, nicht wahr?

Für Umkehr und Heilung ist es nie zu spät. Versteh, dein Weinen heute auf der Straße ist eine Stimme, die dich ruft. Dieses Weinen sagt dir, dass man Verstand und Herz nicht voneinander trennen kann. Du kannst die Thora nicht nur mit dem Kopf lernen, irgendwann berührt sie deine Seele.

Seele ist ein großes Wort. Ich mag keine großen Wörter.

Dann sag mir, was du empfindest, sag es mit deinen Worten.

Schauen Sie, das ist nicht das erste Mal, dass ich … ich meine, ich habe immer gespürt, dass da noch etwas sein muss, jenseits des … Alltags. Es kann doch nicht sein, dass das hier alles ist. Und außerdem – das gehört nicht hierher, aber vielleicht ja doch – seit ich mich Ihrer Lerngruppe angeschlossen habe, spüre ich … verstehen Sie … nach dem, was mir passiert ist, habe ich den Glauben an die Menschen verloren … genauer gesagt … den Glauben, dass aus der Verbindung von Mann und Frau … überhaupt aus der Verbindung von Menschen … etwas Gutes herauskommen kann.

Er schwieg (sein Blick sagte: sprich weiter, ich höre dir zu).

Sie sagte (und dachte sich, ich habe schon so lange nicht mehr offen geredet, ich weiß gar nicht mehr, wie das ist): Sie können sich nicht vorstellen, verehrter Herr Rabbiner, wie schwer es mir fällt, überhaupt in einer Gruppe zu sein, und trotzdem verpasse ich kein einziges Treffen … und ich sehe … ich sehe, wie genau Sie uns zuhören und wie erfahren Sie darin sind, das Gute in jedem von uns zu erkennen. Verstehen Sie? Ich schaue Sie an und sage mir: Vielleicht geht es ja doch anders.

Er senkte den Blick und sagte: Aber Ayelet, ich bin nur der Bote.

Sie schwieg.

Er sagte: Ich tue nichts anderes, als euch mögliche Wege zu den Schätzen aufzuzeigen, die das Judentum zu bieten hat: Die Vernunft, die Barmherzigkeit und die Zuversicht; sie alle liegen dort schon seit Tausenden von Jahren für dich bereit. Warum, meinst du, hast du deinen Impuls zur Umkehr ausgerechnet im Judentum gefunden und nicht in dem Kloster, in dem du warst? Das liegt in deinen Genen.

Sie sagte: Was für eine Umkehr? Ich bitte Sie, ich bin noch immer verdorben.

Er seufzte wissend: Das ist ein Prozess, Ayelet, und du bist noch ganz am Anfang.

Die ganze Nacht wälzte sie sich auf ihrem Lager, und am nächsten Tag lief sie eilig in die Synagoge und stürmte in sein Zimmer, ohne einen Termin zu haben, und fuhr ihn an: Aber Euer Verhältnis zu Frauen finde ich absolut unerträglich.

Guten Morgen, Ayelet, kam es mit einem Lächeln von seinen Lippen.

Guten Morgen, Herr Rabbiner – sie war verlegen –, entschuldigen Sie, dass ich Sie so überfalle, aber –

Schon in Ordnung –

Gestern haben Sie gesagt, ich sei am Anfang des Weges, nicht wahr? Aber es ist viel schlimmer. Es gibt etwas, was mich daran hindert, mich überhaupt auf den Weg zu machen! Sie müssen mir erklären, warum so kluge Leute wie unsere rabbinischen Weisen so begrenzt und primitiv sein konnten, wenn es um Frauen ging.

Das ist etwas komplexer, als du es darstellst, sagte er.

Dann erklären Sie es mir, flehte sie.

Er versuchte es. Ganze drei Wochen lang.

Jeden Morgen saßen sie sich am Tisch gegenüber, seine Beine berührten ihre fast, und sie gingen zusammen alle großen Frauen der Bibel durch: die vier Mütter, die Prophetin Deborah und Esther. Er zeigte ihr, wie viel Ehre die Thora ihnen erweist. Es überzeugte sie nicht. Sie schlugen zusammen das Buch Ruth auf, und er sagte: Dieses Buch tut so, als wäre es eine Männergeschichte. Aber im Grunde ist es eine Geschichte über Frauen. Über Ruth und Naomi. Schau doch, welches Mitgefühl über allem liegt: *Wo du hingehst, da will auch ich hingehen, wo du ruhen wirst, da werde ich ruhen,* las er direkt in ihre Augen hinein, als sei dieses Versprechen an sie persönlich gerichtet.

Sie sagte: Aber was bleibt von diesem Buch, Herr Rabbiner, wenn man es seiner schönen Worte entkleidet? Eine junge Frau, die losgeschickt wird, mit einem älteren Mann zu schlafen, weil sie seinen Schutz braucht!

Wieder errötete der Rabbiner am Hals.

Sie sagte: Sie erröten am Hals, Herr Rabbiner, das ist wahnsinnig komisch.

Er schaute sie an. Mit einem anderen Blick. Erstaunt. Er berührte flüchtig seinen Hut.

Sie sagte zu ihm: Bevor wir mit unserem ... gemeinsamen Lernen weitermachen, muss ich Ihnen ehrlicherweise sagen, dass ich niemals in jener Strafkolonie werden, stehen können, die man »Frauenabteilung« nennt.

Dann ... bin ich vielleicht ... nicht ... nicht der richtige Rabbiner für dich, sagte er, und der andere Blick war wieder aus seinen Augen verschwunden.

Was heißt das?, fragte sie, beinah beleidigt. Ihretwegen bin ich doch –

Ich glaube, dass ein Mann ein Mann ist, und eine Frau eine Frau, Ayelet, sagte er heiser, und der böse Trieb ist der böse Trieb. Deshalb ist diese ... Trennung ... diese Trennwand ... notwendig, ja, unabdingbar ... aber vielleicht, schau mal ... es gibt ja noch andere Strömungen unter uns Juden, Ayelet. Ich habe mit denen ziemliche Schwierigkeiten, aber wer weiß, vielleicht ... passt etwas anderes besser für dich.

Was für Strömungen? Wo?

Die musst du dir schon selbst suchen, sagte er, stand mit einer abrupten Bewegung auf, echauffiert – du kannst nicht von mir erwarten … das heißt … das ginge dann doch zu weit.

Sie wollte noch etwas sagen. Sich entschuldigen. Etwas fragen. Noch einen Moment den Zipfel seines Mantels festhalten. Doch sie fand nicht die richtigen Worte.

Und er wies mit seinem Blick, ohne sie noch einmal anzuschauen, zur offenen Tür und bedeutete ihr, dass ihr Treffen – und die drei Wochen, in denen sie über denselben Tisch gebeugt gesessen, in denen ihre Ellbogen sich beinah berührt hatten – nun vorüber waren.

Erst Jahre später, als sie sich in den verschiedenen Strömungen des Judentums besser auskannte, begriff sie, wie ungewöhnlich dieses Verhalten des Rabbiners in Neu-Delhi an jenem Morgen gewesen war, wie mutig er war, ihr anzudeuten, dass es noch einen anderen Weg gab, wohl wissend, dass er sie damit womöglich in die Arme seiner Gegner trieb.

*

Muschik steigt die drei Stufen hinab und taucht ganz im Wasser unter. Das Wasser ist eiskalt; im ersten Moment stockt ihm der Atem, und er taucht schnell wieder auf, um Luft zu holen. Das Wasser ist rein und schwerelos, es hat nicht die zähe Fettigkeit einer Mikwe, in der schon Hunderte von Menschen untergetaucht sind, ein jeglicher mit seinem Schweiße, und er taucht noch einmal unter und fühlt, wie reich das Glück ihn beschenkt. Nicht jeden Tag ist es einem Menschen vergönnt, mit eigenen Händen eine Mikwe zu bauen und sie auch noch selbst einzuweihen.

Er holt Luft, um das dritte Mal in dem kleinen Becken unterzutauchen – doch in dem Moment, in dem er mit dem Kopf untertaucht, hört er ein Klopfen an der Tür. Die Mikwefrau. Er ist mit ihr verabredet. Wie hat er das vergessen können.

*

Ein Jahr nachdem sie nach New York gekommen war, suchte Jacob, ein breitschultriger Mann, nach dem Gebet in der gemischten Synagoge in Brooklyn das Gespräch mit ihr. Sie sagte: Ich hab morgen keine Zeit. Und auch übermorgen nicht. Er beharrte, gab nicht auf, machte weitere Vorschläge. Schließlich traf sie sich mit ihm in einem koscheren Restaurant, nur damit er aufhören würde, sie zu nerven. Sie sagte: Ich bin zu durcheinander, um mit einem Mann zusammenzuleben; ich bin in einem Prozess. Ich erstarke jeden Tag im Glauben, aber manchmal stürze ich noch ab.

Zu diesem Deal bin ich bereit, genau so, sagte er. Dass du durcheinander bist, stört mich nicht. Vielleicht zieht mich das sogar ein bisschen an.

Ich suche aber keine Anziehung, warnte sie ihn, ich suche jemanden, mit dem ich Kinder haben kann.

Ich auch, sagte Jacob. Ich hab mich genug vergnügt. Jetzt möchte ich eine Familie gründen.

Du kennst meine Ansichten nicht, versuchte sie es anders, ich werde dir in der Gemeinde Schande machen.

Dann wird in unserem Vertrag stehen, dass du mir nur innerhalb unserer vier Wände Schande machen darfst, sagte er.

Vertrag? In was für einem Vertrag?

Wenn es für dich okay ist, schicke ich dir morgen mit einem Boten den Vertrag über unser Verhältnis. Geh alle Punkte durch, und wenn dich etwas stört, reden wir darüber. Wir werden uns bestimmt einigen.

Das meinst du nicht ernst, oder?, lachte sie ihn an.

Sein Gesicht blieb reglos.

Doch, schon, sagte er. Wir werden noch viele Jahre zusammen sein und gemeinsam vier Kinder großziehen, und da ist es doch gut, wenn man ein paar Dinge von Anfang an klarstellt, oder?

Dieser Mann wird nie an den Kern meiner Seele rühren, wie Muschik es getan hat, dachte sie. Aber er wird auch nicht wie Muschik erschrecken, wenn ich schwanger werde.

*

Wieder hört er das Klopfen, es wird stärker, gibt nicht auf. Einen Moment, ruft Ben Zuk und steigt aus dem Wasser, das ihn wie eine Gebärmutter völlig umgeben hat. Einen Moment, ruft er noch einmal und zieht sich schnell an.

Auch die Mikwefrau ist eine Neubekehrte, hat man ihm gesagt. Die anderen Mikwefrauen wollten nicht in Sibirien arbeiten. Es war ihnen zu weit ab; die öffentlichen Verkehrsmittel waren unbequem, und außerdem hatte der heilige Zaddik, der Jeremiahu Jizchaki im Traum erschienen war, erklärt, dass dieser Ort keinen Gefallen in seinen Augen finde. So fand man schließlich diese Mikwefrau. Sie war neu in der Stadt und neu im Beruf. Nicht ideal, aber etwas Besseres gab es nicht.

Er geht ihr die Tür aufmachen. Sein Haar ist nass, seine Haut unter den Kleidern noch feucht.

Die Mikwefrau steht in der Tür. Sie hat ein Kopftuch auf, das ihr Haar ganz bedeckt, hoch gebunden, wie die Neubekehrten es tragen, und einen langen Rock. Ein paar neue Fältchen um den Mund, Zeichen der Zeit, doch er erkennt sie sofort.

*

Ich möchte Sie unter vier Augen sprechen, sagt Naim, wenn das möglich ist.

Kein Problem, sagt der erste Nachrichtendienst-Offizier und wendet sich an die anderen: Lasst uns einen Moment allein.

Aber …

Ohne aber. Geht bitte hinaus.

Naim und der erste Nachrichtendienst-Offizier sind allein im Zimmer. Schon seit Wochen haben sie ihm gedroht, wenn er nicht singe, seien sie gezwungen, den ersten Nachrichtendienst-Offizier kommen zu lassen, vor dem sich alle Gefangenen fürchten. Und sie haben angedeutet, spätestens dann würde er seine Starrköpfigkeit bereuen.

Sein Stückchen Himmel verdecken sie mit einem Stück Zeltplane, seit sie entdeckt haben, dass er sich die Zeit mit dem Vogelbestimmungsbuch vertrieb. Sie waren überzeugt, jetzt würden sie ihn brechen.

Hör zu, Naim, sagt der erste Nachrichtendienst-Offizier mit überraschend sanfter Stimme, so kann es nicht weitergehen. Du musst dich entscheiden. Entweder gestehst du, was du getan hast, oder wir müssen dich zu dem Geständnis zwingen.

Aber ich habe nichts getan, antwortet Naim.

Genau das ist dein Fehler, erklärt ihm der erste Nachrichtendienst-Offizier, dass du in Begriffen von Hab-ich-getan-hab-ich-nicht-getan denkst.

Wie muss ich dann denken?

In Begriffen von Wie-komm-ich-hier-raus.

Und was heißt das?, fragt Naim, obwohl er genau weiß, was es heißt. Er muss noch etwas Zeit gewinnen, bis ihm wieder einfällt, woher er diesen Mann kennt. Er kennt ihn, mit dieser eng anliegenden Uniform, dem gestärkten Kragen und der Glatze, das fühlt er, seit der Offizier das Zimmer betreten hat. Aber er kann ihn nicht zuordnen. Vielleicht hat er ihm mal in einem nahen Moschaw einen Raum ohne Genehmigung angebaut? Oder hat er ihn mit seiner Familie in der Saison der Zugvögel am See-in-dem-kein-Wasser-ist gesehen?

Der erste Nachrichtendienst-Offizier erklärt ihm, welche besonders guten Bedingungen man ihm anbietet, wenn er Informationen über seinen Hintermann liefert, und beginnt dabei, im Zimmer auf und ab zu gehen. Und da geschieht es:

Für einen Moment wendet er Naim sein Profil zu, und es ist genau das Profil aus seiner Erinnerung an jene Mittagspause, in der er mit seinem Fernglas ein Paar graue Kraniche verfolgt hatte, wie sie von der Antenne des Camps ins Tal flogen, bis er den Peugeot hinter einem Olivenbaum bemerkte, und sah, was in diesem Wagen vor sich ging.

Also, Naim, was meinst du zu meinem Vorschlag, sagt der erste Nachrichtendienst-Offizier, der plötzlich hinter ihm steht und in seinen Nacken atmet.

Ich sage Ihnen, Sie machen da einen Fehler.

Ich?

Sie denken die ganze Zeit in Begriffen wie Was-Sie-von-Naim-wissen-wollen. Stattdessen, Herr Ermittler, sollten Sie in Begriffen denken von Was-Naim-über-Sie-weiß.

3

Schalom, teure Freunde, beginnt Mandelsturm seinen dritten Brief. Gelassener. Ohne die vielen Ausrufezeichen der letzten Briefe.

Dann lässt er eine Zeile frei, wie ein Bergsteiger, der innehält, um Luft zu holen.

Ich habe mich gefreut, Ihrem Brief zu entnehmen, dass die Arbeiten am Bau der Mikwe zu Ehren meiner Frau Gemahlin wie geplant fortschreiten und bis zu meinem Besuch im August abgeschlossen sein werden. Besonders freut mich Ihre Entscheidung, die Mikwe in einem Viertel von russischen Neueinwanderern zu errichten und ihnen so die jüdische Tradition näherzubringen. Diese – gute – Entscheidung entbehrt nicht einer gewissen Symbolik, da die selige Frau Mandelsturm in ebendiesem Land geboren wurde.

Ich hoffe, Sie werden mir verzeihen, dass ich Ihren ehrenwerten Brief nicht selbst gelesen habe, sondern ihn mir von Jona, meiner Klarinettenlehrerin, vorlesen ließ. Ich bin zur Zeit ans Bett gefesselt und vermag meine Augen nicht lange anzustrengen, aufgrund eines unangenehmen Ereignisses, das sich während meiner letzten Klarinettenstunde ereignet hat. Ich spielte ein *Freilach*, das ich besonders gern habe, und plötzlich, als ich zu einer besonders rhythmischen Stelle kam, bei der man kurz und schnell blasen muss, wo die Finger nur so über die Klarinette fliegen und die Seele sich erhebt, immer höher und höher, bis sie wie ein Heliumballon an die Decke stößt, da stand meine Lehrerin Jona auf und begann auf dem Teppich, der zwischen uns lag, zu tanzen. Ich weiß nicht, was Sie sich beim Lesen dieser Zeilen vorstellen, meine teuren Gerechten. Um kein falsches Bild zu wecken, sollte ich die Szene vielleicht beschreiben. Im Tanz meiner Lehrerin Jona lag nichts Anzügliches. Sie zog sich nicht aus (noch nicht einmal ihr Jackett), und ihr Haar blieb zusammengebunden. Sie bewegte ihre Glieder nicht in frivoler Weise, wie Tänzerinnen in Clubs, und hüpfte auch nicht verführerisch durchs Zimmer. Sie hob nur die Arme und zeichnete mit den Händen imaginäre Kreise, und da war sie wie der Palmwedel des *Lulav*, in den der Wind der Klarinette fährt und ihn hin und her wiegt. Während des ganzen Tanzes hielt sie die Augen geschlossen, als wolle sie sich damit beruhigen, dass sie in erster Linie für sich selbst tanze und nicht für mich, und dennoch, liebe Freunde in der Stadt der Gerechten, kann ich nicht leugnen, dass mir fast die Seele verging, als ich diese zutiefst beglückende Darbietung sah. Und während meine Lehrerin Jona tanzte, begann ein verborgenes Wettrennen zwischen meinem Herzschlag und meiner Klarinette, wer schneller sei.

Mein Herz hat gewonnen. Doch plötzlich spürte ich eine große Last auf der Brust und sank auf den Teppich.

Jona rief einen Krankenwagen und bestand darauf, hinten mit einzusteigen. Danach bestand sie darauf, im Krankenhaus an meinem Bett zu bleiben, und wich nicht von meiner Seite, bis meine Kinder eintrafen.

Wer ist diese Frau?, fragten meine Kinder, nachdem sie das Zimmer verlassen hatte. Meine Klarinettenlehrerin, antwortete ich. Klarinette?, blökte mein Ältester spöttisch, seit wann spielst du Klarinette, Papa? Es gibt noch ein paar Dinge, die ihr nicht über mich wisst, schimpfte ich, das kommt davon, wenn man den Papa nicht besucht, nicht anruft und sich nicht nach ihm erkundigt. Du kannst ja auch mal anrufen, sagte der Älteste. Mama hat immer von sich aus angerufen, sagte mein Jüngster. Und wer hat sie daran erinnert, anzurufen?, wollte ich erwidern, aber ich wusste, sie würden mir nicht glauben. Der böse Papa und die gute Mama. Papa ist bei der Arbeit, und Mama ist für uns da. Diese Geschichten haben sich in ihren Seelen festgesetzt, und sie haben viel zu spät begonnen, sie dort auszureißen. Stattdessen sagte ich: Wisst ihr, dass ich Geld gespendet habe, um auf Mamas Namen eine Mikwe in der Stadt der Gerechten zu bauen? Und sie staunten: Wo!? In Israel? Ja, fuhr ich fort, und ich fahre im August dorthin, um sie mit eigenen Augen zu sehen. In deinem Zustand fährst du nirgendwo hin, entschied der Älteste. Und alleine schon gar nicht, entschied der Jüngere.

Ihr könnt gerne mitkommen, sagte ich. (Vielleicht können Sie, teure Freunde, mir erklären, warum wir uns ausgerechnet von nahen Angehörigen immer wieder so tief enttäuschen lassen?)

Ich habe zu viel Druck bei der Arbeit, sagte der Jüngere.

Es ist gefährlich dort im Nahen Osten, sagte der Ältere, siehst du kein Fernsehen?

Ich fahre mit Ihnen, sagte Jona, die wieder hereinkam, nachdem die Kinder gegangen waren, – wenn Sie sich bis dahin erholt haben, natürlich.

Ich stellte den Teller mit den Resten des Abendessens auf den Hocker neben dem Bett. Der Monitor piepte regelmäßig alle paar Minuten. Vom anderen Ende des Gangs hörte man Schmerzensschreie eines Patienten, die sich harmonisch mit dem Dingdong der Ansagen im Einkaufszentrum unter dem Krankenhaus verbanden. Wenn ich mit dieser Frau bin, dachte ich, klingt mir alles wie Musik.

Das würde mich sehr freuen, sagte ich und nahm ihre Hand.

Aber eins muss Ihnen klar sein, sagte sie ernst und zog ihre Hand weg.

Ja?, fragte ich und schaute sie ängstlich an.

Ich werde nicht noch einmal vor Ihnen tanzen. Auf keinen Fall.

Damit war die Sache beschlossen. Ich kaufte für uns beide Flugtickets für den 13. August. Wir werden also am 14. August im Heiligen Land ankommen, und es wäre rührend, wenn uns jemand von der Stadtverwaltung am Flughafen abholen könnte. Wenn Sie tatsächlich jemanden schicken, sollte auf dem Schild, das er hochhält, auch Jonas Name stehen (ihr Nachname ist: Avi'eser). Außerdem würden wir uns freuen, wenn Sie im besten Hotel der Stadt zwei getrennte (gerne nebeneinanderliegende) Zimmer für uns buchen könnten. Ich nehme an, dass wir die Mikwe schon am folgenden Tag zum ersten Mal besuchen können, und dann werden wir, wie Sie so nett vorschlagen, auch die Tafel an der Wand mit dem Namen meiner Gemahlin, Gott hab sie selig, anbringen.

*

Bat-El, die Mikwefrau, öffnet das Eingangstor zum Grundstück der neuen Mikwe und wartet. In der ersten Stunde kommt niemand; sie denkt, das ist ganz natürlich. Muschik hat sie von Anfang an darauf vorbereitet, dass die Leute noch nicht wüssten, dass es in ihrem Viertel nun eine Mikwe gebe. Es würde eine Weile dauern, bis die Kunde sich verbreite. Sie setzt sich auf einen Stuhl, nimmt das kleine Psalmenbuch heraus, das sie immer bei sich trägt, und versucht, darin zu lesen. Die Worte des Königs David sind prächtig und erhaben; ihnen gegenüber empfindet sie Ergebenheit. Normalerweise zumindest. Und aus dieser Demut heraus, aus der Erkenntnis, dass ihre kleinen Sorgen nicht wirklich wichtig sind, kann sie jeden Tag noch einmal neu beginnen, als sei es der erste Tag der Schöpfung. Doch an diesem Morgen legen die Worte ihr Fallstricke. Statt ihre sündigen Gedanken zu mindern, verstärken sie sie nur. *Wie der Hirsch nach frischem Wasser, lechzt meine Seele nach dir*, und sie denkt dabei nicht an den Heiligen, Er sei gepriesen, sondern an Muschiks Schultern, denen sie auch durch das schwarze Jackett hindurch angesehen hat, dass sie noch muskulös waren. *Wie die Schnecke zerfließt*, liest sie und muss an seine Augen denken, die ihrem Blick dauernd ausgewichen sind, und das hat mehr über sein Zerfließen ausgesagt als all seine Worte. *Meine Zunge soll an meinem Gaumen kleben, wenn ich deiner nicht gedenke*, liest sie und erinnert sich, wie trocken ihr Mund geworden ist, als sie zusammen die Mikwe besichtigten, wie sie sich mit der Zunge die Unterlippe befeuchtet hat und seine Augen die Bewegung ihrer Zunge verfolgt haben.

Genug damit, sagt sie sich, schließt das Buch und hebt den Blick.

Ein ganzer Strom von Menschen kommt ihr entgegen, Frauen und Männer. Sie steht erstaunt von ihrem Stuhl auf. Sind sie vielleicht zu einem anderen Ort unterwegs? Doch – sie dreht sich kurz um – hier gibt es keinen anderen Ort. Nur ein Tal voller Vögel und dahinter ein Militärcamp voller Antennen. Der Strom bewegt sich auf sie zu, jetzt bemerkt sie, dass einige Leute schwarz-weiß gemusterte Holztafeln in der Hand tragen und andere Gläser mit etwas, das wie Oliven aussieht. Sie staunt nur noch mehr und beschließt, das Tor vorsichtshalber abzuschließen.

Der Erste steht vor ihr. Ein älterer Mann mit klugen Augen

und weißen Mokassins lächelt sie feierlich an, begrüßt sie auf Russisch und legt die Hand auf das Tor, als wolle er eintreten.

Nein, sagt sie, dies hier ist der Eingang für die Frauen. Männer bitte auf der anderen Seite. Er starrt sie an, und sie begreift, dass er kein Wort verstanden hat. Das hier ist eine Mikwe, sagt sie etwas lauter. Mi-kwe. Wissen Sie, was eine Mik-we ist?

Er zeigt auf das Schachbrett, das er unter dem Arm hält, und alle anderen tun es auch. Danach packt er wieder das Tor und versucht, es aufzudrücken.

Verstehen Sie das nicht, sagt sie, noch einen Takt lauter. Das hier ist kein Clubhaus. Da liegen Sie falsch!

Jetzt ist er wohl beleidigt. Er brummt etwas auf Russisch, und die Menge hinter ihm murmelt zustimmend. Plötzlich tritt ein anderer Mann aus der Menge, mit wilden Augenbrauen und entschlossenem Blick; er stellt sich auf einen Felsbrocken ihr gegenüber und schwingt eine feurige Rede. Sie versteht nichts, schnappt nur ab und zu ein Wort auf: Trotzki, Lenin, Emanzipation. Als er fertig ist, klatschen alle Beifall. Nun belagern sie das Tor. Der Druck wird stärker. Sie hat Angst, das Tor könnte nachgeben, oder, schlimmer noch, jemand könnte erdrückt werden.

Sie schließt das Tor auf, damit sie sich selbst davon überzeugen können, dass es sich hier um ein Missverständnis handelt.

Der Strom der Menschen fließt in die Mikwe und verschwindet darin. Hinter ihnen schließt sich die Tür. Es herrscht eine angenehme Ruhe, die nach einigen Minuten ganz normal wirkt und nach weiteren Minuten verdächtig.

Sie öffnet die Tür und geht nachschauen. Auf den Bänken, auf dem Boden, überall, außer in den Wasserbecken, sitzen fünfzehn Paare von Schachspielern. Zwischen jedem Paar liegt ein Brett mit Spielfiguren, schwarz und weiß, daneben je eine Schachuhr und ein Glas Oliven. Jedes Mal, wenn einer einen Zug tut, schlägt er auf den Knopf auf der Uhr.

Sie sind so in ihr Spiel vertieft, dass sie sie gar nicht bemerken, und sie geht wieder hinaus und ruft Muschik an.

*

Willkommen, Ayelet, hatte er ihr am Vortag gesagt (und nicht: ich hatte befürchtet, dass du kommst; ich spüre schon seit einigen Monaten, dass du hier bist).

So heiße ich nicht mehr, hatte sie gesagt. Ich habe einen neuen Namen, ich heiße jetzt Bat-El (und sie sagte nicht, dass sie sich noch immer nicht sicher sei, ob das richtig war. Der neue Name habe Ayelet nicht ganz ausgewischt, und so wohnten nun zwei widerstreitende Seelen in ihrer Brust).

Gut, dich zu sehen, Bat-El, sagte er (und nicht: du bist genau so schön wie früher, du bist mit den Jahren sogar noch schöner geworden, weicher).

Ich habe Gerüchte gehört, dass du hier seist, aber ich wusste nicht, ob ich ihnen glauben sollte, sagte sie (und nicht, dass sie ihn eines Tages auf dem Balkon seines Hauses gesehen habe, wie er auf den Friedhof blickte; sie sei so darüber erschrocken, welch eine Röte zwischen ihren Schenkeln aufstieg, dass sie sich hastig hinter einem Grabstein versteckt habe).

Glaub es, es ist immer richtig zu glauben, sagte er (und nicht, dass sie, wenn sie genau hinhöre, hören könne, wie das Echo ihres Namens von den Mauern der Mikwe zurückgeworfen werde, so oft habe er ihren Namen bei der Arbeit gerufen).

Ich muss dir wohl *Masel tov* sagen, sagte sie (und nicht: du bist doch noch ein Kind. Wie kann es sein, dass ein Kind Kinder kriegt?).

Danke, und was ist mit dir? Bist du schon Mutter?, sagte er (und nicht: Ich hoffe, was du damals wegen mir gemacht hast, hat dich nicht … Gott behüte …).

Nein, bisher hat es noch nicht geklappt, sagte sie (und nicht: vielleicht ist es wegen dieses Eingriffs, vielleicht aber auch nicht, das kann man nicht wissen).

Das tut mir leid.

Deshalb sind wir von New York hierhergekommen. Das heißt, das war unsere Absicht. Wegen der Gräber der heiligen Zaddikim, erklärte sie (und sagte nicht, der Rabbi ihres Mannes habe ihnen als letzten Ausweg vor der Scheidung vorgeschlagen, für eine Weile in die Stadt der Gerechten zu ziehen, und habe ihr besonders empfohlen, als Mikwefrau zu volontieren, denn dies sei ein erprobtes Mittel für Fruchtbarkeit).

Mit Gottes Hilfe wird alles gut werden, sagte er.

Sie nickte und sagte, Heiß ist es hier.

Ja, sagte er, auf der Seite der Frauen ist die Luft besser. Soll ich dich herumführen?

Sie gingen hinein – er ließ die Tür offen, um nicht mit ihr in einem geschlossenen Raum allein zu sein, bloß keine Zweideutigkeiten jetzt –, und sie blieb neben ihm stehen, und er zeigte ihr die Bänke, die Fenster, die Umkleidekabinen und die Duschkabinen, und erzählte ihr, dass die Soldaten Noam, den Bauunternehmer, abgeholt hätten, und wie er sich ungewollt in der Situation wiedergefunden hätte, alles, was sie hier sehe, mit eigenen Händen bauen zu müssen.

Das alles hast du gebaut?, staunte sie. Alle Achtung.

Aber du musst wissen, sagte er, sofort wieder bescheiden, die Fundamente hat Noam gelegt; es ist also eigentlich unser gemeinsames Projekt.

Trotzdem, alle Achtung, Muschik. Das ist die schönste Mikwe, die ich je gesehen habe. Nicht die größte und nicht die prächtigste, aber mit Abstand die schönste. Man merkt, dass du deine Seele hineingelegt hast.

Danke, sagte er und dachte, dass es ihm in den letzten Monaten nicht gelungen war, Menucha zu erklären, warum die Aufgabe, die Danino ihm aufgetragen hatte, um ihn zu erledigen, in ihm überraschenderweise das Gefühl hatte sprießen lassen, eine wichtige Mission zu erfüllen. Mach das so schnell wie möglich fertig und kehr zurück in dein Büro, warnte Menucha ihn jeden Morgen von Neuem, sonst sitzt nachher noch jemand anders auf deinem Stuhl.

Sogar die Handtücher hast du bereitgelegt, sagte Ayelet und zeigte auf die Regale. Du hast wirklich an alles gedacht.

Ja, ich wollte, dass du es hier angenehm hast. Ich meine, nicht du, sondern wer auch immer hier arbeiten würde. Ich hatte ja keine Ahnung, dass du kommen würdest – er hatte sich verplappert und erschrak zutiefst: Alles war noch wie früher. Diese Frau brachte ihn noch immer durcheinander, und der Schrecken darüber sprang von ihm an die Wände und wurde von ihnen tausendfach zurückgeworfen. Bat-El schaute ihn mit einem wissendes Lächeln an, und ein Windstoß, der durchs Fenster kam, trug ihren Geruch an seine Nase, und es war noch derselbe, und er spürte, wenn sie hier so stehen bleiben würden, einander gegenüber, würde er die Kontrolle verlieren, würde mit einer Bewegung ihr Haar lösen, seine Nase in das Gewirr brauner Schlangen drücken und sie einatmen, tief einatmen –

Er bekam eine Gänsehaut und eilte hinaus. Nichts wie weg aus dieser Nähe.

Draußen, wieder auf Abstand, hatten sie auf die Häuser von Sibirien geschaut.

Die Straße war leer, nur an der Bushaltestelle saßen die beiden Frauen, die Ben Zuk schon bei seinem ersten Besuch hier gesehen hatte. Um sie herum summte der Frühling.

Mandelbäume blühten in den Gärten der Häuser und Anemonen. Alles strebte zum süßen Saft.

Dies ist ein Viertel von Neueinwanderern, sagte er. Hat man dir das erzählt?

Ja.

Deshalb kann es sein … dass es eine Weile dauert, bis die ersten Leute kommen. Vielleicht wird es in den ersten Tagen etwas langweilig.

Keine Sorge, ich hab meine Psalmen dabei, erklärte sie und holte ein kleines Buch heraus, auf dessen Umschlag eine Harfe abgebildet war.

Und nachsinnen über Sein Gesetz Tag und Nacht, zitierte er. Das ist wirklich ein einzigartiges Buch.

Denn Er errettet mich aus aller Not, revanchierte sie sich.

Schreib dir meine Telefonnummer auf, sagte er. Wenn es ein Problem geben sollte, ruf mich an.

Ich werde dich nicht belästigen, antwortete sie.

Dann sehn wir mal, sagte er, doch seine Beine wollten nicht.

Nur Gutes!, wünschte sie ihm.

Nur Gutes!, antwortete er und ging mühsam los.

Und nun ist er wieder unterwegs zu ihr. Wie angenehm und wie beängstigend war es, ihre Stimme am Telefon zu hören. Es gibt ein Problem, hat sie gesagt, du musst kommen. Und er sagt sich: Alles ist vorherbestimmt, doch der Mensch hat die freie Wahl, Muschik. Schick jemand anderen dorthin! Rette deine Seele!

*

Katja!, ruft Anton, stürzt ins Haus wie ein Jugendlicher, der vom Fußballspiel kommt, und mit ihm ein scharfer Blütenduft, der sie niesen lässt. Kutik, meine Liebe, du wirst es nicht glauben, ich muss dir was erzählen.

Nun? Was gibt's?, fragt sie, putzt sich die Nase. Magst du einen Tee?

Ich, einen Tee?, fragt Anton laut lachend. Tee ist kein Getränk für *rewoluzjoneri*.

Anton öffnet den Schrank mit den Getränken. Heute ist endlich mal etwas passiert im Land der Juden.

Was kann schon passiert sein? Hast du Spielman mit dem Schäferzug schachmatt gesetzt? Sie lässt sich von seinem Übermut anstecken.

Ha!, sagt er und gießt beiden ein Glas Cognac ein, warte, warte, was ich dir zu erzählen habe, warte nur.

Falls du es noch nicht gemerkt haben solltest, Anton, ich warte schon die ganze Zeit.

Er spannt sie noch ein bisschen auf die Folter, schade, dass du nicht dabei warst, Kutik, doch als er sieht, dass sie die Hände in die Hüften stemmt, bei ihr ein Zeichen, dass sie bald wirklich sauer wird, beginnt er zu erzählen.

Wir sind um zehn Uhr früh beim Clubhaus angekommen. Alle Spieler des Schachclubs waren angetreten, aber am Eingang stand eine Frau und ließ uns nicht rein. Ich habe ihr erklärt, dass wir hier sind, um unser Clubhaus einzuweihen, aber die verstand kein Russisch und wiederholte immer nur dieselben Worte auf Hebräisch. Die Kollegen wollten schon aufgeben und nach Hause gehen, da kletterte Nikita, ausgerechnet Nikita, auf einen Felsbrocken, als wäre er Lenin persönlich auf dem Panzerwagen, und hielt eine flammende Rede.

Was hat er gesagt?

Er hat gesagt, dass das unser Clubhaus ist, in unserem Viertel, und dass man uns den Eintritt nicht verwehren könne. Er erklärte, die Stadtverwaltung ignoriere uns seit dem ersten Tag, doch damit sei es heute vorbei. Die Leute mochten vielleicht alt sein, aber auch Alte hätten ein Recht darauf, fair und menschenwürdig behandelt zu werden. Er sagte auch, wenn sie sich uns weiter in den Weg stelle, würde ihr vielleicht etwas passieren, und das wäre schade, wo sie doch eine schöne Frau sei, und wenn sie ihr Haar aufbinden und sich hübsche Kleider anziehen würde, könnte sie sogar attraktiv sein, er könne sie sich gut vorstellen ... Bleib beim Thema, hab ich ihn da unterbrochen, denn ich merkte, dass er seinen rhetorischen Schwung verlor, und er fasste sich wieder und zeigte auf den Zaun und verkündete: Jetzt lehnen wir uns alle gegen diesen Zaun. Der kann uns nicht aufhalten. Wenn die Deutschen und Stalin uns nicht besiegen konnten, wenn es uns, einer Gruppe von alten Leuten, gelungen ist, uns selbst zu organisieren und gemeinsam als eine in sich gefestigte Gruppe einzuwandern, allen zum Trotz, dann kann uns auch dieser Zaun nicht aufhalten!

Aber was hat die Frau gemacht? Sie hat doch kein Wort verstanden!

Nichts. Aber als wir uns alle gegen den Zaun lehnten, hat sie plötzlich alles begriffen und das Tor aufgemacht.

Und drinnen war wirklich ein Schachclub?

Nicht ganz.

Nein?

Eher so ein Baderaum.

Eine Banja?

Nicht ganz eine Banja. Die Bänke waren nicht aus Holz, und es gab auch keine Steine und Birkenzweige.

Was war es dann?

Das ist doch völlig egal, sagt Anton mit dröhnender Stimme und trinkt noch einen Schluck Cognac. Ein echter *rewoluzjoner* fragt nicht, was ist, sondern was nach seinen Vorstellungen sein soll.

*

Wie kommen die denn plötzlich auf Schach? Danino dreht beide Daumen, die über seinen Hosengürtel hängen, schockiert zur Seite.

Ich weiß auch nicht, entschuldigt sich Ben Zuk. Keine Ahnung, wie sie darauf gekommen sind.

Aber das ist doch … das Gebäude eignet sich doch gar nicht dazu. Wo legen sie denn die Schachbretter hin? Wo sitzen sie? Im Mikwebecken?

Als ich das zweite Mal hinkam, hatten sie schon Holzbalken über das Tauchbecken gelegt und den Umkleideraum mit Tischen und Stühlen vollgestellt. Und eine Tee-Ecke haben sie sich auch eingerichtet.

Was heißt das, »sie haben den Umkleideraum mit Tischen und Stühlen vollgestellt«? Es handelt sich hier immerhin um öffentliches Eigentum!

Da gibt es wohl jemanden mit geschickten Händen; ich muss sagen, dass sie das sehr gut …

Das ist eine Katastrophe, Ben Zuk, eine Katastrophe! Weißt du, was passiert, wenn Mandelsturm kommt und sieht, dass da statt seiner Mikwe ein Schachclub steht?

Wir müssen das Gebäude schließen. Wir machen ein Schloss an die Tür, dass keiner reinkann.

Und dann? Mandelsturm hat ausdrücklich geschrieben, er wolle seine Mikwe in Betrieb sehen. In Be-trieb. Wir müssen das anders lösen, Ben Zuk. Unbedingt. Hast du schon versucht, mit ihnen zu reden?

Ich hab es versucht, aber die sprechen kein Hebräisch. Und weder ich noch Ayelet … ich meine Bat-El, die Mikwefrau, können Russisch. Meinst du, wir sollten die Polizei einschalten?

Es gibt keine größere Einsamkeit als die der Entscheidungsträger. Danino hebt seinen Blick zu den gerahmten Bildern der Staatsmänner in seinem Zimmer: Ben Gurion,

Herzl, Weizmann, Eshkol. Je öfter sich Leute in ihrer Sehnsucht nach einem Kind oder nach einem ihnen vom Himmel bestimmten Partner vor den Gräbern der heiligen Zaddikim niederwerfen und ihre Lippen auf den Mund der Zaddikim drücken, um ihren Atem mit dem der Heiligen zu vereinen und so von ihnen die Geheimnisse der Thora zu erfahren, umso häufiger wendet sich Danino in Zeiten schwerer Entscheidungen an die Staatsmänner an seiner Wand und sucht ihren Blick: den träumerischen Blick von Herzl. Den harten, entschlossenen Blick des »Alten«. Den aufrührerischen und doch aristokratischen Blick von Begin, den weisen Großvaterblick von Eshkol, dem er als Kind sogar einmal persönlich bei der Grundsteinlegung für das Lehrerseminar der Stadt begegnet war (das bis heute nicht errichtet wurde). Der hat damals ein paar Sätze mit ihm gesprochen, das heißt, Eshkol hatte etwas auf Jiddisch zu ihm gesagt, und er hatte kein Wort verstanden, doch die Melodie und den persönlichen, nahen Ton, in dem er zu ihm sprach, hat er gemocht.

Nein, sagt er schließlich zu Ben Zuk, ich möchte die Polizei nicht einschalten. In zwei Monaten sind Wahlen. Ich brauche jetzt keinen Skandal. Bei denen in Sibirien kannst du ja nicht einmal sicher sein, dass sie dem Polizisten, den du da hinschickst, nicht eine Flasche Wodka auf dem Kopf zertrümmern.

Was machen wir dann?

Wie gehen selbst dorthin, wir beide, du und ich, am Freitag, und reden mit ihnen.

Aber wie denn. Ich hab dir doch gesagt, sie sprechen kein Hebräisch.

Das kann nicht sein; es gibt bestimmt wenigstens einen, der Hebräisch kann.

Keinen einzigen. Glaub mir. Ich hab versucht, mit ihnen

Hebräisch zu sprechen, und das war, als hätte ich Chinesisch geredet.

Nun gut, aber bestimmt bekommen sie manchmal Besuch dort, nicht wahr? Sie haben doch auch Kinder und Enkel?

*

An Chanukka hatte Daniel sich in Schuni verliebt und bis Pessach nicht den Mut gefunden, sie zu fragen, ob sie seine Freundin sein wolle. Vier volle Monate hatte er sie nur angeschaut in der Hoffnung, sein Blick würde alles sagen, und war indessen mit all ihren kleinen Eigenheiten vertraut geworden: Wie sie jedes Mal verlegen ist, wenn morgens ihr voller Name aus dem Klassenbuch vorgelesen wird: Schunamit Spitzer. Wie sie nur eine Scheibe ihres Nougatbrots isst und die andere wegwirft. Dass sie freitags ein Kleid trägt und in der großen Pause aufpasst, sich nicht schmutzig zu machen. Dass sie nach dem Sport wahnsinnig lange duscht, auch wenn sie zu spät zur nächsten Stunde kommt. Wie sie sich für ihre Verspätung entschuldigt, ohne den Blick zu senken, und sich ganz schnell auf ihren Platz setzt. Wie sie ihren Finger gerade in der Bibelstunde besonders hoch reckt, um den Lehrer Gabriel zu beeindrucken, und dass man, wenn sie sich so streckt, ihre Achselhöhle sehen kann. Wie ihre Stimme ein bisschen bebt, wenn sie in der Literaturstunde Gedichte von Bialik vorliest. Wie sie sich mit Sivan, ihrer Tischnachbarin, in der Stunde pausenlos Zettelchen schreibt, außer wenn sie gerade miteinander Streit haben; dann zieht sie mit dem Bleistift eine Grenze auf dem Tisch und verbarrikadiert sich auf ihrer Seite.

Einmal, als sie laut stritten, setzte die Lehrerin Schuni zur Strafe auf den freien Platz neben Daniel. Diese wunderbare Strafe dauerte eine Woche. Eine ganze Woche lang konnte er sie einatmen. Ihr einen Bleistift leihen, wenn ihrer abbrach. In Erdkunde mit ihr zusammen in den Atlas schauen. Und sogar, kaum zu fassen sein Glück, sich mit ihr Zettelchen schreiben. Nicht er hatte damit begonnen – er doch nicht. Sie hatte ihm den ersten Zettel rübergeschoben: »Uff«, hatte sie geschrieben, »mir ist langweilig.« In seinen Augen war das ein Gedicht. Er formulierte im Kopf immer neue passende Antworten und schrieb schließlich: »Mir auch. Sollen wir Stadt-Land-Fluss spielen?« Und sofort hasste er sich für seine schiefe Schrift, in der sich letzte Überbleibsel aus dem Kyrillischen zeigten, und dann kamen ihm auch ganz unnötige Zweifel, ob er wohl alles richtig geschrieben hatte.

Als Antwort schickte sie ihm gleich zwei Blätter, die Spalten hatte sie schon eingetragen.

A – flüsterte sie.

Stopp – flüsterte er zurück.

Sie setzte ein »S« in die Spalte, über die sie »Buchstabe« geschrieben hatte, und beide begannen emsig zu kritzeln. Sie war als Erste fertig, und sie tauschten ihre Blätter aus, um die Liste des andern durchzusehen und Punkte zu verteilen.

Unter »Land« schrieb sie »Schweden« und er »Sowjetunion«. Unter »Stadt« schrieb sie »Sydney« und er »Sankt Petersburg«. Unter »Persönlichkeit« schrieb sie »Sandra Bullock« und er »Stalin«. Unter »Jungenname« schrieb sie »Stav« und er »Sascha«, unter »Mädchenname« schrieben sie beide »Sivan«, und unter »Beruf« schrieb sie »Sängerin« und er »Sportler«, doch war er nicht sicher, ob das in Israel als Beruf galt, und so ging er auf Nummer sicher, strich es aus und schrieb »Schriftsteller«.

Sie gab ihm seinen Zettel zurück. »Sankt Petersburg« hatte sie eingekreist und einen Pfeil von dort zu ihrer Frage gezogen: »Wo ist das?« »Sankt Petersburg«, schrieb er, »ist das ehemalige Leningrad, vormals Petersburg. Dort wurde der

Sozialismus geboren und Hitler von der Roten Armee geschlagen. Eine große Stadt mit einem Fluss und Kanälen und vielen schönen Brücken. In den Sommernächten werden die Brücken hochgezogen, damit die Schiffe freie Fahrt haben. Und wenn du nicht rechtzeitig über die Brücke gehst, kommst du bis zum Morgen nicht auf die andere Seite. Da solltest du mal hinfahren.«

Er gab ihr den Zettel zurück und wartete ängstlich auf ihre Antwort, hoffte, sie würde über seine Besuchsempfehlung lachen oder wenigstens lächeln, doch er hatte schon gemerkt, dass die Schwelle zum Lachen hier woanders lag. Nach kurzem Verweilen gab sie ihm den Zettel zurück. Unter seine langen Ausführungen hatte sie nur geschrieben: »In Ordnung. Du bist dran.«

Am Ende der Strafwoche kehrte Schuni auf ihren Platz neben Sivan zurück, und er spürte einen Stich im Zwerchfell, wie er ihn immer in den Sportstunden spürte, kurz vor der letzten Runde im Sechshundertmeterlauf, wenn Eran Turki, der Schulmeister im Sprinten, im Mittel- und Langstreckenlauf, mühelos an ihm vorüberzog und sich immer weiter von ihm entfernte.

Kurz vor dem Pessachfest begannen die Jungs auf Klassenfesten, den Mädchen Freundschaftsanträge zu machen. Eran Turki wurde Sivans Freund, Doron wurde Dorits Freund, Zachi Majas Freund. Auch Schuni bekam einige Anträge, die sie aber alle höflich ablehnte.

Na, das ist doch klar, hatte Anton gesagt, während sie zusammen zum Schachclub gingen.

Was ist klar?, fragte Daniel verärgert.

Sie wartet auf jemand anderen, der ihr noch keinen Antrag gemacht hat. Welchen Grund sollte ein so umworbenes Mädchen sonst haben, Nein zu sagen, als dass sie sich ihr »Ja« für jemand Bestimmten aufhebt.

Aber für wen?, fragte Daniel. Es gibt sonst niemanden, der …

Für dich, *duratschok*, sagte Anton und stupste ihn gegen die Schulter.

Quatsch, protestierte er. Ich … ich gehöre nicht zu denen, die … ich bin zu neu … zu ihr passt besser einer, der … ach, lass es.

Manchmal wollen Menschen gerade jemanden, der nicht zu ihnen passt, sagte Anton und legte die Hand auf das Tor zum Vorplatz des Clubhauses. Und außerdem: Wer nichts riskiert, trinkt auch keinen Champagner. Wie willst du es denn herausbekommen? Wenn du nicht fragst, wird die kleine Sonja bis zum Ende des Schuljahrs in deinem Herzen stecken. Und nächstes Schuljahr gehst du, wenn ich richtig verstanden habe, sowieso auf eine andere Schule, nicht wahr?

Im Club setzte sich Daniel neben Anton.

Du bist mein Assistent, sagte Anton und strich Daniel übers Haar, in Ordnung?

Da er das Spiel noch immer nicht ganz verstand, wanderte Daniels Aufmerksamkeit schon bald von den Figuren auf dem Brett zu den Schachspielern selbst.

Wenn du innerhalb von sechs Jahren viermal der Neue bist, lernst du sehr schnell, deine Umgebung zu lesen, um zu überleben; du wirst immer besser darin, die Leute um dich herum auf Herz und Nieren zu prüfen. So war es ihm schon am ersten Tag in der neuen Schule in der Stadt-des-Weins gelungen, hinter dem Lächeln der Klassenlehrerin zu sehen, wie müde sie war und wie sehr sie sich bereits am ersten Schultag nach dem nächsten Urlaub sehnte. Er hatte gleich gesehen, dass der Schläger Zachi Brenner sich wegen der abgetragenen Turnschuhe schämte, die er von seinem Bruder geerbt hatte, und dass Noemi, die bei allen Schulveranstaltungen Klavier spielte, eigentlich viel lieber Gitarre spielen würde. Und dass seine Mutter sich wie zum Konzert anzog, wenn sie ihn von der Schule abholte, aber anstatt sich damit wohlzufühlen, kam sie sich zu auffällig vor und drängte ihn, schnell ins Auto einzusteigen, obwohl sie es gar nicht eilig hatten. –

Als Spielman jetzt seine Königin exponiert, bemerkt Daniel das leichte Zittern seiner Oberlippe und sagt zu Anton, Pass auf, das ist eine Falle. Wirklich?, fragt Anton, hält inne und bedroht die Königin nicht mit seinem Springer. Spielmans Oberlippe zittert noch stärker. Hundert Prozent, sagt Daniel, und Anton sucht noch einmal das Spielbrett ab, bis er Spielmans List erkennt. Alle Achtung, Danik, sagt er, klopft ihm auf die Schulter und befindet sich nach ein paar Zügen in einer so eindeutigen Siegerposition, dass er sich zurücklehnen und gelassen eine Handvoll Oliven essen kann.

Doch da kommen, mitten im Spiel, fremde Leute ins Clubhaus. Sie haben kein Schachbrett unterm Arm und auch kein Glas mit Oliven in der Hand.

Guten Tag, sagen sie auf Hebräisch, und die Schachspieler heben den Blick, antworten aber nicht.

Junge, spricht einer der Fremden Daniel an. Sprichst du Hebräisch?

Daniel nickt.

Sag ihnen, dass ihr Aufenthalt hier rechtswidrig ist. Und dass sie gebeten werden, diesen Ort sofort zu verlassen.

Daniel schweigt. Plötzlich erinnert er sich, woher er das Gesicht des Mannes kennt. Seine traurigen grünen Augen kennt er von den Plakaten am Ortseingang:

> Ein frohes Frühlingsfest wünscht Bürgermeister
> Avraham Danino.

Junge, warum übersetzt du nicht?, fragte er unruhig.

Was wollen die von dir?, zischt Anton.

Dass ich für euch übersetze, erklärt Daniel. Aber, Anton … ich glaube, das ist der Bürgermeister, dieser Mann da.

Nun, und was will der Bürgermeister uns sagen?

Dass ihr hier nicht sein dürft. Ich glaube, er sagt, das sei rechtswidrig.

Sag dem Herrn Bürgermeister, es rührt uns sehr, dass er endlich beschlossen hat, uns mit seinem Besuch zu beehren, und wir reden gerne mit ihm über alles, wenn die Öffnungszeiten des Schachclubs vorüber sind, um halb drei.

Links und rechts des Bürgermeisters stehen seine Begleiter: ein junger Mann, der Daniel mit seinen gespannten Muskeln an einen Tiger erinnert, und eine junge Frau, die ein ernstes Gesicht macht, wie eine Lehrerin, aber ihre Augen sind frech wie die einer Schülerin. Und zwischen dem Mann und der Frau gibt es eine geheime Verbindung, das spürt Daniel, obwohl der Bürgermeister zwischen ihnen steht. Jetzt stecken die drei die Köpfe zusammen, um sich zu beraten, doch der Bürgermeister, das sieht Daniel an allen seinen Bewegungen, hat längst beschlossen, was er tun will, und diese Beratung dient allein dazu, ihn in seinem Entschluss zu bestärken.

Nach einigen Minuten bitten sie ihn, folgende Botschaft zu übermitteln: Sie werden sich um halb drei vor der Mikwe einfinden, und sie erwarten Vertreter der Bewohner des Viertels, mit denen sie verhandeln können.

Kein Problem, sagt Anton und bittet Daniel, zu übersetzen: Es ziemt sich nicht, so ehrenwerte Gäste draußen warten zu lassen. Sie sind eingeladen, hereinzukommen.

*

Ben Zuk geht als Erster hinein. Gefolgt von Danino, der die Hände so tief in den Taschen hat, dass sie sein Geschlecht berühren, und, als Letzte, Bat-El. Auf ziemlich verstörende Art spürt Ben Zuk, dass ihm dieses Haus und die Umgangsformen der Leute hier vertraut sind, aber er kommt nicht drauf, aus welcher Zeit oder woher. Nach einigen Minuten der Verlegenheit in der Eingangshalle neigt Bat-El ihren Mund seinem Ohr zu und sagt: Erinnert dich das nicht an die Hütte von Opa Nachum?

Opa Nachum hatte ihn im Kibbuz adoptiert, auch wenn er diesen Titel nie akzeptierte. Ich bin nicht dein Opa, und ich habe dich auch nicht adoptiert, pflegte Opa Nachum zu brummen. Ich schulde dir gar nichts, und wenn du mir nicht gefallen würdest, hätte ich dir nicht erlaubt, den Fuß über die Schwelle meiner Hütte zu setzen.

Er war ein Mitbegründer des Kibbuz gewesen und hatte sogar eine Weile das Amt des Kibbuzsekretärs innegehabt, bis die Schuhfabrik gebaut wurde. An diesen Sandalen werden wir eines Tages zugrunde gehen, hatte er auf der Mitgliederversammlung wütend prophezeit, doch man schlug seine Warnungen in den Wind. Die Fabrik machte schon im ersten Jahr Gewinn, und von dem Geld, das hereinkam, vergrößerten sie den Pool und pflasterten die Wege innerhalb des Kibbuz, gestalteten die Speisekarte im Speisesaal etwas abwechslungsreicher und ermöglichten mehr Mitgliedern, außerhalb des Kibbuz zu studieren. Ihr Begehrlichen! Ihr Geldgierigen!, schrie Opa Nachum in den Versammlungen, zu denen immer weniger Leute kamen. Traurig sah er mit an, wie der Kuhstall geschlossen wurde. Danach das Hühnerhaus, und dann wurde auch noch die Plantage mit den Apfelbäumen betoniert, um auf dem Grund einen weiteren Flügel der Fabrik zu errichten. Einen Monat vor der Ernte wurde der ganze Hain zerstört. Leichen unreifer Äpfel verfingen sich in den Ketten der Planierraupen und rollten auf den Wegen im Kibbuz umher; viele Tage lag der Gestank von verrottendem Obst in der Luft und machte ihn wahnsinnig, bis er eines Tages Israels Vater, der ihm auf einem der Wege entgegenkam, am Kragen packte und ihn anschrie: Du Ketzer! Nein, du Mörder! Du und deine hässlichen Sandalen, ihr bringt alles um, woran wir geglaubt haben!

Die Kibbuzniks kamen angelaufen, um die beiden zu trennen, doch Opa Nachum tobte noch lange weiter, bis sie keine andere Wahl hatten und einen Krankenwagen für ihn kommen ließen.

Nach dieser Zwangseinweisung fasste er einen überraschenden Entschluss: Er würde zu Mütterchen Russland zurückkehren. Er war nicht nach Israel gekommen, um hier als kleiner Bourgeois zu leben.

Niemand nahm seine Erklärung ernst, doch er begann mit den Vorbereitungen. In der ersten Phase reinigte er seine Hütte von allen Anzeichen der Levante und machte sie zu einer Art Moskau an den Ufern des Dan. Den Samowar hatte er auf dem Flohmarkt in der Grenzstadt gefunden; einen Gipskopf von Lenin in einem Secondhandladen in der Hafenstadt, und die Bücher von Puschkin und Lermontow hatte er sowieso nie weggeworfen.

In der zweiten Phase begann er, seine Reise vorzubereiten. Das war zur Zeit des »Eisernen Vorhangs«, ZSKA Moskau wurde von Makkabi Tel Aviv in Virton, Belgien, geschlagen, doch Opa Nachum schmiedete einen höchst komplizierten und waghalsigen Plan, um alle Hindernisse zu überwinden. Auf riesigen Landkarten an den Wänden seiner Hütte markierte er mit bunten Reißzwecken die Stationen seiner Reise. Er hängte Luftaufnahmen der relevanten Grenzübergänge auf, die er auf abenteuerlichen Wegen erworben hatte. Perücken, künstliche Bärte, eine Ausrüstung zum Fälschen von Pässen, eine andere zum Überleben im Schnee, denn einen Teil seiner Reise wollte er zu Fuß zurücklegen, durch die Schluchten in den Bergen der Tatra. Muschik, der regelmäßig von seiner Adoptivmutter zu Opa Nachum geschickt wurde, um ihm Töpfe mit Essen zu bringen (denn Opa Nachum weigerte sich, in den gemeinsamen Speisesaal zu gehen), ließ sich von diesem abenteuerlichen Vorhaben begeistern und bot seine Hilfe an. Ich brauche keine Hilfe!, blaffte Opa Nachum ihn an, erlaubte ihm aber, in seiner Hütte zu bleiben. Vielleicht, weil jeder Mensch mindestens einen Menschen braucht, der bezeugt, was er tut. Er lehrte ihn die Unterschiede im Lesen von Landkarten und von Luftaufnahmen, demonstrierte ihm, wie man den Pass eines beliebigen europäischen Landes fälscht, und zeigte ihm sogar sein bestgehütetes Geheimnis: einen Kugelschreiber à la James Bond, der Betäubungspfeile abschoss; den hatte er in einer dunklen Passage in der Stadt-der-Sünden erstanden.

Opa Nachum seinerseits wurde, ohne es zu wollen, Mitwisser, der einzige Mitwisser, von Muschiks Geheimnis. Eines Nachts (er ging im Kibbuz nur noch nachts spazieren, um keine anderen Menschen zu treffen) hörte er aus dem Gebüsch am Bachlauf verdächtige Geräusche, spannte die Beretta, die immer in seinem Gürtel steckte, und trat näher heran, um zu sehen, ob es sich um arabische Freischärler handelte. Als er sah, was er sah, räusperte er sich laut und schimpfte den nackten und verwirrten Muschik: Also wirklich, Junge, du fickst die Frau vom Sohn von Katzele und erzählst mir nichts davon? Schämst du dich nicht? Kommt mal in meine Hütte, wenn ihr mit euren Angelegenheiten hier fertig seid, dann trinken wir einen Tee.

Nimm dich vor diesem Mädchen in Acht, hatte Opa Nachum ihn gewarnt, nachdem er Ayelet das erste Mal getroffen hatte. Sie erinnert mich an meine Elke seligen Angedenkens. Mit der wirst du nur Probleme haben, und sie wird dein Herz brechen. (Opa Nachums Elke seligen Angedenkens war gar nicht gestorben, aber nachdem sie mit einem zwanzig Jahre jüngeren Kibbuzfreiwilligen nach England durchgebrannt war, hatte er sie für tot erklärt und sogar eine Woche Trauer gesessen, was seine Familie in große Verlegenheit brachte; sie wussten nicht, ob sie sich zu ihm in das Trauerzelt setzen sollten, das er im Hof seiner Hütte errichtet hatte, oder ihm zwei Ohrfeigen geben und ihm sagen, er solle aufhören mit diesem Quatsch.) Die beiden haben sogar denselben frechen Blick in den Augen, dein Mädchen und meine Elke seligen Angedenkens, bemerkte er. Und außerdem lackieren sich beide die Fußnägel rot. Nimm dich in Acht vor Frauen, die sich die Fußnägel rot anmalen!, warnte Opa Nachum ihn nach jedem Besuch von Ayelet, drängte ihn aber gleichzeitig, wieder mit seinem Mädchen in seine Hütte zu kommen, und wenn sie kamen, dann umschwänzelte er sie, bot ihr Süßigkeiten an und brachte ihr eine warme Decke, damit sie sich ja nicht erkälte, und teilte mit ihr seine Abscheu vor orthopädischen Sandalen und vor Israels Vater und machte ihr Komplimente, das Rot ihres Nagellacks stehe ihr gut. Danke, Opa Nachum, pflegte Ayelet zu sagen und mit ihm zusammen eine ganze Flasche Rotwein zu leeren, und danach bekamen sich die beiden über tagespolitische Fragen in die Haare, bittere, laute Streitereien, die immer mit dramatischen Wetten über wenig bedeutsame historische Tatsachen endeten (in welchem Wahlkampf traten die Linkssozialisten das erste Mal auf einer gemeinsamen Liste mit den Sozialdemokraten an? Mit was für einem Gegenstand wurde Leo Trotzki ermordet?). Natürlich verlor Ayelet diese Wetten immer, weshalb sie dann noch eine Flasche Wein auf einen Zug leeren musste.

Wie unvorhersehbar und rätselhaft, was ein Mensch beim anderen auslöst, dachte sich Muschik, wenn er die beiden betrachtete. Und auch: Nur wenn Ayelet mit Opa Nachum zusammen ist, kann ich mir vorstellen, wie sie als Kind war.

In der Nacht, in der sie ihm vorgeschlagen hatte, alles stehen und liegen zu lassen und mit ihr abzuhauen, war er zu Opa Nachum gegangen. Wer sonst hätte ihm helfen können, herauszufinden, warum er vor einem Vorschlag, den er sehnlichst erwartet hatte, nun so zurückschreckte. Doch als er zu dessen Hütte kam, fand er einen gelben Zettel an der verschlossenen Tür. »Bin auf dem Weg nach Russland. Kehre nicht zurück.«

Die erste Postkarte traf eine Woche später aus Wien ein. »Alles verläuft nach Plan«, schrieb Opa Nachum. »Hoffentlich geht es dir gut. Grüß dein hübsches Mädchen.« Danach kamen Postkarten von allen Stationen, die er mit Reißzwecken auf der großen Karte in seiner Hütte markiert hatte. Oslo. Stockholm. Helsinki. Die letzte Karte zeigte den Kreml auf dem Roten Platz. Auf ihr stand: »Ich bin nach Hause zurückgekehrt. Es lebe die Revolution!« Danach kamen keine Karten mehr.

Hatte man Opa Nachum festgenommen und nach Sibirien geschickt? War er gestorben und an seinem Geburtsort begraben worden? Hätte Opa Nachum ihn ermutigt, darauf zu pfeifen, was die Leute sagen, und mit Ayelet abzuhauen, wenn er in jener entscheidenden Nacht in seiner Hütte gewesen wäre?

Ja, es sieht hier wirklich ein bisschen aus wie in der Hütte von Opa Nachum, sagt Ben Zuk und nickt Ayelet zu, die inzwischen zu Bat-El geworden ist. Er mustert den Raum: Die Schuhe am Eingang, die Kleiderhaken, die Kristallschälchen in der Tee-Ecke, der Samowar, der die ganze Zeit köchelt. An den Wänden Bilder von Menschen, nicht von Orten. Ein Regal, das eine ganze Wand einnimmt und dennoch zu klein ist für diese Menge von Büchern. Ein Stapel russischer Zeitungen. Und sogar das kleine Schälchen mit dem Würfelzucker.

So setzen Sie sich doch. Warum stehen Sie?, fragt Katja und weist auf das einzige Sofa im Raum.

Danino setzt sich als Erster, mit weit gespreizten Knien: Ben Zuk und Bat-El müssen sich die linke Hälfte des Sofas teilen. Beide halten die Beine zusammen, und doch berühren ihre Knie sich beinah. Der Hauch ihres Mundes dringt in seine Nase. Wie vertraut.

Was möchten Sie trinken?, fragt Katja, und Daniel übersetzt ihr die Antworten: Einen schwarzen Kaffee mit zwei Zuckerwürfeln für Danino, Nescafé mit viel Milch für Ben Zuk und Kräutertee für Bat-El.

Wie gefällt es Ihnen denn so, hier in Sib… im Viertel Ehrenquell?, beginnt Danino freundlich, und Daniel übersetzt.

Sehr gut, antwortet Katja manierlich. Die Luft ist unserer Gesundheit zuträglich; seit wir angekommen sind, ist noch niemand gestorben. Das ist doch schön, nicht wahr? Kein einziges Grab, es ist, als würde dieser Berg über uns wachen.

Es gibt keine Toten hier, aber auch kein richtiges Leben, schiebt Anton nach, um ihre Ausgangsposition zu festigen. Es gibt hier nichts zu tun. Man kann nirgends hingehn, es gibt kein …

Daniel bittet ihn, eine Pause zu machen, damit er alles übersetzen kann.

Mit Ihrer Erlaubnis möchte ich direkt zur Sache kommen, sagt Danino, nachdem Daniel geendet hat. Gleich beginnt der Schabbat, und ich bin durch Koalitionsabsprachen gebunden und darf am Schabbat keinen politischen Geschäften nachgehen. Schauen Sie, ich verstehe, dass die Bewohner von Ehrenquell ein Clubhaus brauchen. Das ist ein absolut natürliches Bedürfnis, auf das wir in der Stadtverwaltung vielleicht schon früher hätten eingehen müssen. Nicht »vielleicht«, sondern übersetze bitte: »gewiss«, in Ordnung?

Daniel nickt und übersetzt.

Doch das Gebäude, in das Sie eingedrungen sind, fährt Danino fort, ist eine Mikwe, die ein Wohltäter aus New York gestiftet hat; die erste Mikwe in Ehrenquell.

Entschuldigung, unterbricht ihn Daniel, was ist eine Mikwe?

Danino schaut ihn fassungslos an. Du weißt nicht, was eine Mikwe ist? Und etwas lauter sagt er: Schämst du dich denn nicht?

Und Sie, wissen Sie, wer Puschkin ist? Wer Achmatowa ist?, möchte Daniel kontern, mit einem Satz, den seine Mutter seiner Literaturlehrerin entgegengeschleudert hat, als sie ihr am Elterntag sagte, ihr Sohn kenne kaum ein Gedicht von Lea Goldberg.

Aber er ist nur ein Kind. Deshalb antwortet er nicht, sondern verkriecht sich in sich selbst; Tränen steigen ihm in die Augen.

Das hat mir gerade noch gefehlt, denkt sich Danino, dass mein einziger Dolmetscher jetzt, zwanzig Minuten vor Schabbatbeginn, zusammenbricht. Lass gut sein, er nickt Daniel zu, sag ihnen Folgendes: Vermutlich handelt es sich um ein Missverständnis. Tut mir leid, aber dieses Gebäude ist für andere Zwecke bestimmt. Sie können hier nicht weiter Schach spielen. Das – das geht einfach nicht.

Was schlägt er dann vor?, bittet Anton Daniel zu übersetzen.

Ja, was genau schlägt er uns vor, brummen bedrohlich Nikita und Spielman.

Danino deutet mit dem Kopf auf Ben Zuk, und der breitet eine Karte auf dem Tisch aus, die er schon vorher hat zeichnen lassen (dabei berührt sein Ellbogen den von Bat-El, und ein Stromstoß, schmerzhaft und zugleich angenehm, durchfährt sie beide). Passen Sie auf, sagt Ben Zuk und schlägt mit seinem Zeigestock auf beliebige Punkte im Zentrum der Karte, und alle beugen sich vor, um besser zu sehen. Wir befinden uns hier. Die Mikwe ist dort. Und hier, er schlägt wieder mit seinem Stock, haben wir ein Gelände ausfindig gemacht, das für die Errichtung eines Clubhauses geeignet ist. Wenn Sie mit dem Vorschlag einverstanden sind, können wir bereits nächste Woche mit dem Bau beginnen.

Erklär ihm, sagt Anton zu Daniel, dass er hier niemanden mit seinen Karten beeindrucken kann. Wir können einfach auf den Balkon gehen und uns alles in der Realität anschauen. Baubeginn nächste Woche? Wir haben ja gesehen, wie hier gebaut wird. Es ist eine Farce: Baubeginn, Baustopp, Baubeginn, Baustopp. Wer weiß, ob sie je damit fertig werden? Sag ihm, wir gehen hier so lange nicht raus, wie wir nicht einen anderen Ort haben, *Hvatit*!

Daniel betrachtet den angespannten Körper Ben Zuks, der noch immer den Stock hält, und beschließt, die Sache mit den Karten nicht zu übersetzen. Warum ihn beleidigen. Sie fordern eine sofortige Lösung, sagt er zu Danino. Sonst spielen sie weiter in diesem Gebäude Schach.

Danino und Ben Zuk tauschen schnell und unauffällig ein paar Blicke (nur Bat-El bemerkt sie, genau wie sie das Aufblitzen in Ben Zuks Augen bemerkt hat, bei seinem Blick auf ihr Schlüsselbein, als sie sich über die Karte beugte).

Es gibt da noch eine andere Möglichkeit, sagt Danino.

*

Am Sonntag fährt ein riesiger Sattelschlepper ins Viertel und bringt einen Wohncontainer. Die Bewohner Sibiriens treten hinaus auf ihre mit einer Pergola überdachten Balkone und verfolgen, wie Kräne und Seile den Container hochheben und am Eingang des Viertels herunterlassen, genau an der

Stelle, die Ben Zuk auf der Karte markiert hat. Er hat zuvor mehrfach und aus allen Winkeln geprüft, dass man von dort aus das Geheime-Militärcamp-das-jeder-kennt nicht sehen kann. Zwei Tage später, nach emsigen Vorbereitungen, überreicht Ben Zuk Anton den Schlüssel, und Anton tritt ein. Der Raum ist kleiner als versprochen, notiert er sich in Gedanken. Der Boden ist etwas schief, natürlich kein Marmor. Die Regale kann man nicht als schön bezeichnen. Die Akustik ist so schlecht, dass Jascha hier niemals ein Konzert geben wird.

Andererseits gibt es hier nicht diese überflüssigen Duschkabinen, keine dummen Handtücher und kein winziges Schwimmbecken in der Mitte. Und noch etwas: Von den Wänden dieses Hauses geht nicht jenes Glühen aus, das sein Glied das erste Mal seit Jahren mitten in einer Partie mit Spielman hat aufstehen lassen, und am nächsten Tag gleich wieder, zu seinem Schrecken mitten in einer Partie mit Nikita. Es war, als hätte jemand diesen ganzen Ort mit sexueller Energie aufgeladen, und das war wunderbar und gleichzeitig unerträglich, hat er auf dem Heimweg in Gedanken und nur in Gedanken Katja erzählt, doch zu Hause hat er ihr kein Wort gesagt, denn plötzlich machte es ihn verlegen, dass sich sein Glied nach ihrem langen, geduldigen Warten ausgerechnet in der Anwesenheit von Männern aufgerichtet hatte und nicht bei ihr.

Na, was sagen Sie?, fragt Ben Zuk, und da Daniel inzwischen wieder bei seinen Eltern ist und keiner für ihn übersetzt, malt er mit dem Finger ein Fragezeichen in die Luft.

Anton zischt einen saftigen Fluch auf Russisch (ein Glück, dass Daniel nicht dabei ist) und stellt das Glas mit den Oliven aufs Fensterbrett des neuen Schachclubs. Als Zeichen der Zustimmung.

*

Inzwischen sitzt Ayelet wieder draußen vor der Mikwe und wartet. Wozu im Vorraum warten, wenn eh keiner kommt? In der ersten Woche reparierte sie eifrig die Schäden, die die Schachspieler hinterlassen hatten, und bereitete den Ort von Neuem für das rituelle Untertauchen vor. Danach bereute sie ihren Eifer. Sie hätte sich mehr Zeit lassen sollen, dann wäre sie jetzt nicht mit ihren Gedanken allein.

Ab und zu kommen Vögel zu Besuch, setzen sich auf die Mauer oder auf die Stromleitungen; sie riechen quellendes Wasser, können es aber nicht finden. Auch ein flinker Fuchs kam eines Abends vorbei, starrte sie mit pubertärem Blick an und zog wieder ab. Ab und zu gehen die Bewohner des Viertels auf dem Weg zum Schachclub oder zur Bushaltestelle an ihr vorüber, die Männer nicken ihr manchmal zu, und einer – der, der auf den Felsbrocken geklettert ist und von Lenin und der Emanzipation gesprochen hat – zieht vor ihr seinen Hut und schenkt ihr ein schiefes Lächeln voll schmutziger Absichten.

Doch keiner kommt rein.

Außer Muschik, der jeden Sonntag und Mittwoch zum Untertauchen kommt. Und auch freitags, vor Beginn des Schabbat.

Schon ein paar Minuten, bevor sein Wagen ins Viertel gefahren kommt, spürt sie, dass er unterwegs ist, zieht einen kleinen Spiegel aus der Tasche, macht sich für ihn zurecht und grämt sich dann darüber, dass sie das tut. Wenn er da ist, begleitet sie ihn bis zur Tür der Männermikwe und schließt ihm auf. Beide wissen, auch er hat einen eigenen Schlüssel, aber keiner spricht es aus.

Während er untertaucht, geht sie in die Frauenmikwe. Die Wand zwischen den beiden Räumen ist dick, aber an der Stelle, wo Muschik den Notausgang gebaut hat, ist sie dünner, und sie legt ihr Ohr an die Tür und lauscht seinem

Gebet und danach den Geräuschen seines Körpers im Wasser, und manchmal überkommt sie ihr Trieb, und sie stellt sich diesen Körper vor, versucht sich vorzustellen, wie der jugendliche Körper, den sie kannte, sich wohl verändert hat. Ist seine Brust behaart oder flaumig? Hängt sie bereits wie bei einem Familienvater, oder ist sie noch straff und stramm wie bei einem Knaben? Und die mitleiderregenden Pickel auf seinen Oberschenkeln, was ist mit denen? Haben sie sich vermehrt? Sind sie mit den Jahren verschwunden?

Der Körper ist nur das Gefäß, nur die Hülle, mehr nicht, versucht sie sich zu beruhigen, doch ihr Innerstes drängt zu ihm, und die Wände der Mikwe nehmen ihr Verlangen auf, erhitzen sich noch mehr als bei den Gedanken von Muschik, dem Erbauer der Mikwe, und Antons plötzlicher Erektion.

Wenn sie hört, wie er das letzte Mal aus dem Wasser auftaucht, kehrt sie rasch zurück an ihren Platz am Tor, zur Straße hin. Als er herauskommt, ist er gewaschen, rasiert und riecht gut nach Mann; er hat es nicht eilig, sondern nimmt sich einen Stuhl und setzt sich zu ihr. Nicht sehr nah, aber auch nicht fern. Ein kühler Sommerwind trägt leise Worte von einem zum andern.

Sie fragt ihn nach seinen Kindern; er erzählt ihr von deren Erfolgen. Der Große sei schon ein richtiger kleiner Gelehrter, man prophezeie ihm als Talmudschüler eine leuchtende Zukunft. Und der Kleine, der sei ein Phänomen. Mit einem Jahr sei er schon gelaufen, und mit zwei habe er seinen ersten Korb geschossen. Einen Korb der Großen?, fragt sie erstaunt. Nein, lächelt er, einen Korb für Kinder, den er extra in seinem Zimmer angebracht habe. Du kümmerst dich sehr, ich wusste, du würdest ein wunderbarer Vater sein, sagt sie bewundernd, und er schweigt und senkt den Blick. Ich spiele auch Basketball, sagt sie schnell, um die Verlegenheit aufzulösen, und jetzt ist er es, der staunt: Wo? Mit wem? In Brooklyn, erklärt sie, da gibt es eine Halle, wo zu bestimmten Zeiten nur Frauen spielen (und im selben Moment erinnern sich beide, wie er sie bei ihrem ersten Treffen zu den Jungs auf dem Basketballplatz im Kibbuz mitnahm, er erinnert sich, wie Israels Hemd an ihrem Körper klebte, und sie erinnert sich, wie er die ganze Zeit versucht hat, ihr Bälle zuzuspielen).

Und wie kommst du mit den Amerikanerinnen zurecht?, fragt er. Die spielen sehr gut, oder?

Ja, sagt sie, aber sie spielen solistisch. Deshalb versuche ich ihnen beizubringen, etwas sozialistischer zu spielen.

Das kann ich mir vorstellen, lacht er.

Nachdem das Lachen abgeflaut ist, schaut er sich ängstlich um. Sie auch. In der Stadt der Gerechten könnten sie es nicht wagen, so zusammenzusitzen, und so miteinander zu reden. Dort würden sich sofort die bösen Zungen wie Schlangen um sie schlingen. Aber hier, im fernen Sibirien, kennt man sie nicht. Hier interessiert es niemanden, ob ihrer beider Seelenhälften sich jetzt beinahe berühren.

Ehrlich gesagt, ich bin gar kein so perfekter Vater, sagt Muschik. (Darin hat er sich nicht verändert, denkt sie, auch damals konnte er im Gespräch plötzlich ein Thema wiederaufnehmen, mit dem sie längst durch waren.)

Keiner ist perfekt außer Ihm, tröstet sie ihn.

Doch er lässt sich nicht so leicht trösten. Ich weiß nicht … ich spüre da so eine Fremdheit …, murmelt er vor sich hin, den Blick gesenkt, so eine Distanz zwischen mir und den Kindern … das heißt, mit dem einen mehr als mit …

Distanz? Was meinst du mit Distanz? Das erste Mal in diesem Gespräch schaut sie ihn direkt an.

Da springt er auf, mit einer zu jähen Bewegung – sein Stuhl wackelt und kippt beinahe um –, schaut auf die Uhr und sagt, Ich muss nach Hause. Es ist schon spät. Du musst bestimmt auch gehen. Den Schabbat vorbereiten.

Ja, sagt sie, und ich muss auch noch ein bisschen aufräumen, drinnen bei den Männern.

Nur Gutes!, wünscht er ihr und ist bereits auf dem Sprung.

Nur Gutes!, antwortet sie seinem sich entfernenden Rücken und ist sich jedes Mal sicher, dass er nicht mehr wiederkommen wird.

Ist auch besser so, sagt sie sich. Immer, wenn sie ihn sieht, braucht sie nachher Stunden, bis sie ihr inneres Gleichgewicht wiederfindet.

Doch er kommt wieder. Jeden Sonntag und Mittwoch. Und auch freitags, bevor der Schabbat beginnt. Nach dem Untertauchen nimmt er sich einen Stuhl und setzt sich zu ihr. Stets im selben Abstand. In den ersten Sekunden schweigen sie immer. Ein Rascheln und noch ein Rascheln in den Blättern. Die Zugvögel, die gerade in der Gegend sind, landen auf den umstehenden Bäumen. (Ja, auch die Vögel verfolgen, was die Menschen tun – ohne Fernglas, ihre Sinne sind scharf genug –, und wenn zwischen zwei Menschen ein Wunder geschieht, spüren sie es von Weitem und kommen angeflogen, um dabei zu sein.)

Merkwürdig, sagt Ben Zuk in Fortsetzung eines anderen, längst vergessenen Gesprächs, merkwürdig ist, dass mir alles so bekannt vorkam. Vom ersten Moment an habe ich gespürt, dass ich da keine neue Welt entdecke, sondern vielmehr einen Zugang zu etwas finde, was längst in mir war.

Dann warst du in deinem früheren Leben …?

Vielleicht. Aber vielleicht war es auch in diesem Leben. Bevor meine Eltern … bevor man mich in den Kibbuz … du weißt schon.

Sie weiß es.

Jedenfalls ging es ganz natürlich. Als seien die Linien für die Gebetsriemen auf meinem Arm schon vorgezeichnet gewesen.

Weißt du, sagt Bat-El, tastet sich vor, ich schaue dich ja an seit … seit wir uns wiedergetroffen haben … und ich frage mich … zu welcher Strömung gehörst du? Zu den *Bratzlavern*? Zu den *Chabad*-Leuten? Zu *Schass*?

Zu den Ben Zuks, sagt Muschik und lächelt. Nein, ich hab mich in keiner dieser Strömungen wiedergefunden … nie ganz … alle haben ihre Vor- und Nachteile … aber immer soll ich auf die anderen verzichten.

Dann hast du auch keinen Rabbiner? Jemanden, den du um Rat fragen kannst?

Nicht wirklich.

Das ist nicht leicht, sagt sie, wendet ihm ihr Gesicht zu, so ganz alleine den Weg zum Judentum zurückzufinden. Ich meine, auch so ist es schon verwirrend genug.

Was soll ich machen, sagt er und hebt die Hände. Ein Externer bleibt immer ein Externer.

Ihre Hand strebt zu seiner Wange, als er das sagt. Sie spürt regelrecht das Begehren in ihren Fingern. Doch sie schiebt sie unter ihre Oberschenkel, und statt ihn zu streicheln, fragt sie: Aber bist du mit dir in Frieden? Ich meine, mit dem Weg der Ben Zuks?

(Ich war ziemlich in Frieden mit mir, bis du plötzlich wieder aufgetaucht bist, denkt er und sagt:) Kann ein Ben Zuk mit sich in Frieden sein?

Seine Frage hängt zwischen ihnen. Bat-El weiß, dass sie an sie gerichtet ist, fürchtet aber, nicht aufhören zu können, wenn sie einmal zu reden anfängt. Und dass sie dann Dinge sagt, die sie lieber nicht …

Er schweigt. Drängt sie nicht.

Sie denkt: Ich habe schon immer gern mit ihm geschwiegen.

Und sie denkt: Auf Hebräisch zu schweigen ist anders als auf Englisch.

Schließlich sagt sie: Ich bin in Frieden mit meinem Glauben an den Ewigen, Er sei gepriesen, und zufrieden mit dem inneren Gleichgewicht, das das Judentum mir heute gibt. Ich bin in Frieden damit, dass ich über andere Menschen positiver denke und dass ich mir selbst mehr Grenzen stecke.

Aber? Er schaut sie fragend an.

Wer sagt, dass es ein »Aber« gibt?

Es klang so nach »aber«.

Ich ... ich bin nicht immer ... Manchmal hab ich das Gefühl, als hätte ich einen Kibbuz gegen einen anderen eingetauscht. Verstehst du?

Er versteht.

Und, unter uns, diese Art, sich zu kleiden, find ich nicht gerade umwerfend, sagt sie und zeigt auf ihr langes Kleid. Manchmal passen kurze Hosen so viel besser. Oder ein Rock, vor allem im Sommer.

Ben Zuk nickt und denkt: Wie viele Jahre habe ich kein Gespräch mehr geführt, in dem nicht jeder Zweifel mit »Alles, was uns der Himmel schickt, ist nur zu unserem Besten« beantwortet wird.

Ayelet ihrerseits macht der Mut ihrer Worte etwas verlegen, und sie setzt sich anders hin. Jetzt liegt ihr linkes Bein auf dem rechten, und ihr Schuh ist Ben Zuks Hosenbein näher. Zu nah. Soll sie sich wieder anders hinsetzen? Aber wäre das nicht albern?

Ben Zuk zieht sein Bein nicht weg von Ayelets Schuhspitze und ertappt sich dabei, wie er sie sich in kurzen Hosen vorstellt. Und danach in einem kurzen Rock. Sehr kurz. Der wollüstige Wolf erwacht aus seinem Winterschlaf und streckt die Wolfstatzen aus. Und was ist mit deinem Mann, will er brummen: Weiß er, dass du dich nach kurzen Röcken sehnst? Und überhaupt, was ist das für ein Mann, der dein Herz erobert hat? Kann er dich zum Lachen bringen, so wie ich es konnte? Und im Bett? Bringt er dich zum Stöhnen, zu diesen feinen, spitzen Klagelauten, die ein bisschen wie Weinen klingen? Oder findest du, genau wie ich, deine Befriedigung vor allem in der Erinnerung?

Aber er sagt nichts. In diesem Paradies, in Sibirien, reden sie nicht von ihren Ehepartnern, so als könnte die bloße Erwähnung ihrer Namen alle Vögel vertreiben.

Sie reden auch nicht davon, dass niemand die neue Mikwe besucht. Und dass man Danino wohl warnen sollte, bevor der edle Spender aus Amerika eintrifft, was in weniger als zwei Wochen zu erwarten ist. Aber dann würde der sich um die Sache kümmern, und sie hätten hier nicht mehr diese Ruhe, in der man einfach dasitzen und langsam sein Innerstes nach außen stülpen kann.

*

Eines Mittwochs, während sie dasitzen und sich unterhalten, schreckt Reifenquietschen sie auf. Jetzt ist es vorbei. Man hat uns entdeckt, schießt es beiden durch den Kopf. Die Zeit des Honigs ist vorbei, jetzt sticht der Stachel. Doch aus dem Auto steigen nur Noam-Naim, der Vogelbeobachter und Bauunternehmer, und eine langbeinige blonde junge Frau.

*

Also … wenn das so ist … dann mache ich dir einen Vorschlag, stammelte der erste Nachrichtendienst-Offizier, gleich nachdem Naim ihm erzählt hatte, was er an jenem Tag durch sein Fernrohr gesehen hatte.

Ich mach Ihnen einen Vorschlag, sagte Naim und setzte sich bequem hin, genauer gesagt ein Ultimatum. Lassen Sie mich binnen zweier Stunden frei und geben Sie mir bitte mein Fernglas zurück, sonst erfahren diejenigen, die es interessiert, was Sie während der Mittagspause in Ihrem Peugeot so treiben.

Der erste Nachrichtendienst-Offizier fuhr sich mit der Hand über die Glatze, als hätte er noch Haare. Danach polkte er lange mit der Zunge im Mund, als versuchte er, etwas Störendes zwischen den Zähnen zu beseitigen.

Angenommen, nur mal angenommen, dass ich dich freilasse, sagte er schließlich, wie kann ich sicher sein, dass du nicht gleich losrennst und die Sache rumerzählst?

Weil wir Wort halten. Im Gegensatz zu euch.

Okay, sagte der erste Nachrichtendienst-Offizier nach einer weiteren Pause. Das Fernglas bleibt bei mir, und ich möchte, dass du dich nicht länger hier in der Gegend aufhältst, Naim. Ich möchte dich nicht mehr in der Nähe unseres Camps hier sehen. Weder mit noch ohne Fernglas. Ist das klar?

Machen Sie sich keine Sorgen, sagte Naim, der letzte Ort, an dem ich mich aufhalten möchte, ist Ihr Camp.

Vom Gefängnis fuhr Naim direkt zum See-in-dem-kein-Wasser-ist. Die Familie kann warten, sagte er sich. Du musst erst mal was Schönes sehen, nach dieser ganzen Hässlichkeit. Die Leute von der Vogelstation kannten ihn noch von früher. Sie umarmten ihn, als spürten sie, dass er jetzt eine Umarmung brauchte. Sie boten ihm zu essen und zu trinken an, eine Dusche, neue Kleider. Sie liehen ihm ein Fernglas. Das sind Juden, ging es ihm durch den Kopf, und auch die Ermittler im Gefängnis sind Juden. Bei Menschen kannst du nie wissen.

Bei Vögeln ist das schon einfacher.

Er legte sich den Riemen des Fernglases um den Hals und ging hinaus ins Naturschutzgebiet. Im Sommer war hier normalerweise nicht viel los, doch manchmal konnte man eine seltene libanesische Amsel sehen, die sich auf dem Heimweg ein bisschen ausruhte. Er ging auf das Holzbrückchen, das kürzlich für die Besucher gebaut worden war, und hielt sich am Geländer fest. Im Sumpf regten sich die Fischotter. Im Himmel – nichts. Nur ab und zu das Zwitschern der Mauersegler oder das Stöhnen der Fischreiher. Aber was war das? Aus dem Augenwinkel sah er einen Vogel Strauß von der anderen Seite auf die Brücke laufen. Er hob das Fernglas vor die Augen und stellte es ein. Da sah er, es war eine Frau. Mit Beinen so lang wie die eines Straußen, und einem aufgeplusterten Hintern und einem etwas spitzen, aber hübschen Gesicht. Plötzlich hob die Straußin ihr eigenes Fernglas und richtete es auf ihn. Er ließ seines erschrocken sinken. Unter Vogelbeobachtern gilt das ungeschriebene Gesetz, dass man sein Fernglas nicht auf Menschen richtet. Wie sollte er ihr jetzt erklären, dass er sie für einen Vogel gehalten hatte? Er sollte lieber kehrtmachen und verschwinden. Ein Fischotter unter der Brücke werden. Aber Moment mal. Sie winkte ihm mit ihren Flügelarmen und gab ihm wortlos ein Zeichen: Komm mal! Komm mal her!, und zeigte auf etwas, was sich gerade in einem Gebüsch abspielte.

Look, flüsterte sie ihm auf Englisch zu, als er näher kam. Ein Tukan mit rotem Schnabel saß da auf einem Ast. Den kannte er nur von Abbildungen in Büchern. Eine seltene Spezies, die es nur in Zentralamerika gab, und auch da musste man sie suchen.

What is he doing here?, flüsterte er.

I believe it's a *lost solo*, antwortete sie.

Er hatte schon von den verlorenen Einzelgängern, den *lost solos*, gehört – Vögeln, die plötzlich alleine weitab ihrer üblichen Zugrouten auftauchen, weit weg von ihrem Schwarm, auf einem fremden Kontinent, als habe sich etwas in ihrem inneren Kompass verschoben. Oder vielleicht eine genetische Mutation. Die Forscher schlugen ganz unterschiedliche Begründungen für diese ungewöhnliche Erscheinung vor, und keine davon war bislang bewiesen.

Der erste Fall wurde 1912 dokumentiert, erzählte sie ihm später bei einer Tasse Kaffee in der Caféteria des Naturparks, ihre langen weißen Beine neben dem Tisch von sich gestreckt. Der deutsche Vogelbeobachter Wilhelm Stanz fotografierte und beringte einen einsamen afrikanischen Kranich, der plötzlich im Botanischen Garten von Berlin aufgetaucht war und einige Tage später starb. Während des Ersten Weltkriegs dokumentierten argentinische Ornithologen völlig erschöpfte europäische Kuckucke, die wohl vor den Kriegswirren geflohen waren. Sie wurden übrigens kurz darauf von argentinischen Katzen, denen jedes historische Sentiment abging, aufgefressen.

Natürlich, beantwortete sie die Frage, die in seinem Kopf Form annahm, natürlich entdeckte man in einer Reihe von Fällen, dass es sich um eingeschmuggelte Vögel handelte, die freigelassen worden waren. Aber wenn man diese Fälle abzieht, bleiben zwischen zwanzig und dreißig solcher Vorkommnisse im Jahr ungeklärt, und die nennt man *lost solos*.

Und du bist hierhergekommen, um einen *lost solo* zu suchen?, fragte er und zündete sich die erste Zigarette seit seiner Freilassung an.

Lost solos kann man nicht suchen. Sie finden dich, sagte sie, zog eine Zigarette heraus, die besonders lang war, so lang wie sie.

Er beugte sich vor, legte seine Hände schützend um ihre beiden Zigaretten und zündete seine an ihrer an.

Dein Blick, sagte sie verwundert, ist so anders als der von allen andern Leuten, mit denen ich hier bisher geredet habe.

Of course, sagte er, obwohl er sich auch irgendwie hätte herausreden können; ich bin Araber.

Sie nahm einen langen Zug. Gibt es in Israel viele arabische Vogelbeobachter?

Soviel ich weiß, bin ich der einzige, sagte er.

Ein Funken wissenschaftlichen Interesses flammte in ihren Augen auf.

Okay, du kannst mich beringen, wenn du willst, sagte er.

Sie lachte.

Schon lange hatte er keine Frau mehr zum Lachen gebracht.

Naim, sagte er und reichte ihr die Hand.

Diana, sagte sie und reichte ihm ihren weißen Flügel.

Und woher kommst du, Diana?

Von allen möglichen Orten. Im Grunde von nirgendwo her, antwortete sie.

Jetzt war es an ihm zu lächeln. Sie rauchten schweigend. Jemand stellte die Plastikstühle der Caféteria zu kleinen Türmen aufeinander.

Wie lang bist du noch hier?, fragte er.

Bis eine besonders starke Thermik kommt und mich weiterträgt.

Dann mach ich dir einen Vorschlag, sagte er (keine Lügen mehr, rief eine entschiedene innere Stimme in ihm, ich verstelle mich nicht mehr!), ich bin heute nach einem Monat im Knast wieder freigekommen, deshalb muss ich jetzt zu meiner Familie ins Dorf, kurz mal vorbeischauen. Aber morgen nehm ich dich gerne mit zu einem ganz besonderen Aussichtspunkt, der in keinem Buch verzeichnet ist.

Ein Ausflug mit einem freigelassenen Gefangenen, sagte sie, indem sie die Zigarette ausdrückte, das klingt vielversprechend.

Am nächsten Morgen holte er sie in der Grenzstadt im Hotel »Berggipfel« ab.

Nachdem Ayelet und Ben Zuk in diesem Hotel in der letzten Nacht, bevor er eingezogen worden war, ein Zimmer genommen hatten, war hier eine Katjuscha eingeschlagen. Volltreffer. Mit den großzügigen Entschädigungen vom Staat hatte sein Besitzer es von Grund auf renoviert.

Jetzt sah es noch trauriger aus.

Du hast nicht vor, mich zu entführen, oder?, fragte Diana, während sie sich aus dem Fenster lehnte, mit einer riesigen Sonnenbrille vor den Augen und einem Vogelbeobachter-Fernglas auf der Brust.

Wir Araber entführen nur bei Vollmond und ausschließlich Jungfrauen, sagte er.

Ah, dann kann ich ja unbesorgt sein, antwortete sie.

Und das Auto fuhr los, noch weiter den Berg hinauf.

*

Mabruk, ya Noam!, ruft Ben Zuk, steht auf und streckt ihm die Hand entgegen. Du bist frei!

Ich heiße Naim, Naim Omar, sagt er und drückt schlaff die ihm gereichte Hand. Es ist ihm unangenehm. Und das ist Diana, sie ist bei mir zu Besuch.

Auch Diana will ihm die Hand reichen, doch Ben Zuk behält den Arm eng am Körper.

Das ist Bat-El, sagt er, denn er will Naims Geste erwidern, sie ist die *balanit* … ich meine, die Frau, die …

Ich weiß, was eine *balanit* ist, unterbricht ihn Naim und prüft voll Abscheu die hohe Mauer, die gebaut wurde, um die Sicht zur Militärbasis zu verstellen.

Ihr Freund, wendet sich Ben Zuk an Diana, ist ein Genie. Er hat dieses ganze Gebäude, das Sie hier sehen, geplant. Ich habe nur getan, was er mir gesagt hat, nicht wahr, Noam … verzeih, Naim?

Außer der Mauer, stellt Naim klar.

Ja, die SSM, die Sichtschutzmauer, das war eine Forderung der …, beginnt Ben Zuk, doch in seiner Verlegenheit muss er plötzlich schlucken.

Kann ich reingehen?, fragt Naim. Seine berufliche Neugierde ist stärker als seine persönliche Abscheu.

Tfadallu, bitte schön, sagt Ben Zuk und wechselt einen Blick mit Bat-El. Wir bleiben draußen, falls jemand kommen sollte.

Naim schreitet mit Diana durch den Mikwenraum. Die ungestillten Begierden der vorigen Besucher glühen noch immer innerhalb dieser Mauern. Bei jedem Schritt sieht er kleinere bauliche und ästhetische Makel, doch alles in allem findet er die Mikwe ganz ordentlich.

Das ist eine Mikwe, erklärt er Diana und zeigt auf das kleine Mikwebecken. Frauen nehmen hier ein Tauchbad, nachdem ihre Me… … zur vorgeschriebenen Zeit … und danach sind sie wieder rein für … das ist ein sehr verbreiteter Brauch bei den Juden.

Diana kapiert es nicht ganz, nickt aber. Sie mag Naims Stammeln, wenn er über den weiblichen Körper spricht. Sie kriegt bald ihre Tage, und deshalb überkommt sie, während sie in die Männermikwe gehen, plötzlich ein gewaltiger Drang, ihn zu berühren, und sie weiß nicht, ob sie das ihrem Zyklus zuzuschreiben hat oder der aufgeladenen, geradezu elektrisierten Luft an diesem Ort, der sie an eine Sauna erinnert und doch so anders ist.

Aber dieser Notausgang, murmelt Naim vor sich hin, warum gibt es nur einen, und die Tür ist viel zu dünn … und nicht an der richtigen Stelle … sie müsste sich nach draußen öffnen, nicht in den anderen Flügel … beide Türen müssen ins Freie …

Was sagst du?, fragt Diana.

Er dreht sich um und sieht, dass sie sehr dicht hinter ihm steht; mit kleinen Schweißperlen auf dem Gesicht, das Fernglas drückt ihr auf die Brust.

Nichts, nichts Wichtiges, kann er gerade noch sagen.

Und wozu gehen Männer in die Mikwe?, forscht Diana nach. Sie haben doch keine Menstruation ... Wovon müssen die sich reinigen?

Keine Ahnung, sagt Naim und schaut ihr mutig in die Augen. Vielleicht von ihren schmutzigen Gedanken?

Shame on you, ruft sie, fuchtelt mit dem mahnenden Zeigefinger einer Lehrerin, und er – was für ein Teufel reitet ihn da – packt ihren Finger und hält ihn in seiner Faust.

Das Geräusch der sich öffnenden Tür schreckt sie auf. Tageslicht mischt sich in das Neonlicht. Ben Zuk kommt herein. Nun, drängt er Naim, auf Bestätigung wartend. Was sagst du? Wie findest du meine Arbeit?

Ganz in Ordnung, sagt Naim. Du hast eine Zukunft in diesem Fach.

Mit Materialien hab ich nicht gespart, prahlt Ben Zuk.

Das sieht man, bekräftigt Naim.

Hast du nichts anzumerken? Keine Verbesserungsvorschläge?

Dianas Finger steckt noch immer in Naims geschlossener Hand. Er hat sie nicht losgelassen, und sie hat ihn nicht zurückgezogen. Im Gegenteil. An beiden rinnt der Schweiß herunter und lässt Dianas Finger noch tiefer in seine Faust hineingleiten.

Lasst uns rausgehen, sagt Ben Zuk, es ist heiß hier.

Erst draußen zieht Diana ihren Finger langsam aus Naims Faust und entfernt sich ein paar Schritte von den beiden, um einen roten Falken zu beobachten, der über das Tal schwebt.

Also, was sagst du? *Mabsut challass*? Ben Zuk hofft immer noch auf Anerkennung.

Naim beschließt, die Tür des Notausgangs nicht anzusprechen. Ben Zuk würde womöglich noch ihn für diese Panne verantwortlich machen und von ihm verlangen, den Fehler zu beheben. Womöglich um ihn vor Diana zu erniedrigen. Bei denen weiß man nie.

Abgesehen von der Mauer ist alles sehr schön geworden, sagt er noch einmal und wendet den Blick dann zur Mikwefrau: Alles sieht hier so neu und sauber aus. Als würde die Mikwe gar nicht benutzt.

Ehrlich gesagt benutzt sie auch niemand, sagt Bat-El.

Naim schaut sie staunend an.

Die Leute in diesem Viertel, erklärt sie, sind Neueinwanderer aus Russland. Sie haben kein Interesse, sie brauchen keine Mikwe. Und die Leute aus der Stadt … die kommen nicht hierher wegen eines Typen, der eine Erscheinung hatte … der sie gewarnt hat … und so kommt nur Musch… Herr Ben Zuk … zum Untertauchen hierher, bisher zumindest.

Schade, sagt Naim. Weiß Danino davon?

Aber sicher doch, lügen Bat El und Ben Zuk perfekt synchron.

So ein Gauner, aber er wird schon wissen, was er tut, murmelt Naim vor sich hin und geht zu Diana, die bei der Sichtschutzmauer steht.

The Wall, sagt sie und zeigt resigniert auf die Begrenzung ihres Sichtfeldes.

Yes, I know, sagt Naim und erklärt: Die Armee denkt, dass man von hier aus das Militärcamp beobachten kann. Deshalb haben sie diese Mauer da hingesetzt. Deshalb haben sie mich auch festgenommen, als ich die Vögel beobachtet habe. Aber keine Sorge, ich bringe dich an einen Ort, an dem es keine Mauern gibt, okay? Nicht weit von hier.

Solang du mich nicht entführst, ist alles in Ordnung, antwortet Diana.

Ruf mich an, sagt Ben Zuk, als die beiden gehen. Ich muss dich noch für deine Arbeit bezahlen. Und wie ich die Stadtverwaltung und Danino so kenne, kommen bald noch mehr Projekte herein … und … hör zu, Bruder … ich hab bei dir auch noch was gutzumachen.

Ach, lass mal.

Warum nicht? Wegen der …? Du musst wissen, ich habe keinen Moment geglaubt, dass du … du weißt schon. Lass dir nicht von ein paar Idioten …

Ich höre auf, unterbricht ihn Naim (manchmal erfährt man erst dann von seinen eigenen Entscheidungen, wenn man sie einem anderen mitteilt).

Mit der Arbeit?

Mit allem, sagt Naim (und denkt noch immer nicht über seine Worte nach, sagt sie aber trotzdem). Ich muss eine Weile weg von hier.

Diana versteht kein Wort, aber als Naim sagt, er müsse weg, nimmt sie dieses besondere Beben in seiner Stimme wahr – ein Beben, das sie von ihrem Großvater kennt, von ihrem Vater und von ihrer großen Schwester, von dem Moment, bevor sie zu einer Reise aufbrachen … und sie legt ihm einen Flügel auf die Schulter.

*

Du hast keine Wahl, sagt Bat-El zu Muschik, irgendwann musst du dem Bürgermeister erzählen, was hier los ist.

Was hier nicht los ist, präzisiert der und hebt seinen Blick zu der leeren Straße. Naim und Diana sind gegangen, um die Realität aus einer anderen Perspektive zu betrachten, und andere Besucher sind nicht in Sicht. Sogar die Vögel auf den umstehenden Bäumen zwitschern nicht mehr, sondern lauschen.

Warst du deshalb so still, als Naim hier war?, fragt er sie.

Auch, antwortet sie (und auch, weil Naim sie mit seiner spitzen Nase an ihren Mann erinnert und Schuldgefühle sie überschwemmen, aber das sagt sie nicht, um nichts zu verderben). So geht es nicht weiter, fährt sie fort, wir versündigen uns an der Stadtverwaltung. Und wir versündigen uns an dem, der diese Mikwe gespendet hat.

(Und wir versündigen uns an unseren Ehepartnern, am Ewigen und an dem Weg, den zu gehen wir uns entschlossen haben, denkt Muschik, sagt aber nur:) Du hast recht. Ich rede mit Danino. Und er nimmt sich vor, das gleich, wenn er nach Hause kommt, zu tun. Doch als er nach Hause kommt, braucht der Große seine Hilfe bei den Rechenaufgaben, und das Wasser in der Spüle läuft nicht ab, deshalb legt er sich darunter, nimmt den Siphon auseinander und behebt die Verstopfung, und bevor er Zeit hat, sich zu duschen, ruft jemand wegen des Wagens an, obwohl er gar keine Anzeige aufgegeben hat, und Menucha schaut ihn misstrauisch an, wieso will er plötzlich den Wagen verkaufen? Und er, besorgt über ihren argwöhnischen Blick – Argwohn passt so gar nicht zu ihr –, sagt, ich verkaufe nicht, ich weiß auch nicht, was dieser Anruf soll, und klingt, obwohl er die Wahrheit sagt, vor sich selbst wie ein Lügner. Danach bringt er die Kinder ins Bett und schläft auf dem Boden neben dem Bett des Kleinen ein, der nicht einschläft, wenn Papa sich nicht neben ihn legt, und in diesem kurzen Schlaf, höchstens eine Viertelstunde, träumt er bereits von Ayelet: Sie isst einen nicht koscheren Sesam-Bagel, und jedes Mal, wenn sie fertig ist, wächst der nicht koschere Sesam-Bagel wieder nach. Als er aus dem Traum erwacht, ist es still in der Wohnung. Er hat Hunger. Normalerweise würde er Fladenbrot und Humus aus dem Kühlschrank holen, aber in den letzten Wochen ... seit Ayelet ... ist ihm sein Aussehen plötzlich wichtig, und so bereitet er sich einen großen Salat, den er unter einer Schicht magerem Hüttenkäse begräbt, und erst als er aufgegessen hat, schaut er auf die Uhr, da ist es schon kurz vor Mitternacht. Er weiß genau, dass Danino um diese Zeit noch wach ist und Thriller aus dem Videoautomaten anschaut, aber er sagt sich, das wäre unangenehm, es ist zu spät. Er geht ins Schlafzimmer, zieht sich aus und legt sich neben Menucha, lauscht ihrem leisen Atem und küsst sie vorsichtig auf die Stirn, um sie nicht zu wecken. Er denkt, sie ist die Mutter meiner Kinder, und gibt sich das Ehrenwort darauf, am nächsten Tag mit Danino zu sprechen. Doch den ganzen nächsten Tag über ist Danino zu Besprechungen in der Heiligen Stadt, und danach naht schon der Schabbat, und Ben Zuk weiß aus Erfahrung, dass man Danino schwierige Themen besser nicht kurz vor dem Wochenende präsentiert. So vergehen drei Tage, seit er sich und Ayelet das Versprechen gab, ihm von der Situation in der Mikwe zu berichten, und indes hat er Gelegenheit, sie noch einmal zu besuchen, und er erzählt ihr sogar von dem Tag, an dem er aus dem Militärcamp weglief und wie ein Verrückter losrannte, ohne zu wissen, wohin. Ihr kommen die Tränen, als er beschreibt, wie er den Blick hob und das Blau der Grabkuppel sah, und er staunt – immer war er derjenige von ihnen beiden, der weinte, und sie war die Starke, die zu allem eine klare Meinung hatte und die Entscheidungen traf – und erzählt ihr weiter, was ihm an jenem Tag widerfuhr, Dinge, die er noch niemandem erzählt hat, und auch all die kleinen privaten Gedanken, und plötzlich spürt er die Angst wie ein Messer. Und siehe, wieder ist er süchtig nach ihr, nie im Leben würde er diese reinen Stunden mit ihr aufs Spiel setzen, dieses Gefühl, zugehörig zu sein, das er nur bei ihr hat, denn sie kennt den echten Kern des Externen, der unter seinen wechselnden Identitäten verborgen ist, unter den Schichten seiner Kleider.

Doch am Sonntagmorgen erwischt Danino ihn auf dem Gang und teilt ihm mit, er habe für den nächsten Morgen ein Arbeitstreffen zur Mikwe in Sibirien angesetzt.

Und Ben Zuk weiß, er wird Danino nicht anschwindeln können.

*

Einmal in der Woche fährt Menucha in die Heilige Stadt, um ihre Schwester Nachala und deren Sohn Chananel zu besuchen.

Die Besuche laufen immer nach demselben Muster ab. Zuerst trinken sie und ihre Schwester lange Kaffee, und Chananel umrundet sie dabei in Kreisen, die sich nie schließen, und sie erzählen einander all die kleinen Momente der vergangenen Woche. Dann, nachdem die letzten Krümel des Kuchens vom Teller gepickt sind, sagt sie zu Nachala: Geh, meine Schwester, und lass uns beide allein.

Bist du sicher, dass das für dich in Ordnung ist?, fragt Nachala immer. Mehr als nur in Ordnung, antwortet Menucha jedes Mal.

Auch das Spiel, das sie mit Chananel spielt, ist immer dasselbe: Lego-Ordnen.

Chananel schüttet die Lego-Steine auf den Teppich und ordnet sie dann nach Gruppen. Nach der Farbe, der Größe, der Form. Danach ordnet er sie nach Zahlen: in Gruppen von vier Steinen, von sechs Steinen und so weiter. Sie hilft ihm dabei, als einfache Arbeiterin in der Fabrik, die er leitet. Erst nach einer Weile, wenn er entspannt genug wirkt, wagt sie es, ihm Reformen vorzuschlagen: Vielleicht versuchen wir, ein Haus nur aus roten Steinen zu bauen? Vielleicht bauen wir zwei Türme und eine Brücke, die sie verbindet?

Manchmal akzeptiert er ihre Vorschläge, manchmal lehnt

er sie ab. Und manchmal – es reicht schon, dass der Kühlschrank plötzlich zu summen anfängt – springt er auf und wirft die Lego-Steine wütend an die Wand. Oder auf sie. Oder rennt weg, in eine Ecke des Zimmers, hält sich die Ohren zu und beginnt, sich vor und zurück zu wiegen. Erst erschrak sie über diese Anfälle. Mit der Zeit hat sie sich dann daran gewöhnt. Sie hat auch ein Lied, das sie ihm vorsingt, bei dem nimmt er oftmals die Hände von den Ohren und öffnet sich ihr wieder. Es ist immer dasselbe Lied. *Viele Wege bin ich schon gegangen, um ein bisschen Wahrheit zu finden. Ich habe nicht gezögert, auch von der Sünde zu kosten.*

Sie hat keine Ahnung, warum ausgerechnet diese Zeilen von Adi Ran zu ihm durchdringen. Wirklich, die Wege des Ewigen sind unergründlich.

Nach zwei Stunden kommt Nachala nach Hause. Sie ist jetzt schöner. Sie reden noch ein bisschen, dann rieseln die letzten Körnchen der Zeit durchs Stundenglas, und Nachala und Chananel begleiten Menucha zur Bushaltestelle am Ende der Straße. Chananel umarmt sie, als er den Bus kommen hört. Seine Umarmung ist zu fest, aber das stört sie nicht. Auch ihre Schwester umarmt sie, was würde ich ohne dich tun, sagt sie und wischt sich manchmal auch eine Träne aus dem Augenwinkel. Dieser Augenblick erfüllt Menucha mit demselben Gefühl, das sie hatte, als sie vor ihrer Hochzeit im Waisenhaus arbeitete: einem inneren Leuchten, das kommt, wenn du weißt, dass du etwas Richtiges getan hast.

Danach, auf dem sehr langen Weg nach Hause, in die Stadt der Gerechten, erinnert sie sich, mit welch enormer Spannung Mosche und sie die ersten zwei Lebensjahre ihrer beiden Söhne verfolgt haben. Wie sehr sie sich vor einem Zeichen der Krankheit fürchteten. Und wie sie später, als zu ihrer großen Erleichterung klar wurde, dass die Kinder gesund waren, in der offenen Tür des Kinderzimmers standen und die Jungen im Schlaf beobachteten und dem Ewigen, Er sei gepriesen, dankten, dass dieser Kelch an ihnen vorübergegangen war.

Zusammen hatten sie auf der Schwelle gestanden, seine Hüfte an ihrer, seine Schulter berührte ihre Schulter, und die Körperwärme ihrer Kinder wehte ihnen aus dem Zimmer entgegen.

Doch seit Mosche die neue Aufgabe angenommen hat und diese Mikwe baut – sie schaut aus dem Busfenster, sieht aber nur ihre inneren Landschaften –, ist er so distanziert zu ihr. Immer hat es in seiner Seele Bereiche gegeben, zu denen sie keinen Zutritt hatte, aber in letzter Zeit ist ihr sein ganzes Wesen verschlossen. Mit den Kindern ist er fast wie immer, vor allem mit dem Kleinen, aber mit ihr – wenn sie sich ihm nähert, weicht er zurück, und wenn sie mit ihm redet, spürt sie, dass ihre Worte wie an einer Glaswand abprallen und herunterrollen, ohne Spuren zu hinterlassen.

Mach eine Diät, kauf dir ein neues Kleid, muss ich meiner großen Schwester beibringen, wie man die Schranken zu einem Mann durchbricht?, hat Nachala lächelnd gesagt, als sie ihr heute von diesem Gefühl erzählte, und sie schämte sich, als sie zugab, dass sie bereits eine Diät gemacht und ein neues Kleid gekauft habe, aber Mosche habe nichts davon bemerkt.

Zu einem autistischen Kind dringe ich durch, denkt sie und sieht die Reste der Panzerwagen, die bei Shaar Hagai am Wegesrand liegen, aber nicht zu meinem Mann.

*

Warum hast du mir nichts davon erzählt? Danino kocht, als Ben Zuk ihm erzählt, dass in der Mikwe nichts los ist. Er schlägt mit der Faust gegen die Wand hinter sich, und das

Bild von Ben Gurion kippt, sodass es aussieht, als stünde er auf dem Kopf.

Ben Zuk schweigt; ein spitzes Gefühl von Blamage kriecht über seinen Rücken.

Mach die Tür zu, fordert Danino, bitte.

Ben Zuk steht auf und schließt die Tür. Er hat dieses Mach-die-Tür-zu schon öfter erlebt und weiß, dass es meist eine Vorstufe zu Pack-deine-Sachen ist oder Geh-zur-Gehaltsabteilung. Doch Danino überrascht ihn mit seinem sanften, beinahe väterlichen Ton. Was ist denn mit dir los in letzter Zeit, Zaddik?, fragt er. Ich schau dich an und sehe, du bist nicht wie früher. Hast du Probleme zu Hause? Du kannst mit mir reden. Du weißt, du bist mir wie ein Sohn.

Für einen Moment ist Ben Zuk versucht zu reden, die Last seiner Sünde und die Last seiner Verwirrung abzulegen. Doch dann beherrscht er sich doch. Er könnte Ayelet damit schaden.

Hat es mit der schönen Mikwefrau zu tun?, überrascht Danino ihn erneut. Denn wenn es das ist – ein Wort von dir, und ich entlasse sie.

Nein, nein, doch nicht wegen ihr, leugnet Ben Zuk schnell, und seine Ohrläppchen färben sich lügenrot.

In Ordnung, sagt Danino, es ist dein gutes Recht, Dinge für dich zu behalten. Bist ja schon ein großer Junge. Aber ich brauche dich an meiner Seite. Vor allem jetzt, verstehst du?

Ben Zuk nickt.

Ich habe nicht den Eindruck, dass du das wirklich begreifst. Diese Mikwe ist weitaus wichtiger, als du denkst. In drei Monaten sind Wahlen. Ist dir das bewusst, oder hast du auch das vergessen? Und weißt du, wer gestern seine Kandidatur bekannt gegeben hat? Jeremiahu Jizchaki! Diese Niete hatte wieder eine Erscheinung. Netanel der Verborgene, ja, Ne-tan-el-der-Ver-bor-ge-ne ist ihm wieder im Traum erschienen, und diesmal hat er ihn aufgefordert, für das Bürgermeisteramt zu kandidieren, damit seinem heiligen Grab nicht noch einmal solche Dinge wie Ehrenquell passieren. – Einfach so, ja. – »Die Stadt der Gerechten braucht einen Zaddik« ist seine Parole. Hättest du das gedacht? Und das Problem in unserer Stadt ist, dass die Leute ihm diesen Quatsch auch noch abnehmen. Die überlegen nicht, wie man einen Missstand beheben könnte. Die beten um Hilfe von oben. Deshalb brauche ich um mich herum Leute wie dich, gute Leute. Deshalb brauche ich auch Geld. Verstehst du, was ich meine, Muschik? Nein? Dann helf ich dir auf die Sprünge: Wenn dieser Millionär, Mandelsturm, mit der Mikwe, die wir für ihn gebaut haben, zufrieden ist, habe ich gute Chancen, dass er meine Wahlkampagne mitfinanziert. Aber wie soll er zufrieden sein, wenn keiner die Mikwe benutzt? Weißt du, was er in seinem letzten Brief geschrieben hat? Es sei rührend, dass wir eine Mikwe für Neueinwanderer gebaut haben. Und was das Herz erwärmt, das öffnet auch die Brieftasche, ist es nicht so?

So ist es, bestätigt Ben Zuk.

Ich will ganz offen mit dir sein, sagt Danino, seufzt und schaut auf die Staatsmänner an der Wand. Kann sein, dass ich einen Fehler gemacht habe. Vielleicht hätte ich Mandelsturm besser nicht geschrieben, dass die Mikwe in einem Viertel von Neueinwanderern steht. Weißt du was, vielleicht hätten wir überhaupt nicht auf den Rat dieses Achitophel vom Innenministerium hören sollen, die Mikwe in Sibirien zu bauen. Aber ich glaube, es bringt nicht viel, seine Fehler zu beweinen, Ben Zuk, man muss sie korrigieren. Warum benutzen die Leute aus der Stadt die Mikwe in Sibirien nicht? Weil sie Jizchakis Traum im Kopf haben. Sie werden nicht hingehen, bis der Messias kommt. Also müssen wir versuchen, diese Russen in die Mikwe zu kriegen. Auf freundlichem Weg. Sie sind unsere einzige Chance. Komm, wir fahren jetzt dorthin.

*

Wer-nichts-risikiert-trinkt-keinen-Champagner, hatte Anton Daniel seit Pessach immer wieder gepredigt. Daniel hatte die Melodie dieses Satzes gemocht, doch der Gedanke, dass Schuni sich nur für ihn aufhob und deshalb alle anderen ablehnte, war zu angenehm, als dass er ihn mit der Realität konfrontieren wollte. So hatte er sich bis zur Abschlussfeier am Ende des Schuljahrs gedrückt. Auf dem Weg dorthin, auf dem Fahrrad, begriff er, dass dies seine letzte Chance war. Seine Eltern hatten ihr Projekt, eine Wohnung am anderen Ende der Stadt zu kaufen, schon ziemlich vorangetrieben; wenn er jetzt nicht handelte, würde er die ganzen Großen Ferien über das Gefühl nicht loswerden, etwas verpasst zu haben; vielleicht sogar sein Leben lang.

In dem Moment, da Schuni den Saal beträte, wollte er zu ihr hingehen und sie fragen, ob sie seine Freundin sein wolle. Egal, was passiert.

Doch zu seiner Überraschung kam sie gar nicht auf das Fest, und er tanzte zum Trost mit Sivan, deren Freund Eran Turki aus irgendeinem Grund auch nicht da war.

Er hätte es schon früher begreifen müssen; eigentlich konnte er doch zwischen den Zeilen lesen.

Aber erst am nächsten Tag, als er die beiden – Eran Turki und Schuni – Hand in Hand vom Schwimmbad kommen sieht, erst da fällt es ihm wie Schuppen von den Augen: Sie hat die ganze Zeit auf Eran Turki gewartet. Dass er endlich aufhört, seine Zeit mit Sivan zu verschwenden, und zu ihr kommt. Und das passt ja auch. Sie sind sich so ähnlich. Beide hübsch, beide *»Sabres«*, Einheimische. Und er, für wen hat er sich gehalten? Was für einen Quatsch hat Anton ihm da nur eingeredet?

Wütend beschließt er, jetzt, auf der Stelle, in die Stadt der Gerechten zu fahren. Er kann nicht bis Freitag warten. Er muss mit Anton reden, seiner Wut Luft machen. Doch wie kommt er da hin? Für den Bus braucht er Geld. Und für Geld bräuchte er seine Eltern. Dann müsste er ihnen aber von all dem erzählen. Und sie würden ihn nur nerven. Mama würde zu viel Mitleid mit ihm haben. Papa zu wenig. Und einer der beiden würde den Spieß umdrehen und sagen, nächstes Jahr bist du wahrscheinlich sowieso auf einer anderen Schule, Danik, dann wirst du dieses Mädchen vergessen. Nein, das will er nicht hören. Er wird in die Stadt der Gerechten trampen. Ja, trampen wird er. Dann ist es eben gefährlich. Was kann im schlimmsten Fall schon passieren? Dass Terroristen ihn entführen? Das wäre überhaupt am besten. Er würde ihnen mutig entwischen, und dann würde Schuni bereuen, dass sie ihn nicht beachtet hat, bevor er ein Nationalheld wurde.

Achtlos kickt er Steine, die auf dem Weg liegen, und stellt sich vor, wie er seinen Entführern erzählt, dass sein Stiefopa überhaupt kein Jude sei. Vor den Kindern aus seiner Klasse hält er das zwar geheim, aber die Entführer würde er damit sicher für eine Zehntelsekunde verwirren, genug, um die Tür aufzustoßen und aus dem fahrenden Auto zu springen, in das Gebüsch am Straßenrand.

Als er die Brücke am Ortsausgang erreicht, ist er schon bei den Interviews mit der internationalen Presse. Und Fotografen, die sich darum reißen, ihn mit dem Verband um den Kopf und den in perfekter Symmetrie verteilten Schrammen auf dem Gesicht verewigen zu dürfen.

Auf der Brücke, wo sonst oft Tramper stehen, ist niemand. Er stellt sich mit einem Bein auf die Straße und reckt den Daumen – so hat er es bei Soldaten gesehen.

Der erste Fahrer, der anhält, schimpft noch bei offener Tür los, warum ein so kleiner Junge alleine trampe?!, beruhigt sich aber, als Daniel ihm erzählt, er müsse dringend seine Großmutter besuchen, sie liege in der Stadt der Gerechten im Krankenhaus. Erst als er sitzt, bemerkt er die Pistole am Gürtel des Fahrers, und um dem Drang, sofort wie geplant aus dem Auto zu springen, zu widerstehen, beginnt er ein Gespräch mit ihm, und es stellt sich heraus, dass auch der Fahrer mit der Pistole eine Verwandte besuchen fährt, genauer gesagt seine Schwester, die im Krankenhaus liegt, »nach so einer Operation, du glaubst ja nicht, was die gekostet hat«.

Um sich zu beruhigen, bringt Daniel den Fahrer mit der Pistole dazu weiterzureden. Er erkundigt sich, wie er denn das ganze Geld für die Operation beschafft hätte.

Das willst du lieber nicht wissen, sagt der Fahrer.

Wenn ich es wüsste, müssten Sie mich dann umbringen?, spaßt Daniel und macht eine Kopfbewegung in Richtung der Waffe.

Mit diesem Spielzeug hier?, lacht der Fahrer. Das ist eine Wasserpistole. Die ist für meinen Sohn. Ich hab sie mir in den Gürtel gesteckt, damit ich sie nicht im Auto vergesse. Du Armer, hast wahrscheinlich die ganze Zeit gezittert?

Ein bisschen schon, gibt Daniel zu und schaut wieder zu der Waffe, die überhaupt nicht wie eine Wasserpistole aussieht.

Du bist ganz in Ordnung, sagt der Fahrer lächelnd, nicht wie die anderen …

Daniel weiß genau, wen er mit »die anderen« meint. In ihm meldet sich der Stolz des Verletzten. Er schweigt aus Protest.

Weißt du was, ich erzähle dir, wie wir das Geld besorgt haben, sagt der Fahrer nach einigen Minuten, um die Spannung zu entschärfen, die in der Luft liegt. Du kennst die Namen der Leute ja sowieso nicht. Und das Geheimnis drückt mich schon sehr.

Das müssen Sie aber nicht, vielleicht ist es besser, wenn Sie … Daniel versucht, ihn davon abzubringen, doch dafür ist es zu spät. Der Fahrer hat den Beichtknopf bereits gedrückt.

Unser Bruder ist Schiedsrichter, in der Nationalliga. Vor ein paar Wochen hat er ein Spiel gepfiffen, dessen Ergebnis für niemanden eine Bedeutung hat. Außer für die, die gewettet haben. Da haben wir mit Leuten Kontakt aufgenommen, die sich mit so was auskennen. Zwei Elfmeter und eine rote Karte gegen fünftausend Dollar. Verstehst du?

Daniel gibt sich Mühe, nicht zu nicken.

Du scheinst ein kluger Junge zu sein, sagt der Fahrer und schaut ihn durch den Innenspiegel an, was ist wichtiger? Das Ergebnis eines Fußballspiels oder das Leben deiner Schwester?

Auch die Fahrerin, die ihn danach mitnimmt, schimpft ihn aus. Ich habe nur angehalten, damit du nicht in die Hände irgendeines Verrückten fällst; sie schaut ihn durch den Spiegel an, mit Augen, in denen er einen Funken Verrücktheit erspäht. Zwar hat sie keine Pistole am Gürtel, aber sie fährt wie eine, der es nichts ausmacht, jemand anderen oder sich selbst umzubringen. Sie wechselt die Spur, ohne zu blinken, gibt ausgerechnet in den Kurven Gas und flucht die ganze Zeit über »diese Männer«. Wo haben die nur ihren Führerschein geschossen? Daniel hält sich an dem Haken fest, der eigentlich zum Aufhängen von Hemden dient, und beherrscht sich, nichts zu sagen, doch nachdem sie binnen einer Minute hintereinander zwei rote Ampeln überfahren hat, rutscht es ihm heraus: Haben Sie keine Angst vor der Polizei?

Was können die mir?, grinst sie. Mir einen Führerschein wegnehmen, den ich gar nicht habe?

Sie fahren ohne Führerschein?, fragt Daniel, schon ziemlich in Panik, und sie erwidert gelassen: Den haben sie mir schon vor zwei Monaten abgenommen.

Aber wenn Sie erwischt werden, kommen Sie ins Gefängnis!

Ja, aber meine Mutter ist Witwe, außer mir hat sie keine Menschenseele, und sie wohnt in so einem abgelegenen Kaff, das man mit öffentlichen Verkehrsmitteln gar nicht erreichen kann. Deshalb fahr ich lieber ohne Führerschein, als sie da allein zu lassen. Das ist doch richtig, meinst du nicht auch?

Der letzte Fahrer, der ihn bis in die Stadt der Gerechten bringt, schweigt. Gott sei Dank. Er hört eine Sendung im Programm »Stimme der Tradition«, wo ein Rabbiner Fragen von frommen Hörern beantwortet. Darf eine Mutter zwei Tage nach der Geburt ihres Kindes, das sie stillt, am *Neunten Av* fasten, wenn sie das möchte? Darf ein Junge auf einer Sommerfreizeit für »Kinder mit besonderen Bedürfnissen« in den neun Trauertagen vor dem *Neunten Av* baden gehen? Und was, wenn diese Sommerfreizeit gemischt ist, Jungen und Mädchen zusammen? Darf man im Ausland aus Sicherheitsgründen auch ohne Kippa herumlaufen? …

Daniel hört schon bald nicht mehr hin. Er schaut aus dem Fenster, sieht die Landschaft von grün zu sehr grün wechseln, dämmert langsam in einen leichten, bebenden Schlaf hinüber und träumt sogar einen Traum, in dem ein Fußballschiedsrichter Eran Turki die rote Karte zeigt.

Als er aufwacht, spricht eine Frau direkt in sein Ohr. Er braucht einige Augenblicke, bis er kapiert, dass die Stimme aus dem Radio kommt. Verehrter Herr Rabbiner, ich möchte bitte anonym bleiben, wenn das geht.

Mein Problem sind meine Träume, erzählt sie. Ich habe seit einigen Wochen … unkoschere Träume. Vom jüngeren Bruder meines Mannes. Jeden Abend bete ich zum Ewigen, Er sei gepriesen, dass mir nicht solche Träume kommen mögen, aber sie kommen immer wieder. Und ich weiß nicht, ich wollte fragen, was das Religionsgesetz in Bezug auf solche Träume sagt: Sind sie dasselbe wie sündige Gedanken? Ich meine: Sündige ich, Herr Rabbiner, wenn ich so etwas träume? Glauben Sie mir, verehrter Herr Rabbiner, ich will diese Träume wirklich nicht.

Das Thema, das Sie da ansprechen, ist sehr interessant, beginnt der Rabbiner, doch dann stellt der Fahrer das Radio leiser und fährt rechts ran.

Du wolltest nach Sibirien, nicht wahr?, fragt er.

Nach Sibirien? Daniel versteht ihn nicht.

Ins Russenviertel, da wolltest du doch hin, oder?

Ach so … ja, stammelt Daniel.

Ich fahre weiter ins Stadtzentrum. Dann steigst du besser hier aus und gehst zu Fuß da hoch. Sind nur ein paar Minuten. Kennst du das Viertel?

Ja, sicher.

Und so findet sich Daniel, fünf Stunden, nachdem er aufgebrochen ist, unter der brütenden Augustsonne an der Kreuzung am Ortseingang zur Stadt der Gerechten. Er beginnt, die Straße hochzulaufen, bleibt aber alle paar Meter stehen, um wieder zu Atem zu kommen. Er ist durstig und hungrig, und der Aufstieg ist viel steiler als in seiner Erinnerung.

Auf halbem Weg sieht er Pfützen auf der Straße, die sich auflösen, sobald er ihnen näher kommt. Er erinnert sich, über diese Erscheinung hat er in der Großen Sowjetischen Enzyklopädie gelesen, doch hieß es dort, das komme vor allem in der Wüste vor, und hier ist nicht Wüste. Aber vielleicht doch? Vielleicht ist das gar nicht die Stadt der Gerechten, und der Fahrer hat ihn verkohlt? In dem Moment, als er merkt, dass ihm schwindlig ist und es ihn hinunterzieht auf den Bürgersteig, hält quietschend ein Wagen neben ihm.

Im Wagen sitzen der Bürgermeister und sein Assistent. Was tut ein Junge in deinem Alter … beginnt der Assistent, doch der Bürgermeister heißt ihn schweigen und sagt: Erkennst du ihn nicht? Das ist der Junge, der für uns übersetzt hat! Dich schickt der Himmel, Junge, komm, steig ein, wir bringen dich zu deiner Oma.

*

Erst nachdem er die Wanderschuhe aus- und die Hausschuhe angezogen hat, nachdem die Großmutter ihm Pfirsichkompott mit Eiswürfeln serviert hat, seine Lieblingsspeise im Sommer, und Anton ihm versprochen hat, dass sie nach dem Treffen sofort rausgehen werden, nur sie beide, auf den Pappelweg, zu einem Gespräch unter Männern – erst dann ist Daniel, wenn auch widerwillig, bereit, die Aufgabe des Übersetzers zu übernehmen. Er ist benebelt von der Sonne, vom Gerede der Autofahrer und Radiosender, doch die beiden Männer, die ihn das letzte Stück mitgenommen haben, der Bürgermeister und sein Assistent, sitzen auf dem Sofa und warten, und er weiß, ohne ihn wird dieses Gespräch nicht stattfinden.

Frag deinen Opa, bittet der Bürgermeister, ob ihnen der neue Schachclub gefällt.

Alles in Ordnung, antwortet Anton, außer der Klimaanlage. Sie ist zu schwach für euren Sommer hier.

Wir werden uns darum kümmern, verspricht der Bürgermeister und befiehlt Ben Zuk: Schreib das auf.

Haben Sie noch etwas auf dem Herzen?, fragt der Bürgermeister bemüht. Noch etwas, wobei ich helfen kann?

Ja … ich meine … nein, nicht nur eine Sache. Anton kommt durcheinander. Plötzlich fallen ihm all die Verbesserungsvorschläge ein, die er an die Stadtverwaltung geschrieben hat, und er weiß gar nicht, wo anfangen.

Sitzbänke, meldet Katja sich zu Wort. In unserem Viertel gibt es keine Bänke. Hier leben viele alte Menschen, die brauchen Möglichkeiten, sich auszuruhen. So sitzen sie auf der Bank an der Haltestelle, und der Bus hält, weil der Fahrer denkt, sie wollten einsteigen, was sie gar nicht wollen. Das ist unangenehm.

Im Viertel fehlen Sitzbänke, übersetzt Daniel. Seine Konzentration verschwimmt, er hat nicht die Kraft, alles genau zu übersetzen.

Wir kümmern uns sofort darum, sagt der Bürgermeister und befiehlt Ben Zuk: Schreib das auf. Vier Parkbänke, am Sonntag aufstellen.

Wir haben noch viele Vorschläge, sagt Anton. Wenn der Herr Bürgermeister daran interessiert ist … ich habe Ihnen einige Briefe geschrieben … die scheinen Sie nicht bekommen zu haben … aber an das meiste kann ich mich erinnern.

Ich komme Ihnen entgegen, was immer Sie brauchen, sagt der Bürgermeister. Aber ich brauche auch Ihr Entgegenkommen.

Oho!, entfährt es Katja. Seit der ersten Minute dieses Besuches hat sie den Eindruck, dass dieser Mann, dessen Hände vorne in der Hose stecken, etwas von ihnen will, und sie wartet, wann seine verborgenen Absichten wohl ans Licht kommen. Jetzt zieht sie den Plastikstuhl vom Balkon herbei und setzt sich dazu.

Es geht um die Mikwe, sagt der Bürgermeister. Das Gebäude, in das Sie zuerst irrtümlich gegangen sind. Ich würde mich sehr freuen, wenn Sie dieses Gebäude wieder besuchen und es diesmal seinem Zweck entsprechend benutzen würden.

Was meinen Sie damit?, fragt Anton.

Was heißt, was meinen Sie damit?, wundert sich Danino und schaut den Übersetzer an.

Der Übersetzer löffelt das letzte Restchen Kompott aus dem Becher, um seinen Rachen zu befeuchten, und erklärt dem Bürgermeister, Anton wolle wissen, wie dieses Gebäude zu benutzen sei.

Für Katja ist das Wort »Mikwe« nicht ganz fremd. In den Tiefen ihrer Erinnerung gibt es ein Gespräch zwischen ihrer Mutter und ihrer Großmutter, das vor etwa fünfzig Jahren stattgefunden hat und in dem sie von »Mikwe« sprachen. Doch worum es da genau ging, daran kann sie sich nicht erinnern.

Die Mikwe, beginnt Ben Zuk, dient zur Reinigung und Läuterung. In ihrem Zentrum befindet sich ein kleines Becken von einer vorgeschriebenen Größe, in dem man ganz untertaucht. Zwei- oder dreimal pro Mikwenbesuch. Es gibt einen Flügel, in dem Frauen am Ende ihrer unreinen Tage untertauchen, um sich auf die Empfängnis vorzubereiten, und es gibt einen Flügel für Männer, in dem sie sich reinigen und auf ihren Dienst an Gott vorbereiten.

Nicht so schnell, bittet Daniel, ich kann mir das nicht alles merken.

Doch Ben Zuk fährt fort. Voller Begeisterung erzählt er von dem Gebäude, an dem er in den letzten Wochen so viel gearbeitet hat, erklärt die Funktion jedes einzelnen Teils und bemerkt gar nicht die Nöte seines jungen Übersetzers.

Nach dem Untertauchen erwarten Sie Duschkabinen und saubere Handtücher … es gibt auch verschiedene Segenssprüche, wenn Sie die vor dem Untertauchen sprechen wollen … Es handelt sich übrigens um sauberes, ja reines Wasser, das in einem besonderen Prozess aufbereitet wurde. Deshalb ist der Besuch der Mikwe auch aus gesundheitlichen Gründen zu empfehlen.

Anton und Katja schauen Daniel an, warten auf seine Übersetzung.

Daniel ist schwindlig. Das Hebräisch, das er hört, vermengt sich in seinem Kopf mit dem Russisch, in dem er das alles wiedergeben soll, zu einer wirren Mischsprache, Hebrussisch. Das ist nicht gut, er weiß es, denn niemand auf der Welt versteht Hebrussisch; er muss die beiden Sprachen wieder auseinanderklauben, und zwar sofort, er muss jede von ihnen am Ohr packen und feste ziehen, bis sie sich wieder voneinander trennen.

Es gibt da … zwei … Wasserbecken, beginnt er langsam, und als Anton bestätigend nickt, schöpft er neuen Mut. In denen muss man untertauchen. Mit dem ganzen Körper. Männer und Frauen getrennt … jeder hat einen eigenen Bereich. Danach trocknet man sich ab. Wer mag, betet, und das ist auch … sehr gesund.

In-Ord-nung, sagt Anton langsam und erinnert sich an die Erektionen, die er in diesem Gebäude erlebt hat, und in seinem Kopf verzweigen sich wie Züge bei einem Schachspiel unzählige Befürchtungen und Hoffnungen.

Schauen Sie, sagt Danino schnell, solang das Eisen noch ein bisschen warm ist, aus ganz persönlichen Gründen ist es mir äußerst wichtig, dass Sie dieses Gebäude in der nächsten Woche besuchen. Nicht nur Sie. Ich möchte, dass Sie mit allen Bewohnern des Viertels reden, damit sie in dieser einen Woche dort hingehen – danach machen Sie, was Sie wollen.

Daniel übersetzt, und Katja sagt, das scheint mir keine übertriebene Bitte zu sein, in der kommenden Woche einmal in so eine Banja zu gehen.

Schauen Sie, bestärkt Danino sie, wenn Sie mir hierbei entgegenkommen, kann ich Ihnen in allen möglichen Belangen entgegenkommen. Zum Beispiel bei Ihren Parkplätzen. Die stehen alle leer. Vielleicht möchten Sie ja Schuppen anbauen oder sogar Gästezimmer. Ich würde Ihnen die Erlaubnis für solche baulichen Veränderungen erteilen, verstehen Sie?

Da gibt es nur ein Problem, sagt Anton. Am Eingang der Banja steht immer so eine Frau, die niemanden reinlässt.

Das ist die *balanit*, erklärt Ben Zuk.

Die Bala-was?, fragt Daniel. Er kennt das Wort nicht.

Sie ... sie heißt Ayelet ... ich meine ... Bat-El ... sie wird mit reinkommen und Ihnen bei allem, was mit dem Untertauchen zu tun hat, behilflich sein. Sie wird Sie unterrichten ... und anweisen.

Wenn die reinkommt, sind wir aber ganz schnell wieder draußen!, bricht es aus Katja heraus. Wozu brauchen wir in der Badeanstalt Hilfe? (Und denkt sich: Das wär ja noch schöner, dass eine junge Frau, deren Haut noch schön und glatt ist, mich mit meinen Falten sieht.)

In Ordnung. Danino bricht das Gespräch ab. Er fürchtet, das bereits erlangte Einverständnis könnte ihm zwischen den Fingern zerrinnen, und wirft Ben Zuk einen schnellen Blick zu. Die Frau wird Ihnen draußen erklären, was man vor dem Untertauchen machen muss. Dann überlässt sie Ihnen die Schlüssel und kommt erst wieder herein, wenn Sie fertig sind.

*

Wegfahren? Wieso willst du auf einmal weg? Naims Vater bebt.

Naim schweigt und hält Dianas Hand noch fester.

Wie, sagst du, heißt dieser Ort?, fragt sein Vater. Costarica?

Costa Rica.

Und da lebt die Familie von dieser Frau?

Nein.

Dann versteh ich dich nicht, Naim. Was gibt es in diesem Costarica? Was ist da so interessant?

Vögel. Da gibt es viele schöne Vögel, die ich noch nie gesehen habe.

Vögel? Die Augen des Vaters funkeln vor Zorn, er steht auf und beginnt im Zimmer Schleifen zu laufen, die an das Zeichen der Unendlichkeit erinnern. Du jagst noch immer den Vögeln nach? Hat dir das Gefängnis nicht gereicht?

Naim schweigt und knetet die Ecke eines bunten Kissens.

Und wo willst du danach hin, *ya ibni?*, fragt seine Mutter, beugt sich zu ihm hinüber, nach den Vögeln, wo wollt ihr dann hin?

Ich weiß nicht, gesteht Naim. Wohin der Wind uns bringt.

Das ist nicht gut, wie du über den Wind redest, *ya ibni*. So reden die Juden. Die Juden sind es gewohnt, zu wandern. Sie sind immer gewandert. Wir Araber, wir bleiben auf unserer Erde.

Aber wer ist denn »wir«, Mutter?

Wer wir ist? Sein Vater kocht. Wir, das ist deine Familie. Wir, das ist dein Dorf. Kennst du einen einzigen arabischen Mann in deinem Alter, der in dieses Costa gefahren ist? Warum must du immer anders sein?

Weil ich nicht anders kann, Vater, sagt Naim, und Diana rutscht auf dem Sofa etwas näher zu ihm, spürt, dass der entscheidende Moment des Gesprächs naht. Noch nie haben mich die Dinge interessiert, die alle interessieren. Ich habe noch nie wirklich dazugehört … zu … zu all dem, was ihr gerade aufgezählt habt. Ich bin nicht daran schuld, dass ich hier geboren bin. Die meisten Leute fühlen sich in ihrer Heimat wohl. Auf ihrem Flecken Erde, das stimmt. Aber es gibt auch solche, die von Geburt an das Gegenteil spüren, ich meine … sie spüren, dass dort … nicht ihr Platz ist.

Sag mal, hat dir diese Frau all die Flausen in den Kopf gesetzt?, faucht Naims Mutter in Dianas Richtung.

Nein, das war nicht sie, sagt Naim. Das ist mir im Gefängnis klar geworden, da hatte ich Zeit nachzudenken.

Es ist nicht gut, zu viel zu denken, sein Vater murmelt vor sich hin, als bete er … und es ist nicht gut, anders zu sein … es ist nicht gut, seinen Flecken Erde zu verlassen … und eine Frau, die deine Sprache nicht kann … das ist alles nicht gut, *ya ibni*.

Ein Mensch ohne Familie ist wie eine Pflanze ohne Sonne, sagt seine Mutter und schlägt ihre Hände wie eine Trauernde zusammen.

Und was werden sie im Dorf sagen?, fragt der Vater. Sein Gesicht legt sich im Nu in Dutzende von Falten. Hast du dir das überhaupt mal überlegt? Wie sollen wir da noch unser Gesicht zeigen? Hast du uns nicht schon genug Schande gemacht mit deinen Vögeln? Musst du uns jetzt noch mal beschämen?

Mir ist es egal, was im Dorf geredet wird, Vater. Bei aller Ehre.

Das ist das Problem mit eurer Generation, sagt sein Vater wieder lauter und kommt näher, als wolle er ihn schlagen. Diana drückt seine Hand, vielleicht um ihn zu bestärken, vielleicht auch, um sich selbst zu stärken. Euch ist alles egal, ihr denkt nur an euch selbst!

Naim antwortet nicht. Er zittert am ganzen Leib von der Anstrengung nicht zu antworten.

Und warum fahrt ihr gerade jetzt?, greift seine Mutter ihn aus einer anderen Richtung an. Was habt ihr es so eilig? Im Fernsehn sagen sie, dass es vielleicht bald einen Friedensvertrag gibt. Mit den Juden. Dann wird, *inschalla*, hier alles besser werden.

Naim tut ihre Worte ab. Wird es nicht. Jeder, der versucht,

hier Frieden zu machen, wird umgebracht. Auf diesem Land liegt ein Fluch, begreift ihr das nicht? Bald kommen auch die Vögel hier nicht mehr vorbei –

Überdenke deine Entscheidung noch einmal, *ya ibni*, sagt sein Vater in drohendem Ton. Es folgt ein langes Schweigen, in dem sich Worte drängen, die dann aber doch nicht über die Lippen wollen. (Naim sagt nicht: Das genau ist das Problem Eurer Generation. Ihr klammert euch an den Boden. An die Olivenbäume. Und ihr wartet. Wie kann man sein ganzes Leben mit Warten zubringen? Und Naims Vater sagt nicht: Ich bin schuld daran. Ich hätte gleich, als der Junge damit anfing, einem Vogel vor seinen Augen den Hals umdrehen müssen. Das passiert, wenn ein Vater zu weich ist mit seinem Sohn. Und Naims Mutter sagt nicht: Als ich ein kleines Mädchen war, sind wir nach Mekka gepilgert, und mir haben auf der ganzen Reise die Knie wehgetan. Und Diana sagt nicht: Die beiden hassen mich, aber deshalb muss ich sie ja nicht hassen.)

Am Ende des Schweigens verkündet Naim: Ich fahre am Sonntag. Die Tickets hab ich schon gekauft. Ihr könnt uns zum Flughafen begleiten, müsst aber nicht.

*

Anton und Katja gehen zusammen zur Mikwe, Arm in Arm. Sie haben dem Bürgermeister ihr Wort gegeben, und sie wollen es halten. Um zehn Uhr treffen sie Bat-El, die ihnen zwei Schlüssel gibt, den zur Männermikwe und den zur Frauenmikwe. Bat-El befolgt die Anweisungen, die sie bekommen hat, und begleitet Katja nicht hinein, damit die sich nicht geniert; sie deutet nur auf ihre Ohrringe und den Ring am Finger und zeigt ihr mit Handbewegungen, dass sie sie vor dem Untertauchen abnehmen muss.

Anton spürt den Kitzel der Erregung bereits, als er die Männermikwe betritt. Verlangen tropft in Molekülen von den Wänden und wird von seiner Haut aufgenommen. Dann passiert es: Blut füllt die Gefäße. Viel Blut. Eine Erektion. Eine richtige, stolze Erektion – und diesmal ohne dass ein Mann in der Nähe ist. Katja, ruft er, und dann, noch lauter: Kutik!!! Sie tritt an die trennende Notausgangstür und fragt besorgt: Anton? Was ist los? Alles in Ordnung?

Mehr als in Ordnung, sagt Anton. Stolz richtet sich in seiner Stimme auf. Komm mal rüber, sagt er, ich will dir was Kleines zeigen.

Was Kleines? Was soll das heißen?

Im Grunde etwas, was klein war und immer größer wird.

Immer größer?

Ja, während wir reden. Ich glaube, Kutik, deine Stimme hat direkten Einfluss darauf.

Was du nicht sagst, Anton!

Doch, doch. Nun, kommst du?

Aber wie soll ich zu dir kommen?, überlegt sie. Die trennende Tür ist verschlossen. Und von draußen – das wird die, die da draußen sitzt, nicht zulassen. Weißt du was, zieh dir schnell etwas über, dann treffen wir uns draußen, hinter der Mauer. Er tut, was sie gesagt hat, doch in dem Moment, in dem er die Mikwe verlässt, lässt auch der Einfluss der Wände nach, und sein Glied zieht sich schlaff und beschämt in sich zurück. Er hält ihre Hand fest, als sie seine Hose aufknöpfen möchte. Ich versteh das nicht … murmelt er, es ist, als hätte es mit diesen Wänden eine Bewandtnis … wie ein Zauber … und wenn ich rausgehe … ist der Zauber weg … das ist wirklich merkwürdig.

Bis ich es nicht mit eigenen Händen fassen kann, glaube ich dir nicht, flachst Katja. Und er sagt: Morgen nehme ich den Werkzeugkasten mit. Diese Tür, die Männer und Frauen voneinander trennt, krieg ich doch im Nu auf. Und wenn's losgeht, ruf ich dich.

Am nächsten Tag kommt er, um keine unnötigen Fragen zu wecken, nicht mit Werkzeugkasten, sondern versteckt die Werkzeuge, die er braucht, in seinen Kleidern. Bat-El, die keinen Verdacht hegt, gibt ihnen wieder die Schlüssel.

Sobald er drinnen ist, beginnt er mit der Arbeit, fädelt einen Draht ein, führt die Plastikkarte ein, spreizt die Schrauben ein bisschen. Offen!, teilt er Katja mit, und sie sagt: Prima! Sie bleibt aber noch in ihrem Bereich, genau wie sie es verabredet haben.

Er taucht zweimal unter, trocknet sich ab und wartet. Erst passiert gar nichts, aber dann sammelt sich langsam das Blut aus der ganzen Beckengegend am richtigen Ort, so wie sich das Publikum auf der Straße um einen Jongleur drängt.

Du kannst kommen, Kutik!, ruft er, und sie kommt nackt hereinspaziert, ihre Falten sind so schön wie ihre Rundungen, und sie setzt sich ihm gegenüber, schlingt sich um ihn und streichelt seine Wangen, auf denen binnen vierundzwanzig Stunden Bartstoppeln von einer ganzen Woche gewachsen sind.

Glaubst du mir jetzt?, fragt er, und sie nickt.

Und dann schlafen sie miteinander, sehr vorsichtig, in langsamen Bewegungen, ziehen es in die Länge, unendlich angenehm.

*

Sie verlassen die Mikwe getrennt. Anton kommt von der Männerseite, Katja von der Frauenseite, sie geben Bat-El die Schlüssel zurück, jeder für sich, und haken sich erst unter, als sie wieder auf der Straße sind.

Danach, abends, gießt sie die kleinen Blumentöpfe auf der

Fensterbank, düngt ein bisschen mit in Wasser eingeweichten Brotkrumen, prüft, ob die Sauermilch, die im Tuch an der Schranktür hängt, schon zu Quark geworden ist, und geht hinaus auf den Balkon. Er zieht einen Stuhl heran, setzt sich zu ihr und schaltet unterwegs das einzige Licht aus, das den Balkon erhellt, damit nur noch die Sterne leuchten.

Sie lehnt sich in dem Stuhl zurück.

Normalerweise lehnt auch er sich zurück. Normalerweise ist dies die Zeit, wo sie dem Konzert in d-Moll lauschen, gespielt vom Orchester der Schakale.

Nicht so in dieser Nacht.

»Roter Adler! Roter Adler!«, dröhnt die Übungsdurchsage des geheimen Militärcamps, und Anton beugt sich, statt sich zurückzulehnen, vor und sagt, nachdem die Sirene verklungen ist:

Jemand hat meinen Vater denunziert. Zuerst wussten wir nicht, wer. Jemand hat erzählt, er baue privat Gemüse an und lagere es heimlich ein. Die Soldaten … kamen mitten in der Nacht. Mit diesem Geruch, der sie umgibt. Nach erfrorenen Kartoffeln. Sie schlugen mit den Gewehrkolben an die Tür. Mein Vater hat ihnen aufgemacht. In seinem blauen Schlafanzug. Sie haben gesagt, er solle sich anziehen, sie nähmen ihn mit zu einem Verhör. Meine Mutter hat geweint. Er hat ihr gesagt: Das ist bloß ein Verhör, Mascha. Ich bin bald wieder zurück. Aber das war's.

Das war's?

Wir haben ihn nie mehr gesehn.

Dann versteh … ich … jetzt, warum du … Soldaten nicht magst.

Gar nichts verstehst du, sagt Anton mit unterdrückter Wut.

Dann erklär's mir, bittet sie.

Der, der meinen Vater denunziert hat, das war Michael.

Er schaut sie nicht an, als er das sagt. Sein Blick schweift ins Dunkel.

Michael? Dein Bruder?! Sie meint, nicht richtig gehört zu haben.

Ja. Sie haben in der Schule eine Gehirnwäsche mit ihm gemacht, wie damals üblich, »Kulaken sind die Feinde der Revolution, und Privatbesitz bedeutet eine nationale Gefahr«.

Und dann ist er …

… zur Lehrerin gegangen und hat ihr erzählt, dass mein Vater in unserem Hinterhof Tomaten anbaut. Ihr blieb keine andere Wahl, als es dem Direktor zu melden, und der musste es nach oben weiterleiten.

Aber wie habt ihr das rausgekriegt?

Wir haben es nicht rausgekriegt. Niemand wäre dahintergekommen. Wenn er es mir nicht in der Nacht erzählt hätte, bevor er von zu Hause weglief, wüsste ich es auch nicht. Er hat zu mir gesagt: Jetzt weißt du es. Mach damit, was du willst.

Wie alt warst du da?

Sechzehn, und Michael war vierzehn. Er war mir von allen Brüdern der nächste. Ihn hab ich am meisten geliebt. Nachts haben wir Beine gehalten.

Beine gehalten?

Ich hab mein rechtes Bein an sein linkes gedrückt, damit er sich im Dunkeln nicht fürchtet. Und ich habe Geschichten erfunden, um ihn zum Lachen zu bringen, vor dem Einschlafen. Das Lachen hat ihn müde gemacht, und dann ist er eingeschlafen. So hab ich damit angefangen, Geschichten zu erfinden und Briefe zu schreiben. Mischas wegen …

Bei den letzten Worten wird Antons Stimme brüchig. Katja legt ihm den Arm auf die Schulter und fragt: Und was hast du mit … mit diesem Geheimnis gemacht?

Ich hab es in mir weggeschlossen, sagt Anton, ich wusste, wenn ich es erzähle, würden meine großen Brüder ihm nachjagen und ihn umbringen.

Es ist nicht leicht, mit so einem Geheimnis im Bauch zu leben.

Aber damals haben alle ein Doppelleben geführt, Katja. Plötzlich fällt ihm das Sprechen schwer, er nimmt den Arm von ihr und dreht sich zu ihr. Dir muss ich das nicht erzählen. Es gab keinen Tag, an dem du nicht mindestens einmal gelogen hast.

Trotzdem, Anton. In der Familie. Der Einzige zu sein, der so etwas weiß …

Das war das kleinere Problem, Katja.

Was soll das heißen?

Was meinst du, warum ich bloß Schlosser bin? Hast du dich nie gefragt, warum so jemand wie ich nie an die Uni gegangen ist?

Ehrlich gesagt …

Weil ich auf die schwarze Liste kam, deshalb. Wegen Vater bin ich bei denen auf der schwarzen Liste gelandet. Und da kam ich nicht mehr runter.

Das wusste ich nicht … Du hast mir ja nie …

Keine Panik, Katja … Wenn ich gewusst hätte, dass du daraus Panik machst …

Tut mir leid, sagt sie und schweigt als Ausdruck ihrer Traurigkeit.

Die Schakale beginnen zu heulen. Katja hat den Eindruck, dass sie diese Nacht eher in Dur heulen. Sie fragt sich, ob auch Anton das merkt.

Er redet nicht.

Sie schiebt ihren Stuhl näher an seinen, legt ihren Kopf schweigend an seine Schulter, lauscht den Schakalen und lauscht der Sirene, die das Ende der Militärübung verkündet. Erst nach einer ganzen Weile sagt sie: Gut, dass du es mir erzählt hast …

Ich habe es niemandem auf der Welt erzählt, sagt er mit trockener Stimme. Auch meiner ersten Frau nicht.

Na ja, das heißt nicht viel, bei dieser Hexe.

Stimmt! Das erste Mal der Anflug eines Lächelns auf seinen Lippen.

Danach legt er den Arm um ihre Schulter und zieht sie an sich, und sagt: Was für ein Tag.

Für solche Tage lohnt es sich zu leben, sagt sie und legt ihre Hand innen auf seinen Oberschenkel. Wie um ihn zu erinnern.

Auf die *Banja*! Er hebt ein imaginäres Glas.

Auch sie hebt ihr imaginäres Glas und schaut ihm in die Augen, als sie anstoßen, und sagt dann: Wie ich dich kenne, weiß schon morgen das ganze Viertel, was wir gemacht haben.

Stört dich das?

Es wäre mir lieber, wenn du es nicht gleich erzählen würdest. Ich bin noch nicht in Frieden damit. Das heißt, mit dem, was wir gemacht haben, schon, aber nicht damit, wo wir es gemacht haben. Ich meine, nicht umsonst gibt es an diesem Ort eine Trennung zwischen Männern und Frauen. Ich habe da so eine Erinnerung … meine Urgroßmutter … ich bin mir nicht sicher … vielleicht ist das hier ja keine normale Banja, vielleicht ist es irgendwie … ein heiliger Ort … und wir verletzen, ohne es zu wissen … vielleicht die Tradition.

Das stört mich nicht, sagt Anton. Wenn es eine Tradition ist, dann ist es eure, die jüdische.

Aber mich stört es, sagt Katja und rückt ein bisschen von ihm ab. Ich sage nicht, dass wir damit aufhören sollen … das wäre zu schade … ich meine nur, wir behalten es erst mal für uns, in Ordnung?

Abgemacht, meine Kutik, wie du willst, sagt Anton.

Doch als sie am nächsten Tag zur Mikwe gehen, ist das Tor unbewacht, keine Spur von Bat-El, und als Anton die Tür zum Männerflügel aufmacht, bietet sich ihm ein erstaunliches Kammerspiel.

*

Fünf Tage lang hatte Ben Zuk seine Enthaltsamkeitsgelübde gehalten und Ayelet nicht gesehen!

Danino hatte angeordnet: Halte dich fern von dieser jungen Frau. Ich brauche dich jetzt bei jeder Sitzung an meiner Seite.

Und er – war geschrumpft und hatte gehorcht.

Ein PR-Berater aus der Stadt-der-Sünden mit geschniegeltem Blick, geleckten Schuhen und gepflegtem Dreitagebart kam nun zweimal die Woche ins Büro, breitete vor ihnen Schaubilder mit Tortendiagrammen von statistischen Berechnungen und Umfragen aus, sagte: Die Situation ist besorgniserregend. Jizchaki festigt seine Position. Wir müssen erkennen, wo die Nachfrage ist, entsprechend einfache, eingängige Slogans formulieren und sie wiederholen, wiederholen und nochmals wiederholen. Und wir brauchen absolute Disziplin: Keiner äußert sich in den Medien ohne meine Erlaubnis, und keiner weicht von den gemeinsam beschlossenen Parolen ab.

Danino trank durstig seine Worte, als wären es Worte des lebendigen Gottes, und wandte sich nur ab und zu flüchtig an Ben Zuk, als erfülle er eine unangenehme Pflicht: Was meinst du dazu, Mosche?

Der zögerte, überlegte ... was würde Ayelet wohl sagen, wenn sie jetzt hier wäre?

Aber was ist mit der Essenz, was ist das Wesentliche, begann er. Wir reden hier die ganze Zeit von der Verpackung, doch was steckt drin? Was schlagen wir denn eigentlich vor?

Die Essenz ist Avraham Danino, unterbrach ihn der Berater: der Mann und sein Schwung. Menschen stimmen nicht für Inhalte. Sie wählen einen Menschen. Und in unserem Fall können wir von Glück sagen: Wir haben einen charismatischen, dominanten Bürgermeister, der in Umfragen zu seiner öffentlichen Akzeptanz dem Gegner in fünf von sieben Parametern überlegen ist.

Danino nickte zufrieden, nahm die Hand aus der Tasche und strich sich über die Wangen, die er wegen des Fototermins für die Anzeige in der Lokalzeitung makellos rasiert hatte.

Ben Zuk schwieg. Es fiel ihm schwer. Er stellte sich vor, wie er Ayelet am Ende des Tages diese Situation beschreiben würde. Ohne dass er viele Worte machen müsste, würde sie sofort verstehen, wie lächerlich das Ganze war. Doch dann fiel ihm ein, dass er an diesem Tag nicht in die Mikwe in Sibirien gehen würde. Hatte er doch ein Gelübde abgelegt, sie nicht zu sehen. Und sein Herz stürzte in die Tiefe wie ein Aufzug, dem man die Kabel durchgeschnitten hat.

Beim nächsten Treffen zeigte der Berater ihnen die druckreife Anzeige, mit einem riesigen Bild von Danino und nur einer Zeile Text: *Weiter mit Schwung. Avraham Danino.*

Als Ben Zuk nach seiner Meinung gefragt wurde, konnte er sich nicht beherrschen und sagte: Sehr schön, wirklich eine beeindruckende Anzeige, aber mir fehlen konkrete Details. Ein Handlungsplan. Ein Programm.

Doch der Berater, der sich inzwischen sicher genug fühlte, spottete offen: Programme gibt's im Fernsehen. Für eine politische Kampagne braucht man einfache, eingängige Slogans. Und die werden wiederholt, wiederholt und nochmals wiederholt.

»Weiter mit Schwung«, dachte Ben Zuk bitter. Drei Wörter. Im Grunde brauchte man auch nicht mehr. Vielleicht ging es sogar noch kürzer? In einem Wort? Würde nicht schon ein Buchstabe ausreichen? Und auch der wäre eigentlich nicht nötig. Genauso wenig wie das Bild. Nur eine Nullgruppe von Zeichen. *Und es war finster auf der Tiefe.*

Nach der Sitzung, auf dem Heimweg, nahm er die Abbiegung zur Mikwe; er wusste, nur Ayelet würde den Gedanken über die Wörter, die in ein schwarzes Loch gezogen werden, verstehen. Er hatte den Kreisel, von dem aus man hinauf nach Sibirien abbog, bereits hinter sich, doch dann fuhr er rechts ran, zündete sich die zweite *Noblesse* an diesem Tag an und wechselte durch verschiedene Radiosender auf der Suche nach einem Song von Shalom Hanoch. Wenn er einen fände, wäre es ein Zeichen, sagte er sich. Wofür, wusste er nicht. Aber ohnehin kamen gerade nirgendwo Songs von ihm, sondern nur von Rita, ›Knecht der Zeit‹, ›Fluchtweg‹, dieselben Songs auf allen Sendern. Also machte er kehrt und fuhr zu seinen Kindern, die warteten, dass er ihnen bei den Hausaufgaben half, sie badete und ihnen eine Gutenachtgeschichte vorlas, und er tat das alles musterhaft und dachte, ich bin eine wandelnde Wahlkampagne, keiner sieht das Wesentliche, und keiner ahnt –

Papa, warum bist du traurig?, unterbrach der Kleine seine Gedanken, und er leugnete sofort: Traurig? Ich doch nicht. Ich bin vielleicht ein bisschen müde, das ist alles. Kommt, jetzt gehn wir schlafen.

Am nächsten Abend beim Abtrocknen verblüffte er ihn schon wieder: Papa, geh nicht!

Ben Zuk hielt inne, rubbelte nicht weiter: Gehen? Wohin denn? Was meinst du damit?

Doch der Kleine entwischte ihm und lief los, mit seinem großen Bruder spielen.

Nachdem die Jungs eingeschlafen waren – diesmal schlief der Kleine, anders als sonst, erst nach dem Großen ein –, stand Menucha, als er Geschirr spülte, hinter ihm, berührte, was selten war, seinen Rücken und sagte: Du bist ein bisschen distanziert in letzter Zeit. Ist alles in Ordnung? Und er antwortete: In letzter Zeit?, und dachte: Die Kluft, die uns voneinander trennt, kann kein Gespräch mehr überbrücken, und sagte: Ein bisschen Druck bei der Arbeit, du weißt schon, wegen der Wahlen. Und sie sagte: Der Kleine hat mich heute so zum Lachen gebracht. Sie wusste, dies war der direkteste Weg zu seinem Herzen, und obwohl er das durchschaute, drehte er sich um und fragte: Was hat er denn gemacht?

Sie sagte: Nicht gemacht, gesagt. Er hat erzählt, sie hätten heute im Kindergarten vom großen Schöpfer geredet, und er hätte sich so gefreut, dass wir auch zu Hause in der Küche einen großen Schöpfer haben. Das hat er gesagt? Ben Zuk war glücklich, was für ein Junge, sogar seine Fehler sind glänzend! Menucha streckte die Hand aus, streichelte seine Wange und meinte: Du musst dich rasieren. Dann zog sie ihre Hand zurück: Gut, mein Zaddik, sagte sie, ich geh schlafen. Im Kühlschrank stehen gefüllte Zucchini, falls du hungrig bist. Und schau auch noch, was das Problem mit dem Wäschetrockner ist. Und die halb fertigen Gurken kannst du in den Kühlschrank stellen, ja? Sie sind noch nicht so weit. Hör mal, es ist nicht gut, dass du die Schuhe so im Wohnzimmer rumliegen lässt, umgedrehte Schuhe, das ist, als würdest du Gott den Rücken zukehren, du weißt doch …

Erst nachdem er alle Aufgaben erledigt hatte, ging Ben Zuk hinaus auf den Balkon, von dem aus man den Friedhof sieht, lehnte sich über die Gurkengläser – und wartete auf ein Zeichen. Einen Fingerzeig. Eine Sternschnuppe. Eine himmlische Stimme aus einem der Gräber, die ihm erklärte:

Wie kann Ayelet Sünde sein, wenn sie in dir die Liebe zur Welt verdoppelt. Wieso brachte die göttliche Vorsehung Ayelet ausgerechnet jetzt zurück in sein Leben? Und was bedeutete es, dass er für sie genau dasselbe empfand wie früher, sogar noch stärker? War denn alles, was er in den letzten Jahren durchgemacht hatte, umsonst gewesen? Oder umgekehrt: Vielleicht war alles, was er durchgemacht hatte, die Vorbereitung auf diese Prüfung, seinen bösen Trieb zu beherrschen? Doch wie konnte das der böse Trieb sein, wenn es sich so gut anfühlte? Warum fühlte es sich so an, als sei sie die vom Himmel für ihn bestimmte Frau und er der ihr vom Himmel bestimmte Mann, zwei Hälften ein und derselben Seele, die es zueinanderzog, zu einer heiligen und wahrhaftigen Vereinigung? Oder wäre es doch eine ungute, irrige Vereinigung, wer weiß? Und wie, verdammt, sollte er dieses ganze Chaos in eine Karte übersetzen, die er lesen könnte? Wie kartografierte man Liebe, Verantwortung, Trieb, Zerstörung, aber auch Reinheit, Umkehr und Heilung?

In der vierten Nacht nach seinem Gelübde floh er in seiner Verzweiflung von zu Hause und lief zum Grab des Abba Hiskija, und auch diesmal, wie damals, als er aus dem Camp geflohen war, wurde das Gehen schon bald zu einem Rennen. Er lief an riesigen Wahlplakaten mit den Porträts von Avraham Danino und Jeremiahu Jizchaki vorbei und an einigen Plakaten von Sonderlingen der Stadt, die an ganz anderen Orten auftauchten, als er seine »Städtische Karte der Sonderlinge« vorsah; er rannte an gelangweilten Jugendlichen vorbei, die am Ortsausgang rumhingen und darauf warteten, jemanden belästigen zu können; an Bäumen, die ihm ihre Äste entgegenreckten wie Hände, um ihn zu umarmen oder zu erdrosseln; vorbei an den Pappeln auf dem Pappelweg, an weiß getünchten Steinen, die einen Pfad markierten, der irgendwann unversehens in einer Dornenfalle endete, und vorbei an Nachtfüchsen, Nachtvögeln und Blumen, die sich nur nachts öffnen –

Bis er auf jene Lichtung kam und an der Grabstätte niedersank. Ihm war bewusst, dass er versuchte, seine frühere Offenbarung noch einmal neu zu inszenieren. Als er die Augen aufschlug, entdeckte er, jemand hatte auf den Treppen, die zum Grab führten, seine Bibel vergessen, und das weckte wieder die Hoffnung auf ein Zeichen, denn eine Bibel lässt man normalerweise nicht an einem Grab liegen, und so nahm er das Buch, schlug es auf, wo es sich öffnen wollte, in der klaren Erwartung, ein Zeichen zu bekommen, und siehe, von all den Versen fiel das Sternenlicht gerade auf *Und Jakob gewann Rachel lieb und sprach: Ich will dir sieben Jahre um Rachel, deine jüngere Tochter, dienen,* da überkam es ihn, und er begriff schlagartig: Das ist es! Das ist das Zeichen! Sieben Jahre hatte er Menucha dienen müssen, um seine Rachel, Bat-El, zu bekommen. Erst nach diesen sieben mageren Jahren war er fähig, sie wirklich zu lieben, doch dann blätterte ein starker Wind die Seiten weiter, und das Sternenlicht erhellte einen anderen Vers: *Warum hast du das Wort des Ewigen verachtet, dass du getan hast, was ihm missfiel? Uriah, den Hethiter, hast du erschlagen, und seine Frau hast du dir zur Frau genommen?* Und Ben Zuk begann zu zittern und sagte sich, auch er verachtete seinen Gott, indem er sich so viele Stunden in der Nähe einer verheirateten Frau aufhielt. Wie war das mit dem vorigen Vers in Einklang zu bringen? Welcher war nun der richtige? Jetzt brauchte er einen dritten Vers, der ihm helfen würde, dies zu entscheiden. Er wartete auf einen weiteren Windstoß, der abermals in die Seiten der Schrift fahren würde, doch die Luft stand still, und lange rührte sich nichts, und als er die Hoffnung aufgab, dass der Wind ihm die Antwort bringen würde, legte er das Buch zur Seite, trat an das Grab, legte sich flach darauf, drückte seinen Mund auf die Stelle, wo er sich ausrechnete, dass sich das Ohr des Zaddik befand, und bat, flehte, forderte, zuerst leise und dann mit lauter Stimme: Lass mich nicht allein. Jetzt, da ich dich endlich gefunden habe, gib mir ein Zeichen! Noch diese Nacht! Ein Zeichen! Mehr brauche ich doch nicht.

*

Einige Tage, nachdem Bat-El wieder geblutet hatte, sagte ihr Mann, er wolle zurück nach New York.

Sie bemerkte, dass er in der ersten Person sprach.

Mir geht es hier nicht gut, sagte er. Ich will nach Hause, in mein Büro. Du schaffst es ja sowieso nicht, schwanger zu werden. Warum sollten wir also noch länger in dieser Totenstadt bleiben?

Pragmatisch ist mein Mann, dachte Ayelet bitter. Und es liegt in der Natur pragmatischer Männer, sich in unpragmatische Frauen zu verlieben. Am Anfang ist es für sie eine Herausforderung und bringt etwas Farbe in ihr graues Leben. Aber wenn ihnen so eine dann gehört, fühlen sie sich plötzlich bedroht. Dann unterdrücken sie dich und deine Inspiration. Langsam, mit kleinen, gemeinen Bemerkungen. Und du lässt es zu, damit sie dich bloß nicht verlassen. Damit du nicht wieder verloren bist. Pragmatische Männer zögern auch nicht, die Frau zu ersetzen, wenn sie ihre Aufgabe nicht erfüllt.

Jacob ..., begann sie, doch der verwöhnte Junge, der sich manchmal aus dem Habit des Geschäftsmannes zu Wort meldete, unterbrach sie: Und auch du, du bist hier so anders. Du bist nicht bei mir. Ich weiß nicht, wo du bist. Manchmal rede ich, und du hörst gar nicht zu. Hast du mir jetzt überhaupt zugehört?

Ich höre dir zu, sagte sie. Ich höre dir geduldig zu. Es ist nur schade, dass du die Geduld …

Also bitte, Bat-El, ich habe schon sechs Monate lang Geduld mit dir. Wir waren bei jedem erdenklichen Grab. Vor allen haben wir uns niedergeworfen, haben gebetet und gespendet – aber der Heilige, er sei gepriesen, hat deinen Leib verschlossen.

Meinen?, brach es aus ihr heraus, meinen Leib? Du meinst, du hast keinen Anteil daran?

Sch … sch, hieß er sie schweigen.

Unglaublich, dachte sie, auch hier fürchtet er sich vor den Nachbarn. Und sie sagte: *Don't shsh me!* Wer hat denn gesagt, dass es mein Leib ist und nicht dein Same? Die Laboruntersuchungen waren schließlich nicht eindeutig.

Es ist dein Leib. Es sind die Verfehlungen aus deinem früheren verdorbenen Leben. Du hast diese Not über uns gebracht, fauchte er sie an, mit seiner näselnden, verschnupften Stimme, und verzog sich, ohne sie antworten zu lassen, in sein Arbeitszimmer.

Sie hörte ihn durch die Tür. Er rief sein Reisebüro an und erkundigte sich nach Flügen, versuchte, wie immer, den Preis zu drücken. Sie hörte, wie er den riesigen Globus drehte, den er von dort, aus seinem Büro, mitgebracht hatte, und dachte sich: Gott hätte den Zehn Geboten noch eines hinzufügen sollen: Du sollst deinem Partner nicht vergangene Sünden, die er dir anvertraut hat, vorhalten, nur um einen Streit zu gewinnen. Sie beruhigte sich mithilfe von Atemübungen – eine der beiden Praktiken, die ihr aus der Zeit im Kloster geblieben waren – und trat in sein Zimmer.

Listen, Janki, sagte sie, benutzte ihr privates Kosewort. Lass uns der Sache noch zwei Monate geben, in Ordnung? Lass uns einfach noch bis Oktober bleiben. Ich habe so ein Gefühl, dass es sich lohnen wird. Ich kann es nicht erklären, aber ich spüre, dass es sich lohnt.

Einen Monat, sagte er und hielt den Globus an. *Rosch Ha-Schana* will ich wieder unter kultivierten Menschen feiern.

Insgeheim lächelte sie bitter. Von Anfang an hatte sie nur einen Monat gewollt, doch sie hatte gelernt, dass man mit einem Geschäftsmann wie ihm feilschen musste.

Später, als er eingeschlafen war, saß sie mit offenen Augen im Bett und fragte sich, ob sie wegen der Wunderkraft der Gräber darauf bestanden hatte, in der Stadt der Gerechten zu bleiben, oder wegen etwas anderem. Genauer gesagt wegen jemand anderem. Die göttliche Vorsehung hatte dieses erneute Treffen mit Muschik doch nicht zufällig herbeigeführt, sieben Jahre, nachdem sich ihre Wege getrennt hatten. So etwas geschah nicht, wenn dahinter nicht ein Plan und eine Absicht standen. Der physische Schmerz, den sie zwischen den Rippen spürte, seit sie sich nicht mehr in der Mikwe sahen, der war doch nicht grundlos. Und auch die ungezählten Gespräche, die sie die ganze Zeit im Kopf mit ihm führte, konnten nicht grundlos sein. Diese Begegnung mit ihrer Vergangenheit, die sie mit aller Kraft hinter sich lassen wollte (niemanden aus ihrer Familie hatte sie zur Hochzeit eingeladen und niemanden aus dem Kibbuz), musste doch irgendeine Art von Sühne bringen. Und dennoch, musste sie gestehen: Ihre Begegnung war mit Sünden geradezu gepflastert. Jeden Tag in den letzten Wochen hatte sie mindestens ein Gebot der Thora übertreten. Aber sie hatte die ganze Zeit gespürt, dass sie dabei einen Prozess der Umkehr und der Heilung durchmachte. Wie, um Gottes willen, passte das alles zusammen? Konnte es sein, dass man etwas von Gott Gebotenes tat, indem man sich versündigte?

Sie stand auf, ging ins Wohnzimmer und nahm ihr Psalmenbuch. Vielleicht würde sie hier eine Antwort finden.

Schon nach wenigen Sekunden fiel ihr Blick auf den Vers: *Zur Zeit, wenn ihr dem Ewigen dient, übertritt deine Thora.* Schon als sie diesen Vers zum ersten Mal gelesen hatte, hatte sie gestutzt: Besagte er nicht im Grunde, dass es Zeiten oder Situationen gibt, in denen man dem Ewigen dient, indem man seine Gebote übertritt? Seinerzeit hatte sie es gewagt, ihren Rabbiner in New York zu fragen, der sie für diese Frage lobte (er sagte nicht »für eine Neubekehrte ist das eine gute Frage«, doch seine Stimme verriet, dass er genau das dachte) und sie auf die ausführlichen Diskussionen im Talmud verwies, an die sie sich, aus irgendeinem Grund, bisher nicht herangewagt hatte.

Nun ging sie in ihre Bibliothek, die sie sich in einem extra Container hatte nachschicken lassen – es ist doch *completely crazy*, hatte Jacob gesagt, dass du für die paar Monate all deine Bücher mitnimmst –, und sie tauchte ein in die tiefen Wasser alter rabbinischer Weisheit. Die erste Diskussion stieß eine neue an, und die führte zu einer weiteren, mit ganz anderen Aspekten. Wie sehr sie das mochte. Zuerst las sie die Diskussion in ihrem historischen Kontext, als die Kinder Israel für Gott handelten, indem sie die mündliche Auslegungstradition der Thora aufschrieben, was bis dahin ein absolutes Verbot Gottes gewesen war. Doch war diese Übertretung des bisher geltenden Gebotes notwendig geworden, sonst wäre diese ganze Auslegungstradition verloren gegangen. Von da aus las sie weiter, bis sie an die Stelle kam, wo diskutiert wird, in welcher Situation die Übertretung eines Gebotes um des Himmels willen geschehen kann. Da zeigte sich, dass die Thora voll von solchen Übertretungen war. Jael, die Frau des Keniters Heber, die Sisera verführt und umbringt, um einen errungenen Sieg zu etablieren. Oder die Töchter Lots, die in ihrer Abgeschiedenheit, als es ringsherum keine jüdischen Männer mehr gibt, mit ihrem Vater schlafen, damit der Same Israels nicht ausgelöscht werde. Oder Esther, die zur Königin des Ahasveros wird, um ihr Volk vor einem geplanten Pogrom durch die Perser zu retten. Doch alle diese Frauen sündigten, um die Zukunft des gesamten jüdischen Volkes zu retten. Was habe ich mit ihnen gemein?, dachte sie. Und sie las weiter, fest entschlossen, eine passende Antwort für ihre Situation zu finden. Gegen drei Uhr früh wurde ihr klar, dass auch andere Sünden vergeben wurden, wenn hinter ihnen eine ehrliche, gute Absicht stand. Abraham bat Sarah, den Pharao anzulügen und sich als seine Schwester auszugeben, um ihn zu retten. Jakob stahl Esaus Erstgeburtsrecht …

Nun gut, aber woran erkennt man, dass eine Absicht wirklich ehrlich und ehrenwert ist?, fragte Bat-El beim Lesen laut, wie kann man das wissen?

Ein paar Seiten weiter erhielt sie – über die Entfernung vieler Jahrhunderte hinweg – die Antwort von Rabbi Mordechai Josef: Die Rechtfertigung, ein Thora-Gebot um der Thora selbst willen zu übertreten, hänge nicht vom Ausgang der Sache ab, sondern allein vom Willen des Heiligen, Er sei gepriesen.

Alles schön und gut, murmelte Bat-El, und wer weiß oder bestimmt, was der Wille des Heiligen, Er sei gepriesen, ist?

Es war schon fünf Uhr morgens, ihre Augenlider waren schwer. Sie stellte die Bücher zurück, wusch sich die Hände und begann mit der anderen Praktik, die ihr aus der Zeit im Kloster geblieben war: dem Herbeirufen von Träumen –

Sie schrieb die Namen aller Personen, um die ihre Zweifel kreisten, auf ein Blatt und wiederholte sie immer wieder laut. Dann schloss sie die Augen und wartete auf das erste Bild, das ihr im Halbschlaf erscheinen würde. Es erschienen die Schuhe ihres Vaters neben seinem Bett. Sie stand auf und malte sie in groben Strichen auf ein Blatt, das sie unter das Blatt mit den Wörtern legte.

Dann ging sie in die Küche und aß weißen, reinen Reis.

Und dann schlief sie ein.

*

Fünf Tage lang hatten sich Muschik und Bat-El nicht gesehen und sich mit ihren Gedanken aneinander gequält. Da erschien Muschik im Traum ein weiß gekleideter Zaddik, dessen Augen wütend schwarz funkelten (manche hätten in ihm den Engel der Zerstörung erkannt; andere würden sagen, diese ganze Erscheinung sei nur Schall und Rauch, eine Projektion des Unterbewussten), und der Zaddik sprach zu Muschik: Unstet und flüchtig wirst du sein auf der Erde, bis du nicht das in Ordnung bringst, was du verbrochen hast. Muschik-im-Traum sank vor dem Zaddik auf die Knie und fragte: Was hab ich denn verbrochen? Da nahm der Zaddik ihn mit ins Kinderzimmer und zeigte ihm: Statt zweier Betten standen da drei, zwei nahe beieinander, das dritte etwas abseits. Da wollte Muschik-im-Traum zu dem dritten Bettchen treten und sehen, wer darinnen lag, doch der Zaddik hielt ihn zurück und sagte: Denn diese Tat ist gut in seinen Augen, denn diese Tat ist gut in seinen Augen, denn diese Tat ist gut in seinen Augen. Und Muschik-im-Traum fragte sich, worin die gute Tat bestand und in wessen Augen sie gut war, und er streckte die Hand aus, um den Engel am Zipfel seines Gewandes festzuhalten und ihn zu befragen, doch der Engel entwich und sagte: Tut mir leid, ich muss noch einen anderen Traum besuchen. Und der Engel beschleunigte seine Schritte, bis er abhob und mit lautlosem Flügelschlag davonflog, und er flog durch die Stadt, durch ihre engen Gassen, unter den hängenden Weinranken und der Wäsche hindurch, die zum Trocknen an den Leinen hing, bis ins Blumenviertel und kehrte ein in Bat-Els Haus, in ihr Zimmer, in ihren Traum und sagte zu ihr: Komm mit. Und der Engel nahm ihre Hand und führte sie ans Fenster, und sie sahen beide eine weitere Bat-El auf der Straße gehen, deren Bauch sich vor ihr wölbte, und in ihren Augen lag ein helles Leuchten. Da sagte der Engel: Denn diese Tat ist gut in seinen Augen, und Bat-El-im-Traum fragte sich, worin die gute Tat bestand und in wessen Augen sie gut war, und sie streckte die Hand aus, um den Flügel des Engels zu fassen und ihn zu befragen, doch der entwich und erhob sich und flog weiter, von ihr fort, immer höher und höher hinauf ins Firmament –

Und auch sie erhob sich aus den Tiefen ihres Traumes in den Morgen.

Das Bett war leer. Ihr Mann war, wie üblich, schon früh zur Arbeit aufgebrochen, und sie blieb mit offenen Augen liegen. Träume, in denen sie schwanger war, hatte sie schon einige Male geträumt, und alle hatten sich als leer erwiesen, doch dieser Traum war anders. Sie hatte ihn herbeigerufen. Und auch der Zeitpunkt war ungewöhnlich: Die letzte Nacht ihrer unberührbaren Tage. Sie schaute auf die Uhr. Wenn sie sich beeilte, konnte sie noch vor den offiziellen Öffnungszeiten der Mikwe untertauchen. Vielleicht würde ihr der Traum im lebendigen Wasser klarer werden.

Auf dem Weg nach Ehrenquell machte sie immer größere Schritte und spürte, eine undeutliche, unerklärbare Hoffnung pulsierte in ihr.

*

Auch Muschik machte sich auf zur Mikwe, doch sein Gang war freudlos. Der Traum hatte ihn sehr verwirrt, er wusste nicht, ob er sich fürchten sollte oder erleichtert sein. Welche

Tat sollte er tun, und welche seiner vielen Sünden der letzten Wochen sollte diese Tat sühnen? So beschloss er, noch vor der Arbeit in die Mikwe zu gehen; vielleicht würde sich sein Verstand beim andächtigen Untertauchen klären, und er würde erkennen, was der Traum bedeutete und wie er sich zu verhalten hatte.

Er besaß noch den Schlüssel zum Männerflügel; mit ihm schloss er die Tür auf und trat in den Raum voller Sehnsucht, legte seine Kleider ab, sprach laut den Segen und fügte im Stillen hinzu, der Heilige, Er sei gepriesen, möge ihm zeigen, was sein Wille sei und was der Wille des Boten, der ihn des Nachts im Traum besucht hatte – ob es tatsächlich Sein Bote war oder ein Auswuchs seiner eigenen perversen Begierden –, denn er, Mosche Ben Zuk, war schon müde davon, unstet und flüchtig die Wüsten des Zweifels zu durchwandern und niemals anzukommen.

*

Als Ayelet-Bat-El hinter der Wand das klatschende Wasser hört, weiß sie sofort: Muschik ist da. Sie hat sich bereits abgetrocknet, sich aber nicht, wie sonst, gleich angezogen. Es ist ein Wunder, denkt sie, dass wir beide ohne jede Absprache genau zur gleichen Zeit hier sind. Denn diese Tat ist gut in Seinen Augen, denn diese Tat ist gut in Seinen Augen – sie spürt den Satz des Engels auf ihren Lippen, und auf einen Schlag steht seine Deutung klar vor ihr: Nicht die Hand des Zufalls hat sie beide ausgerechnet heute morgen hier zusammengeführt. Es gibt keinen Zufall in der Welt. Das ist uns von oben, vom Himmel bestimmt.

Sie legt sich ein Handtuch um und geht zur Tür des Notausgangs, legt ihr Ohr daran und hört Muschik aus dem Wasser steigen. Für einen Moment weiß sie, was sie jetzt tun muss, aber im nächsten überfluten Zweifel und Bedenken ihre Seele. Vielleicht liegt sie doch falsch? Vielleicht ist sie gerade dabei, große Schande über sich zu bringen? *Mit ergriffenem Herzen befolge ich das Gebot des Untertauchens, um mich zu reinigen und zu läutern. Ich habe versucht, deine Gebote treu zu befolgen, und hoffe auf dein Heil,* sagt sie den üblichen Segensspruch auf und beschließt: Wenn Gott mir die Kraft gibt, die schwere verschlossene Tür zu öffnen, möge dies mein Zeichen sein. Und wenn nicht – werde ich mich anziehen, meine Ohrringe wieder anlegen, meinen Ehering anstecken und hinausgehen.

Sie lehnt sich mit ihrem ganzen Gewicht gegen die Tür, die Anton ein paar Tage zuvor aufgebrochen hat, und die gibt nach und dreht sich geschmeidig in den Angeln.

Bat-El, die früher Ayelet war, steht, nur mit einem Handtuch bedeckt, vor Muschik, Mosche Ben Zuk, ihrer Jugendliebe, dem Vater ihres nie geborenen Kindes, dem Fluch ihres Lebens.

An seinem nackten Körper, sieht sie jetzt, sind die Jahre nicht spurlos vorübergegangen, doch er schaut sie mit den Augen eines jungen Mannes an.

Sie lässt das Handtuch langsam sinken.

Ihre Arme lässt sie an den Seiten herabhängen, unbedeckt steht sie vor ihm, wie eine Einladung.

Muschik rührt sich nicht. Dann wendet er sich ab, um sie nicht nackt zu sehen.

Aber sie weiß, es steht in ihrer Kraft.

Sie geht auf ihn zu, nimmt seine Arme und legt sie um ihren Nacken. Komm zu mir, sagt sie, beugt sich zu ihm und küsst ihn auf die Stirn. Ihre nackten Brüste schweben vor ihm, ihr befreites langes Haar kitzelt seine Schultern. Komm zu mir, Muschik, sagt sie und drückt ihre Lippen an sein Ohr. Ihre Stimme lässt die Härchen auf seinem Ohrläppchen erbeben, und sie sagt: Gut ist diese Tat. Er wiederholt ihre Worte, erst flüsternd, beinah tonlos, dann zögernd, stammelnd und schließlich gut vernehmbar, vergräbt seinen Mund in ihrer Halsgrube, zieht sie an sich, gräbt seine Finger in ihren Rücken und lässt den ganzen guten Trieb, der in seinem Körper sieben Jahre lang verborgen war, frei. Gut! Gut! Gut ist diese Tat in Seinen Augen, und er gibt sich dieser echten, wahrhaftig bescherten Vereinigung hin und schaut in ihre Augen, und sie werden ein Fleisch, und je länger sie sich ineinander wiegen, desto mehr erfüllen Funken Lichts den Raum und die ganze Welt.

4

Nach dem Duschen öffnet Jona, die Klarinettenlehrerin, ihren Koffer und verteilt ihre Habseligkeiten im Hotelzimmer. Vielleicht wird sie sich dann ein bisschen mehr zu Hause fühlen. Sie hängt einige Blusen in den Schrank, legt die Unterwäsche in eine Schublade und stellt ihre Schminksachen um das Waschbecken im Badezimmer auf. Danach zieht sie den Vorhang zurück und öffnet das Fenster, um die Nachtluft hereinzulassen. Das Geräusch eines vorbeifahrenden Wagens dringt herein, danach eine Sirene. Das dürfte in einem beschaulichen Kleinstadthotel nicht passieren, schimpft sie im Stillen. Auf dem Schreibtisch liegt das Programm für das Klarinettenfestival; sie wird es bei ihrem ersten Toilettenbesuch studieren. Auf dem Bett steht ein Körbchen mit Blumenmuster, darin Schokolade und ein Willkommensgruß. Sie schiebt das Körbchen beiseite und legt sich hin. Endlich liegen, nach zehn Stunden Flug und weiteren drei Stunden Autofahrt in die Stadt der Gerechten. Ihre Glieder schmerzen, im Mund hat sie noch den Nachgeschmack des Essens, das man im Flugzeug serviert hat. Sie steht auf, putzt sich die Zähne und kehrt ins Bett zurück. Dann kommt die Panik, ihr Klarinettenkasten könnte leer sein, jemand auf dem Flughafen könnte einen achtlosen Moment genutzt und ihr das Instrument gestohlen haben, und sie steht auf und öffnet mit Herzklopfen den Kasten. Die Klarinette ist da. Wieder legt sie sich hin und versucht einzuschlafen. Das Bett ist zu sehr Doppelbett. Sie errichtet eine Mauer aus Kissen und einer Decke zwischen sich und der leeren Seite des Bettes. Sie schließt die Augen. Ihre Lider sind schwer, doch ihr Herz findet keine Ruhe. Sie schaltet den Fernseher an und sucht CNN. Nichts verhilft einem besser zu innerer Ruhe als Katastrophenmeldungen aus fernen Ländern. Doch auf CNN sprechen sie ausgerechnet von Israel. Verdammt. Sie flieht von CNN, zappt durch die anderen Kanäle, registriert, dass es hier keinen Pornokanal gibt. In Europa gibt es meistens einen. Sie holt das Buch, das sie mitgebracht hat, und ihre Lesebrille aus ihrer Tasche. Es ist ein Thriller über die Geheimnisse der Kabbala, doch sie ist zu müde, um sich zu konzentrieren. Ihre Augen springen von Absatz zu Absatz, und diese Sprünge ergeben keinen verborgenen Sinn, bringen sie nur noch mehr durcheinander. Sie muss unbedingt schlafen. Morgen ist ein großer Tag. Morgens die Einweihung der Mikwe auf den Namen von Jeremiahs Frau, und abends ihr Auftritt.

Sie legt das Buch zur Seite und schließt die Augen. Draußen brummt wieder ein Auto vorbei. Sie fragt sich, wer vor ihr in diesem Zimmer übernachtet hat, und schnuppert nach Spuren. In der Luft steht ein männliches Aroma von Aftershave, vermischt mit einem leichten Hauch Geldscheine. Oder bildet sie sich das nur ein? Sie legt sich anders hin, versucht es mit dem Kopf auf dem Eckchen des Kissens. Auch das hilft nichts. Nichts hilft. Was, wenn sie die ganze Nacht nicht einschläft? Morgen wird sie völlig gerädert sein. Die Minibar scheppert im Siebenachteltakt. Vielleicht sollte sie die Klarinette herausholen und ein Duett mit der Minibar spielen? Sie geht auf die Toilette und nimmt das Programmheft mit. Da entdeckt sie zu ihrem Schrecken: Ihr Konzert ist der musikalische Höhepunkt des ersten Abends, und es findet im Amphitheater statt, unter freiem Himmel. In einem Amphitheater?! Das bedeutet Unmengen von Leuten, Unmengen von Erwartungen. Und sie wird noch immer so müde vom Flug sein. Sie legt sich wieder hin und spürt, dass sie weinen könnte. Das ist die Müdigkeit, sagt sie sich und glaubt sich kein Wort, das ist nur die Müdigkeit. Und wieder steht sie auf, tauscht ihr Nachthemd gegen ein anderes, weniger ausgeschnittenes, geht drei Schritte und klopft an Jeremiahs Tür.

Hotelzimmer …, beginnt sie, als er ihr öffnet.

Was ist mit denen?, fragt er und breitet die Arme weit aus, zu einer Umarmung.

Die machen mich traurig, sagt sie.

Und so natürlich, als seien ihre Körper in ebendiesem Moment reif für Nähe, schmiegt sie sich an seine Brust, und so stehen sie eine Weile da, bis er sie in sein Zimmer zieht, die Türe abschließt und beginnt, ihren Rücken zu streicheln, von oben nach unten, bis dahin, wo der Hintern beginnt, genau im richtigen Rhythmus.

*

Anton hatte alles genauestens geplant und geduldig den rechten Moment abgewartet, um Spielman die aufregenden Neuigkeiten zu berichten. Nach einer Stunde wohlbesonnener Züge von beiden Seiten gefährdete er seinen Springer auf eine Art, die für Spielman wie grobe Fahrlässigkeit aussehen musste, in Wirklichkeit aber ein Köder war. Würde er anbeißen, wäre sein Schicksal besiegelt – und dann sagte er, weißt du, und schlug auf die Schachuhr und erzählte Spielman, was Katja und ihm in der Banja widerfahren war.

Spielman versuchte, sich weiter aufs Spiel zu konzentrieren, doch nach einer Weile hob er den Blick vom Spielbrett zu Anton. Was soll das heißen, »da ist etwas in diesen Wänden«?, brummte er. Ich bin Geologe, Anton, gib mir Tatsachen, gib mir exakte Daten, nicht so mystisches Zeug.

Die Tatsachen erzählen nicht immer die ganze Geschichte, sagte Anton. Geh selbst hin, wenn du diesen Einfluss spüren willst … du gehst da rein … und plötzlich lädt sich dein ganzer Körper mit einer Kraft auf … mit der … Begierde von einem Stier! Von einem Stier bei seinem ersten Mal!

Bei den Worten »einem Stier bei seinem ersten Mal« erhob Anton die Stimme, damit alle, die an diesem Tag im Schachclub waren, sie hörten. Er erreichte den erwünschten Effekt. Alle Köpfe, weiße und schwarze, von Männern wie Frauen, blickten von den Spielbrettern auf und wandten sich ihm zu, in der Erwartung, Genaueres zu erfahren.

Er wiederholte, was er Spielman erzählt hatte, und berichtete auch vom Besuch des Bürgermeisters. Dieser habe nämlich darum gebeten, dass alle Bewohner des Viertels dieses Badehaus besuchten. Er habe sogar einen seiner Assistenten dort hingeschickt mit einer Frau, die ihnen die verschiedenen Möglichkeiten des Ortes demonstrierten.

Das ist doch Wahlbestechung!, schrie Nikita. Ich war in der Stadt … in der Katzenkolonie … und habe da große Plakate mit dem Bild des Mannes, der uns vor einer Weile besucht hat, gesehen. Plakate mit großen Bildern bedeuten immer Wahlen. Er will, dass wir für ihn stimmen, und dafür spendiert er uns gern mal den Eintritt ins Badehaus.

Na schön, sagte Gruschkows Frau, die Schachspielerin Nummer eins im Club, die jedes Mal simultan gegen drei Männer spielte und sie mühelos besiegte – wenn die Wahlen im Land der Juden so funktionieren, dann lebe die Demokratie!

Alle Anwesenden außer Nikita lachten, und Anton sagte, Katja und ich, wir haben uns gedacht, es wäre nicht fair, diese Sache für uns zu behalten. In unserem Alter werden solche Genüsse schließlich etwas seltener …

Alle Achtung, sagte Spielman. Wirklich, meine Hochachtung. Aber verzeih mir, Anton, wenn ich an meinem gesunden wissenschaftlichen Zweifel festhalte, bis ich diesen Ort selbst besucht und Beweise für deine Theorie gesammelt habe.

Du bist herzlich willkommen, sagte Anton lächelnd, zog einige Schlüssel aus der Tasche und sagte mit noch breiterem Lächeln: Ich habe für alle Schlüssel nachgemacht, von den Außentüren und vom Notausgang.

Bei Gelegenheit mal, murmelte Spielman, schaute wieder aufs Schachbrett, versuchte mit aller Gewalt Gelassenheit vorzutäuschen, biss auf Antons Köder hin an und ging ihm mit seiner Königin in die Falle.

Am nächsten Tag musste Anton bereits eine weitere Tabelle zeichnen, einen Belegplan für das Badehaus. Das Blatt wurde mit Tesafilm an die Eingangstür zur Mikwe geklebt und gab jedem Paar eine volle Stunde Zeit. Es gab auch Paare, die sich zu viert dort aufhalten wollten und dafür die doppelte Zeit bekamen – und Anton, der sich allein für Katja interessierte, und immer wieder nur für sie, erwies sich als erstaunlich liberal: Sollte doch jeder auf seine Art glücklich werden, warum nicht.

Die Frau mit dem Kopftuch, die das Badehaus bewacht hatte, war plötzlich verschwunden, als habe die Erde sie verschluckt. Der Ort stand ganz und gar ihnen und ihren Trieben zur Verfügung, ohne Überwachung, vier Tage und Nächte lang. Was sich in diesen vier Tagen und vier Nächten dort abspielte, hätte man mit Fug und Recht als »Sodom und Gomorrha« bezeichnen können. Man hätte aber auch sagen können, alle Bewohner Sibiriens kamen aus dem Rentenalter direkt in den Himmel, ohne zuvor sterben zu müssen. Paare entdeckten ihre längst vergessene Leidenschaft wieder, Männer wie Anton (schon bald zeigte sich, dass nicht nur er dieses Problem hatte) fanden ihr Selbstwertgefühl wieder, alte Frauen erlebten eine Lust, die nur mit dem ersten Mal zu vergleichen war, als sie sich mit fünfzehn unter der Gänsedaunendecke befriedigt hatten. Sexuelle Spannungen, die über Jahrzehnte die Atmosphäre vergiftet hatten, wurden endlich gelöst, Seelen ergossen sich ineinander, müde Körper fanden Schutz und Zuflucht, fanden ihr Gleichgewicht wieder, fanden ein Echo. Manchen zitterten die Hände von der Wucht der Entladung, anderen fuhr es aufgrund ihrer übermäßigen Aktivitäten ins Kreuz. Auf dem Pappelweg tummelten sich lachende Menschen in dünnen Kleidern mit großzügigen Ausschnitten, Paare, die bis zu ihrem Besuch im Badehaus einige Meter Abstand gehalten hatten, gingen plötzlich wieder Arm in Arm.

Na, Spielman, scherzte Anton nach ein paar Tagen, als er im Club auf die Schachuhr drückte: Hat es sich gelohnt, nach Israel einzuwandern?

Ich weiß nicht, brummte Spielman, indem er sich mit seinem König hinter die Linie seiner Bauern zurückzog. Ich muss noch einige Experimente machen, bevor ich bestätigen kann, dass deine Theorie über die Wände des Badehauses und ihre Wirkung stimmt. Kannst du mir die erste Stunde morgen früh reservieren? Und zwei Stunden am Abend, mit Gruschkow und seiner Frau?

Was tu ich nicht alles für die Wissenschaft, grinste Anton, zog seinen Turm aus der Deckung und sagte: Schachmatt.

*

Nun, wie war Ihre erste Nacht, Mister Mandelsturm? Und der Flug? Alles in Ordnung? Die Fahrt in der Limousine? Ich habe für Sie unseren besten Fahrer angefordert. Das steht Ihnen zu. Sie haben unsere Stadt mit einer sehr großzügigen Spende bedacht. Und was von Herzen kommt, erreicht auch das Herz. Ohne Ihre Hilfe wäre es uns nicht gelungen, einer großen Gruppe von Neueinwanderern die jüdischen Werte nahezubringen. Ihre Mikwe ist bereits in Betrieb, gepriesen sei Gott. Ihre Gemahlin, Gott hab sie selig, wäre stolz auf uns, wenn sie uns sähe. Und vielleicht sieht sie uns jetzt wirklich, vom Himmel herab, wer weiß? Vielleicht kann sie uns sehen. Ich hatte ein Kind, das gestorben ist. *Januka*. Und manchmal spüre ich, dass …

Sie kommen vom Thema ab, flüstert der PR-Berater Danino zu, sagen Sie etwas zu seiner Begleiterin.

Und auch Sie, meine Dame, fährt Danino auf dieselbe schwungvolle Art fort, machen unserer Stadt ein außerordentliches Geschenk. Es ist uns eine Ehre, Sie bei uns zu beherbergen. Man sagt, eine Klarinettenspielerin von Ihrem Rang sei noch nicht auf unserem Festival aufgetreten. Aber bei so etwas verlasse ich mich nicht auf die Aussagen anderer. Mit eigenen Ohren habe ich Ihre CD zu Hause gehört. Melodien, die einem die Seele öffnen! Sie erinnern mich an das Haus meines seligen Großvaters. Obwohl bei meinem Großvater, um ehrlich zu sein, eher Ud gespielt wurde. Aber die Absicht war dieselbe, nicht wahr?

Jetzt machen Sie mal Pause, flüstert der PR-Berater Danino zu, diese reichen Leute aus Amerika sind es gewohnt, dass man ihnen zuhört. Lassen Sie ihn mal reden. Und nehmen Sie die Hand aus der Tasche.

Danino verstummt und hakt seinen Daumen in den Gürtel. Sie stehen schweigend mitten in der Lobby des einzigen prächtigen Hotels der Stadt. In der Lobby ist es zu still.

Kein Ziehen von Koffern, kein Gong, weil sich die Aufzugtüren öffnen. Als er gewählt wurde, hatte Danino auf jedem Rednerpult versprochen, das Hotel werde binnen zweier Jahre voll ausgebucht sein, doch wie man sieht, ist die Lage unverändert. Touristen übernachten lieber in den Gästezimmern der umliegenden Moschavs oder in den Hotels am See-in-dem-es-Wasser-gibt. Jizchaki wird das bestimmt für seine Kampagne nutzen. Er wird sich über Daninos Versprechungen lustig machen. Aber Moment, warum denkt er jetzt an diese Dinge? Wie konnten sich solche schwermütigen Gedanken an einem so erhebenden Tag in seinen Kopf schleichen?

Vielen Dank für Ihre warmen Worte, sagt Jeremiah Mandelsturm schließlich. Und danke für die großzügige Gastfreundschaft, die Sie uns gewähren. Dem Zeitplan, den wir in unseren Zimmern vorfanden, entnehme ich, dass Sie für heute eine Fahrt zu den Gräbern der heiligen Zaddikim geplant haben, doch wenn Sie so nett wären, würden wir lieber zuerst die Mikwe sehen, denn unsre Seelen drängt es dorthin. Und in unserem Alter ist es gefährlich, Wünsche unnötig aufzuschieben, wenn Sie verstehen, was ich meine.

Danino zögert. Er hat die Mikwe zuvor noch selbst besichtigen wollen, um sicher zu sein, dass alles in Ordnung ist. Zwar hatten ihm seine Informanten berichtet, dass der Ort von Leben nur so wimmle, doch es ist immer besser, solche Dinge zu überprüfen. Sehen Sie, wendet er sich dem edlen Spender zu, vom Wetter her wäre es später gewiss angenehmer –

Tun Sie, was er möchte, flüstert der Berater. Diese Reichen sind es nicht gewohnt, dass man mit ihnen diskutiert –

Aber wenn Ihnen das wichtig ist, korrigiert sich Danino umgehend, bringt uns die Limousine natürlich sofort dorthin.

Das ist der Zeitpunkt, ihm die Tafel zu übergeben, flüstert der Berater.

Und hier ist das Schild, das Sie sich gewünscht haben, es ist schon fertig, natürlich, sagt Danino und gibt Ben Zuk ein Zeichen, die vergoldete Tafel mit der doppelten Inschrift auf Hebräisch und auf Englisch zu übergeben.

Mandelsturm nimmt sie, hält sie fest in beiden Händen, und mitten in der Lobby des Hotels beginnen seine Tränen zu rollen.

Seine Tränen rollen, denn zum ersten Mal, seit seine Gemahlin gestorben ist, versteht er, begreift er wirklich, dass sie von dort nicht mehr zurückkehren wird. Er weint, weil ihm ihr Vorname, der jetzt auf der Tafel geschrieben steht, seit ihrem Weggang nicht mehr über die Lippen gekommen ist. Im Gespräch mit Jona hat er sie seine Frau Gemahlin genannt, und mit seinen Kindern Mama, und nun steht auf diesem Schild in gut sichtbaren Buchstaben und in zwei Sprachen ihr voller Name, und seine inneren Saiten erbeben genauso wie beim ersten Mal, bei jener Beschneidungsfeier, als jemand mit dem Kopf auf sie wies und sagte: Siehst du die da? Er weint, denn jetzt erscheint ihr Bild vor seinen Augen, wie sie in New York, wenn sie in der Mikwe gewesen war, nach Hause zurückkehrte. Das Haar noch feucht, verbreitete ihr Körper schon von ferne einen Geruch von Sauberkeit und Verlangen. Seine Gemahlin hatte es mit den religiösen Geboten nicht so genau genommen, und nicht selten hatten sie sich deshalb auch gestritten (wie überflüssig diese Streitigkeiten aus zeitlicher Entfernung wirken), aber in die Mikwe war sie immer gerne gegangen. Einmal hatte sie ihm erklärt: Wenn ich das Gebet gesprochen habe, *Wasche mich rein von meiner Missetat, und reinige mich von meinen Übertretungen, von Trauer, Schuld und Kümmernis,* spüre ich beim Eintauchen, dass das wirklich passiert. Dass das Wasser mich wirklich läutert und ich eine echte Chance habe, neu anzufangen und diesen Monat jemand anders zu sein. Jemand Besseres. Und er hatte ihr gesagt: Ich persönlich bin schon ganz zufrieden damit, wie du jetzt bist, und sie war zu ihm getreten, hatte die Hand auf seine Brust gelegt und gesagt: Schön, aber du bist auch nicht objektiv.

Wieder betrachtet er das Schild, das ihren Namen trägt. Als er in seinem Hotelzimmer morgens neben Jona im Bett aufgewacht war, hat er seiner Gemahlin, die fünfzig Jahre lang seine beste Freundin gewesen war, erzählen wollen, was ihm in der Nacht widerfahren war, und schon in diesem Augenblick kam die Traurigkeit, weil er ihr nicht davon erzählen konnte und ihr auch nie mehr davon würde erzählen können, doch da hatte er sich beherrscht, aus Respekt vor der Frau neben ihm, die in ihrer Nacktheit so verletzlich wirkte, und siehe, jetzt, angesichts dieses Schildes, hat sich das unterdrückte Weinen gelöst.

Jeremiah Mandelsturm weint leise, er zieht die Nase nicht hoch und vergräbt das Gesicht nicht in den Händen. Die Tränen lösen sich von seinen Augen wie kleine Gummiboote vom Mutterschiff und rollen eine nach der anderen herunter und sammeln sich in seinen Mundwinkeln.

Stimmt etwas nicht mit der Tafel?, fragt Danino besorgt. Wenn es ein Problem gibt, sagen Sie es nur, wir können …

Doch Jona gibt ihm mit den Augen ein Zeichen, er solle die Fragerei lassen, und sie hält sich nah genug bei Jeremiah, dass er spürt, dass sie ihn liebt, und genug auf Abstand, dass er nicht das Gefühl hat, sie wolle sich einmischen.

Mehrere Minuten steht Jeremiah Mandelsturm in der Lobby des Hotels, und die Tränen laufen ihm übers Gesicht. Zimmermädchen mit Bettwäsche gehen an ihm vorüber. Ein Liftboy zieht einen einsamen Koffer hinter sich her. Eine Gruppe Küchenpersonal erscheint zu Schichtbeginn. Danino, Ben Zuk und der PR-Berater stehen dabei, den Blick gesenkt, die Hände auf dem Rücken verschränkt, wie am Gefallenengedenktag, wenn die Sirene ertönt.

Und Jeremiah Mandelsturms Tränen rollen weiter. Der Kragen seines Hemdes ist schon ganz nass.

Erst als das Maß seiner Tränen voll ist, gibt er Ben Zuk die Tafel zurück und sagt: *Okay, gentlemen, now we can go*.

Und sie fahren in einer langen Kolonne. Vorneweg die weiße Limousine, danach die Wagen der Stadtverordneten von Daninos Partei, Fahrzeuge von der Abteilung für Veranstaltungen und, in Metallicfarbe, der Wagen des PR-Beraters aus der Stadt-der-Sünden. Ein Wagen mit zwei Fotografen, einem, der filmt, und einem, der fotografiert, um alles zu dokumentieren für die anstehende Wahlkampagne, und zum Schluss, als Letzter in der Kolonne, der Pkw von Mosche Ben Zuk, der im Kreisel vor der Auffahrt nach Ehrenquell eine ganze Runde dreht und wieder umkehrt. Zu dieser Mikwe kann er nicht zurückkehren. Was einmal passiert ist, lässt sich nicht mehr ungeschehen machen.

Keiner in der Kolonne spürt, dass sie einen einsamen Ben Zuk verloren haben. Forsch fährt sie den Berg hinauf, bis man die ersten Häuser des Viertels sieht. Dort muss die Limousine anhalten, denn mitten auf der Straße steht ein Pferd.

Das schöne Pferd mit dem frechen Hintern ist über den Weidezaun gesprungen und jetzt steht es da, trunken von seiner plötzlichen Freiheit, schnuppert in alle Windrichtungen und überlegt, wohin. Das ungeduldige kurze Hupen der Limousine wirkt wie ein Gertenschlag, und es galoppiert in Richtung Norden, zurück zu seiner Familie, zurück in seine libanesische Heimat; die Muskeln arbeiten in perfektem Einklang, Wellen der Anstrengung ziehen über das schokoladenbraune Fell und tragen es weiter, immer weiter, nach Hause.

Jetzt ist die Straße frei, doch der Fahrer der Limousine fährt langsam, zögernd, und parkt schließlich am Gehsteig nahe der Mikwe. Hinter ihm parken alle anderen Wagen. Ein Teil auf dieser Straßenseite, die anderen auf der gegenüberliegenden, und einige sind sogar so mutig, in den verwaisten Parkbuchten des Viertels zu parken.

Danino quält sich als Erster aus der Limousine, um Misses Jona und Mister Mandelsturm die Tür zu öffnen, und der steigt aus, legt sich zum Schutz vor der Sonne die Hand über die Augen und betrachtet staunend, wie aus den vielen Fahrzeugen Männer steigen und sich eine kleine Menge um ihn versammelt. Danino beugt sich zu ihm und fragt: Möchten Sie die Tafel selbst anbringen? Oder soll es einer meiner Leute für Sie machen? Mandelsturm schüttelt den Kopf, was Danino verwirrt, da er nicht genau weiß, wozu Mandelsturm Nein sagt, deshalb beugt er sich noch einmal zu ihm und fragt: Wie sollen wir es halten, Mister? Und Mandelsturm schließt die Augen und sagt: Ich hätte hier gerne einen Moment für mich, wenn das möglich ist. Ich möchte alleine in der Mikwe untertauchen, wenn Sie erlauben. Aber natürlich, sagt Danino, gar kein Problem. Er geht voraus, öffnet ihm das Tor (Wo ist die Mikwefrau, geht es ihm durch den Kopf. Müsste sie jetzt nicht hier sein? Seine Augen suchen nach Ben Zuk, doch auch der ist plötzlich verschwunden), und indessen geht Mandelsturm durchs Tor und schreitet mit gebieterischer, vielleicht aber auch altersbedingter Langsamkeit auf den Männerflügel zu. (Verdammt, schießt es Danino durch den Kopf, die Tür wird verschlossen sein, und nur Ben Zuk hat einen Schlüssel. Wo ist dieser Ben Zuk nur, wenn man ihn braucht?) Mandelsturm legt die Hand auf die Klinke, öffnet problemlos die Tür und tritt ein.

*

Sieben Minuten später schneidet die Sirene eines Krankenwagens durch die Ruhe Sibiriens.

*

Das Konzert der berühmten Klarinettistin Jona Avi'eser am heutigen Abend muss leider ausfallen. Kartenbesitzern wird der Eintritt rückerstattet, oder sie erhalten eine Karte für ein anderes Konzert aus dem Festivalprogramm.

So lautet der offizielle Anschlag über der Festivalkasse und am Eingang zum Amphitheater. Doch die Gerüchte (denen die Bewohner der Stadt der Gerechten in den letzten Jahren mehr Glauben schenken als offiziellen Bekanntmachungen) sagen etwas anderes: Die international gefeierte Klarinettistin gebe das ganze Konzert am Bett ihres Lebensgefährten in der Traumaabteilung des städtischen Krankenhauses.

Dutzende von Menschen drängen sich bereits auf den Fluren rund um Jeremiah Mandelsturms Zimmer. Einige stehen, andere lehnen sich an die Wände, wieder andere haben vorsorglich Klappstühle mitgebracht und sind daraufgeklettert, um besser sehen zu können. Alle lauschen in vorbildlicher Stille Jonas Spiel. Wie reines Gebet schweben die Töne der Klarinette über die Flure in die Krankenzimmer, schenken den Kurzatmigen langen Atem, beruhigen die zitternden Knie der Parkinsonkranken und wecken in den Gehirnen der Alzheimerpatienten klare, wohlgeordnete Erinnerungen. Nur Jeremiah Mandelsturm vermögen sie nicht aus dem Koma heraufzuholen, in das er nach seinem Herzanfall in der Mikwe von Sibirien gefallen ist. Und so sitzt Jona da und spielt drei Tage und drei Nächte lang: *'s brennt, briderlech, 's brennt; Wen ich bin a Rothschild; Fidler ojfn Dach* und vieles mehr, während das Publikum auf den Gängen im Takt der Schichten wechselt. Zwischen den Stücken unterbricht Jona nur, um sich die Lippen zu befeuchten, und spielt weiter die glänzendsten Improvisationen, die sie nie, niemals im Leben, würde rekonstruieren können –

Schließlich, ausgerechnet als sie von ihrem traditionellen jüdischen Repertoire abweicht, das ihr der Stadt und dem Anlass angemessen erscheint, und einen alten schwarzen Blues von Michel Byden spielt, dessen Refrain bittet, ja geradezu fleht: *Verlass mich nicht, wo ich dich erst jetzt gefunden habe*, öffnet Jeremiah langsam die Augen, reibt sich mit dem kleinen Finger die Weben aus den Augenwinkeln und fragt verwundert: Wo bin ich? Was ist passiert?

Jona legt die Klarinette zur Seite, schickt mit einer kaum wahrnehmbaren Bewegung ihrer rechten Hand Hunderte von Zuhörern nach Hause und sagt zu Jeremiah: Alles in bester Ordnung. Du hast dich nach der Einweihung der Mikwe nicht so gut gefühlt, das ist alles. Merkwürdig, sagt Jeremiah, ich erinnere mich an gar nichts von dort. Alles ist ausgelöscht. Jona legt ihre Hand auf seine und denkt sich, die Wahrheit zu sagen ist manchmal die größte Sünde, und dann erzählt sie: Es war eine würdevolle, ergreifende Zeremonie. Und die Mikwe selbst ist wunderschön geworden. Wirklich ganz besonders schön. Deine Frau Gemahlin wäre sehr zufrieden, wenn sie sähe, wie du ihren Namen dort verewigt hast.

*

Auch Danino versuchte zu vertuschen, was sich in der Mikwe von Sibirien ereignet hatte. Sobald der Rettungswagen abgefahren war, versammelte er alle Anwesenden und beschwor sie auf Anraten seines PR-Beraters, nichts von dem, was sich hier ereignet hatte, nach draußen dringen zu lassen, um Jeremiahu Jizchaki nicht in die Hände zu arbeiten. Einer der Stadträte gab aber der Versuchung nach und verkaufte alle Informationen gegen die Zusicherung eines Platzes unter den Ersten seiner Liste bei der kommenden Wahl an Jeremiahu Jizchaki.

Jeremiahu Jizchaki beeilte sich nicht, die Information zu veröffentlichen, erwies sich vielmehr als gnädig, wie es sich nur erlauben kann, wer sich seines Sieges sicher ist. Er lud Avraham Danino zu sich, an den Ort, wo er seinen heiligen Hof hielt, und als der eintrat, bat er ihn in einem Ton, der Danino wohlbekannt war, die Tür hinter sich zu schließen. Vielleicht hätten Sie doch auf die Worte von Netanel dem Verborgenen hören sollen?, bemerkte er spöttisch, als sein Gast sich setzte, und Danino tat so, als wüsste er nicht, wovon der andere redete.

Ich weiß alles, Danino, sagte Jizchaki und beugte sich zu ihm. Ich weiß genau, was die Leute gesehen haben, als sie in die Mikwe stürmten, um Mandelsturm herauszuholen. Ich weiß, dass dort Männer und Frauen zusammen waren, ich weiß von den Getränken, ich weiß von … das reicht, ich will mich nicht verunreinigen, indem ich solche Dinge auch noch in den Mund nehme. Danino, wir wissen beide, sobald das an die Presse kommt, sind Sie geliefert. Ich fürchte nur, dass damit auch die Zukunft der ganzen Stadt geliefert wäre. Ist Ihnen klar, was das bei der gläubigen Bevölkerung für unser Image bedeuten würde? Und bei den Touristen? Wie könnten wir uns nach so einer Schande noch als die Stadt der Gerechten bezeichnen? Nur noch Sabbatianer und Frankisten würden hierher kommen. Und was würden wir dann mit den anderen machen, die diese Leute steinigen wollen?

Also, was schlagen Sie vor?, fragte Danino, und zum ersten Mal in zwei Amtszeiten, seit er Bürgermeister war, steckte seine Hand nicht in seiner Hosentasche, sondern lag ängstlich und halb zerquetscht unter seinem rechten Oberschenkel.

Geben Sie bekannt, dass Sie Ihre Kandidatur zurückziehen, sagte Jizchaki. Dafür begrabe ich die ganze Geschichte. Außerhalb der Friedhofsmauer.

Nehmen Sie sein Angebot an, mit beiden Händen, entschied der Berater aus der Stadt-der-Sünden. Die beiden saßen in dessen deutschem Wagen auf dem Parkplatz der Stadtverwaltung, das Radio spielte einen Schlager im Salsa-Rhythmus. Unter den gegebenen Umständen ist es das beste Angebot, das Sie kriegen können. Nehmen Sie eine Auszeit vom politischen Leben. Tun Sie ein paar Jahre etwas für sich selbst, als Privatmann. Und bei den nächsten Wahlen, wenn Jizchaki sich in einen eigenen Skandal verstrickt haben wird, kandidieren Sie wieder. Die Erinnerung der Wähler in diesem Land ist so kurz wie eine *Uzi*.

Aber was soll ich in der Zwischenzeit tun?, fragte Danino. Sie wissen doch, ich muss die ganze Zeit aktiv sein. Sobald ich zu viel Zeit zum Nachdenken habe, denke ich an … *Januka* … ich sehe seine Wangen vor mir … wie ihm die Augen zufielen, als sein Fieber stieg …

Der Berater klopfte im Takt des Salsa aufs Steuer und sagte: Was tun? … Wie soll ich das wissen? Pflanzen Sie Weinreben und machen Sie eine Kelterei für Boutique-Weine auf. In der Stadt-der-Sünden boomt dieses Geschäft bereits. Vermutlich wird dieser Trend schließlich auch in Ihrem gottverlassenen Loch ankommen. Wissen Sie was? Vielleicht steige ich später sogar als Partner mit ein. Im Verborgenen.

Wirklich?, fragte Danino zweifelnd und war gleichzeitig ermutigt.

Ich werd es mir überlegen. Aber nur unter der Bedingung, dass Sie diesen Ben Zuk nicht mitnehmen. Er ist ein tüchtiger Mann, zweifellos, aber ich traue diesen Neubekehrten nicht. Wer sich einmal völlig gewandelt hat, kann sich auch wieder zurückwandeln.

*

Als Ben Zuk, nachdem er sich auf dem Weg zur Mikwe aus der Kolonne gelöst hatte, nach Hause kam, erschien aus einem Versteck hinter den Gasballons Ayelet-Bat-El, und eine Frage stand in ihren Augen. Nicht hier, sagte er und nahm sie mit in eine Nebengasse. Doch auch dort schaute jemand aus einem Fenster, und so verdrückten sie sich in eine andere Gasse, in die plötzlich eine ganze Horde von lachenden Kindern einfiel, und so flohen sie in einen öffentlichen Park, der vormittags viel zu voll war mit Babys, die es nach der Mutterbrust dürstete, und Müttern, die es nach dem neuesten Tratsch dürstete, und geduckt liefen sie weiter, als schösse eine ganze Salve von Blicken wie ein Maschinengewehr über ihre Köpfe, ins verlassene Künstlerviertel, in eine Ruine, in der früher mal ein wirklich großer Maler gelebt hatte, der Begründer einer ganzen Schule, inzwischen hatten den Raum aber schwarze Katzen eingenommen, die in alle Richtungen auseinanderstoben, als sie hereinkamen.

Ein durch ein Fenster gebrochener später Lichtstrahl fiel auf Bat-Els Locken und vergoldete die Haarspitzen.

Ich bin schwanger, sagte sie.

Woher weißt du das?, fragte er, es ist doch erst ein paar …

Ich weiß es, sagte sie bestimmt und legte sich die Hand auf den Bauch. Ich weiß es einfach.

Was hast du vor?, fragte er und legte seine Hand auf ihre.

Wir können abhauen von hier, sagte sie. So weit wie möglich weg vom Nimm-dich-in-Acht-was-die-Leute-sagen-

Land und zusammen eine Familie gründen. Natürlich nur, wenn du willst. Willst du?

Auch zu diesem Moment wird er in den kommenden Jahren in Gedanken immer wieder zurückkehren und sich entsetzlich quälen.

Eine schwarze Katze kam zurück, prüfte durch die Fensterlöcher, ob die Luft inzwischen rein war.

Ein Eiswagen spielte in der Ferne seine Melodie.

Und Ben Zuks Zunge klebte an seinem Gaumen. Schau … das ist nicht so einfach. Ich habe eine Familie. Und was ist mit dem Skandal? Das Kind wäre ein *Mamser* … wir würden ausgestoßen werden … wenn herauskäme, dass …

Ich weiß nur, dass du der Vater bist und dass ich diese Schwangerschaft will, sagte Bat-El-Ayelet. Diesmal verzichte ich nicht darauf. Das muss dir klar sein.

Natürlich … ich will ja nicht noch einen entsetzlichen Fehler begehen … sagte Ben Zuk, aber auch wenn ich … dann müsste man doch prüfen … und mitteilen …

Ich fliege morgen früh, sagte sie. Heute Nacht, um Mitternacht, erwarte ich dich hier, in dieser Ruine. Wenn du kommst – kommst du. Wenn nicht – schick ich dir ein Bild von ihrer Hochzeit.

Von wem?

Von deiner Tochter. Und frag mich nicht, woher ich weiß, dass es ein Mädchen ist.

Du weißt das einfach, nicht wahr?, sagte Ben Zuk und nahm ihre Hand. Obwohl sie nur ein paar Tage zuvor so intensiv miteinander geschlafen hatten, zögerte er noch immer, wenn er sie berührte. Sie war letztlich diejenige gewesen, die seinen Körper an sich gezogen und ihn, wie ein Puppenspieler seine Marionette, geführt hatte. Sie hatte sich seine Arme auf die Hüften gelegt und gesagt: Du bist mir vom Himmel beschert, und ich bin dir vom Himmel beschert! Wir haben auf alle erdenklichen Arten versucht, uns dem zu entziehen, wir sind voreinander geflohen wie vor einem Fluch, sieben Jahre lang. Doch der Heilige, Er sei gepriesen, hat es einfach nicht zugelassen.

*

Muschik nickte langsam. Bat-El-Ayelet hielt es in diesem Moment für ein Nicken der Zustimmung. Und nicht nur sie. Auch er legte den kurzen Weg nach Hause in dem Gefühl zurück, dass er diese Gelegenheit, die ihm der Himmel bot, seinen Fehler wieder gutzumachen, nicht verpassen wolle, und als er die Treppen zu seiner Wohnung hinaufging, überlegte er schon, wo wohl der große Koffer stand, den sie einmal für einen Familienurlaub am Toten Meer benutzt hatten und den er seither nicht mehr gesehen hatte. Bestimmt steht er auf dem Hängeboden, beruhigte er sich. Er sog den vertrauten Knoblauchgeruch ein, der immer von der Einlegefabrik in Menuchas Küche ins Treppenhaus zog, als wäre es Rosenduft, und schaute auf das schöne Porzellanschild an ihrer Wohnungstür, »Familie Ben Zuk«, mit dem verweilenden Blick eines Reisenden, der sich die letzten Anblicke des Hauses einprägt, das er verlässt.

Doch zu Hause erwartete ihn eine Überraschung: Der Kleine war da; er lag auf dem blauen Sofa im Wohnzimmer, mit einer feuchten Kompresse auf der Stirn, die Augen geschlossen.

Gut, dass du kommst, Mosche, ich weiß nicht, was ich machen soll, sagte Menucha, die aus der Küche herbeieilte. Sie haben den Jungen aus dem Kindergarten heimgeschickt … sein Fieber steigt. Er hatte achtunddreißig eins, und jetzt ist es schon bei neununddreißig zwei. Ich weiß nicht, was … ich habe ihn schon kalt abgerieben und ihm Kompressen gemacht. Ich hab ihm Hühnersuppe gekocht, aber er rührt nichts an.

Wann hast du das letzte Mal gemessen?, fragte Ben Zuk.

Vor zwanzig Minuten, sagte Menucha. Und vor ein paar Minuten hab ich ihm eine neue Kompresse aufgelegt. Mosche, der Junge kocht.

Komm, wir messen noch mal, sagte er. Sie reichte ihm das Thermometer, und er beugte sich über seinen Sohn und bat ihn: Mein Süßer, mach bitte mal den Mund auf.

Der Kleine öffnete ein Auge und sagte: Der Koffer ist nicht auf dem Hängeboden. Wir haben ihn Onkel Aharon geliehen.

Schon eine Stunde lang sagt er das, erklärte Menucha, der Koffer ist nicht auf dem Hängeboden, der Koffer ist nicht auf dem Hängeboden. Ich habe keine Ahnung, was er will.

Komm, mein Spatz, sagte Ben Zuk, vergaß seine eigene innere Hitze angesichts der seines Sohnes, mach mal den Mund auf. Hier kommt das Thermometer. Schön. Und jetzt mach ihn wieder zu. Gut machst du das.

Das Quecksilber stieg, sobald das Thermometer die Lippen des Kindes berührte. Zwei Minuten später war die Temperatur bei über vierzig, sie stieg weiter, und noch eine Minute später hielt sie einen Strich unter einundvierzig an.

Vierzig Komma neun. Muschik kannte diese Zahl, doch er brauchte einige Sekunden, um sich zu erinnern, in welche Abteilung seiner Erinnerungen sie gehörte. Daninos *Januka*. Als sie ihm zu Hause Fieber gemessen haben, hat das Thermometer vierzig Komma neun gezeigt. Danino hat ihm das einmal erzählt, in einem Moment der Offenheit nach einem Schabbat-Abendessen auf dem Balkon seines Hauses. Sie haben ihn sofort ins Krankenhaus gebracht, aber da war es schon …

Los, sagte er zu Menucha und schob seine Arme unter die Achseln des Kindes, wir fahren in die Notaufnahme.

Ich muss mich nur fertig machen ... ich mach auch schnell, sagte Menucha, band sich ein Kopftuch um und nahm ihr Psalmenbuch.

Der Koffer ist nicht auf dem Hängeboden, der Koffer ist nicht auf dem Hängeboden, murmelte der Kleine und schlang seine Arme um den Hals seines Vaters, als der ihn zum Auto trug. Ben Zuk spürte, wie die Glut des kleinen Körpers durch seine Kleider und durch alle Schutzschichten in ihn drang und seine Entscheidung zum Schmelzen brachte.

Was hat er nur mit dem Koffer?, murmelte Menucha.

Ben Zuk schwieg und ließ den Wagen an, fuhr los, überfuhr eine gelbe Ampel.

Menucha sagte: Übrigens hat er recht.

Ben Zuk zitterte. Recht womit?

Mit dem Koffer, der ist wirklich bei Aharon. Ich habe ihm den gegeben, als sie zu den Feiertagen nach Uman geflogen sind.

Ben Zuk sagte: Ach.

Und überfuhr eine rote Ampel.

Und der Kleine sagte: Der Koffer ist nicht ... und er hatte nicht die Kraft, den Satz zu beenden. Ben Zuk schaute durch den Innenspiegel zu ihm, und auch Menucha wandte ihm den Kopf zu, und sie sahen beide, wie seine Wimpern sich langsam schlossen.

Da brach sie zusammen. Sie hob die Augen und schrie zur Decke des Wagens: Womit haben wir das verdient? Was haben wir gesündigt, Vater?

Ben Zuk umklammerte das Steuer, dass es wehtat, zertrat das Gaspedal und dachte an das winzige Grab von Januka Danino, ein Grab ohne Stein, nur ein Stock mit einem Kartonschild, am Rand des Friedhofs, er erinnerte sich daran und betete im Stillen, sogar ohne die Lippen zu bewegen: Bloß das nicht. Alles bin ich bereit, dir zu geben, Gott im Himmel, nur damit der Kleine lebt.

*

Just als die Räder des Flugzeugs, in dem Ayelet und Jacob saßen, auf dem Weg nach Brooklyn abhoben, fiel das Fieber des Jungen genauso steil, wie es gestiegen war. Auf seiner Haut erschien ein roter Ausschlag, ein Zeichen, dass er außer Gefahr war.

Die Medizin kann nicht alles erklären, sagte der behandelnde Arzt zu den Eltern.

»Wohl aber der, auf dessen Geheiß alles geschieht«, fügte der Assistenzarzt mit der schwarzen Kippa hinzu.

Und Ben Zuk sagte sich, er werde noch ein paar Tage warten, bis er Ayelet nachreise. Nur um zu sehen, dass der Kleine wieder ganz zu sich kam. Doch danach wurde in Menuchas Familie eine Bar Mizwa gefeiert, und es war ihm unangenehm, dort nicht zu erscheinen. Dann kam das Angebot von Jeremiahu Jizchaki, der die Wahlen gewonnen hatte und ihn mit einer Lohnerhöhung als seine rechte Hand anwarb (Ben Zuk kümmerte sich um dieselben Angelegenheiten wie früher, nur nicht mehr um Mikwen, die aufgrund einer stillen Übereinkunft aus seinem Aufgabenbereich gestrichen wurden). Schon kurz darauf nahten die Hohen Feiertage und danach die Zeit »nach den Feiertagen«, und schließlich wurde der Ministerpräsident ermordet, was alle zu größerer Vorsicht bewegte. Auf der Straße und in vielen anderen Lebensbereichen.

*

Auf dem Weg von Santa Elena nach Monteverde werden Naim und Diana von einem starken Regen überrascht, so einem, der durch die dicksten Mäntel dringt, und sie biegen von dem aufgeweichten pfützenreichen Weg ab in den Wald, um unter den Zweigen der ausladenden Jobobäume, der Wolkenkratzer des Nebelwaldes, Schutz zu suchen. Eine ganze Weile sitzen sie dicht beieinander auf einer Schicht von Blättern und betrachten mit der Gelassenheit von Wandernden, wie sich alles um sie herum mit Regen vollsaugt, und lauschen konzentriert seinem Trommeln.

Kein Zwitschern ist zu hören, doch alle paar Minuten der kurze, sachliche Flügelschlag eines Vogels, der einen Unterschlupf sucht und nicht die Wanderschaft.

Als der Regen etwas nachlässt und sie sich wieder zum Monteverde-Reservat aufmachen, sind ihre Kleider so durchnässt, dass es beinah unmöglich ist, weiterzugehen.

Im ›Lonely Planet‹ steht, entlang dieses Wegs liegen Hütten von Einheimischen, sagt Naim. Vielleicht schauen wir, dass wir eine davon finden, und bleiben ein bisschen dort?

Diana nickt. Schon drei Monate ziehen sie zusammen durch Costa Rica; er kennt die vielen Bedeutungen ihres Nickens. Diesmal ist es ihr gleichgültiges Nicken. Es bedeutet: Ich freu mich, dass du jetzt die Verantwortung übernimmst; meine Gedanken sind gerade anderswo.

Sie waten ein paar Minuten durch den Schlamm und entdecken ein kleines verborgenes Haus, wie zwischen zwei Falten der Welt.

Aus dem Kamin steigt Rauch auf, und sie biegen vom Weg ab und gehen auf das Haus zu. Ein Bretterweg führt sie über Schlamm und Pfützen bis kurz vor die Tür, die sich von alleine öffnet. Ein Mann und eine Frau, beide hässlich-schön, stehen auf der Schwelle und sagen: *Come in, come in,* wir erwarten euch schon. Naim und Diana wechseln staunende

Blicke, doch in den drei Monaten unterwegs haben sie gelernt, dass man ein »ja« viel seltener bereut als ein »nein«, und im Inneren des Hauses brennt ein Kamin, und so treten sie ein. Neben dem Kamin stehen zwei Koffer.

Möchtet ihr Suppe?, fragt der Mann.

Nein danke, sagt Naim; er geniert sich.

Ja bitte, sagt Diana; sie isst Suppe gern.

Der Mann bringt zwei tiefe Holzschüsseln und schöpft einen rötlichen Eintopf hinein.

Ich bin Jeff, sagt der Mann und reicht ihnen die Schüsseln. Und ich bin Salina, sagt die Frau. Auch Naim und Diana stellen sich vor, und dann herrscht Schweigen; man hört nur das Schlürfen von Naim und Diana über ihren Suppenschüsseln, weshalb sie sich bemühen, den Löffel ganz in den Mund zu führen.

Komm, sagt Salina zu Diana, als sie aufgegessen hat, ich zeige dir das Haus.

Komm, sagt Jeff zu Naim, ich zeige dir den Hof. Sie gehen hinaus in den Regen, jetzt nieselt es nur noch. Hör zu, *amigo*, sagt Jeff zu ihm, wenn du mich fragst – die Natur rührt man am besten gar nicht an. Allerdings sind die Regenfälle manchmal so stark, dass sie drohen, das Haus zu überfluten. Deshalb hab ich hier so eine Art Abflusskanal gegraben, der das Wasser ins Flusstal ableitet.

Naim sieht sich den improvisierten Kanal an und weiß, er könnte mit Leichtigkeit einen besseren bauen.

An Feuerholz fehlt es hier nicht, wie du dir denken kannst, fährt Jeff fort. Nur ist es manchmal zu nass. Deshalb habe ich mir hier – er zeigt auf ein kleines Metalldach – eine Arbeitsecke gebaut, wo ich das Holz spalten kann.

Naim sieht sich das improvisierte Dach an, die Holzstämme und die herumliegenden Äxte darunter und weiß, er könnte mit Leichtigkeit eine bessere Lösung finden.

Das wär's, Jeff legt Naim abschließend die Hand auf die Schulter und führt ihn zurück ins Haus und sagt dann: Wenn ein Stadtmensch wie ich hier zurechtkommt, dann kann das jeder.

Drinnen erwarten Diana und Salina sie schon. Diana hat plötzlich einen anderen Blick, der keinem der Dutzenden Blicke ähnelt, die Naim in den Monaten des Reisens an ihr gesehen hat. In ihren Pupillen tanzen die Flammen des Kamins.

Okay, sagt Salina, wenn ihr keine Fragen mehr habt ... dann machen wir uns jetzt auf.

Naim und Diana tauschen kurze Blicke, wer von ihnen die Blase platzen lassen soll.

Diana räuspert sich, und Naim übernimmt: Wir nehmen an, dass hier ein Missverständnis vorliegt. Ihr habt wohl auf jemand Bestimmten gewartet ... aber wir sind nur zufällig hier vorbeigekommen.

Das wissen wir, sagt Salina ... wir haben euch ja schon vorher gesehen, als ihr unter den Jobobäumen saßt und den Regentropfen gelauscht habt. Da haben wir beide gedacht, dass ihr die Richtigen seid.

Die Richtigen? Wofür?

Das Haus wird schon seit fünfzig Jahren auf diese Art weitergegeben, von Hand zu Hand. Ohne Bezahlung und Vertrag, auf Vertrauensbasis, erklärt Salina. Ich habe es von einer guten Freundin, einer Malerin, bekommen. Sie dachte, es täte mir und Jeff gut, wenn wir hierherkämen. Dass es unser Schreiben inspirieren würde. Und wir dachten das auch. Doch dann haben wir gemerkt, dass wir ohne den Lärm der Stadt nicht können, nicht wahr, Jeff?

Wir mögen keine Menschen, aber wir können auch nicht ohne sie, lacht Jeff und fährt fort, das haben wir schon vor ein paar Monaten gemerkt, aber wir haben auf jemand Passenden gewartet, mit dem wir tauschen können.

Das war's dann, fasst Salina zusammen, ihr seid genau im richtigen Augenblick gekommen. Wir müssen jetzt wirklich los. Am Tag geht nur ein Bus in die Hauptstadt San José, und der hält in einer Stunde in Santa Elena.

Aber wartet, wie lang können wir denn hierbleiben?, fragt Diana.

So lange ihr wollt, sagt Salina. Es gab Leute, die sind zwei Wochen geblieben, andere zehn Jahre. Das liegt ganz bei euch.

*

Avraham Danino geht zum Rathaus. Es ist früh am Morgen, noch leuchten die Straßenlaternen. Ein Krankenwagen fährt an ihm vorbei, auf dem Weg ins Krankenhaus. Er hofft, dass die Sanitäter zu beschäftigt sind, um zu bemerken, dass der Mann, der da mit einem braunen Pappkarton in der Hand einsam den Gehweg entlangläuft, der scheidende Bürgermeister ist. Noch ist kein Mensch im Rathaus. Die langen Flure werfen das Echo seiner Schritte zurück, und die wenigen Lichter in den Zimmern zeugen nicht von Fleiß, sondern von Stromverschwendung. Nicht mehr deine Sorge, sagt er sich und beschleunigt seine Schritte. Vor der Tür seines Büros hält er inne, nimmt den Karton in die andere Hand und zieht den Schlüsselbund aus der Tasche.

Er verharrt nicht in der Mitte des Zimmers, um den Augenblick einzufangen. Und auch nicht, um ein letztes Mal den Duft der Amtsmacht zu atmen. Dafür hat er keine Zeit. Reuven vom Archiv kommt immer früh zur Arbeit, und Danino braucht jetzt keine Zeugen. Er nimmt die Porträts der Staatsmänner von der Wand und legt sie aufeinander, in der Reihenfolge, in der sie im Leben der Nation auftraten: zuerst Herzl, obenauf Begin. Auf die Bilder legt er vorsichtig die zahllosen Anerkennungsplaketten, die er von dem Geheimen-Militärcamp-das-jeder-kennt erhalten hat, und in die wenigen Hohlräume, die sich dabei ergeben, drückt er allerlei kleine Dinge, die ihm im Laufe der Jahre von Partnerstädten verehrt wurden, einen Federhalter aus Toulouse, einen Würfel aus Budapest, eine Muschel aus Zagreb.

Als er das Gebäude verlässt, ist es schon hell, doch die Luft ist noch kühl und angenehm.

Er staunt, dass er beinah fröhlich ist. Er müsste doch traurig sein. Und trotzdem ist er guter Dinge. Der übervolle Karton wiegt in seinen Händen nicht schwer, im Gegenteil, er scheint mit jedem Schritt leichter zu werden. Und als noch ein Krankenwagen an ihm vorüberfährt und die Sanitäter ihn aus dem Fenster ansehen, sagt er sich: Kann dir doch egal sein, was sie jetzt denken. Das sind nur Menschen, keine potenziellen Wähler und auch nicht die öffentliche Meinung.

Und auch du, auch du bist nur ein Mensch.

Unterwegs geht er beim Supermarkt vorbei und holt zwei weitere leere Kartons.

Vor der Tür seines Hauses bleibt er stehen, stellt die Kartons auf den Boden, zieht den Schlüsselbund heraus. Normalerweise verspürt er einen gewissen Unwillen, bevor er seine Wohnung betritt, aber diesmal nicht. Diesmal ist sein Herz so leicht wie die Hand, die sich nach der Türklinke streckt.

Er stellt die Kartons nebeneinander auf den Boden und füllt sie mit den wenigen Dingen, die er in seinem neuen Leben brauchen wird. Er bleibt nicht mitten im Wohnzimmer stehen, um sich diesen Augenblick einzuprägen, und auch nicht, um das letzte Mal den Geruch von zu Hause einzuatmen. Er möchte fertig packen. In weniger als einer halben Stunde wird seine Frau aufwachen; dann werden sie reden.

Er weiß genau, was er ihr sagen will. Schon eine ganze Amtszeit lang wollen die Worte aus ihm raus.

*

Judith war einen Monat alt, als ihre Mutter zwei große Koffer packte und für sie beide ein Zimmer in einem Apartmenthotel in Brooklyn anmietete.

Jacob war bei der Arbeit gewesen.

Als er nach Hause kam, lag ein Brief für ihn auf dem Esstisch.

Die große Lüge, die zwischen uns liegt, zwingt mich, Dir jeden Tag Dutzende kleine Lügen zu erzählen, schrieb seine Frau, und so kann ich nicht weitermachen.

Was sie ihm im Folgenden offenbarte, hatte ihn nicht überrascht. Nicht wirklich. Auch nicht die Bitte, mit der sie den Brief beendete.

Ein Teil von ihm hatte es gewusst. Bereits in der Stadt der Gerechten begriff er: Menschen können dich auch verlassen, solang sie noch an deiner Seite sind. Ihr Körper bleibt, aber ihre Seele fliegt an einen anderen Ort.

Nach neun Monaten war Judith zur Welt gekommen, und sie sah niemandem aus seiner Familie ähnlich.

Er gab sich vierundzwanzig Stunden, um wütend zu sein, und weitere vierundzwanzig Stunden, um zu trauern. Danach zündete er sich eine Pfeife an, setzte sich an den Schreibtisch und formulierte den Trennungsvertrag.

Partei A (im Folgenden: »die Mutter«), hieß es in dem Vertrag, erklärt hiermit, dass sie keinerlei Forderungen, weder finanzieller noch anderer Art, an Partei B (im Folgenden: »der Vater«) hat, und übernimmt die volle Verantwortung und alle Ausgaben für das Wohlbefinden von Partei C (im Folgenden: »die Tochter«). Im Gegenzug verpflichtet sich »der Vater«, geheim zu halten, dass »die Tochter« ein *Mamser* ist, um ihre späteren Heiratschancen nicht zu gefährden.

*

Antons Beerdigungszug begann vor seinem Haus und führte zum Pappelweg. Alle Bewohner Sibiriens, bis auf die beiden alten Frauen, die auf der Bank sitzen geblieben waren, begleiteten ihn auf seinem letzten Weg. Den ersten Toten, den das Viertel zu beklagen hatte.

Katja lief an der Spitze der Schar, in der Hand die Urne mit der Asche ihres Geliebten, und neben ihr schritt Vater Nikolai, Antons Sohn, der extra mit dem Flugzeug aus Moskau angereist war. Hinter ihnen Daniels Eltern mit Daniel; der war beinah mannsgroß und hielt die Hand eines jungen Mädchens, Julia.

Nikita schluchzte laut, doch alle anderen gingen langsam und gemessen. Man hörte nur ihre Schritte. Die Männer in Anzügen und mit langen Mänteln, die sie am Tag vor dem Ereignis noch zur Trockenreinigung gegeben hatten. Die Frauen mit prächtigen Hüten, die sie ihrer Garderobe in der letzten Zeit hinzugefügt hatten.

Mit der Wahl zum Bürgermeister hatte Jeremiahu Jizchaki alle Aktivitäten um den Zaddik Netanel den Verborgenen zu dessen Grabstätte verlegt, die auf den Ruinen der Mikwe von Sibirien errichtet worden war. Schnell verbreitete sich im ganzen Land die Kunde, dass die neue Grabstätte bei der Suche nach dem vom Himmel bestimmten Partner und der Hoffnung auf Fruchtbarkeit wahre Wunder wirke; Tausende von Besuchern strömten nach Sibirien. Schon bald wollten sie nach ihrem Besuch beim Zaddik auch in dessen

Nähe übernachten. Nachdem die Bewohner Sibiriens sich verpflichtet hatten, über jenen unglücklichen Skandal Stillschweigen zu bewahren, gab Jizchaki ihnen die nötige Bauerlaubnis, um in den leeren Parkbuchten vor ihren Häusern Fremdenzimmer »mit Verwöhnkomfort« zu errichten, und rief dafür sogar eine »Beihilfe für neue Geschäftsideen« ins Leben, die er im Etat der Stadt unter »Sonstiges« verbuchte. Binnen eines Jahres war ihre wirtschaftliche Situation eine gänzlich andere.

Anton war sanft gestorben, im Schlaf. Etwa eineinhalb Jahre, nachdem die Mikwe abgerissen worden war.

Neben der Schreibmaschine hatte Katja sein Testament gefunden.

Wenn ich im Sommer sterbe, bat er, dann macht keinen Trauerzug, es ist zu heiß in eurem Land, und ich möchte nicht, dass bei meiner Beerdigung jemand leidet. Solltet Ihr Glück haben, und ich sterbe im Winter, fuhr er fort, hätte ich gerne, dass der Beerdigungszug durch die Pappelallee geht, bis zu dem Punkt, wo Ihr rechts abbiegt zum Militärcamp, und von da an geradeaus, auf dem hellen Wegchen, in den kleinen Wald, von dem aus man den Manchmal-weißer-Berg sieht.

Er hatte gebeten, seinen Leichnam verbrennen zu lassen und die Asche im Tal unterhalb des Wäldchens zu verstreuen. (Nur prüft vorher die Windrichtung, warnte er, nicht, dass ich euch ins Gesicht schlage.)

Er hatte gebeten, sein Sohn möge bei der Beerdigung dabei sein, sie aber unter keinen Umständen leiten.

Er hatte gebeten, dass Katja Blau trage und nicht Schwarz, denn das sei ihre Lieblingsfarbe.

Und er hatte gebeten, dass keine Trauerreden gehalten würden, außer dem Nachruf, den er selbst geschrieben habe.

Die Gruppe der Trauergäste schritt auf dem Asphaltweg voran, der von braun-goldenen Blättern gesprenkelt war. Die Tiere betrachteten das Schauspiel mit Staunen: So viele Menschen so dicht beisammen hatten sie in ihrem Lebensraum noch nicht erlebt. Füchse kamen von ihren Hügeln herab, um besser sehen zu können. Kühe kamen mit der ihnen eigenen Schwerfälligkeit an die Zäune, und die Vögel kreisten am Himmel, kehrten aber nie zu ihrem genauen Ausgangspunkt zurück.

Im Wäldchen mit dem Blick auf den Manchmal-weißer-Berg hielten alle inne und stützten sich gegenseitig, um von dem starken Wind nicht weggeweht zu werden.

Katja zog den Nachruf aus der Tasche und las:

> Unser Anton ist tot. Er war kein ausgesprochen wichtiger Mensch. Wichtig vielleicht nur für die, die ihn geliebt haben.
> Unser Anton ist tot. Er war kein ausgesprochen fröhlicher Mensch, aber immer bereit, über einen guten Witz zu lachen.
> Unser Anton ist tot. Kein ausgesprochen guter Vater. Aber ein ganz ordentlicher Stiefopa.
> Unser Anton ist tot. Er hat es geschafft, in seinem Leben fast jede erdenkliche Sünde zu begehen. Aber an sich selbst hat er sich nie versündigt.
> Zu Lebzeiten hat er versucht, über das Gewöhnliche, das Erwartete hinauszukommen. Aber er wusste immer, das auch diese Versuche etwas banal waren.
> In seiner Jugend war er Zeuge des Großen Vaterländischen Krieges. Aber der größere Krieg war für ihn schon immer der innere Kampf.
> Unser Anton ist tot. Doch vor seinem Tod war ihm, nachdem sein Herz viele Jahre lang völlig erstarrt

gewesen war, Liebe vergönnt. Nicht Beinahe-Liebe, nicht Vielleicht-Liebe, nicht Pseudo-Liebe, sondern echte Liebe. Seelenliebe. Und während vier Tagen und vier Nächten in einem verzauberten Gebäude, das längst abgerissen wurde, auch körperliche Liebe. Ein Wunder hast du mich erleben lassen, sagte Anton am Ende dieser vier Tage zu Gott, obwohl ich gar nicht an dich glaube. Zu Gott hatte er ein kompliziertes Verhältnis, unser Anton. Manchmal hat er ihn geliebt, manchmal war er wütend auf ihn. Manchmal hat er behauptet, es gäbe ihn gar nicht. Manchmal, er sei eine Erfindung verzweifelter Menschen. Aber auch von der Liebe hat er behauptet, sie sei eine Erfindung verzweifelter Menschen. Einige Tage vor seinem Tod hat er in seine Schreibmaschine getippt: »Liebe ist Gott«, aber auch mit diesem Satz war er nicht ganz d'accord.
Unser Anton ist tot. Er starb weit weg von dem Haus, in dem er zur Welt kam. Zu weit entfernt oder nicht weit genug? Schwer zu sagen. Vielleicht wollte er deshalb, dass wir uns hier versammeln, gegenüber dem weißen Berg, damit wir das »Dort« nicht vergessen.
Unser Anton ist tot. Der König liegt gestürzt auf dem Schachbrett, sein Kopf auf einem schwarzen Feld, aber schon bald werden alle Figuren aus ihrer Einsamkeit eingesammelt, und morgen, so ist zu hoffen, wird man eine neue Partie mit ihnen spielen.

Nach einigen Momenten des Schweigens faltete sie den Nachruf zusammen, steckte ihn ein, und der Zug machte kehrt und bewegte sich langsam und versonnen zurück ins Viertel. Ein Militärlastwagen mit einem neuen Jahrgang von Soldaten für das Geheime-Militärcamp-das-jeder-kennt ließ ihnen an der Kreuzung den Vortritt. Nikolai dachte: Ich habe meinen Vater überhaupt nicht gekannt. Ich dachte, ich kenne ihn, aber im Grunde habe ich ihn nicht gekannt. Katja dachte: Seine Kleider werde ich Daniks Vater geben, sie haben in etwa dieselbe Größe. Und dann dachte sie: Aber vielleicht behalte ich ein paar, wegen des Geruchs. Daniel dachte: Irgendwie ist es nicht in Ordnung, dass ich auf der Beerdigung meines geliebten Großvaters die ganze Zeit an Julia denke. Nikita dachte: Und wer ist als Nächster dran? Jetzt, da der Damm gebrochen ist, wer wird der Nächste sein?

Wer ist der Nächste? Dieser Gedanke wanderte von Nikitas Kopf in Gruschkows Kopf und von dort in den Kopf seiner Frau, und binnen weniger Sekunden war er in den Köpfen aller Trauergäste: Wer ist der Nächste? Wer ist der Nächste? Wer ist der Nächste?, fürchteten alle, und in Gedanken begann einer den andern zu opfern.

Doch kurz darauf hielt das Rad der gemeinsamen Gedanken an; jeder kehrte zu seinen eigenen kleinen Erinnerungen zurück. Erst als sie sich der Grabstätte von Netanel dem Verborgenen näherten, wo einmal eine koschere Mikwe gestanden hatte, die man irrtümlich für einen Schachclub und danach für ein Badehaus gehalten hatte, vereinigten sie sich noch einmal zu einem gemeinsamen Bewusstseinsstrom, und ein klares und unvergessliches Bild zauberte auf die Lippen aller ein trauriges Lächeln:

Anton, nackt wie am Tag seiner Geburt, kommt aus der Mikwe gestürzt und versucht in feinstem Russisch und mit energischen Handbewegungen den Leuten vom Stadtrat, die schon einige Minuten draußen auf Mandelsturm warten, zu erklären, dass etwas schiefgelaufen ist; der Berater aus der Stadt-der-Sünden fleht die Fotografen an, keine Bilder zu machen, der Bürgermeister schlägt die Hände vors Gesicht, Jona löst sich aus der Gruppe und stürzt in die Mikwe, eine Gruppe rotschwänziger Kraniche löst sich auf einen Schlag von den Stromleitungen, und Anton begreift plötzlich, dass er nackt ist, und während er mit der einen Hand weiter gestikuliert, versucht er mit der anderen vergeblich, seine Blöße zu bedecken.

5

Der Umschlag mit den ausländischen Briefmarken liegt zwischen den Strom- und Wasserrechnungen. Als Mosche Ben Zuk ihn sieht, ahnt er schon, was sich darin befindet. Er wartet, bis Menucha eingeschlafen ist, tritt dann hinaus auf den Balkon, von dem man auf den Friedhof blickt, und öffnet ihn vorsichtig mit einem Brieföffner. Er schaut sich das Foto an und liest den Zettel. Dann schaut er sich das Foto noch einmal an. Er dreht den Umschlag um, will sehen, ob ein Absender angegeben ist, und betrachtet wieder das Bild.

Er sitzt die ganze Nacht auf dem Balkon, zittert vor Kälte, und erst als der Tag anbricht, geht er zurück ins Haus, betet das Morgengebet, zieht sich an, steckt den Umschlag in seine Manteltasche – er kann sich keinen sicheren Platz in der Wohnung vorstellen, an den er ihn legen könnte – und geht zum Auto. Er will zur Stadtverwaltung, doch seine Hände lenken das Steuer in Richtung Wald.

Es beginnt zu regnen; auf dem gewundenen Pfad zwischen den Bäumen bilden sich erste Pfützen.

An Wochenenden findet man kaum einen Platz auf dem Parkplatz der Kelterei, aber jetzt ist Werktag und außerdem Winter, und der Platz ist völlig leer. Besser so, denkt sich Ben Zuk, parkt und geht humpelnd in Richtung Eingang, den Umschlag noch immer im Mantel.

Schön, dich zu sehen, Zaddik, sagt Danino, als er eintritt, und umarmt ihn wie ein Vater seinen Sohn.

Gleichfalls, antwortet Ben Zuk und setzt sich zu ihm an die Bar.

Wie geht's?, fragt Danino.

Gelobt sei Gott, antwortet Ben Zuk.

Nun, wie steht's in der Stadtverwaltung?

Ben Zuk erzählt. Er achtet wie immer darauf, ein möglichst problematisches Bild zu zeichnen, sodass Daninos Amtszeit hell erstrahlt.

Wehe den Ohren, die solches hören, seufzt Danino mit einer gewissen Genugtuung und schenkt ihnen beiden Rotwein ein.

Was tut sich, mein Junge? Alles in Ordnung bei dir?, fragt er, reicht ihm ein Glas und schaut ihn mit seinen traurigen Augen an.

Warum fragst du? Ben Zuk senkt den Blick.

Ich kenne dich ja nun schon zwanzig Jahre, sagt Danino.

Ben Zuk schweigt und denkt: Ich könnte jetzt den Umschlag herausholen und auf die Theke legen. Ich könnte Danino das Bild zeigen. Ich könnte ihm sagen: Das ist meine Tochter im Brautkleid. Und sagen: Sie weiß nichts von mir. Und sagen: Das tut weh.

All diese Gedanken gehen ihm durch den Kopf, doch seine Finger lassen das Glas nicht los, wandern nicht zur Manteltasche.

Schließlich drängt Danino nicht weiter in ihn, hebt sein Glas, sagt *lechajim*, und sie stoßen an, kippen den Wein hinunter, schauen durchs Fenster auf den Regen, der langsam zu Schnee wird, und erinnern sich.

*

Man würde erwarten, dass eine Geschichte wie diese kolportiert wird, dass sie in Treppenhäusern und Schlafzimmern geflüstert, von Generation zu Generation mit allen Details weitergetragen wird – doch, o Wunder, sie hatte sich kaum ereignet, da sprach man schon nicht mehr von ihr. Obwohl es Zeugen, ja sogar Augenzeugen gab, sprach keiner mehr von ihr, weder auf Hebräisch noch auf Russisch oder Amerikanisch, und so wurden die guten Sünden mit feinen Zeitflöckchen bedeckt, Sekunden über Sekunden, die sich aufhäuften zu Minuten, Stunden und Tagen.

Würde man aber – einmal angenommen – um Mitternacht eine Leiter an die Westwand des Gebäudes der Stadtverwaltung lehnen, diese flink Sprosse für Sprosse erklimmen und beherzt gegen das richtige Fenster drücken – man müsste es gar nicht einschlagen, Reuven vom Archiv lässt es gern angelehnt, damit etwas frische Luft hereinkommt –, so fände man nach dem Betätigen des Lichtschalters mühelos in der zweiten Reihe eines unteren Regalfaches den schon etwas abgegriffenen Ordner »Spenden 1993–94«, und darin nach kurzem Blättern einen ganz offiziellen Brief von Jeremiah Mandelsturm, Hilborn, New Jersey, an den Bürgermeister der Stadt.

Dieser Brief ist, der Leser sei gewarnt, zwar offiziell, aber keineswegs kurz. Es scheint, als sei es Jeremiah Mandelsturm so ergangen wie manch anderem, der am Ende eines Buches die Danksagungen verfasst. Aus Angst, jemanden zu vergessen, listete er nicht nur die Namen aller Angestellten der Stadtverwaltung auf, die in irgendeiner Weise mit seinem Besuch betraut gewesen waren, sondern auch die aller Mitarbeiter des ärztlichen Teams (Ärzte, Schwestern und Pfleger), allesamt Zaddikim, die ihn infolge des traurigen Zwischenfalls, der ihm in der Mikwe widerfahren war, versorgt hatten.

Erst nachdem er sich auch beim Wächter des Parkhauses im Tiefgeschoss bedankt hatte, setzte er in persönlicherem Ton hinzu: Vor einigen Tagen, werte Freunde, las ich in der ›Times‹ eine kleine Nachricht von einem Vogel mit Namen Tukan, der auf dem Platz des Lincoln Center gelandet war, Tausende von Kilometern vom Regenwald in Costa Rica entfernt, in dem er normalerweise nistet. Neben der Nachricht war ein Bild des Vogels abgedruckt, wie er, umringt von neugierigen Besuchern, Brotkrumen aufpickt, und ein Fachmann erklärte, dass es sich um das seltene Phänomen der *lost solos* handele: Vögel, die plötzlich alleine weitab von ihrer normalen Zugroute in einem Teil der Welt auftauchen, in den sie gar nicht gehören. Als habe sich etwas in ihrem inneren Kompass verschoben.

Genau so, werte Freunde – nicht am richtigen Ort und nirgends zugehörig –, fühlte ich mich, nachdem meine Gemahlin von mir gegangen war. Ich sagte mir, das ist die Strafe, die der Ewige, Er sei gepriesen, uns auferlegt hat, als er uns aus dem Paradies vertrieb: nirgends dazuzupassen. Und ich dachte, auf Erden bleibe mir nur, auf den Tag zu warten, an dem ich mich zu ihr gesellen darf. Und siehe, es kamen die Tage in Ihrer Stadt und die langen Stunden, die Jona an meinem Bett verbrachte und meine Hand hielt, und sie erinnerten mich daran: Das größte Wunder ist nicht, Wasser aus dem Stein zu schlagen, oder Manna vom Himmel fallen zu lassen, und auch nicht das Zerteilen des Roten Meeres, das größte Wunder geschieht vielmehr, wenn zwei Menschen sich zur richtigen Zeit begegnen und füreinander ein Ort werden, der richtige Ort, einer für den anderen.

Um den tiefen Dank, den ich Ihnen gegenüber empfinde, auszudrücken, schrieb er abschließend, und mich nicht nur mit Worten zu begnügen, die letztlich doch nur Worte sind, möchte ich der Stadt eine weitere Mikwe stiften und für alle damit verbundenen Ausgaben aufkommen. Ich würde mich freuen, wenn Sie mit mir Kontakt aufnehmen würden, um dieses neue Projekt voranzutreiben. Am besten schon bald, denn von dem Punkt aus, an dem ich mich befinde, werte Freunde, sieht man das Ende schon.